- 国家社科基金项目"狄更斯的童心崇拜与共同体建构研究"（项目编号：15CWW016）
- 教育部人文社科基金项目"十九世纪英国小说中的另类儿童研究"（项目编号：14YJC752011）

童心崇拜
狄更斯共同体之境

李 靖 著

中国社会科学出版社

图书在版编目(CIP)数据

童心崇拜:狄更斯共同体之境/李靖著. —北京:中国社会科学出版社,2022.5

ISBN 978-7-5227-0130-1

Ⅰ.①童… Ⅱ.①李… Ⅲ.①狄更斯(Dickens,Charles 1812-1870)—小说研究 Ⅳ.①I561.064

中国版本图书馆 CIP 数据核字(2022)第 066722 号

出 版 人	赵剑英
责任编辑	张 浩
责任校对	姜志菊
责任印制	李寡寡

出 版	中国社会科学出版社
社 址	北京鼓楼西大街甲 158 号
邮 编	100720
网 址	http://www.csspw.cn
发 行 部	010-84083685
门 市 部	010-84029450
经 销	新华书店及其他书店
印 刷	北京明恒达印务有限公司
装 订	廊坊市广阳区广增装订厂
版 次	2022 年 5 月第 1 版
印 次	2022 年 5 月第 1 次印刷
开 本	710×1000 1/16
印 张	18.75
插 页	2
字 数	271 千字
定 价	98.00 元

凡购买中国社会科学出版社图书,如有质量问题请与本社营销中心联系调换
电话:010-84083683
版权所有 侵权必究

献给昌金、漱琦和我们仨

目　　录

绪论 …………………………………………………………（1）

第一章　天真伴我行：匹克威克的共同体之路 ………………（25）
　　一　在婚中 ……………………………………………（27）
　　二　在群中 ……………………………………………（37）

第二章　《雾都孤儿》：善的影响力 ……………………………（46）
　　一　现实主义小说？戏剧？还是童话？ ……………（46）
　　二　圣童奥利弗 ………………………………………（48）
　　三　被物化的童 ………………………………………（50）
　　四　利己主义者们，幼稚着 …………………………（52）
　　五　赤子们，善着爱着 ………………………………（54）
　　六　童话性隐含的信任 ………………………………（56）

第三章　《尼古拉斯·尼克尔贝》：共同体探路者的愤怒呐喊 …（61）
　　一　尼古拉斯总是怒发冲冠 …………………………（61）
　　二　拉尔夫和斯奎尔斯代表的模型 …………………（64）
　　三　克拉姆尔斯剧团的模型 …………………………（68）
　　四　奇里伯兄弟的模型 ………………………………（72）

第四章　耐尔为何非死不可？ …………………………………（77）
　　一　从"curiosity"说起 ………………………………（78）

二　玻璃意象 …………………………………………………… (80)
　　三　声音异化 …………………………………………………… (84)

第五章　渡鸦格利浦口中的"魔鬼"是什么？
　　　　——《巴纳比·鲁吉》中的伪共同体议题 ………………… (92)
　　一　渡鸦话"史" ……………………………………………… (92)
　　二　傻子巴纳比 ………………………………………………… (97)
　　三　一切毁于心智失察 ……………………………………… (101)

第六章　马丁，回头是岸 ……………………………………… (108)
　　一　利己主义者吃尽苦头 …………………………………… (109)
　　二　美国之行 ………………………………………………… (114)

第七章　小珀尔的肺结核美学 ………………………………… (121)
　　一　肺结核美学与《董贝父子》 …………………………… (121)
　　二　董贝父子的肺结核隐喻 ………………………………… (126)
　　三　伊迪斯的肺结核隐喻 …………………………………… (130)

第八章　"坚硬"与"坚定"：评《大卫·科波菲尔》 ……… (136)
　　一　两位铁娘子 ……………………………………………… (137)
　　二　要命的自恋 ……………………………………………… (140)
　　三　"坚定"的意义 ………………………………………… (147)

第九章　"文学之尊严"：重读《荒凉山庄》 ………………… (153)
　　一　水晶宫与"文学的尊严" ……………………………… (155)
　　二　埃斯特的尊严 …………………………………………… (165)

第十章　《艰难时世》："非利士人"想象共同体的错误方式 …… (183)
　　一　"败笔"还是神来之笔？ ……………………………… (184)
　　二　格雷戈林的学校和家 …………………………………… (186)

三　丈夫庞德贝，儿子庞德贝 …………………………（190）
　　四　谁拥有善的想象力 ……………………………………（192）

第十一章　有根的世界主义：《小杜丽》给"偏狭习气"
　　　　　开出的解药 ……………………………………（196）
　　一　作为批评方法的世界主义，以及维多利亚
　　　　时期的世界主义 …………………………………（196）
　　二　作祟的偏狭 ……………………………………………（200）
　　三　有益的超脱 ……………………………………………（206）

第十二章　"自由、平等、博爱"回归共同体：《双城记》中
　　　　　父权的"牺牲"与牺牲 …………………………（212）
　　一　错位的父权，不甘的"牺牲" …………………………（212）
　　二　重生的父权，自愿的牺牲 ……………………………（219）

第十三章　四重戏仿：从《物种起源》到《远大前程》 ………（226）
　　一　戏仿"随机性变异"和"起源" …………………………（229）
　　二　戏仿线性叙事和"灭亡" ………………………………（234）

第十四章　《我们共同的朋友》题解 ………………………（244）
　　一　丽齐和尤金 ……………………………………………（245）
　　二　贝拉和哈蒙 ……………………………………………（248）
　　三　鲍芬夫妇 ………………………………………………（249）
　　四　买卖婚姻 ………………………………………………（252）

结论 ……………………………………………………………（256）
主要参考文献 …………………………………………………（267）
后记 ……………………………………………………………（291）

绪　　论

在狄更斯（Charles Dickens，1812—1870）的文学国度里，儿童占据着重要位置。正如菲利普·科林斯（Philip Collins）所言，"狄更斯是首位频繁刻画儿童，把儿童放在创作中心的英国小说家"（Collins 1）①。正因于此，狄更斯批评传统对狄更斯笔下的儿童投入了持久关注。罗宾·吉尔摩（Robin Gilmour）认为，狄更斯对儿童和童年的关注继承了浪漫主义传统（Gilmour, *The Victorian Period* 10）。彼得·科维尼（Peter Coveney）深化了这一观点，提出浪漫主义对童年的建构形塑了狄更斯的童年观，狄更斯的儿童观受到布莱克（William Blake，1757—1827）、华兹华斯（William Wordsworth，1770—1850）、柯尔律治（Samuel Taylor Coleridge，1772—1834）等浪漫主义诗人的影响，上述诗人想象的儿童和童年是对18世纪末卢梭（Jean-Jacques Rousseau，1712—1778）情感主义的反拨，浪漫主义诗人把儿童想象成自主的，对成人有指导意义的生命体，童年充满欢愉和发现，远离自然限制，是通向智慧和知识的有机、自然的成长过程，浪漫主义诗人在重建童年的过程中，也重建了父子关系和人与自然的关系，上述观点和18世纪对童年负面又教条的论调迥然不同（Coveney 52）。德克·登·哈托格（Dirk Den Hartog）的《狄更斯和浪漫主义心理》（*Dickens and Romantic Psychology*，1987）分析了华兹华斯笔下的童年和成年的连贯性在狄更斯小说中的

---

① 本书全文采用MLA体例进行注释。

体现。马尔科姆·安德鲁斯（Malcolm Andrews）在《狄更斯和长大的儿童》（*Dickens and the Grown-up Child*，1994）中论述了狄更斯创作的儿童形象的多样性和矛盾性。罗拉·彼得斯（Laura Peters）主编的选集《狄更斯和童年》（*Dickens and Childhood*，2012）以及彼得·摩尔尚特（Peter Merchant）和凯瑟琳·沃特斯（Catherine Waters）合编的《狄更斯和想象的儿童》（*Dickens and the Imagined Child*，2015）都深化了狄更斯的童年批评。

狄更斯的童心崇拜以家庭的维度展开，但狄更斯本人从未向公众承认过自己12岁时迫于生计在皮鞋油作坊当童工时遭遇的饥饿、贫困和苦役，他只向自己的好友兼其传记作者约翰·福斯特（John Forster，1812—1876）袒露过心声，还给福斯特寄去自传的片段，它们写于《大卫·科波菲尔》发行的前几个月（Tomalin 212—213）。在整个职业生涯，狄更斯在公共领域树立了中产阶级家庭男主人，同时也是《家常话》（*Household Words*）主编的个人形象。《弗雷泽》杂志（*Frazer's Magazine*）在1850年12月评价《大卫·科波菲尔》时，称狄更斯获得广泛知名度的主要原因，来自"他对家庭深切的敬意，他对家庭之神的热情膜拜"（"Charles Dickens and David Copperfield" 698）。然而，对于这样一位荣誉建立在家庭价值观的作家来说，狄更斯鲜有对生长在常规家庭中的人物流露出兴趣，正如霍莉·弗赫诺（Holly Furneaux）所言，"在家庭占据狄更斯小说情感核心，并提供救治社会苦难的幻化的万灵药的同时，狄更斯刻画的却是一个活跃的，陌生化了的家庭内部结构"（Furneaux, "Charles Dickens's Families of Choice" 153）。

这也就引申出狄更斯童心崇拜的一个重要方面：年龄倒置——早熟儿童和幼稚大人的并置。这些另类"儿童"显然不是"生长在常规家庭的人物"，"早熟的儿童戏剧化呈现了儿童的困境，这类形象不单单映射了儿童在成人社会的尴尬处境，也反映出维多利亚社会对成年人的敌意"（Goetsch 45）。狄更斯笔下幼稚的大人是年龄倒置的另一面。幼稚的大人强化了维多利亚社会在年龄分类上的不稳定性，"维多利亚时期对成年的定义是不确定的，模糊的和戏剧性的"（Chase 6）。

"我们认为的年龄未必和根据日历计算出的年龄保持一致，也不一定和感知到的，或者在别人那里感知到的年龄保持一致。"（Small 3）狄更斯对编年（chronological）意义上年龄的消解，说明幼稚的成人被排斥在他们理应的社会位置之外。幼稚的成人形象不但表达怀旧思绪，还体现出狄更斯对社会机制的控诉：正是一个悖逆自然规律的社会才制造出怪异的成年人（李靖，《又见"爱丽丝"》122）。

迄今为止，学界尚未对狄更斯童心崇拜情结的结构性重复——人物设定上的年龄倒置、情节安排上的扬善惩恶以及对奇幻景观的深度描写——做过系统性阐释，也就无从对童心崇拜蕴含的重大时代议题——共同体——进行挖掘。雷蒙德·威廉斯（Raymond Williams）曾言，从狄更斯到劳伦斯的一百年中，"英国小说有一个起关键作用的中心意义，即探索共同体，探索共同体的实质和含义"（R. Williams, *The English Novel* 11）。威廉斯还提出"不可认知的共同体"，来说明狄更斯表征共同体时遇到的困难："狄更斯不得不为一个复杂得多的城市世界想出不同的小说策略，这个世界日益受到只能用统计或分析方法加以理解的某些进程的支配，是一个根据表明的经验不可认知的共同体。"（威廉斯，《政治与文学》242）

现代化进程的后果是表征可知共同体（knowable community）越发困难。"城镇——尤其是城市和大都市——的壮大；劳动分工和劳动复杂性日趋加深；社会阶层之间和其内部的关系变化了，并且这种关系也变得严峻，上述改变让任何关于完整共同体或可知共同体的假说变得越加困难。"（R. Williams, *The Country and the City* 165）威廉斯的这一论断意味着，农业传统中有意识的，持续而连贯的日常经验在工业文明里已发生变化，在嬗递之际，旧有的文学形式无法明确勾勒新兴社会文化的纹理，开辟一种独到的文学表达形式势在必行。童心崇拜正是狄更斯进入共同体思辨的独特形式，通过童心崇拜，狄更斯试图形塑民族国家共同体。

安德森（Benedict Anderson，1936—2015）认为语言构建了民族国家作为想象共同体的存在。布莱南（Timothy Brennan）也指出，"欧洲民族国家的兴起同小说这一文学形式密不可分"（Brennan，"National Longing" 49）。普遍认为，19 世纪现实主义文学旨在呈现连贯而完整的事件。正如厄马斯（Elizabeth Ermarth）所言，"现实主义叙事中温和的一致性隐含了人类经验的整体性。这一整体性让我们确信，我们居住在相同的世界，相同的意义在任何人那里都可以获得。异议只是立场的意外"（Ermarth 65）。当狄更斯用童心崇拜的视角审视共同体时，他必须面对的是"共同体"在文明转型期丰富的张力，及其带给维多利亚人深刻而微妙的价值震荡。如何在此起彼伏的变革浪潮中形塑"温和的一致性"，不论在审美层面还是政治层面，都是一个严峻挑战。

自 19 世纪以降，社会政治理论中对共同体的论辩从未停歇。共同体通常被视为主体和主体之间在社会范畴采取有意义行为的媒介，从穆勒（John Stuart Mill，1806—1873）到莱南（Ernst Renan，1823—1892）再到安德森的理论构架，共同体和民族国家认同密不可分。但在 19 世纪，共同体和国家之间并非简单的对等关系，"共同体甚至经常和社会政治对立，共同体构建的联结（affiliation）被认为是异化社会的解药"（Berman 7）。在《德意志意识形态》（*The German Ideology*，1845—1846）和《政治经济学批判大纲》（*The Grundrisse*，1859）中，马克思（Karl Marx，1818—1883）指出："古代和中世纪的共同体所表征的社会构型中合作和对抗形式之间的冲突，已经被家庭及其劳动分工和所有权的主张玷污。"（Marx, *Pre-Capitalist Economic Formations, German Ideology, and Grundrisse*）马克思在早期对上述形式共同体的分析中已经阐释了在"市民社会和国家之间日趋浮现的分离，除此之外，马克思还注意到人之于社会力量的疏远，而后者本该是人的社会关系中固有的产物"（Berman 8）。

在 19 世纪的欧洲，共同体也并不等同于家庭，甚至社会。德国社会学家、共同体理论的奠基人滕尼斯（Ferdinand Tönnies，1855—1936）在《共同体与社会》（*Community and Society*，1887）中提出，"血缘共同体、地缘共同体和宗教共同体等作为共同体的基本形式，它们不仅仅是它们的各个组成部分加起来的总和，而且是有机地浑然生长在一起的整体"（滕尼斯 2）。以工业文明为载体的"社会"，则"应该被理解为一种机械的聚合和人工制品"（滕尼斯2）。机械主义"给大家以相同的表情、相同的语言和发音、相同的货币、相同的教育、相同的贪婪、相同的好奇心——抽象的人，即一切机器中最人为、最有规则性、最精密的机器"（滕尼斯229）。滕尼斯在界定共同体时，强调它是一种有机体，其对立面则是作为机械聚合体的社会。滕尼斯1880年的共同体论述带有一种怀旧色彩，在滕尼斯的共同体视野中，旧式、乡村式的小型共同体，其内部固有的团结和生活目标的一致性使其可以称之为共同体，而现代工业社会则缺乏成员之间建立真正纽带的潜质。滕尼斯的共同体模型是家庭，在家庭中人们的联系无法切断，人与人的关系也是自然而然的，家庭共同体稳固地建立在前工业文明式的"亲密共同体"（community of proximity）基础之上——它生发在共享的领地，共同的血缘和永久的互动基础上，而非互相分享的价值和利益基础上。在滕尼斯的共同体构想中，友谊也依赖于宗族和邻里关系存在，"友谊的发生必须面对面，精神上的友谊形成了看不见的场景或会面，它需要依靠艺术性的直觉和创造性的意志存活"（Tonnies 43—44）。

涂尔干（Émile Durkheim，1858—1917）却并不认为现代工业社会无法产生真正的团结（solidarity）或共同体。在1902年第二版《社会中的社会分工》（*The Division of Labor in Society*）扉页，涂尔干描述了第二等的团体或组织，它们将取代滕尼斯的"亲密共同体"，组成"一切道德行为的源泉"；然而这也仅仅是涂尔干的设想，后期的涂尔干认为19世纪没有"一套完整的系统成就社会生活（la vie commune）"（Durkheim xliii）。"在他的《论自杀》（*Le Suicide*）中，涂尔干离共同体设想越来越远，他对现代有机社会的乐观主义精神消失殆尽，转而憧憬一种有机团结，从而抵消现代社会的失范（anomie）。"（Berman 8）

正因于此，安德森提出的作为"想象共同体"（imagined community）而存在的民族国家这一概念具有革新意义。安德森提出，想象的共同体发轫于资本主义印刷术的普及，一直持续到20世纪。安德森清晰地呈现出民族国家话语建构和共同体之间的历史联结，这一传统可以追溯到前文提及的穆勒和莱南。安德森还指出，现代意义上的民族国家在很大

童心崇拜：狄更斯共同体之境

程度上依赖于这些历史联结。从安德森的论述中可以得知，19世纪以来的共同体理念被一种需求所挪用（appropriate）——把民族国家"想象成共同生活的持续，而非语言、种族和历史的具体结合"（B. Anderson 44）。

为了形塑统一的民族国家认同，在民族建构（nation building）过程中，小说的移情起到关键作用。民族（nation）通常是在有了"自己"的国家（state）之后才形成，社会人类学家盖尔纳（Ernest Geller）认为，国家出现于民族之前，工业化带来的一系列变化推动了社会的同质化，民族便在社会从异质性向同质性的过渡中形成。如果没有国家的行动，民族意识/认同则无法在民众当中自发产生（Hechter, Kuyucu, and Sacks）。19世纪英国小说的创作机制遵循亚当·斯密（Adam Smith, 1723—1790）的同情论，在这一传统中，作家通过对个别人物和事件的描写发展出共同的、可分享的人类生存状况。正如托尔斯泰笔下的不幸家庭各有各的不幸一样，狄更斯在思考共同体时，也需要营造一种全新的家庭图景，同时它的创新性也必须可以被察觉。在狄更斯的整个创作生涯，他处理小说的方式都具有浪漫主义色彩，这是因为只有个体的、地方性的情感体验和整体的、全局的情感结构相结合，才能展现文明转型期的价值震荡。

这就意味着狄更斯笔下特殊家庭的悲喜剧可以推演到全社会的整体状况，在此情况下，正如汉娜·阿伦特（Hannah Arendt, 1906—1975）所说的，小说把私人问题和它的情感机关带入具有侵蚀性的公共讨论，小说把地方性的悲伤体验转移到可分享的社会领域，"小说在需要团结（solidarity）的地方堵住同情，把判断（judgment）替换成震颤心灵的移情"（Arendt 23）。阿伦特不相信审美意义上的创作可以将地方性体验带入全球化的知识生产和流动中，[①] 而在狄更斯的小

[①] 费孝通和沃尔夫（Eric R. Wolf）均认同全球化开始于"地理大发现"。地理大发现推动了工业化，工业革命带来工业化，出现了三角贸易，世界体系开始形成，后来又有各种在交通和资讯上的发明创新，推动了人类社会彼此间的交流，冷战的结束让世界连为一体，新自由主义推动资本无边界地流动，最终形成了今天我们见到的全球化。参见费孝通；See also Eric. 英国社会学家吉登斯（Anthony Giddens）指出全球化由四个方面构成：世界资本主义经济、民族国家体系、国际劳动分工、世界军事秩序。See Giddens 70-78。

说中，由特殊到普遍的原则恰好贯穿于共同体主题，个体的身份认同和文化特权是便携（portable）的财产，当小说人物面对陌生人时，也可以保有双重自我感知的能力，于是便催生了读者的移情。

狄更斯笔下被资本家虐待的儿童描写不同于劳工阶层在议会的宣言，狄更斯小说的这种替代政治的表征依赖于一种逻辑：小说以及阅读体验是流动的文化财产。狄更斯的小说创作拒斥个体的独特性及其伴随而来的排他性，童心崇拜引发的移情建立在这种基础上，即人和人之间并无本质的差别，这种"同"说明了建构共同体的可能。也就是说，狄更斯认为人和人的移情和共情可以通过小说实现，因此共同体的愿望也可以实现。

借助童心崇拜引发移情，狄更斯重建了一种深切的家园感，一个带有同一性的想象共同体。狄更斯通过自己的作品在读者间建立精神意义上的言说共同体，这种共同体的形式必然是叙事性的、流动的。正如罗纳德·泽博瑞（Ronald Zboray）所言，"虚构文学通过其文字的——一种脆弱的共和文字形式——建构社会团结，在这一虚构的、流变的、难以捉摸的想象共同体内，现代意义上便携的（portable）国家概念诞生了"（Zebory 80）。泽博瑞还进一步提出，打印出来的文字是通向民族濡化（acculturation）的大道，图书在个体和社会之间起到媒介作用，引起公众对共同体转变的关注，由于传统意义上人和地方的关系产生了变化，打印出来的文字通过虚构性起到桥梁作用，也就是在读者和更广大的国家之间的勾连作用，因此打印的文字也成为共同体大厦的最基本的成分；小说提供了过去人靠地方（the local）才能获得的情感需求，"在自我和文化失序中起到介质作用"，小说还可以"让个体应对自我，提供自我建构的道路"（Zebory xxi）。狄更斯的小说提供了统一的信息互换场域，一个共同性交流的场景，提供了可分享的符码和意象，为社会情感的相遇提供了土壤。

狄更斯的共同体情怀承载着深切的时代忧思。民族国家形塑兴起于工业化时代，19世纪的英国正在经历从农业文明向工业文明的转型，社会已经不是熟人社会，而是由陌生人构成的社会，滕尼斯意义上的靠亲缘纽带维系的共同体已经摇摇欲坠，同时个人主义（individualism）也在社会分工日趋加重的历史背景下愈发得到彰显。正如社会学家吉登斯（Anthony Giddens, 1938—）指出的，"个人主义——在道德上认可的劳动分工中的专业化——是现代社会发展不可避免的伴生物"（吉登斯，《资本主义与现代社会理论》304）。社会学家贝克（Ulrich Beck）也提出：

> 社会化的规约和教育体制随着民族国家的扩张生产了个体化（individualization），并支持个体化，人类在前工业时代的生活分别归属于不同的阶层或者宗教，但是在全球化的进程中，为了在激烈竞争中获胜，个体必须每天保持积极和创新，还要有灵活和主见，要反应迅速。个体成为自己生命和个人认同的演员、建造师、奔跑者，个体经营自己社会网络。（Beck 52）

社会学家泰勒（Charles Taylor, 1931—）进一步提出，个人主义的雏形"溢觞于18世纪末……例如笛卡尔首创的超然合理性（disengaged rationality）的个人主义，要求每个人自负其责地为他或她自己思考，或洛克的政治个人主义，试图使人及其意志先于社会责任"（泰勒9）。个人崇拜的道德由两部分的价值观构成。

> 一是17世纪哲学家给出的智识表达；二是激发了法国大革命的价值观。这些价值观在抽象层面强调人的尊严和价值……这些价值观包含着对他人和人类苦难的同情。确切地说，因为它们由社会创造，所以它们拥有一个宗教的品质。（吉登斯，《政治学、社会学与社会理论》93）

狄更斯笔下的维多利亚社会在工具理性和"进步"话语的催逼下，个人主义日趋极端化，演变成利己主义和唯我主义，全然有退行到否认共同体纽带的原子主义的势头。

> 同时社会的失范也成为现代性所隐含的最大问题，这是因为在从传统社会向现代工业社会转型的过程中，社会分工的发展和个人主义的强化日益消解了传统社会的宗教、道德、习惯等整合纽带，但在社会转型时期，新的社会整合纽带还处于形成过程中，从而造成公民道德信仰匮乏、行为失去外在约束和欲望变得毫无节制等后果。(郭忠华 3)

狄更斯的童心崇拜和共同体想象就是在这样的历史背景中孕育而生的。19 世纪的英国正在经历转型期阵痛，在形塑新兴工业化民族国家的过程中，中产阶级成年人肩负重任，社会对他们职业和父母亲角色的需求也被理想化。"童年这一概念的演进伴随着成年人概念的变化……维多利亚时期的成年人被刻上了责任心、社会地位、热忱、稳定和严肃的标签，而孩子则同想象力、魅力和活泼这些名词联系在一起。"(Newsom 102) 对成年人的社会期许同当时的"工作福音"(Work gospel) 理念密切相关，该理念由卡莱尔(Thomas Carlyle, 1795—1881) 提出，在维多利亚社会影响深远。不论在工作中还是在家庭中，工作福音都被看作是治愈忧郁，克服无用感和无助感的良药，不论男人还是女人，只要他们对待自己的分内职责兢兢业业，他们的家庭和国家就可免于陷入混乱和无力。对于一个男人而言，他的责任在于养家糊口，对于一个女人而言，她的职责便是结婚生子，相夫教子。

但是，对"进步"的过度膜拜催生出悖逆自然规律的人伦乱象。狄更斯笔下早熟的孩子和幼稚的大人这组互为映照的人物，凸显了维多利亚社会的失序。早熟的孩子是急功近利的父母的牺牲品，幼稚的大人则要么唯利是图，要么狂妄自大。按照人本主义心理分析流派的观点，全能自恋（omnipotent narcissism）也被称为"全能感"，婴儿就活在这种全能感之中，觉得他们和世界浑然一体，不分彼此，他们自己就像神一样，只要发出一个意念，世界就会给予充分而及时的回馈，如果没有得到回馈，他们就会产生巨大的无助感和失控感，进而产生强烈的攻击性，想要毁灭世界。如果早年的生长环境没能接纳并化解

童心崇拜：狄更斯共同体之境

这些负能量，孩子长大后就会严重活在全能自恋的幻想中，这也是心理水平发展最低级的表现，"因为这样的人完全活在一元世界，只能感受到自己的意志"，无法认识到自己和别人是平等而独立的存在（武志红 175—176）。狄更斯笔下的年龄倒置就像是个工业文明的寓言，从中可以窥探到高唱"进步"凯歌，自诩世界主人的英格兰身上那孩子般的全能自恋。① 英格兰需要的是心智培育。

狄更斯通过童心崇拜形塑的共同体重在民族心灵习惯的提升，以个人——家庭——国家为轨迹，最终目标是建立工业化民族国家共同体。家庭是社会的最基本单位，是社会关系的重要纽带，是人伦关系的最基本形态，是公民社会的基础。正如政治学家福山（Francis Fukuyama，1952—）所说的：

> 公民社会是一个繁杂的中间体制，它融合了各色商业、自发结社、教育机构、俱乐部、工会、媒体、慈善机构以及教会等等，并构建在家庭这一基础之上。之所以说家庭是基础结构，是因为人们通常通过家庭来完成社会化，以融入他们所在的文化，习得在更广大的社会中生存所必需的技能，而社会的价值和知识也通过家庭得以在一代又一代人中间传承。（福山，《信任》14）

在对狄更斯所有完成了的 14 部长篇小说进行细读后可以发现，围绕着家的场域，"幼稚的大人，早熟的儿童，扬善惩恶的情节和奇幻的景观描写"出现在每一部作品中。狄更斯的童心崇拜是对现实主义的艺术性越轨，现实生活中坏人也可以活得很好，好人却不一定有好报，狄更斯对扬善惩恶的结构性重复通过情节剧美学提倡道德力，这种艺术手段本身就具有童话性，因为现实世界中幼稚和成熟，好人和坏人的边界，比情节剧美学里呈现的黑白分明的状态，更加具有弹性。

---

① 由于英格兰人口众多，经济最发达，又是首都伦敦所在地，所以人们常常以"英格兰"来代表整个英国。阎照祥1。

狄更斯是要通过极致的艺术手段，追求一种至善，具有童话色彩的至善。奇幻的景观则充当着童心崇拜的布景作用，童话故事里的阴森古堡、毒苹果、乔装的狼外婆、丢失的公主鞋，变成了《匹克威克外传》中地震般的、聚集着乌合之众的选举和阅兵场面、被描绘成恶心的爬行动物的《雾都孤儿》里的费金和《老古玩店》里的奎尔普、《艰难时世》里像毒蛇一样的煤烟、工厂里的抑郁狂躁的大象一样的蒸汽机活塞、《大卫·科波菲尔》中谋得斯通小姐野兽一样咔嚓关上的钱包、《我们共同的朋友》中的垃圾山等等。这些奇幻景观象征了一点：悖逆自然规律"生长"着的英格兰的险象乱象。

童心崇拜从三个层面完成了狄更斯的共同体想象，即在"个人"和"家"的维度，狄更斯始终抱着建立良性的人伦关系，达到自我圆融的弗洛伊德式信念，通过践行心智培育消解利己主义，同时宣扬道德个人主义和共同体的联结。狄更斯笔下成熟的大人是能把个人主义融合在共同体里的人物，幼稚的大人则是排斥共同体的利己主义者，后者都被扬善惩恶的情节消融了；其次在"国"的维度，通过内向的、审美的机制重塑中产阶级绅士价值观，进而构建以美德为基石的共同体精神内核。值得注意的是，狄更斯对待19世纪英国在国家层面的民族主义宏大叙事抱有警觉，因为要营造"最伟大民族"的共享性叙事，就意味着需要想象一些"他者"，这样才能从异己中凸显"我们"之"伟大"，而这些"他者"便是穷人。19世纪颁布的《济贫法修正案》（Poor Law Amendment Act）就对穷人的尊严和道德进行了隐性的攻击。"济贫法制度具有人人皆知的弊端，与立法机关的善良意图正好相反，济贫法不能改善贫民的生活状况，而只能使贫富双方的状况趋于恶化。它不能使贫者变富，却使富者变穷。"（丁建定 149）"劳动变成一种威慑而不是尊严的体现，劳动所承载的文明的实质已经被抛弃，它作为自我实现的可能性也已经降低。"（Englander 38—39）可见：

维多利亚时期的英国社会并不是一个真正的共同体，而是陷入了卡莱尔所说的纨绔子和劳作者这两大派别之间的战争,或是马克思所说的阶级战争,以及现代工业、科学与现代贫困衰颓之间的对抗,或者干脆如迪斯雷利所说,"我们的女王……统治着'两个民族'"。(殷企平,《"多重英格兰"》111)

狄更斯在想象共同体时,拒斥具有排他性的阶级话语,转而试图构建一个全民整合的话语体系。

> 狄更斯的一些代表性作品,若单从故事的设计着眼,可以说都合乎资产阶级的理想意境,都是按照个人奋斗—成功—幸福的模式编排的……在"奋斗—成功—幸福"的公式范围内,狄更斯讴歌了资产阶级的理想品质。故事中的男主人公都忠实、勤奋、节俭、勇敢、坚韧、正直、有荣誉感,是典型的中产阶级"英雄"。这类人物深得读者的喜爱,"读者不自觉在他们身上找到自己未实现理想的补偿。中产阶级读者可以跟这些人物认同,因为他们个个都奋发向上,勇往直前,狄更斯同时代的评论者就已看出这点,把它概括为'中产阶级的体面'。"(引自朱虹 120)

不过,《济贫法修正案》理念中的阶级特征,并不适用于狄更斯小说中的人物,因为这些人物可以来自任何阶层,也就是说任何阶级都可能有"好人"也可能有"坏人"。阶级的同一性通过狄更斯整合的策略被挪用到家庭关系,并给读者提供一种视角:"在'家庭成员'中重生父权。"(Hadley 101)

由此,狄更斯在共同体想象里也重塑了中产阶级绅士价值观。维多利亚时期已经产生了这样一种观念,也就是:

> 把绅士作为英格兰特性的符号标记,绅士概念的含义已经远远超越了私人领域,而成了人类某个社会/共同体及其核心价值观的标志……狄更斯同时代的人曾经指责他不会描写绅士,这

一指责基于他的下层阶级背景（既无出众的学历，又无修养和趣味），以及他对上层阶级的明显不满。（殷企平，《"多重英格兰"》121—122）

狄更斯笔下的绅士靠美德获取社会承认，绅士的形成依赖于心智得以培育后人格的自我圆融，和家世、财富并无直接关联。狄更斯将形塑民族国家共同体的重任交给了美德，以及美德带来的经济繁荣。

这就引申出了狄更斯共同体建构的第三个维度——"文本"的维度。狄更斯通过小说在公共和私人领域激发共情，将共同体推向本雅明式的"言说共同体"，这个文本的、言说的共同体宣扬美德，试图从共同的阅读体验里构建社会信任。狄更斯并不排斥工业资本主义，但是向往以德育灌溉的工业资本主义。唯有美德生发出制度性的信任，才能促进经济繁荣。派瑞克·布兰特灵格（Patrick Brantlinger）指出：

不列颠经济的扩张一直建立在公共信用（public credit）基础之上，这一过程从1694年英格兰银行的创立一直延续到1994年。在把债务转变成力量和财富的过程中，民族国家发明了自身。狄更斯小说中展示的消极信用，其产生原因是个体的问题，而非制度性的问题。（Brantlinger 20）

玛格特·芬恩（Margot Finn）也认为，私人信用在前现代社会就有其根基，公共信用是现代经济学思想中的核心，在狄更斯的小说中"个人债务和信用关系总是暴露出社会和文化在限制英国市场文化里的契约性个人主义（contractual individualism）的作用力"（Finn 26）。芬恩追问的是英国在多大程度上被强调自主经济个体的理论所形塑，她提出《大卫·科波菲尔》等小说想象了一个"共同体内部互惠型社会关系的空间"（Finn 28）。

"经济活动代表了社会生活当中最为重要的部分，它与各种规范、法则、道德责任和其他习性维系在一起形塑了社会。所有经济成功的社会共同体都建立在信任的基础之上。而缺乏信任则往往带来糟糕的经济绩效和社会问题。"（范可249）在福山看来，由信任建构起团结的共同体是文化共同体，它不是在法规制度的基础上形成，而是在一系列伦理习惯，以及"内化到每一位共同体成员的互惠道德义务的基础上形成，这些规则和习惯提供了共同体成员相互之间彼此信任的土壤"（Fukuyama 9）。这样的共同体就是福山所谓的"道德共同体"（moral community）。维多利亚社会是个低信任度社会，这很大程度是由于它不再是个熟人社会，而是由陌生人组成的社会。狄更斯小说中常有对恶俗律师、荒唐诉讼以及阴森监狱的细致描写，这些都说明维多利亚社会为信任崩塌付出的高额代价——交易成本的大幅上升，政府警力开支的上升，社会团结的缺位。工具理性思维催生出人人为己的利己主义思维，社会内部的信任被大大弱化，给人们相互间的合作平添障碍，合作和共荣变得困难，维多利亚人饱受共享价值和共同体精神衰败的煎熬——一个唯个人私欲是图的社会，必定在短期内土崩瓦解，利益是最反复无常的存在，今天的同盟明天就可能反目。

狄更斯之所以想通过小说将信任制度化，也是出于他对英国政府和上流社会的不信任。正如埃德蒙·威尔逊（Edmund Wilson，1895—1972）所说：

> 狄更斯在社会上是孤独的，他并没有用他所取得的声名在等级森严的英国上流社会为自己谋得席位，也不喜欢结交文学圈或知识界的朋友。他对上流社会有很强烈的抵触情绪，而对那些上流社会的人来说狄更斯的言行举止到了令人生厌的地步。狄更斯是特立独行的，因为英国的知识分子中很少有他这样的人——他本已取得通往特权阶层的通行证，却断然拒绝了这样的"荣耀"。（邵珊和季海宏80）

狄更斯想要的"荣耀"，远非获取头衔和财富如此浅薄，他要的"荣耀"是文人作为中产阶级的"承认的政治"，是文学的尊严，是通过写作达到的打破阶级壁垒的社会共荣。

作为知名作家，在想象共同体的过程中，狄更斯的小说艺术采取了情节剧（melodrama）美学的思路，这是一条和其他作家探索共同体时采取的不同的思路。① 狄更斯有着长期当演员的经历，他势必深谙情节剧美学的表征方式，比如《尼古拉斯·尼克尔贝》里，就很细致地描写了克拉姆尔斯剧团团长和团长夫人如何表演并消费情节剧，所以狄更斯对情节剧美学的偏爱，和他自己当演员的经历有关。同时，狄更斯的情节剧美学，受启于 18 世纪英国著名画家威廉·霍加斯（William Horgarth，1697—1764）的美学理念，霍加斯和狄更斯对现实主义艺术中工具性的理解，在认识论上受到 18 世纪法国哲学家孔狄亚克（Etienne Bonnot de Condillac，1714—1780）的影响；霍加斯发展了这样一种观点，"让美和现实主义坚守于人类主体性或人类的认知视角，霍加斯和狄更斯都受困于幼稚的现实主义，因此两位艺术家都发展出脸谱化描写、情节剧和夸张的艺术形式，这三者都是通往逼真（verisimilitude）的重要手段"（Mangham 59）。狄更斯的小说因情节剧美学而具有非凡的自我呈现力，这一思路却遭到过质疑。1856 年，乔治·艾略特（George Eliot，1819—1880）在为《西敏寺评论》（*Westminster Review*）撰文时并未提及狄更斯的名字，但暗示到：

> 有位伟大的小说家天赋异禀，能够准确地说出我们镇上民众的外在特点；如果他能够告诉我们他们的心理特征，也就是指他们对于生命的设想，他们的情感，包括他们的习语和礼仪，那么他的书将是最大的贡献——艺术一直被创造，用来唤醒社会同情……这位小说家却几乎从未穿过幽默的外部机制，进而深入到情感的、悲剧的内里，当他置于自己艺术性真实之前，他也

---

① 雷蒙德·威廉斯研究过狄更斯、勃朗蒂姐妹、乔治·艾略特、哈代、康拉德和劳伦斯等作家表征文明转型期英国 "不可知共同体"（unknowable community）时各异的方式。See R. Williams, *The English Novel*. J. 希利斯·米勒研究过特罗洛普、哈代、康拉德、伍尔夫和品钦几位作家小说中的共同体。See Miller, *Community in Fiction*。

没能超然于他创造的非真实性。(qtd. in Haight 202)

还是保罗·奥科耶斯基（Paul Ochojski）的观点较为中肯，他评论道：

> 狄更斯的小说世界是个奇幻的世界，童话的世界，也是充斥着鬼魅的世界，它是通过儿童的眼睛看到的世界：阴影更加黑暗，雾气更加浓重，漆黑的街道显得比实际更加恐怖。正如孩子通常的感觉一样，非生命的物体也有自己的生命：于是乎《大卫·科波菲尔》中谋得斯通小姐的手包咔嚓一关，就像是一头小野兽在咬东西一样，发出让人不寒而栗的声响；《艰难时世》里像毒蛇一样的煤烟不怀好意地盘绕在焦煤镇的上空，工厂里的蒸汽机活塞就像是抑郁狂躁的大象。狄更斯对人物的处理也像孩子看人一样，人物的特质被放大成怪癖，他们的劣迹也被放大成魔鬼一样的恶行。狄更斯创作的大多数人物是从外表上进行刻画的漫画式人物，他们的行为完全可以提前预知。狄更斯注重外在的人的深度描写，欠缺分析人物性格发展和行为动机的能力，他笔下的人物不仅仅是典型，不仅仅是美德或邪恶的抽象代表，他们非常有活力，让人难以忘怀，只有当他们存在于狄更斯的世界中时，他们才变得立体、鲜活。(Ochojski 7)

狄更斯也自主意识到自己作品具有脸谱化的特质。正如他在1856年8月给约翰·福斯特的信中所说：

> 这是多么古怪的一件事，一部英语小说的主人公总是如此乏味——太完美——不自然。我优雅的朋友，如果你认为把你在其他人的书或者我的书里看到的同样不自然的年轻绅士（如果体面意味着必要的不自然的话）加上一张无耻的脸庞，就可以消除我的认知——出于你的道德感这个绅士必须对你呈现成这样的不自

然——的话，你肯定会把自己想成一个华丽的江湖骗子，也把我想成一头蠢驴。我不会提及你喜欢的任何不体面，更不会说伴随着人类的创造和毁灭而来的任何的经历、琐事、彷徨和迷惑。（qtd. in Brannan 12）

狄更斯式的"情节剧"对19世纪功利主义（Utilitarianism）思潮形塑的"时间"做出审美性反拨。彼得·布鲁克斯（Peter Brooks，1938—）和伊莲·海德利（Elaine Hadley）系统分析过英国小说中的情节剧美学。布鲁克斯认为，情节剧是19世纪英国文学和文化的重要部分，是"有关道德的戏剧"，正如浪漫主义和哥特式戏剧一样，情节剧是"现代意识的必要形式"（Brooks 79）。海德利则非常细致地探讨了激进主义、伦理学和情节剧的关系。对于布鲁克斯提出的情节剧和心理内化机制的关联，海德利提供了谱系学，但同时强调了情节剧的公共属性，并把情节剧界定为可同时发生在舞台上下的好斗的抗争。从海德利的这个定义可以看出，情节剧模式中对"戏剧化异议"的公共展出，是对现代的、分类的、拥有财产的自我构建的反动性回应，也是对父权地位的等级制述行，后者正好以家庭关系的形式构建了同一性，遵循福柯（Michel Foucault，1926—1984）的视角，海德利关注到情节剧如何影响"文化意义的生产"（Hadley 55—69）。

功利主义利用常规的机制不偏不倚讲述道德世界，情节剧则有赖于极致的情感和道德感以及夸张的性格呈现，这点同功利主义的策略迥然不同。但在某些方面功利主义和情节剧殊途同归。首先，正如彼得·布鲁克斯所说的，情节剧是个寻找伦理解决方案的世俗美学，"成为揭示和展现的基本形式，给世俗化了的道德世界动手术"（Brooks 15）；按照克里斯蒂娜·克罗斯比（Christina Crosby）的看法，情节剧无关乎政治的两极化处理，提供了二元对立的意识形态，其中包括文化的内部和未被驯化的自然世界（Crosby 15）。

情节剧重复利用善恶二元对立达到伦理上的目标，把有罪的力量驱逐。对此，功利主义的路径截然不同，它通过不偏不倚的观察，计算和修复达到目的。但是按照霍布斯（Thomas Hobbes，1588—1679）有关自然状态的神话可以发现，功利主义同样诉诸道德上的二元对立，边沁（Jeremy Bentham，1748—1832）式的计算把对社会意义上危险人物的流放合法化，尤其当这些人物具有未被规约的自然属性的时候，通过将社会矛盾的解决方案戏剧化呈现出来，情节剧提供了功利主义的牺牲话语在情感上的合法化途径。如果说情节剧的历史功用是为世俗世界注入道德连贯性的话，情节剧带来的快感则需通过被凝视的暴力管窥到。

按照荷内·吉哈德（René Girard）的观点，情节剧提供了伪装的共同牺牲，其目的是把共同体对独立牺牲个体的愤怒加以预先阻止，因此仪式扮演着重要作用，它"净化"暴力，将暴力哄骗到那些其死亡不会引发报复的牺牲体身上（Girard 36）。在功利主义的话语机制里面，宗教性的牺牲保护了社会平衡，或者按照霍布斯的观点，从被玷污的自然中保护乌托邦式的纯洁文化。"所有不纯洁的概念都发端于共同体对不断循环的暴力的恐惧，威胁总是一样的，而且总能引发一系列同样的反馈，同样的牺牲将暴力引向那些无足轻重的牺牲体身上。"（Girard 36）

情节剧对仪式化的终结非常关注，灾难美学便成了狄更斯共同体批判的一个表现方式，对小说人物命运和社会环境的脸谱化描述具有存在论的意义，《匹克威克外传》中狂暴的竞选场面、《老古玩店》中小耐尔眼里鬼魅一样的机房的火光、《董贝父子》中的让人惊愕的铁路意象、《大卫·科波菲尔》中毁灭了斯蒂福斯的海难、《我们共同的朋友》中的垃圾山等，不一而足。这些奇幻的灾难性景观描写几乎成了狄更斯笔下的时代符号，对灾难和暴力性事件的结构性重复让狄更斯式的情节剧具有拒斥社会失序常态化的作用，转而代之的是将社会失序移植到暂时性的维度。这些灾难性景观描写允许维多利亚人把社会危机解读成非永久性的事件，而团结和秩序才是社会生活的常态。

当狄更斯给予恶人罪行以叙事时，社会性越轨行为的意象被妖魔化，同时又对它们给出伦理的终极归途。通过这种手段，那些越轨者就有了被修复的机会，也可以被挖掘出有指导意义的高尚。这种方法论让狄更斯童心崇拜中扬善惩恶的情节成为必要和可能。扬善惩恶本身也意味着去阶级的普遍话语的形成，在维多利亚时代，财产代表着社会阶层的分野和人的私欲，通常情况下情景剧式的好人/坏人的分野也和阶级相关，穷人往往被认为是道德低下的群众甚至暴民。但狄更斯打破了这种格局，也打破了财产带来的工业时代魔咒。伊莲·海德利、朱丽叶·约翰（Juliet John）和德博拉·弗洛克（Deborah Vlock）都注意到，狄更斯使用情节剧作为对布尔乔亚人格中的私人性的抗议，后者具有割裂社会联结和连贯性的倾向。①情节剧之于形塑共同体的作用在于，那些脸谱化的人物表达了这样一种希望，他们渴望被他们已经加入或者有能力加入的共同体所理解和承认，认为只有他们的美德被充分发现，他们才能融入共同体。狄更斯共同体想象中的家国情怀便打上了浓厚的"心智培育"印记，扬善惩恶这一结构性重复呼应了共同体想象所蕴含的整合诉求。

正如菲利普·戴维斯（Philip Davis）在《维多利亚人》（*The Victorians*，2002）中归纳的，维多利亚时期的时代精神是整合（synthesis）（Davis 1—38），而整合本身，就蕴含了形塑共同体的内涵。19世纪的英国经历着文明转型的重大议题，由此衍生出许多新型价值体验——工具理性思潮、城市化进程、达尔文学说、宗教变迁、心理学的发展，文学市场的形成，阶级的更迭，这些都是英国在形塑工业化民族国家时面临的问号，如何有机地整合上述未知情形，是狄更斯面临的挑战。童年作为新型社会文化构型的隐喻，以及家庭作为工业化民族国家缩影的这两点，让童心崇拜成为狄更斯共同体想象的独特场域。本书试图做的是，围绕童心崇拜和共同体这两个关键词，对狄更斯所有14部完成了的长篇小说进行一次系统性阐释，挖掘童心崇拜发展的内在联系和共同体形塑渐进过程的层次。

狄更斯研究权威米勒（J. Hills Miller，1928—2021）曾说，狄更斯

---

① See Vlock 20; John, *Dickens's Villains* 8–9; and Elaine Hadley 116–119.

的文学生命呈现了这样一种层次：从内向的，孤立的情况，转向外向的，社会化的情况。狄更斯的共同体之路也大体呈现出这样一种进程。在早期的《匹克威克外传》《雾都孤儿》《尼古拉斯·尼克尔贝》《老古玩店》和《巴纳比·鲁吉》中，工业资本主义制度还没有形成景然的秩序，《尼古拉斯·尼克尔贝》中主人公尼古拉斯的叔叔拉尔夫和《老古玩店》中的坏蛋奎尔普都是高利贷商贩，他们经营的业务五花八门，其中多数也见不得光，但是这两个人物却能量巨大。对于新兴工商业社会，这几部小说的主人公经常采取逃避或者归隐的态度，匹克威克先生虽然在群众中走了一遭，也用自己的财富实现过兼爱理论，但他终归回到了他的匹克威克俱乐部，选择了独乐乐，而不是众乐乐。奥利弗·退斯特也经常逃跑，尼古拉斯·尼克尔贝也带着思麦克一路逃离魔鬼学校多伯伊斯堂，《老古玩店》中的小耐尔更是几乎一路徒步逃离奎尔普的魔爪，乃至累死。

对于主人公如何脱险，或者如何获得体面的生活，这一时期的狄更斯更多依赖于个别神秘绅士或慈善家的捐助，以及童话式的巧合情节，但是正如本书分析《尼古拉斯·尼克尔贝》中的三种共同体模型时将要说明的，狄更斯笔下的慈善是有问题的。对于如何消解贫富"两个民族"的鸿沟，此时的狄更斯也没有找到明确答案，《雾都孤儿》中费金领导的少年犯团伙和《巴纳比·鲁吉》中参与戈登暴乱的下层群众，更是基于一己私利结成的伪共同体，他们之间建立的伪信任对形塑社会有机体百害而无一利。同时，在上述早期作品中，狄更斯大多聚焦于小型社团或者个别家庭这类微型社群，共同体思辨并没有和当时的历史大幕联系在一起。

在随后的《马丁·朱述尔维特》《董贝父子》《大卫·科波菲尔》《荒凉山庄》《艰难时世》和《小杜丽》中，狄更斯的共同体视野逐渐宽阔，在广度和深度上都推进了一步。这一历史时期，英国对于自己是"世界工厂""日不落帝国"和"最伟大民族"的自信心空前膨胀，但是在狄更斯看来，这个民族国家越发自恋，利己主义越发盛行，美德和社会信任越发缺失，共同体建构越发困难。美国之行和欧陆旅行让狄更斯站在全球化的视野审视狭隘的民族主义情绪，在《马丁·朱述尔维特》中，小马丁在美国的经历对他回英国后的觉醒起到关键作用，在《小杜丽》中狄更斯更是以世界主义的心态为偏狭的民族主义开出药方，而那些具有世界主义心态的人物也是成功的资本主义实业家，这些说明此时的狄更斯已经开始接纳新兴工商业社会这个历史大势。这一时期的作品深化了狄更斯对利己主义、个人主义和共同体三者的思索，同时能够把上述思索和历史大事件结合起来，在艺术手法上也有所创新。狄更斯集中刻画的幼稚大人都是名副其实的利己主义者，心智健全的大人都是将个人理想融合到共同体形塑的个人主义者，他们通过美德构建信任，通过信用促进经济繁荣和社会团结。在《董贝父子》中，狄更斯把19世纪流行的肺结核美学同消费主义结合起来。① 在《艰难时世》中，笔者挖掘了狄更斯共同体形塑中想象力的作用，想象力是审美现代性对抗机械现代性的表征，想象一词也为安德森"想象的共同体"发掘出新的深意。《大卫·科波菲尔》和《荒凉山庄》两部作品以童心崇拜为依托，凸显了主人公通过自我奋斗实现个人理想的过程，可谓是狄更斯探讨个人主义和共同体关系的一个集中体现。尤其是《荒凉山庄》，狄更斯以首届伦敦世博会的开幕为契机，讨论了作家职业化进程中的结社行为给民族国家共同体形塑带来的积极作用，不论是大卫·科波菲尔还是《荒凉山庄》的女主人公埃斯特，他们写作的尊严恰恰体现在对社会的责任这点上。同时《荒凉山庄》中也有对成功的实业家的积极描述，以及反自由贸易描写，这都说明在这一时期狄更斯的共同体视野里，依靠美德构建社会信任，促进经济繁荣的理念越发清晰。

狄更斯创作的最后三部长篇小说是《双城记》《远大前程》和《我们共同的朋友》，在这三部小说中，共同体思辨推向了更深刻的、认识

---

① 朱丽叶·约翰（Juliet John）和爱丽丝·詹金斯（Alice Jenkins）等西方学者认为，消费文化的出现可以被看作现代性的一个特征，而这种文化大约兴起于维多利亚时期——当时"判定价值的标准发生了重心转移，即由强调生产和再生产过程中的劳动环节转变为注重消费者的趣味和欲望"。John and Jenkins, "Introduction", 4-11。

论的维度。《双城记》延续了狄更斯对世界主义和民族主义的思辨，通过英国医生马奈特和曾经的浪荡子卡顿的自我牺牲和自我圆融，在文本间际洗刷掉法国贵族的罪恶，消除了贫富"两个民族"的鸿沟，在重塑父权的同时，深化了"自由、平等、博爱"之于共同体的意义。《远大前程》中皮普的四个替身父母在他自我实现历程中的出场顺序，同进化学说的线性叙事形成互文，四个替身父母在"进化"链条中的位置，体现出狄更斯对"进步"话语的逆转，皮普由幼稚到成熟，最后成长为一个践行个人主义的世界公民，他的转变和对四个替身父母的取舍有密切关联。最后一部完成了的长篇小说《我们共同的朋友》，单从小说题目就可以看出，狄更斯的共同体思辨已经跃然纸上，在这部小说中，狄更斯通过互相扶持的友情式婚姻打破穷人和富人的鸿沟，此时的狄更斯已经"想象"出消除阶级和民族排他性的"我们"的共同体。

本书将狄更斯的首部长篇小说《匹克威克外传》（*The Pickwick Papers*，1836—1837）设为第一章，从匹克威克派的"天真"入手，以异化的食物消费为线索，讨论乡绅匹克威克先生在婚姻和群众两个场域的尴尬处境。小说最后匹克威克先生并没有融入工业社会，他的俱乐部也宣告解散，这说明狄更斯的共同体之路才刚刚开始。

第二章研究了狄更斯的第二部长篇小说《雾都孤儿》（*Oliver Twist*，1837—1839），这是一部兼具现实主义、情节剧和童话性的小说，主人公奥利弗的圣童形象，小说中被物化的儿童，幼稚的大人，童话式的创作手法都指向一个共同体诉求：通过善的影响力构建信任，在互信的基础上形塑道德共同体。小说中对巧合的结构性重复说明这一时期的狄更斯仍旧没有找到在民族国家层面建立制度性社会信任的钥匙。

第三章解读了《尼古拉斯·尼克尔贝》（*Nicholas Nickleby*，1838—1839）。同名主人公尼古拉斯情节剧式的愤怒满溢在整部小说，对愤怒这种极致情绪的结构性重复体现出狄更斯寻找共同体模型的热望。在这部小说中，尼古拉斯经历了三种共同体模型，但它们都无法在工商业社会形塑有机体，尼古拉斯在伦敦象征的新兴工业文明中隐退，他的退却浮现出共同体形塑问题上迷惘着的狄更斯。

第四章关于《老古玩店》（*The Old Curiosity Shop*，1840—1841）的讨论围绕小耐尔死亡的必然性，对小说中隐含的共同体思辨展开分析。耐尔祖孙的年龄倒置是狄更斯童心崇拜情结的一个典型，由于功利主义的作祟，像耐尔祖孙这样的普通人难免被置于死地，他们尚未在新型经济社会网络中找到自己的位置，耐尔的死说明狄更斯的共同体之路还很长。

第五章讨论的《巴纳比·鲁吉》（*Barnaby Rudge*，1841）是狄更斯以 18 世纪英国戈登暴乱为素材而著的历史小说。小说塑造的参与暴乱的成年人群像是文明转型期英国群众的缩影，这些人物要么无恶不作，要么幼稚自大，无法在形塑社会有机体方面充当积极作用。去伪存真的共同体之路仍旧任重而道远。

第六章关于《马丁·朱述尔维特》（*Martin Chuzzlewit*，1843—1844）的讨论涉及了主人公小马丁从利己主义者到个人主义者的"回头是岸"，美国之行在其中发挥了关键作用，这个信号预示着狄更斯开始以世界主义的视角审视民族主义的偏狭心理。

第七章讨论的《董贝父子》（*Dombey and Son*，1846—1848）把共同体批评转向小说中早熟孩子珀尔的肺结核美学。肺结核同消费（consumption）互为隐喻关系，董贝商行因肺结核遭受的毁灭性打击构成了《董贝父子》的中心议题，形成狄更斯批判消费主义的道德寓言。

第八章讨论的是带有自传性质的小说《大卫·科波菲尔》（*David Copperfield*，1849—1850）。这部小说深化了狄更斯对利己主义和个人主义的讨论，在这部小说中，利己主义通过"坚硬"的自恋呈现出来，而个人主义者的自我实现则取决于对本真性伦理的"坚定"追寻，以及将自我同一性建立在社会这个共同背景中的"坚定"信念。

第九章对《荒凉山庄》（*Bleak House*，1852—1853）的讨论从童心崇拜入手，指涉了 19 世纪 50 年代英国文坛的一次结社运动：以狄更斯、萨克雷、约翰·福斯特、布尔瓦—立顿为代表的英国文人，在公共领域发起的"文学之尊严"（"The Dignity of Literature"）论辩。小说中主人公/叙述人埃斯特的写作之路和她获得尊严的道路是重合的，这说明作家共同体之于民族国家共同体的作用在于负责地写作，责任心可以塑造共同体的基石。

第十章讨论了《艰难时世》（*Hard Times*，1854）中功利主义思维对童真的挤压，其表现就是对"事实"趋之若鹜，对想象力嗤之以鼻。狄更斯深切地担忧着日趋成为社会中坚力量的布尔乔亚身上"非利士人"（马修·阿诺德语）的习气，因此在这部小说中用反例说明了，用功利主义思维想象民族国家共同体是个错误。

第十一章旨在说明《小杜丽》（*Little Dorrit*，1855—1857）以世界主义的角度出发，描绘了英国民族主义的偏狭习气。在小说中，有一群自我中心的伪世界公民助长了这一习气，而另一群真正意义的世界公民则超越了这一习气。

第十二章围绕《双城记》（*A Tale of Two Cities*，1859）中两种截然不同的牺牲——情非所愿的"牺牲"和心甘情愿的牺牲，对小说中的父权问题进行了探讨。《双城记》虽以法国大革命为背景，真正的问题意识指向的是英国。

第十三章解读了《远大前程》（*Great Expectations*，1860—1861）。在狄更斯的共同体想象中，对"进步"话语的推敲与对进化论的创造性误读互为隐喻。在文明转型期，维多利亚人面临着重大的共同体危机，即亲缘关系这个"根"，在被引入"进步"和"进化"的领地后，发生了变异。这部小说就是狄更斯的寻"根"之路。

第十四章分析的是狄更斯最后一部完成的长篇小说——《我们共同的朋友》（*Our Mutual Friend*，1864—1865）。小说题目中的共同体意味已赫然在目，《我们共同的朋友》是狄更斯一生共同体思索的高点。《我们共同的朋友》从婚姻这个共同体的基本单位出发，诠释了19世纪的英国这个"我们"，需要什么样的"朋友"。

结论部分将蕴含在童心崇拜中的共同体想象放置在西方共同体思辨体系之中，探讨狄更斯共同体形塑的历史性和前瞻性。

第一章　天真伴我行：匹克威克的共同体之路

　　匹克威克派的共同体之路，是狄更斯共同体之路的起点。在过往的《匹克威克外传》（*The Pickwick Papers*，1836—1837）研究中，学界一直在探讨一个问题：匹克威克先生身上天真、古怪的特质，是否在他遭遇社会现实时，有所改变？诗人奥登（W. H. Auden，1907—1973）认为，匹克威克先生是位业余骑士，在对现实世界有所感知后，他丧失了自己的天真（Auden 407—428）。金凯德（James R. Kincaid）拓展了奥登的观点，认为匹克威克像莎士比亚笔下的李尔王一样，必须在经历一次简化了的对身份认同的质疑后，才开始少了对世间的置若罔闻，多了人性和血性（Kincaid 129）。帕顿（Robert L. Patten）也认为"匹克威克的历险具有教育意义"（Patten,"Art"349）。与上述观点相左的是另外一种声音，米勒认为，匹克威克逃离了天真，但自始至终他的性情都没有发生改变（Miller, *Charles Dickens* 24）。约翰逊（Edgar Johnson）也认为，匹克威克是个在历险中一直保持天真无邪的骑士（Johnson 173）。按照哈代（Barbara Hardy）的观点，匹克威克在旅行中既没有扩大思想视野，感知力也没有提高，匹克威克处在一个被狄更斯赋予了特殊魔力的社会圈子里，这个圈子让他免于受到现实的伤害，和狄更斯之后的小说不同的是，匹克威克最终在现实面前不得不妥协，其表现形式就是把现实中刺耳的成分和甜蜜的成分区分开来（Hardy 99）。罗格斯（Philip Rogers）则认为，狄更斯不愿意承认匹克威克可能的改变，如果说匹克威克有所变化，那么这也发生在读者和叙述人身上，随着故事的推进，读者和叙述人透过对匹克威克天真表象的错误认知，看到一个更加完善的匹克威克，而其实这正是匹克威克自始至终的样子，狄更斯对匹克威克的天真所持的态度说明，《匹克威克外传》戏剧性呈现的并非是匹克威克转变的过程，而是对匹克威克真性情的逐渐展露（Rogers 21）。

上述研究存在一个共性，那就是都在讨论匹克威克的天真和他所感知的社群之间的关联。虽然上述论述并没有直面《匹克威克外传》中的共同体问题，但是尤其是哈代和罗格斯的观点，实际上已经暗示了这部小说的共同体主题。而且鲁宾（Stan S. Rubin）已经提及，《匹克威克外传》探讨了个体与共同体/社群之间的关系，在匹克威克与群众（the crowd）接触的过程中，他的仁爱之心屡遭考验，他不合时宜的天真也被狄更斯频频嘲弄，狄更斯也似乎乐于维系匹克威克的天真，当遭遇社会的丑恶面时，匹克威克会怒发冲冠，但他的愤怒与其说是个有识之士先知般的预言，不如说是孩子受到不公待遇后的发泄，随着小说一个章节的落幕，他又迅速回归到孩子般的无忧无虑之中（Rogers 22—23）。

匹克威克先生的"天真"真如鲁宾所说的那样，如此浅显吗？狄更斯在《匹克威克外传》中抒发的共同体思考是否还经得起更深入的推敲？这是两个亟待解决的问题。作为狄更斯的第一部长篇小说，《匹克威克外传》可以说是狄更斯共同体批评的前哨，匹克威克先生生活的有着驿站马车、小旅店，猎鹿绅士的乡村式的，以农为本的"快乐而古老的英格兰"（Merry England），正在逐渐转变为到处是铁路、贫民窟、工厂和城市无产者的都市化工商业国度，在新旧文明进退之间，狄更斯通过匹克威克的天真，展开怎样的探索？通过小说文本细读，以及本书论及的共同体理论可以得知，匹克威克先生的天真可以理解为与新世界的格格不入，也亦是乡绅匹克威克在文明转型期体验到的价值阵痛。在这部小说中，狄更斯以肉食消费为切入点，通过刻画匹克威克派在婚姻和群众两个场域的遭遇以及之后信任的重构，勾勒出以匹克威克派为代表的乡绅在新兴工业社会的体验。

一 在婚中

过往的研究普遍认为,《匹克威克外传》的结局符合19世纪英国小说中的婚姻体裁模式。费恩（Mara Fein）的观点最具代表性：

> 这部小说的结尾以喜剧的方式庆祝了几个婚姻的内部和解，传统的婚姻情节一直贯穿小说始终，《匹克威克外传》称得上是一部家庭伦理小说。匹克威克先生从债务人监狱出狱的情节意味着他和婚恋情节缔结了约定，这一约定改造了单身汉匹克威克，把他从父权制核心家庭的坚守者转变成一个卓越的、推动婚姻的丘比特。（Fein 374）

多赫（Gina Marlene Dorré）也提出，匹克威克先生为匹克威克派中的两个伙伴分别撮合了美满婚姻，从而体现了他的父权，并调和了他潜在的性别危机（Dorré 1—3）。克拉文（John Glavin）则认为，学界之前认为的"匹克威克先生入狱是对他选择男仆山姆，放弃巴德尔太太的惩罚"的观点是误读，小说中的性别政治体现出的基调是男性自恋（Glavin 11）。

匹克威克先生虽然最终完成了游历，但自始至终他都是个单身汉，没有成为丈夫和父亲，他是匹克威克派成员孩子的教父，自己却没有孩子。对于婚姻共同体而言，匹克威克先生是个他者。如果把匹克威克先生的不婚主义和他矮胖的身体联系在一起，就会发现他的身体是巴赫金（Mikhail Bakhtin，1895—1975）"怪异意象"（grotesque image）的一个表现，"怪异的意象反映出转变的现象（phenomenon of transformation），关于生与死、成长与发生（becoming）的尚未完成的变化（metamorphosis）"（Bakhtin 25）。匹克威克的大腹便便反映出《匹克威克外传》的特质：这部小说书写了男性以及他们怪异的肉食消费，由此展现出维多利亚时期性别政治的权力运行机制，匹克威先生在罗曼司问题上的天真是狄更斯表征婚姻共同体紧张（tension）的媒介。

维多利亚时期最畅销的女性读物《家庭管理笔记》的作者比顿（Isabella Beeton）说："一个知道如何用餐的国家才能称作是个不断进步的国家。"（Beeton 263）在维多利亚社会，男性主宰着家庭中的食物分配。作为家庭经济支柱，男性必须吃肉让自己强壮，食肉也就成为衡量男性气质的标准，肉在父权社会演变为具有雄性符号的食物隐喻（Adams 36）。肉之于男性非常重要，它对应着男人对女性的统治（Collard and Contrucci 36）。于是便形成了关于"肉的性别政治"（Adams 22），食肉演变为丈夫的特权，食欲与饮食在建构男性气质模式上起关键作用。男性在展现食欲时，他们获得权力的欲望也隐喻性地体现在吃肉的能力中。

《匹克威克外传》呈现出对上述主流话语的戏仿。匹克威克先生的理想主义是他天真的一个表现，对于世间各种荒谬他难以消化，他的贴身男仆山姆的职责不仅是仆人，还是保护人和社会导师。山姆经常告诉匹克威克，这个社会上对私利的追逐经常要让位于匹克威克所信仰的真理和社团精神。在山姆给匹克威克讲的关于猫肉馅饼的故事中，肉食消费把利己主义和性别政治联系在了一起。匹克威克派在乡间打猎间歇，山姆告诉匹克威克，他曾认识一个把猫肉馅饼当牛肉馅饼卖的聪明师傅，根据市场需要，他可以用猫肉做成各种各样的牛肉饼、猪肉饼、羊肉饼。听了这个故事，老学究匹克威克只把它当成他备忘录里的一则奇闻逸事，但他也对这则故事感到有些不安，他微微发了一阵抖，并说"那他一定是一个脑子非常活络的年轻人"（Dickens, *Posthumous Papers of the Pickwick Club* 293；ch. 19）。

匹克威克先生想通过赞扬馅饼师傅有生意头脑来息事宁人，但山姆却不肯就此罢休，他更加详细地描绘了猫肉馅饼的细节："这馅饼可真有模有样。舌头，这可是个好东西呀，如果不是女人的舌头。面包——火腿肘子，棒极了——冷牛肉片，太好了。石头罐里是什么呀，你这毛手毛脚的小家伙"（293；ch. 19）。山姆用戏谑的口吻对猫肉馅饼

第一章 天真伴我行：匹克威克的共同体之路

的味道大加赞赏，狄更斯巧妙地借山姆之口，把猫肉消费和女人的舌头联系在一起，不健康的猫肉在市面的流通和消费与女性性别勾连在一起，营造出独特的话语机制，暗示了婚恋关系中的怪异的权力政治。

《匹克威克外传》中早熟的男孩乔身上体现出男性在两性关系上的被动局面。乔是农场的仆人，他不但爱睡觉，对食物——尤其是肉食——的偏爱已经远远超过孩子的正常需求，"狄更斯把男性气质投射到乔对肉食的消费上"（Stern 160）。食肉在小说中是男性欲求征服女性的象征，在乔与女仆玛丽共进晚餐的一幕中，狄更斯刻画出男性在求爱过程中的尴尬处境。乔邀请玛丽共进晚餐，他把玛丽引入餐椅，自己则坐在主人的位置，他热情地把肉饼分给玛丽，同时也给了自己很多肉饼，他还慢吞吞地对玛丽说"你可真美啊"（848；ch.54）。

在饭桌上，乔对食物的渴望暗示着他对玛丽的渴望，他通过不断重复自己很饿来间接表达与玛丽调情的愿望，而乔隐晦的性暗示恰恰反映出男性的无力："他们既无法名状（name）自己的愿望，也没有能力实施愿望。"（Waters 366）在两性关系上，玛丽比乔更在行，"乔不仅仅是对匹克威克的戏仿，他更是狄更斯对19世纪英国男性气质的戏仿"（Hardy 95）。身为孩子的乔希望把自己消费成男子汉，他幼稚的心智和超出年龄需求的胃口形成强烈反差，从而折射出父权社会中男性气质的虚弱。

小说中的男性们不遗余力想要展现自身旺盛的须眉气概，他们在这方面的力不从心通过肉食消费体现出来，食肉主义与其说象征了男性在性别政治和社会机制的主导地位，不如说象征了他们在这两方面的失败。在匹克威克派打猎的一幕，温克尔先生想要展现自己的雄性魅力，然而他连猎枪都不会拿，猎场看守对他说："待会儿枪里上上弹药时，你可千万别这样拿枪啊，先生……要不然，你不把我们中的哪个变成盘冷盘肉才见鬼哩。"（286；ch.19）可见，温克尔先生的男性气质在猎场看守的口中变成了被冷盘消费的笑柄。

艾伦和索耶这对医学专业大学生在肉食消费中体现出的幼稚思想，也折射出了男性气质在婚恋过程中的被动。在这对年轻医科大学生的闲聊中，对解剖的专业性讨论充满着对肉食的掠夺性欲望——其实也象征了两个大学生征服女性的渴望。像仆人山姆给匹克威克先生讲的猫肉馅饼故事一样，大学生露骨的讨论也让匹克威克先生"轻微哆嗦了一下"，匹克威克以"听见了女士们的声音"为由中止了大学生的讨论（461；ch. 30）。这里的戏剧性效果和男仆乔在两性关系上表现出的无力如出一辙：女仆玛丽的问话让乔无计可施，大学生怪异的胃口也随着女性的突然介入戛然而止。

乔和医学大学生的肉食消费情节都说明，工业文明塑造的男性气质一直在被女性检验着。当这对大学生讨论爱情的时候，肉食消费越发烘托出男性气质的无力。大学生的肉食消费体现出男性在两性权力机制中的张力（Stern 159），当艾伦和索耶一边吃肉，一边讨论索耶的心上人——艾伦的表妹艾拉贝拉——的时候，他们在消费雄性的征服欲。艾伦咬牙切齿的样子"与其说像用刀叉吃小牛肉糜的温和的年轻绅士，不如说更像是个徒手生吃狼肉的野蛮武士"，索耶"在灌进去一大口啤酒的当儿停了下来，从啤酒壶上方射出凶狠的目光"（746；ch. 48）。在与艾拉贝拉的两性政治中，吃的主要意义不在于其生物性，而在于其象征性。吃肉代表了权力的编码机制，"食物与吃已经成为性别权力斗争的场所"（Cline 3）。"吃肉隐含的权力斗争体现出婚恋的二元构型：男性与女性，猎食者与被猎食者，消费者与被消费者"（郑佰青和张中载 42）索耶和艾伦的对话呈现出19世纪英国性别政治的话语导向，二人的餐桌礼仪并没有显示出男性权威，而是表现出上述话语导向的局限性。

表面看来，索耶和艾伦口中的"猎物"艾拉贝拉，代表了维多利亚时期建构的女性气质。19世纪英国的医学话语把女性和生育功能联系在一起，"女性的欲望被边缘化或加以拒绝，她们毫无热情可言"（Marcus 259）。"父权社会构建了两性等级体系，将纯洁、顺从、被动等'女性气质'强加给女性，还生产了一套体现男权意志的知识话语：女人缺乏自控力，因而更具动物性，作为一种文化符号，"（刘彬 82）食物无法超然于权力独立存在，它是"社会关系的寓言"（Counihan

56）。食物充当了性别权力的支点，成为"规约女性的手段"（Blodgett 262），"性别政治演变成吃或被吃"（Sceats 99）的政治。

索耶和艾伦的谈话验证了上述观点。两个年轻绅士誓言旦旦，要让索耶获得艾拉贝拉的爱情，但艾伦一语道破真相：索耶从来就没有勇气向艾拉贝拉求婚。索耶坦言，他知道求婚无济于事，因为艾拉贝拉根本不喜欢自己。早在小学时代，艾拉贝拉就拒绝过索耶的芷茴香小饼干和甜苹果——她以"那包东西放在灯芯绒裤子的口袋里太长时间了，苹果热得叫人讨厌"为由（747；ch. 48），拒绝了索耶温热的食物和食物背后的炽热欲望。而后，两个小男孩联合成同性相惜的阵营，把甜苹果和芷茴香小饼干分着吃掉了。

苹果是伊甸园的隐喻对等物，它是颠覆男性气质的话语狂欢。艾拉贝拉对食欲的控制，表面上看符合维多利亚社会对女权的压制，实则表现出萎靡的男性气质。维多利亚时期的性别经济学约束了女性的食物消费——她们不能过多表现自己的胃口，尤其要克制的是那些会发胖的食物和带有罪恶色彩的水果零食（Houston 3）。《匹克威克外传》对此加以戏仿，凸显出异化的雄性气质。艾拉贝拉拒绝索耶的甜苹果，并不是由于不想放纵自己的胃口，而仅仅是要表达对索耶的轻视。另一方面，两个绅士责怪艾拉贝拉自幼任性，缺乏自我，事实却是她清楚地知道自己想要什么：她不喜欢索耶，不久就和温克尔先生在一起了。

男女之间的权力分配不仅反映在食物的分配上，也反映在体形的差异上。艾伦体形硕大，他的重量弥漫在空气中，他的权威使人窒息，他象征着男性对社会空间的占领。而作为兄长，他对妹妹的择偶无计可施。欲望的吃人（cannibalistic）特质本应展现出弱肉强食，女性本应是被"吃"和被消费的，但《匹克威克外传》中男性的食欲却以错位的形式，呈现出女性对男权的有效反抗。"女性经由食物媒介获得权力与快感，食物叙事呈现出女性的话语狂欢，女性的象征地位从被消费的对象转为消费者。"（郑佰青和张中载 84—85）

艾拉贝拉对索耶的拒绝催生出怪异（uncanny）的性别政治：索耶

把对艾拉贝拉的爱慕投射到对艾伦的同性相吸上。索耶拿苹果作为向艾拉贝拉求爱的信物,事实最后却成了他向艾伦示好的礼物。艾伦和索耶保存着索耶向艾拉贝拉求爱的记忆,它增加了两个男孩的亲密感(Furneaux, "Charles Dickens's Families of Choice" 175)。这两个医学大学生通过食物建立同性化的社会结盟关系,以此"庆祝他们对异性关系的抵抗"(Furneaux, *Queer Dickens* 97)。

但这种抵抗,无疑是被误导的性别经济学寓言。狄更斯由此把婚姻的失序引入另一个角度。在艾伦和索耶的对话中,狄更斯暗示了男性气质萎靡不振的原因,也就是功利主义对婚恋关系的异化。艾伦不断督促妹妹艾拉贝拉顺从自己的意愿,嫁给自己的发小索耶,认为这是他作为兄长可以实施的权力。艾伦认为自己膨胀的经济欲望和肉欲可以操控妹妹的命运和嫁妆,就像经典的礼物交换仪式一样,艾伦在做媒中看到了他和索耶的共同利益:妹妹可观的财产。

列维-斯特劳斯(Claude Lévi-Strauss,1908—2009)在谈论异族通婚中亲属交易环节里女性的地位时说道:"关系的交换构成婚姻的要素,但这种交换不是发生在男人和女人之间,而是发生在男人和男人之间,两组男性之间互相亏欠和接受,女人在其中只充当着交换的客体"(Lévi-Strauss 115)。狄更斯用调侃的笔触揭开艾伦鼓动索耶向自己妹妹求爱的真实动机:联姻后两个人的友谊会更加坚固,更重要的是,他们对金钱的贪欲和对职业裙带关系的渴望会得到满足。索耶对艾拉贝拉的爱慕并不纯粹,掺杂着对她财产的渴望,艾伦对索耶说,成为艾拉贝拉的丈夫也就意味着成为她一千磅年金的主人,索耶则用法律术语式的严肃口吻进一步补充道,"年息百分之三的联合银行年金,现在以她的名义存在英格兰银行呢"(745;ch. 48)。

对婚姻的消费还体现在骗子金格尔对匹克威克派中淑女的骗婚计划上。匹克威克对金格尔的认识起初非常片面,这也体现出他的天真。直到金格尔扮演成菲兹·马歇尔上尉哄骗市长一家时,匹克威克和山姆才揭露了金格尔的真实身份:一个四处晃荡的戏子,专干让人受骗上当的勾当。金格尔为了华德尔小姐的钱和她私奔,又为了钱抛弃她,

第一章 天真伴我行：匹克威克的共同体之路

他和特洛特尔一起欺骗匹克威克，让他在三更半夜去女子寄宿学校。而初识金格尔时，匹克威克认为他是"一个周游列国，因此见过世面的人，对人间时世观察入微"（29；ch. 2）。金格尔骗了拉切尔小姐结婚后，匹克威克先生再次遇见金格尔，马上就想去阻止他继续干坏事。但匹克威克相信了特洛特尔的话，以为金格尔真的要和寄宿学校的女学生私奔，以为特洛特尔真的想帮助自己揭穿金格尔，还以为必须要在他们私奔时当场抓个现行才行，结果竹篮打水一场空，还被寄宿学校的人误会，自己也风湿病复发，"没抵挡住在那个难忘的夜晚所经历的多重打击"（263；ch. 17）。

围绕着金格尔在婚恋市场的行骗，狄更斯还展示了一群幼稚的淑女——姑妈拉切尔小姐、莱奥·亨特尔夫人和市长夫人等等。在小说开篇，混进上流社会化装舞会的金格尔就讲了一个既悲情又"十分浪漫的故事"（27；ch. 2），打造情圣的形象：他曾和一位女孩相爱，遭到女孩父亲的反对，女孩悲痛之极饮毒自杀。伤心的父亲同意了他们的婚事，女孩却未能及时救活，父亲在广场的喷泉处自杀，留下一封忏悔信。他自杀时，头堵住大水管，导致喷泉堵塞。

事实上，这类奇幻的婚恋故事在《匹克威克外传》中出现过很多次。忧郁的杰米（特洛特尔的哥哥）讲过"一个江湖戏子的故事"（52；ch. 3），一个精神错乱的哑剧演员在发病时觉得自己的妻子要迫害他，他在发作时还在幻想自己正在工作，在一次又一次发作后，他终于一命呜呼。在"一个疯子的手稿"中（169；ch. 11），一个能清醒地认识到自己是疯子的疯子，伪装成正常人和一个贫苦人家的女孩结婚，在知道妻子心中所爱不是自己后，蓄谋想要杀死她。"一个行脚商的故事"是这样开头的（211；ch. 14）：一个旅人在风雨交加的夜晚住进一家由一个寡妇经营的小旅馆里，旅人所住的房间里的一把高靠背椅子在深夜化身成一个老头，因害怕寡妇结婚后自己被处理掉，就指使他揭发正在追求寡妇的高个子男人的不良居心——他其实是已婚的，还有六个孩子，旅人揭发了高个子男人，和寡妇结了婚。杰克·班伯讲过被称为"一个老头讲的奇怪的客户"的故事（324；ch. 21）：

一个叫海林的男人进了监狱，他的妻儿因为得不到岳父的帮助而去世。从监狱释放后，他为了复仇，眼睁睁看着岳父的儿子被海浪卷走而不去救他，还利用一切法律手段收走岳父的财产。三年后他找到了消失踪迹的岳父，本想继续报仇，岳父已经变成一个可怜的老头，当场去世。自此，海林的代理律师再也没看到过他出现。留在抽屉里的纸上面提到"布拉都德王子的真实传奇"（569；ch. 36）：传说中，染上麻风病的布拉都德王子离开宫廷生活，无意间受到一头聪明的猪的启发，利用巴斯的温泉治好了自己的病，遂在巴斯修建了浴池，但是那头猪再也找不到了。而真实的故事版本是，很多年前，一名不列颠的君王有个儿子叫布拉都德，国王要邻国的国王把女儿嫁给他的儿子，否则就侵犯他的国家。但王子已经私自和一个雅典人的女儿私订终身，不愿听从国王的命令，国王便将王子囚禁。王子不久越狱，可是雅典人的女儿已经出嫁。伤心的王子来到巴斯，神灵听到了他的愿望，于是巴斯涌出了温泉。独眼的行脚商讲过"行脚商的叔叔的故事"（759；ch. 49）：一个走南闯北的行脚商在一个狂风大作的夜晚准备走路回家，半路到了一块堆满了报废邮车的荒地附近，在邮车边打起了瞌睡。醒来后他发现自己处于一个全是准备出发的马车的地方，他上了一辆车，带着一个向他求救的美少女逃走，但是逃着逃着他发现一切景象都回归成荒地的样子，少女也不见了。

在《匹克威克外传》中，匹克威克先生的贴身男仆山姆除了和主人讲了本章前文提到的猫肉馅饼的故事外，还讲过两个更为诡异的故事，露骨地揭示了两性权力机制中弥散的消费主义。旅行中山姆讲了一个故事，提到了"一个驰名的香肠工厂"，这"是四年前一个受人尊敬的商人神秘失踪的地方"（477；ch. 31）。发明了蒸汽香肠机的店铺老板和老板娘吵架，随后老板就消失不见，老板娘找了很久也没发现他的踪迹。有一天一位老头上门说香肠里有纽扣粒，老板娘才恍悟原来老板是被蒸汽香肠机绞死了。另外，山姆在橱窗看到的食人主题的画进一步明确了狄更斯对两性关系中消费主义的批判：

第一章　天真伴我行：匹克威克的共同体之路

上面画着的两颗人心被一支箭穿在一起，正在一堆旺火上烤着；还画了一男一女两个穿着现代服装的食人怪物——男的穿蓝衣白裤，女的穿着深红色大衣并打着一把同样颜色的阳伞——他们露出饥饿的眼神，沿着通往火堆的一条弯曲的石子路向那烤着的肉走去；还画了一个明显粗野不堪的小绅士，他有一对翅膀，一丝不挂，看上去正在打理烧烤；还有伦敦蓝罕广场的教堂尖顶也出现在画面的远方；所有这一切构成了一幅"情人节"画面，正如橱窗里的题字说的，店里备了很多这类的东西，店主保证以每张一先令六便士的优惠价，向同胞们大量供应。（506－507；ch. 33）

画中充满肉食消费的符号，丘比特的箭不但穿透人类心脏，两个吃人生番还把心脏当食材在火上烤，以此庆祝情人节。两个吃人生番的装束非常现代，一副绅士淑女的打扮。被山姆的眼睛凝视的画充当性别政治符号，肉食消费在这里体现的是原始的、未经理性检验的掠夺欲望，这与狄更斯批判功利主义不谋而合。事实上，观看摆放各类商品的橱窗这个行为，并不仅仅是简单地用眼睛看，只看不买。橱窗里琳琅满目的商品，可能改变人类消费活动本身，功利主义盛行前，消费大多来自实际生活需要，而19世纪的英国，消费活动的目的发生了漂移，变成满足私欲和幻想的行为。

这样的大形势下，天真的匹克威克先生自然也难于幸免。匹克威克先生问房东巴德尔太太，养两个孩子会不会比养一个要花费多得多？还紧盯着巴德尔太太说了一些他看重的人的品质。他在说这些话的时候，还故意打发走巴德尔太太的儿子。这些信号让巴德尔太太误解了，以为匹克威克先生在暗示要向她求婚。实际上匹克威克先生只是想雇一个男仆。后来，道森和福格两个无耻的律师受自尊受挫的巴德尔太太所托，对匹克威克先生提出毁弃婚约的控诉，后来道森和福格为了诉讼费的事还对巴德尔太太等人采取了强制措施，送巴德尔太太和匹克威克进了监狱。

在婚姻共同体的场域里，《匹克威克外传》设计出很多幼稚的男性和女性，以此说明工业社会盛行的消费主义对共同体的侵蚀。小说中对肉的消费充当着隐喻功能，以此暗示异化了的婚恋行为。但是狄更斯的共同体思索并没有止步于揭露社会现实，小说中扬善惩恶的情节安排事实上是狄更斯对共同体形塑做出的努力。《匹克威克外传》婚姻主题的善恶较量围绕两条主线开展：一是匹克威克先生和金格尔的较量，二是巴德尔太太对匹克威克先生毁弃婚约的诉讼。匹克威克派先是在这两个事件中吃尽苦头，但最终正义战胜一切。小说开始不久，偷穿了温克尔礼服的金格尔在舞会里因和一个寡妇相谈甚欢，惹怒一个军医，差点导致一场发生在军医和温克尔之间的决斗。随后，金格尔看上了拉切尔小姐的财产，他离间图普曼和拉切尔小姐，要和拉切尔小姐私奔、结婚，最终还是在收了钱之后抛弃了她。在金格尔和特洛特尔的合谋下，匹克威克轻信了金格尔又要和别的女子私奔的谎言，被骗进了女子学校，受到了一连串的误会，还害了风湿病。随后，市长一家被乔装成菲兹·马歇尔上尉的金格尔和他的仆人约伯·特洛特尔蒙在鼓里。在市长家，山姆和匹克威克先生分别揭穿了特洛特尔和金格尔的伪装。不过，当匹克威克在监狱里看到落魄的金格尔和特洛特尔时，还是不计前嫌帮助了他，匹克威克还托佩克尔先生帮金格尔和特洛特尔与债务人和解，还为他们安排了工作，使他们悔过自新。

在巴德尔太太对匹克威克先生毁弃婚约诉讼这条主线中，前期匹克威克先生绝不屈服于坏律师道森和福格，宁愿坐牢也绝不付钱。但他为了帮助巴德尔太太出狱，还是付了钱。匹克威克当面对质道森和福格，控诉他们之前卑鄙下流的诉讼手段，然而他俩仍然不为所动，但是在小说结尾，他们一样得到了惩罚。

除了上述两条主线之外，《匹克威克外传》中幸福的婚姻结局抵制了小说中肉食消费引出的异化婚恋。狄更斯大量描述了各个人物的婚恋情节，其中大部分善良的人物都是有情人终成眷属。当然，这些好姻缘几乎都局限在匹克威克派内部，这也体现出以匹克威克为代表的乡绅在新世界中的共同体体验——他们并没有融入其中。贯穿《匹克威克外传》的另一条共同体想象，也是通过食物消费引发的，那就是匹克威克派和群众（the crowd）的遭遇。债务人监狱弗利特最终让匹克威克先生的天真淬炼为赤子之心，他在监狱里也实现了自己的共同体之路：通过财富实现兼爱，和群众建立了信任，和恶势力了结。

二 在群中

狄更斯对自己所处的维多利亚社会的痼疾深恶痛绝，却又不愿见到这种局面——民族国家被阶级仇视和贫富差距撕裂地体无完肤。狄更斯通过小说创作呼唤英国大众的智识和道德，主张用宽容化解矛盾，强调民族国家的自我革新能力。这一点在匹克威克先生和下层群众打交道的过程中得到很好的呈现，匹克威克派最开始和群众之间没有建立信任，但是当匹克威克在债务人监狱用自己的财富解救四方时，信任和互惠建立了，共同体成为可能。

匹克威克先生之所以会"遭遇"群众，主要源于19世纪初期英国社会的各种变革，而变革的主旋律便是中产阶级和工人阶级登上历史舞台。1832年的《改革法案》将英国带进了全面变革时代，甚至可以说这个时期的英国形成了一种"改革文化"（Culture of Reform）（Dolin 48-49）。

> 19世纪英国的社会文化生活充斥着繁复的改革法案：1833年的《废奴法案》、1838年反谷物法联盟成立，1846年《谷物法》被取缔，1850年的《公共图书馆法》、1857年的《离婚法》，1870年的《初等教育法》和《已婚妇女财产法》，以及贯穿于整个19世纪的各种专利法案和著作权法案等等。（高晓玲 173）

匹克威克俱乐部可以说是19世纪英国风起云涌的各种改革运动的缩影，各种结社行为是19世纪英国社会探索共同体的诸多尝试，本书第九章《荒凉山庄》讨论的狄更斯牵头发起的文学行会，也是一个例子。

童心崇拜：狄更斯共同体之镜

各种形式的对社群可能性的探讨，说明英国社会尚未形成有机体。在匹克威克先生和下层平民相遇后，两方的敌意和猜忌很好地体现了这点。醉酒后的匹克威克先生被猎场看守扔进公共牲畜栏，他在罗彻斯特的阅兵式闹出洋相，他在伊坦斯维尔镇大选中目睹的地震般的狂热，这些都是维多利亚社会动荡和变革的写照。19世纪的英国所经历的"改革文化"也恰好印证了文明转型：从以乡绅和贵族为主宰的农业文明过渡到中产阶级和工人阶级当道的工业文明。群众通过改革获得了民主权力，这是一件好事，但狄更斯也在狂热的改革气氛中看到危机：劳工阶层自身的局限性使他们沦为政治工具，共同体形塑面临迪斯雷利（Benjamin Disraeli，1804—1881）所言的"两个民族"的危险。在狄更斯的共同体视野里，同情贫苦并不代表鼓励被压迫者的集体性狂暴行为，在暴力和道德之间，狄更斯总是选择后者，这点不论在《匹克威克外传》、《巴纳比·鲁吉》还是《双城记》中，都得到充分体现。匹克威克虽然在遭遇群众时出尽洋相，吃尽苦头，但是小说最后他在社会最底层——债务人监狱弗利特，同群众建立了信任，他的天真也变成了赤子之心和浩然正气。

小说一开始，匹克威克派就和下层平民碰了个正着。因为车夫误以为匹克威克一行人是告密者（其实这也怪匹克威克自己社会经验太浅），两方发生了争斗。这个假消息很快就被看热闹的群众信以为真，散播开来，群众间还引发了一些热烈讨论。在伊坦斯维尔镇，市民觉得自己在小镇的地位举足轻重，在选举前夕的宣传中，群众却是被政客利用的傀儡，宣传人员示意群众欢呼，群众就欢呼。群众只需热烈响应，不需要理解宣传到底说了什么（这点和《艰难时世》里焦煤镇工人工会的乱象如出一辙）。双方代理人为了争夺己方投票数量，同时减少对方可以投票的选举人的数量，不是采取灌醉对手的行径，就是花钱送女士阳伞吸引投票。蓝党的领袖塞缪尔·斯拉姆基先生听从建议，吻了几个选民的孩子，就获得了群众震耳欲聋的欢呼声。匹克威克先生仅仅向波特太太行了一个飞吻礼，附近闲着没事做的群众就开起他的玩笑，但是这些嘲弄有些过分，匹克威克先生很不高兴。选举演说的现场，群众不时开玩笑和爆笑，打断演说。一方的领袖准备上台时，两派群众的喧闹声很大，盖过了演说的声音。狄更斯甚至这样描述群众："任由他们的感受或反复无常的情绪驱使，一路大呼小叫地喧嚷着。"（206；ch. 13）

还有一次，匹克威克派在乡间猎场打猎后，匹克威克先生独自醉倒在猎场，猎场看守鲍德威格上尉看到撒在草地上的面包屑和食物残余，断定匹克威克是平民流氓，打算狠狠教训他一顿。可怜的匹克威克先生不幸落入他的视线，当鲍德威格用棍子戳匹克威克先生肥胖的身体并问他叫什么名字的时候，半梦半醒间，匹克威克答了一句"凉多味酒"（297；ch. 19），鲍德威格以为匹克威克说自己的名字是"多味酒"（297；ch. 19），因此更加气恼，把匹克威克扔进了公共牲畜栏，在那里，匹克威克肥胖的身体又遭到看热闹群众的奚落，在群众"共同的叫喊声"中匹克威克先生惊醒了（299；ch. 19），他呼唤自己的仆人和朋友，却被告知自己是孤家寡人，根本没有朋友，接着身上又给扔了萝卜、土豆和鸡蛋。

匹克威克先生把自己的名字说成"凉多味酒"以及他身上被群众扔的萝卜、土豆和鸡蛋，都戏谑地嘲弄着他肥胖的身体。食物隐喻性地表征着工业社会未经检验和约束的集体无意识，平民在"共同的叫喊"中一齐向匹克威克扔菜叶子，表面上体现出群众是个有机的社群，实则呈现出藏匿在英国这个"最伟大"民族和最富有的"世界工厂"的病态，也就是迪斯雷利所言的"两个民族"的顽疾，根深蒂固的贫富分化使穷人和富人之间"没有交流，没有同情；彼此不了解对方的习惯、思想和情感"（Disraeli 233）。正是由于猎场看守认为匹克威克先生只不过是个没权没势的平民流氓，他才有底气把匹克威克扔进公共牲畜栏。在公共牲畜栏里匹克威克遭遇的平民大众也认为匹克威克不过是个普通老百姓，所以才敢把他当动物一样耍弄，用菜叶子和臭鸡蛋来一场狂欢，肆无忌惮消费他们戏弄人的欲望。匹克威克先生在群众中是被孤立的独体，而群众也没有形成有机的共同体。

伊坦斯维尔的选举也借用食物消费呈现出失序的社会生态。匹克威克派到达伊坦斯维尔后就马上淹没在党派互斗的狂澜中。仆人山姆更是向匹克威克讲述了食物在政治游戏中的关键作用，竞选人"用水龙头冲独立投票人的喉咙"（198；ch. 8），以此捞取好处不说，还说那"不过就是一次不足道的浸洗礼"（198；ch. 8）。而且选举头目还会收买酒吧女招待，让她们"在掺了水的白兰地里面下鸦片"（198；ch. 8），让 14 个还没有投票的选民稀里糊涂地丧失投票权。在这次选举过程中，盲从的群众成了政治牺牲品，他们缺乏智慧也缺乏责任感，狄更斯笔下的大众选民俨然是一群愚昧的暴民（mob）。"暴民"一词传承自政治学家埃德蒙·伯克（Edmund Burke，1729—1797）构建的保守主义传统，伯克相信，"良好的秩序是一切美好事物的基础"（陈志瑞和石斌 222），而狄更斯笔下的选举却毫无秩序可言，因为整个选举毫无道德感可言。

对于为了获得竞选胜利而在食物上做的各种手脚，天真的匹克威克先生无法理解，就像他无法理解山姆故事里的猫肉馅饼和医学大学生口中的人体解剖一样。竞选群众风卷残云的肠胃和他们的热忱互为微妙的隐喻，共同嘲弄着共同体的缺失。毫无意外，匹克威克先生在狂暴的群众中出了很多洋相，而狄更斯更是一语道破竞选现场的异化本质，这个场面的轰动效果比地震还强烈："从竞选现场升腾的呻吟、呼喊、喧闹加上抱怨的风暴，那声势完全可以在一场地震上面再增添光彩。"（203；ch. 13）

在和群众打交道之后，匹克威克的兼爱理论频频受挫。在罗彻斯特阅兵式上，匹克威克派又一次遭遇群众，匹克威克先生在阅兵现场又出了大洋相。具有反讽意味的是，天真的匹克威克派最开始看到汹涌的阅兵场面，还认为它象征的是文明之光：

"好一派高贵又壮丽的景象"，斯诺格拉斯先生说。他的胸中一团诗意之火正在迅速迸发，"看看这些保卫祖国的英勇青年，在热爱和平的市民们面前摆出的阵容多么恢宏：他们容光焕发——不是带着好战的凶猛，而是表现出文明的儒雅，他们

第一章 天真伴我行：匹克威克的共同体之路

的眼睛炯炯有神——不是带着劫掠或报复的粗野之火，而是闪耀着人道与智慧的温柔之光。"（66；ch. 4）

在斯诺格拉斯眼中，市民（群众）和士兵互相融合的景观一派祥和，然而很快事情就急转直下，群众把匹克威克派推搡到士兵的枪口下，匹克威克先生在惊恐中脱口而出的"胡说"、"不可能的"凸显了反讽，而狄更斯又一次描绘了"会震得大地的心发抖"的射击，暗示工业社会的失序：

"不可能的。"匹克威克先生回答说。他的话还没有说完，半打子团队的士兵都已端平了枪，好像他们只有一个共同的目标——匹克威克一伙；紧接着，威力无比、极其可怕的射击开始了，它足以让整个大地都颤抖，也足以使一位上年纪的绅士的心抖出来。（67；ch. 4）

在这段引文的最后，狄更斯又一次使用了"共同的目标"，和前文分析过的公共牲畜栏中群众"共同的目标"如出一辙，匹克威克派又成了群众共同的敌人。在匹克威克派和群众接触的几个情节中，共同体失序的忧思通过匹克威克与新世界的格格不入展现出来，在新兴工业社会中，匹克威克先生是个局外人。

小说开篇，匹克威克很滑稽地用笔记本记录马夫的话，以便了解这个世界，马夫误以为他记下自己的号头，以此要刁难他，在群众的吆喝声中，匹克威克不但挨了打，还被群众误解为告密的人。面对无端被打的匹克威克先生，群众表现出市侩和冷漠。匹克威克先生和乌合之众接触的几幕说明，19世纪初的无产者没有获得真正意义上的尊严感，因此才无所顾忌。尊严的基石是人格的平等，与官位爵序和贫富贵贱没有关系，但是维多利亚社会由于追捧极致的"进步"，在意识形态层面人为设立了同质化的局面，为"最伟大民族"拖后腿的穷人的心智培育因此而被忽视，被主流社会视为他者的穷人被边缘化，他们之中形成的"共同性",只是一种假象,是一种没有共识的团结,一种表面行为无法说明内在的、各自心怀鬼胎的伪共识,一种没有美德这一根基的伪信任。

信任本质上没有好坏之分,有"道德的信任关系,也有不道德的信任关系"(Baier 232)。

> 要确定哪一种是道德的,哪一种是不道德的,就必须参考信任关系的网络,或渗透着信任的共同体,或信任文化出现的广阔背景。信任不再是对于参与者,或对于他们所属的群体的功能性问题,而是对于广阔的社会系统——整个社会的功能性问题……我们把广阔社会的什么特质看成对评估功能性是至关重要的呢?在此不能逃避价值论的或者道德的选择。没有价值是自我证明的,或可被经验证明的。但……我们倾向于认为社会是和平、和谐的和统一的,而不是战斗的、受冲突困扰的和分裂的。(什托姆普卡153)

如果不在贫富"两个民族"之间建立信任,整个国家将会失序,罗彻斯特阅兵式中对准匹克威克派的枪炮和刺刀,将会面向更多的维多利亚人。

狄更斯并没有将共同体思索止步于"两个民族"的对立,他把匹克威克投入到社会最底层——债务人监狱弗利特,在那里,匹克威克派的财富和兼爱埋论发挥了重塑共同体的作用,成为重塑信任的驱动力,匹克威克的天真也从迂腐幼稚转变为赤子之心。在弗里特,小说中的几条线索汇聚在一起,并且最终圆满了匹克威克先生的共同体之路。匹克威克先生因为之前和女房东寡妇巴德尔太太闹出误会,让后者误以为他要娶她,后来巴德尔太太又被两个唯利是图、不讲原则的律师蛊惑,状告匹克威克先生骗婚。匹克威克先生本来可以花钱免于牢狱之灾,但是他不愿助长坏律师的气焰,他选择进入债务人监狱。正如陆建德先生所言:

第一章　天真伴我行：匹克威克的共同体之路

  匹克威克先生面对法院不公平的判决，拒绝赔款，宁可入狱。驱使他这样做的原因，并非他性格古怪，而是他身上强烈的、近乎迂腐的规则意识，那是一种"费厄泼赖"（笔者加："fair play"）精神的副产品。社会有负于他，可他绝不会因此自鸣不幸，以社会为敌。反之，匹克威克先生慷慨大度，富有同情心，即便对于曾经误解和欺侮过他的人（如巴德尔太太和金克尔），也能待之以仁恕之道。正是这种"迂腐"赋予他活力和魅力，匹克威克俱乐部的各位成员身上都有着一股醇厚的正气。山姆·韦勒来自社会底层，遇事通达，但是忠心耿耿，从来不考虑如何占点小便宜。（陆建德，《自我的风景》22）

  仁厚之心把匹克威克先生带到了债务人监狱弗利特，匹克威克先生把美德也带到了弗利特。初到监狱时，这里污秽和喧闹的"共同特征"让匹克威克先生立志把自己与这个监狱隔绝（719；ch. 45），三个月的时间只有迫不得已时他才出去透气，以至损害了自己的健康。匹克威克先生对每一个狱友都很慷慨，赢得了大家的尊重和信任，他还帮助了患病的金格尔和他的帮凶。他的财富帮助他完成了兼爱理想。

  匹克威克先生通过财富和他人之间建立信任的故事，说明共同体求索早期阶段的狄更斯已经开始思索如何用美德推动经济繁荣的问题，狄更斯清醒地意识到，新兴工商业社会制度是大势所趋，不可以把经济活动和文化共同体割裂开来。正如福山所言：

  当代经济社会衍生出一个错误的认识倾向，认为经济作为生活的一部分，有其专属的规则，因此和社会的其他部分区隔开来。倘若如上所说，那么所谓经济，不过是一群人聚在一起，企图满足自己的私欲和需求，之后便又纷纷回到各自"真正"的社会生活当中去。然而在任何现代社会中，经济是人类社会交往最为基本最为多元的场域。任何一种经济行为……无一不涉及人与人的社会合作。即便人们到某一机构中工作是为了满足个人需求，工作场所也不免把人们从私生活中牵引出来,让他们与更为广阔的社交世界产生联系。这样的联系并不只是获取薪水的手段,而是人类生活的一部分。人固然有私欲,人性另一部分则渴望成为更广大的共同体的一员。(福山,《信任》10—11)

但是,匹克威克先生的共同体之路也并没有走得太远。小说结尾,匹克威克先生还是回到了他的小社群——匹克威克俱乐部,在几对新人的婚礼当天,匹克威克先生宣告俱乐部解散。相较之涉及群众场面的描写,匹克威克派的场景永远是祥和的、欢乐的,匹克威克先生是大家尊重的长辈和精神核心。大家围坐在一起共进美食的场面,也全然和异化的食物消费没有关联。如此看来,"两个民族"仍旧存在着。

《匹克威克外传》是狄更斯的第一部长篇小说,其中蕴含的共同体思索一直鲜有后人问津。在小说前半段,匹克威克天真地希望用财富实现兼爱理论,在他的匹克威克派中,金钱是维系这个小社群的积极力量,匹克威克派是个依靠道义和爱维系的有机体。当匹克威克先生进入工业社会后,财富变成危险的符号,匹克威克也屡屡表现得与社会现实格格不入。匹克威克的形象在小说前半程被塑造成一个脱离实际,对社会一无所知的乡绅。正是这样一位人物带着他的追随者们开始了外出考察,他的不谙世事导致他们刚出门就因误解遭到车夫痛打,之后又受到伊坦斯维尔选民的言语围攻。

匹克威克还经常轻信他人,他因为轻信金格尔而三番五次被欺骗和戏弄。匹克威克派还因为被招待蒙骗,租了不合适的马车而路途受阻。他还一直盲目相信自己的朋友温克尔在运动方面的才能,事后却发现温克尔频频出事。他还一度以为道森和福格律师事务所里的办事员其实还不错,但是这些律师实际上道德败坏到骨子里。匹克威克的天真热忱还体现在他买下一块自以为有考古价值的石碑,为温克尔实施了一个偷偷与情人会面的计划。匹克威克和贴身男仆山姆帮助温克尔偷偷去见后者的心上人艾拉贝拉小姐,为了和墙另一头的艾拉贝拉说话，一把年纪的匹克威克甚至爬上了墙头。匹克威克先生有时还有些"不解风情"，因一直没看出巴德尔太太的心思而让两人产生误解，让自己遭受了牢狱之灾。如此愚钝的匹克威克竟想为麦格纳斯出主意表白，却没想到表白对象是前晚误闯卧房的女士，他因这位女士的告状而被逮捕。

　　在婚姻的场域，匹克威克派屡屡被金格尔骗钱骗色而束手无策，小说中男性的肉食消费象征了被消费主义所异化的性别政治。当匹克威克与新兴工业社会的产物——群众（劳工阶层）接触时，肉食消费进一步变异。在小说前半程，匹克威克先生和群众打交道的几幕都以他的窘境收场。狄更斯在《匹克威克外传》中试图做的是贫富两个阶层的融合，在小说尾声，狄更斯把匹克威克先生投放到社会最底层——债务人监狱弗里特，在那里他的德行赢得群众的尊重和信任，他感化了心怀不轨的金格尔和被坏律师蛊惑而状告他的寡妇巴德尔太太，又撮合了匹克威克派内部的良缘。此时匹克威克先生完成了他的共同体之路，他的天真不再意味着滑稽迂腐，而是赤子之心和浩然正气。

　　在这部小说中，狄更斯开启了他的共同体思索模式，这种模式一直延续到最后一部小说《我们最后的朋友》，那就是通过个人主义的美德构建信任，以制度化的信任促进经济繁荣，形塑社会有机体。但是这部小说毕竟是年轻的狄更斯在共同体之路上的第一次尝试，所以匹克威克先生的共同体之路，也并没有走得很远。

第二章 《雾都孤儿》：善的影响力

《雾都孤儿》（*Oliver Twist*，1837—1839）是狄更斯的第二部长篇小说，也是他首次以儿童作为主人公的长篇小说。在过去几十年中，学界对待这部作品比较苛刻，小说人物善恶分明的情节剧特征更是屡遭诟病，围绕这一特征的讨论还引发一场论战：《雾都孤儿》是现实主义小说？是戏剧？还是童话？在细读小说文本，批判性阐释前人论战中三种代表性观点后，笔者认为，《雾都孤儿》是一部兼具现实主义、戏剧和童话色彩的小说。童心崇拜是贯穿《雾都孤儿》的主线，善恶分明的价值取向是狄更斯针对新兴工业文明顽疾做出的极致的艺术反拨，《雾都孤儿》的童话特征让小说具有丰富的含混性和张力，这部小说延续了《匹克威克外传》对善的坚守，旨在用道德力重塑共同体，用信任推动社会繁荣。

现实主义小说？戏剧？还是童话？

在过往的《雾都孤儿》研究中，针对小说人物非黑即白的脸谱化特征，学界大体形成三个批评取向：将这部小说视为现实主义小说、戏剧，或童话。在对《雾都孤儿》的现实主义特质的分析中，金斯伯格（Michal Peled Ginsburg）的观点最具代表性，认为《雾都孤儿》中的语言代表的是现实主义达到完美的标志，表征对象和介质用同一语言策略对媒介和物体进行了有效区分（Ginsburg 220—236）。帕顿认为，《雾都孤儿》的现实主义特性体现在它对工业资本主义阴暗面的揭露，

《雾都孤儿》反映了善与恶、美与丑、正义与邪恶的斗争,狄更斯不仅赞扬了那些具有正直善良品质的人们,同时也揭露抨击了当时英国资本主义社会的腐朽(Patten, "Capitalism and Compassion" 201—221)。

鲍尔德瑞奇(Cates Baldridge)认为,《雾都孤儿》以现实主义手法展现了19世纪英国遗产继承的不确定性。狄更斯有一种焦虑,即对资产阶级家庭教育模式是否可以培育出足以承受威胁和诱惑的个体的担忧,《雾都孤儿》对遗产继承的批判性理解是一种尝试:提倡以道德为衡量标准的继承,质疑把血缘作为标准的继承(Baldridge 184—185)。

在分析《雾都孤儿》时,美国著名学者布泽德(James Buzard)提出了一个有趣的观点:《雾都孤儿》不是现实主义小说,而是情节剧。布泽德讨论了《雾都孤儿》中主角与配角的关系,围绕"环境塑造人"这一命题展开讨论,并将小说中的人物按照是否受到环境影响分成了两派,不受环境影响一派的代表人物是奥利弗,受到环境影响的一派的代表人物是费金。这两派人物的善恶特征都十分明显,使得小说中的形象缺少真正的"人"作为人物联系,而这恰恰是情节剧的特征。因为有了奥利弗这个主角,济贫院的其他孩子就不需要存在了,这就证明了狄更斯陷入一种"角色分配不公"的系统之中,从而又一次证明《雾都孤儿》是一出戏剧,因为在现实主义作品之中,一个角色没有成为主角不代表他/她不能成为主角,而在情节剧中,主角和配角本就是对立的存在。狄更斯对于主角和配角叙述空间的分配非常不均匀,所有不知名的配角都隐藏在黑暗之中,读者无法窥见社会的全貌,因此《雾都孤儿》不能称为一部现实主义的作品(Buzard, "Item of Mortality" 1225—1251)。

罗兰·安德森(Roland F. Anderson)从《雾都孤儿》的结构、神秘色彩和仪式的角度分析了这部小说的童话特质(R. F. Anderson 238—257)。韦斯特(Nancy M. West)着重分析了《雾都孤儿》中哥特式的超现实主义风格与该小说童话特质之间的关系(West 41—58)。

上述三派对《雾都孤儿》的理解都涉及小说中人物与环境的关系,也就是什么样的环境可以塑造什么样的人。为什么只是个孩子的奥利弗可以在纷乱的世道出淤泥而不染？对这个问题的思索指向了狄更斯的共同体思辨，《雾都孤儿》糅合了情节剧和童话的艺术成分，以奥利弗为主线的童心崇拜情结成为狄更斯批判现实的脉络，扬善惩恶的基调则体现出狄更斯对共同体的愿景描绘。

二 圣童奥利弗

奥利弗作为小说的主人公，被刻画成了一个圣童，是真善美的化身。从出生开始，奥利弗就是济贫院中的一股清流。虽然没有接受过良好教育，在他身上，还是可以看到许多优秀的品质，他有与生俱来的圣童光辉。从心智上来看，奥利弗从小就有独立思考的能力，在济贫院里，奥利弗是唯一敢多要一碗粥的孩子，这种行为表面上是一种勇敢的叛逆，实际上却反映出奥利弗的品质：敢于运用自我的理性，质疑不合理的秩序。虽然其结果也是相当惨烈，但却不失为一次勇敢的尝试。再有，促使奥利弗逃往伦敦的导火索是诺亚以及教区干事对他母亲的侮辱。奥利弗，一个从小就失去母亲，在没有爱意环境中长大的孩子，却懂得极力维护自己的母亲，这足以说明他天生具有丰沛的情感和智性。在这一点上，他心智的成熟程度，已经远超许多大人。同时，奥利弗还非常重视尊严和名誉，这点和《匹克威克外传》中破罐子破摔的无良群众大为不同。正如小说中所说："他一直面带蔑视地听着他们嘲弄，一声不吭地扛着鞭笞毒打，因为他感觉得到，自己内心有一种正在增长的尊严，有了这种尊严，他才坚持到最后。"（Dickens, *The Adventures of Oliver Twist* 36；ch. 7）

当奥利弗再次被少年犯头子费金抓回贼窝时，奥利弗希望他们可以将书和钱还给善良的布朗罗先生，不希望自己被当成一个骗子。此外，奥利弗懂得感恩、知恩图报。在接受露丝小姐的救助后，奥利弗经常想的是怎样回报她，可以为她做些什么事。奥利弗身上集合了善良的品质，具有成熟的心智。在另一方面，奥利弗的品行也十分正直，令人钦佩。在第一次目睹机灵鬼和贝兹偷窃时，他的反应是"浑身的血液在沸腾，刺痛着他的血管，他感到自己仿佛置身于熊熊烈火之中"（50；ch. 10）。奥利弗不仅自己行事善良，还企图用自己的善良感化贼窝中的伙伴：逮不着的机灵鬼和贝兹先生。尽管最后还是被他们嘲笑，但是奥利弗的这种做法不仅体现了他的正直品格，而且反映出他的聪明与善良。奥利弗企图感化他伙伴的目的是为了自保，但也体现了奥利弗在逆境中敢于主动探寻自救。

奥利弗有很多早熟的表现，但这些是正向的早熟，比如他使用得体的语言（奥利弗对男性说话时基本上每一句话都会加一句"先生"），彬彬有礼的行为等等。他的友谊观也十分成熟。这种成熟是双向的，他最好的同龄朋友——狄克——也表现出令人心疼的善良与得体。狄克在他的遗言中表达了他对奥利弗的担心，却没有展现对死亡的恐惧，反而有种坦然与豁达。奥利弗在最后获得幸福的时刻也希望狄克可以陪伴在自己身边，但狄克已经去世了。小说中对狄克的描写甚少，但是这段友谊却相当动人。狄克和奥利弗的友谊已经远远超过同龄孩子之间的过家家，他们曾一同在济贫院内患难，而且两人互相牵挂，奥利弗还希望可以与狄克分享自己的幸福。可以说，狄更斯加入的这段友谊的描写，更加烘托了小说宣扬善的影响力，而正如本书绪论中提到的，在滕尼斯的共同体大厦中，友谊本来就至关重要。

奥利弗的圣童光环展现出狄更斯的善恶观。奥利弗生来便有许多优秀品质，更重要的是，圣者之所以为圣，是因为他可以将自己的力量传递给他人，而奥利弗企图用自己的善良去感化他人。正如前文所提到的，奥利弗想用善去感化恶，虽然并没有成功，但是奥利弗的善良，却打动了善良，使自己脱离险境，获得幸福。正是由于奥利弗的正直，才最终打动布朗罗先生，让布朗罗先生认识到自己误解奥利弗是个多么大的错误；也是奥利弗的直率和不隐瞒打动了露丝小姐，使他最终获得幸福的生活。在小说中，我们可以看到恶对善是惧怕的。若奥利弗不是一个品行端正的孩子，孟可斯也不必费尽心机地想要伤害他，正是因为他惧怕奥利弗的美好与善良会使他失去一切不义之财，他才想要除掉奥利弗。

奥利弗传播着善的影响力，狄更斯想通过这部小说，向读者传递善的种子。圣童的意义不仅在于他感动了小说中的人物，更在于感动读者，这也是一种共情。只有当读者承认这份善良，善才真正有了意义，才真正有了影响力，圣童的"圣"才算达标。当然，圣童光环也为小说中一些情节剧特质做出了解释，比如说奥利弗完全不受其生长环境的影响，不论在怎样的丑恶环境中都可以保持美德；奥利弗没有接受过教育也能读书识字等。同时无法否认的是，圣童光环保佑着奥利弗一路过关斩将，百毒不侵，无论怎样的危机都能化险为夷。但是同时奥利弗又是被物化的儿童，这个双重性质提示了共同体形塑的困难，而"善的影响力"也恰是通过被物化儿童身上激发的共情得以实现。

三 被物化的童

在《雾都孤儿》中，对儿童形象的另一个重要描写就是儿童的物化。狄更斯生活的年代恰好是工业资本主义快速发展的年代，功利主义成了社会风气。小说中有一处细节，在奥利弗被送到棺材铺后的第一次出殡场景，他目睹了死者母亲的哭诉，她为重病的女儿乞讨食物却被抓进监狱，放出来时女儿已经饿死了。在这里狄更斯讽刺了工业时代不把人当人的现象，用的是写实的笔触。这一幕只是一处很小的细节，小说中对物化的讽刺更多的还是体现在儿童上。首先是主角奥利弗。在小说的开头，奥利弗就像商品一样几经转手。济贫院把奥利弗像甩包袱一样扔给棺材铺的苏尔伯雷先生，苏尔伯雷先生则想尽一切办法希望从奥利弗身上获得最大化利益。在奥利弗掉进贼窝之后，费金经常算计奥利弗叫以值多少钱，在重新把奥利弗绑架回来之后，费金团伙立刻将奥利弗作为盗窃的工具。奥利弗在小说前半部分的遭遇可以说是19世纪伦敦贫民儿童生活的戏剧性写照。

除了出逃伦敦这一行为是奥利弗的主动选择，其余时间他一直被动地由他人操控。奥利弗的境遇虽然充满戏剧性，但依旧能够说明在当时英国底层社会中，逼良为贼的情节一直都在上演，奥利弗仅仅依靠自己的力量，绝对不可能摆脱走向歧途的命运。但小说中更多人物还是接受了命运的安排，比如说逮不着的机灵鬼，贝兹和南希等人。

这些少年犯都是功利主义的受害者，从奥利弗的遭遇中我们大致能够推测，这些人都是怎样走上犯罪之路的，他们都是受到了利用——费金把他们当作赚钱的工具。或许这些少年犯也曾反抗过，但他们最终妥协于毒打，饥饿或是其他种种因素，最后甘愿沦为可悲的工具。

物化的儿童形象还有另一个重要特点，那就是早熟。费金犯罪团伙的孩子都是小大人。狄更斯经常用先生和小绅士来称呼约翰·达金斯和贝兹，正如他们的称谓一样，这两位先生也是派头十足。在奥利弗第一次见到机灵鬼的时候，全知叙述人称其为一个"趾高气扬、好摆架子的小绅士"（40；ch.8），他穿的是与年龄极不相称大人衣服，他学着大人的样子喝酒打牌。机灵鬼的穿着打扮以及行为方式并不是他自己选择得了的，在他的生长环境中，他所能承担得起的衣服都是偷来的，因此他的穿着才显得过分成熟，这是客观原因。主观原因是，机灵鬼要想在那么多孩子中"脱颖而出"，就必须要看起来比其他孩子更成熟，所以他选择了这样的装扮与生活方式。而贝兹少爷的梦想则是"等有许多钱了就洗手不干，做上等人"（110；ch.20）。这些大人做派是狄更斯对底层儿童同情的体现，这些孩子本身是受害者，他们的行为虽然可恨，可是他们只能通过这样的方式才能生存。这些孩子既可恨又可怜，他们本身代表的是恶的一方，而他们劣质的成熟，反而会激发读者心中的善，这也是狄更斯旨在表达的"善的影响力"的一部分。

小说中不仅有关于儿童物化的情节，也出现了许多反物化的情节。比如奥利弗不愿沦为一个盗贼，在塞克斯让他进行偷盗的时候，他宁愿送命，也要向这家人通告。还有在奥利弗逃亡伦敦的情节中，虽然其导火索是诺亚对其母亲的侮辱，可本质上是奥利弗对自己被物化命运的反抗。物化的目的是最大限度地榨取人的价值，而奥利弗的反物化就是他对善的坚守，对人性的坚守。狄更斯也在小说中借此传递善。另外一处比较明显的反物化情节出现在南希的身上。南希在四五岁时就被费金抓到贼窝，一直过着凄苦的生活。她也曾被费金训练怎样偷盗，学习怎样行骗，最终沦落风尘，还有一段不幸福的婚姻。但是她内心的善良也是有目共睹的，奥利弗触发了她心中掩埋多时的善意，看到奥利弗的遭遇，她想起了自己的经历，她不希望奥利弗成为第二个自己。在第二次将奥利弗绑架回来之后，她的内心一直受着煎熬，这也成为她最后去给露丝小姐通风报信的诱因。南希的行为是很典型的反物化的例证，她不希望奥利弗和她一样成为工具，她最终用自己的生命守住了善良与人性的美好。如果说儿童角色是童心崇拜的一个方面，那么幼稚的大人就是另一个重要的方面，他们无不狂妄自大，是彻头彻尾的利己主义者，因此也是共同体的摧毁者。

四 利己主义者们，幼稚着

作为狄更斯的第二部长篇小说，《雾都孤儿》有许多不够成熟的地方。比如在情节的安排设置上，有许多不够严密的细节。举例来说，叙述人没有交代奥利弗什么时候学过识字，就安排了奥利弗可以读书的情节。而在人物设定方面，除了南希具有双重性格，其余的角色都是性格比较单一的扁平人物。基本上所有角色的性格都可以标签化，比如虚伪的教区干事邦布尔先生，奸诈狡猾的费金，吝啬伪善的柯尼太太，无能又狂躁的塞克斯，善良单纯的露丝小姐，仁慈的布朗罗先生等等。正是由于人物性格的特点突出，我们可以大致将大人的形象分成两类，善的形象与恶的形象。与成熟的儿童相比，在这些大人身上或多或少可以看到一些幼稚之处。

小说中最先出场的大人形象是教区干事邦布尔先生。从小说的开始，邦布尔先生便展现出极度的狂妄与自大。在判断是非对错时，邦布尔先生从来不按照事实说话，是个完全的唯心主义者，只认同自己的感觉。这种以自我为中心的思考方式，通常是心理学意义的全能自恋的表现。邦布尔先生对自己的地位十分看重，当老绅士喝令他闭嘴时，他的反应是"竟然喝令一位教区干事闭嘴。真是伦常大乱了"（16；ch. 3）。奥利弗想多要一碗粥，在邦布尔先生眼里就瞬间变成了"所有狡猾、奸诈的孤儿中最不要脸的一个"（16；ch. 3）。这样充满偏见的话语出自一位教区干事之口，隐含了浓浓的讽刺意味。作为一个教区的管理者，邦布尔先生在辨别是非方面展现出极为逊色的能力，不过在颠倒黑白方面倒是十分出色。对于柯尼太太的恭维与欺骗，邦布尔先生不仅照单全收，还因此爱上了她，并向柯尼太太求婚。他的愚蠢和天真导致他婚后不幸，柯尼太太完全是屈服于他的权势才结婚，当邦布尔先生失势之后，柯尼太太便不再掩饰对他的厌恶。邦布尔先生的愚昧造成了他自己的人生悲剧，他的伪善也让人觉得幼稚可笑。

相比起费金，济贫院的柯尼太太和邦布尔先生其实更加恶劣。他们打骂济贫院中的孩子，克扣发放给济贫院的伙食费。这些现象其实是对当时济贫法的讽刺。英国在1834年通过了《济贫法修正案》，马克思对当时济贫院的描述是"那里伙食坏，工作繁重，不做完分内的工作不许吃饭，那里实际上就是监狱"（恩格斯576）。狄更斯关于济贫院的描写就是对当时济贫制度的控诉。济贫院是当时社会丑恶面的集中体现，《济贫法修正案》事实上把穷人他者化、边缘化，在"最伟大民族"的共享叙事中，是个刺耳的杂音。小说中虚伪的柯尼太太，表面上对教区干事阿谀奉承，表演着自己的善良仁慈，背地里却对孩子们用尽残忍的手段。柯尼太太和邦布尔先生，一个是济贫院的院长，一个是教区干事，都是最底层的公职人员，但是他们却在自己可能的范围内，最大限度作威作福。

小说中另外一个利己主义者的代表当然是费金。费金作为一名教唆犯，手下培养了一大群少年犯。他可以和这样一大群孩子长期共处说明他其实有"可爱"的一面。比如他在训练手下孩子偷东西的时候，并不是采用严格的"教育"方式，而是通过与孩子做游戏来达成自己的目的；费金也乐于与孩子分享自己的经历，经常"把孩子们逗得直乐，连奥利弗都忍不住开怀大笑"（102；ch. 18）。但费金的幼稚不是真的幼稚，他的幼稚是一种伪装，是他达成目的的手段。虽然说贼窝里的孩子过得要远远好于济贫院中的孩子，但是费金只是在用这样温和的方式，带坏这些孩子，让他们接受成为他赚钱工具的事实，愿意为他所用。所以说费金的童真都是伪装。

童心崇拜：狄更斯共同体之境

真实的费金是个诡计多端，贪婪无度的老头。狄更斯对费金的外貌描写是"干瘪的犹太老头……一头乱蓬蓬的红毛盖住了他那副令人恶心的流氓相"（42-43；ch.8）。他形象非常凶恶，和他的面容一样险恶的是他的心肠：他让孩子们替他偷盗，自己却坐享其成。如果说奥利弗是圣童，那么费金就是恶灵。他一直想要回奥利弗，认为他值成百上千英镑。他还想要设计陷害对他来说已经没什么用处的塞克斯，也因此害死了南希；在他最得意的门生机灵鬼落难时，他并没有想要救出他，反而落井下石，他派诺亚去法庭，听到机灵鬼被流放，才安心。费金是没有人性的代表，在小说中他被形容为"某种恶心的爬行动物……趁着夜色蠕动"（103；ch.19）。在此处，狄更斯将蜥蜴身上那种冷血无情，只能生活在阴暗环境中的特点挪用到费金身上，这种以物拟物的写法非常具有童话色彩——童话故事中的恶魔往往都是由某些长相丑恶的动物变出来的。而与上述利己主义分子相反的是具有赤子之心的个人主义者，他们传递着善。

五　赤子们，善着爱着

小说中有许多善良的人物，他们或多或少也体现出一些儿童特质，但是这种幼稚却是由于他们的赤子之心，就像匹克威克先生一样。奥利弗遇到的第一个善人是布朗罗先生。虽然大体上看布朗罗先生是仁慈善良的，但仔细分析一下，他并不是一个完全的"扁平人物"，他的性格中也有许多相悖之处。比如说在第一次撞见奥利弗时，布朗罗坚定地相信奥利弗不是小偷，之后的多方打听也证明了奥利弗是个诚实的孩子。但是后来布朗罗先生如孩子一般心性不坚定，他听信了邦布尔先生的话，认定奥利弗是个小偷。作为一个有文化的人，他缺乏判断是非的能力，这点他连自家的女管家都比不上——虽然最终布朗罗先生还是调查出了真相。在小说中并没有明确提及布朗罗先生的职业，但多次说他学识渊博，我们可以界定这个角色代表的是社会上善良却有些迂腐的知识分子。

露丝小姐是小说中另一个善良的化身，她面容姣好，心地善良，宛如天使。露丝小姐的身世不佳，但在当时那个非常看重门第的时代，她的善良不仅打动了哈利·梅莱，也打动了梅莱太太，最终获得幸福的婚姻。在维多利亚时代，许多流行病都可能致命，比如《尼古拉斯·尼克尔贝》中的思麦克和《董贝父子》中的小珀尔就都死于肺痨，但是露丝小姐染上热病却能大难不死。如果说奥利弗头上有圣童光环，那么露丝小姐头上一定有天使光环。狄更斯创造的露丝小姐是个完美无缺的角色，她有未经污染过的孩童一样的善良心地，如天使般的姣好面容，甚至还有受到神明庇护的命运。然而在真实的世界中，是不可能存在这样的人的，露丝小姐的形象充满了童话性，而狄更斯对露丝小姐的命运安排一方面体现了他心中的理想人格，另一方面歌颂了善良能够对抗一切，战胜一切。

在代表善的一派里，还有另外一个充满正义感的角色：医生罗斯伯力。露丝小姐经常称他为可爱的大男孩。他虽然冲动，甚至可以说有一些莽撞，但是他却非常富有同情心，同时还疾恶如仇，这点和《尼古拉斯·尼克尔贝》中的同名主人公很像。罗斯伯力大夫作为医者，不仅医病，还医心。他不仅治愈奥利弗身体的伤痛，还想尽办法揪出盗贼，并帮助奥利弗找到他的恩人，以此治愈奥利弗内心的创伤。另外一位格林维格先生也是一位性情中人，他在不了解奥利弗时，对他厌恶至极，一心认为这是一个小骗子。然而在了解真相后，他倾尽全力帮助奥利弗。这些善良正直的角色或多或少都会流露出一些孩子气，这也是狄更斯写作手法的高明所在，儿童的幼稚和天真可以博得读者的好感，此举一方面将角色塑造得更加可爱；另一方面对于宣扬善的主题也有很大的帮助。

小说中代表真善美的一派和代表伪恶丑的一派在数量上可能势均力敌，但是代表真善美的一派却掌握更多的社会资源。在狄更斯的观念里，正义战胜邪恶，真实战胜虚伪并不只是一种单纯的愿望，而是一种必然结果。更多的社会资源与更大的权力都由善良的人掌握，所以恶必定逐渐式微，善将会发扬光大。这种善之于社会繁荣的影响力，还通过小说中奇幻的场景和巧合的情节设置得到体现。

六 童话性隐含的信任

《雾都孤儿》中体现童心崇拜的方面还包括狄更斯借鉴了童话式的创作手法。不论是小说的场景设置，情节设置还是人物形象都有童话色彩。狄更斯的高明之处在于，虽然大量使用了童话的创作方法，但读者读到的并非一个童话故事。在《雾都孤儿》中，童话的手法是用来服务扬善惩恶的共同体主题的，利己主义者失信于人则恶有恶报，个人主义者讲求诚信则善始善终。虽然与传统童话中的场景描写有所不同，《雾都孤儿》在场景设置上非常具有童话色彩，与传统童话的共同点就在于也使用了夸张的手法。比如说传统童话中常使用的意象有阴森的古堡、森林，尖锐刺耳的狂风等，而这些元素在《雾都孤儿》中变成了工业文明里肮脏的阁楼，污水横流的街道，断壁残垣等。虽然故事的背景从原始森林和古堡变成了工业城市，但这种奇幻景观描写激起的是人们相同的感受：恐惧与厌恶。当一个善良的主角落入这样肮脏的环境中时，肯定会激发人们变革的愿望。

童话的场景描写还包括运用鲜明的色调来烘托环境氛围与人物性格。在奥利弗生活的三个不同时期，狄更斯运用不同色调描写环境，突出了与奥利弗接触的人物的主要特征。在奥利弗的早期生活当中，主要运用的是冰冷、暗淡的色调，比如奥利弗被关在棺材铺中的描写就令人感到十分恐惧和压抑。这个时期奥利弗的主要相处对象是济贫院的工作人员、教区干事、和棺材铺里的一干人等，这些人的所作所为与阴冷灰暗的色调十分符合，他们基本上都是铁石心肠，虚伪至极，因此这个时期奥利弗的主要心理活动也充满灰暗色彩。而当奥利弗落入贼窝之后，场景的色调就变成了恶心狰狞的猩红色，就像费金那一头油腻恶心的红发。在这个阶段与奥利弗相处的主要人物是贼窝里的一帮人，与他们所处的环境相似的是，这些人大多数也穿着邋遢、举止暴躁，奥利弗的心境也变成了想要逃出去的焦虑与哀愁。当奥利弗被露丝小姐救助之后，场景的色调转为轻快、明亮，正如露丝、梅莱太太、大夫罗斯伯力等人正直光明的性格一样，奥利弗的心情也趋于幸福稳定。狄更斯用鲜明的色调划分出奥利弗经历的三个生活场所，在不同时期色调有明显的善恶倾向性，狄更斯将场景描写作为他与读者沟通的一种手段，让读者在潜意识中接收到他传递的善恶观，所以说童话式的景观描写也起到了推行善的影响力的作用。

在场景描写方面有一处非常有趣的现象，即小说中大多数的优美场景都是在歌颂田园风光，而工业城市则大多是阴冷潮湿的、肮脏的，废墟随处可见。虽然无法简单认为乡村生活代表善，城市生活代表恶，但狄更斯在小说中折射的对乡村的明显喜好反映出他对一种原生共同体的期待。城市光鲜生活之下隐藏着太多的丑恶，工业资本主义的飞速发展，带来的是人人向钱看齐的利己主义习气，人性被置于金钱操控之下。比《我们共同的朋友》还要早上几十年，狄更斯就在《雾都孤儿》中描写了两处废墟。一处是费金的贼窝，这里虽然现已满目疮痍，但也可以看出曾经的富丽堂皇；另一处是塞克斯杀死南希后的藏身之处雅各岛（陈晓兰 137）。这两处废墟中住的都是工业社会的渣滓，他们从事着最肮脏的事情：偷盗、杀人。坍塌的废墟意象不仅意味着工业文明的痼疾，更意味着人性的坍塌，善的坍塌。狄更斯用田园风光的美好与工业废墟的颓废作对比，体现的是对于原生的、单纯的、本真的文化共同体的向往。

在景观描写方面狄更斯也用了许多非常具有童话性的意象，比如大钟。钟表是有关时间的意象，而钟的外形和钟声一般都比较厚重，有威严感。在费金接受审判后有一段关于教堂钟声的描写，"其他守夜人听到教堂钟声敲响，都很高兴，因为这钟声预告着生命和新的一天的来临。但对这个犹太人来说，钟声带来的却是绝望"（304；ch. 52）。小说里的钟声对于不同的对象有不同的含义。对于普通人来说，这是喜钟，预示着希望；对于费金，这是丧钟，预示生命即将走向终点；而对于读者，这是警钟，是作者对读者的劝诫：作恶者必有报应。

小说中不仅使用了童话式的场景描写，也采用了童话式的写作手法。就像童话中的王子和公主命中注定要在一起一样，小说中的人物也都受着命运的安排，主宰就是狄更斯，狄更斯就是小说中隐含的上帝。虽然小说是关于奥利弗的传记，却采用了第三人称的叙述方式。这样写有两个好处，叙事视角是全知全能的，狄更斯可以随时转换到奥利弗这个孩子的视角去讲述故事。在童话《皇帝的新衣》中，最后就是一个孩子道出了皇帝没有穿衣的真相，因此我们可以看出儿童视角最大的特点就是真实。透过儿童的视角，狄更斯戏剧性地出反映当时社会的丑相。比如在济贫院中，奥利弗在"大逆不道"地要求多添一碗粥之后受到惩罚，还被各位"绅士"冠以冠冕堂皇的理由：当众鞭笞奥利弗是为了让他进行"社交"，在非常寒冷的早晨给奥利弗冲冷水是为了让他"运动"，怕他着凉所以还要对他进行鞭打。狄更斯以一种冷幽默的方式讽刺了济贫院的残忍，对工业资本主义的弊端进行了无情的嘲讽。全知全能视角的第二个好处是叙述人可以不受任何角色的干扰，直接对社会不良现象加以批判。比如奥利弗被当成小偷抓到法庭上，法官不分青红皂白就判定他是小偷，对于奥利弗的晕倒，法官不分青红皂白就指责奥利弗在装疯卖傻，这里狄更斯借叙述人对英国司法制度进行了讽刺。司法制度的衰败本身就是社会信任低下的体现。

在情节安排上，狄更斯也借鉴了童话的写法，其中最突出的特点就是巧合的安排。奥利弗之所以能被刻画成一个圣童，很大一部分是靠巧合的安排，也就是很多人认为的运气。奥利弗第一次被救起就遇到他父亲的好友，这为后文中他查清身世，得到遗产进行了铺垫。而第二次救助奥利弗的竟然是他的亲姨妈。还有许多巧合帮助奥利弗躲过重重灾难逢凶化吉。巧合不仅是关键时刻救命的灵丹妙药，也是为人物制造障碍的利器。比如孟可斯就是偶然知道了奥利弗是他弟弟才会想要置奥利弗于死地。巧合制造冲突，同时也化解冲突。巧合在宣扬善有善报，恶有恶报的主题时也起了很大的作用，比如正是费金派诺亚监视南希的行动，才导致了南希的死和塞克斯的被逮捕。也正是无数的巧合让奥利弗找到亲人，获得财产，取得大团圆的结局。

虽然善有善报，恶有恶报的大团圆结局充满了童话性，也不符合当时的人间现实，但是狄更斯用这样的结局投射了他的共同体愿景。

第二章 《雾都孤儿》：善的影响力

狄更斯完全了解当时的社会有多么黑暗，可他却并不认为社会会永远黑暗下去。他在小说中寄托了自己美好的憧憬，也让读者获得希望，在读者心中播下善的种子，这正是善的影响力。

《雾都孤儿》以童话式的写作手法宣扬善，小说中充斥着诸多只有在小说，或者说只有在狄更斯的小说中才能安然存在的各种巧合，小说大团圆的结局恐怕更是在狄更斯的小说中才能存在。奥利弗的出淤泥而不染，以及与生俱来的美德更是加重了这部小说的童话色彩。但是，在这些情节剧式的安排背后，可以看到的是狄更斯在建构共同体时的良苦用心。小说中奥利弗和绅士布朗罗之间直觉般的信任，说明狄更斯在新兴工商业社会中形塑共同体的对策。奥利弗这样的圣童诚实不欺，他也拥有诚实附带的美德，因此他很容易获得他人的信任，而信任和信用（credit）是互相依存的关系，信用意味着可以积累更多的象征资本，正如《雾都孤儿》所渲染的，小说中拥有美德的人物拥有更多的社会资本。社会资本是可以被社群成员共享，并能让成员间建立合作的非官方的价值准则，如果社群中的成员希望其他成员诚实守信，那么信任的建立就开始了，信任可以让社会运转更加有效。

无论是传统农业社会还是现代工业社会，信贷的前提都是信用，尤其是在工业文明里，社会是陌生人主导的，旧有的血缘宗族带来的熟人间的信任已经濒临解体，转而主要依靠互惠完成，而互惠的基础便是共享的价值准则。共享的价值准则并不一定产生社会资本，因为被共享的价值观可能是错误的，能带来社会资本的价值准则必须是诚实以及诚实连带的美德。《雾都孤儿》中缺乏美德和诚信的人物之间也有互惠，但是这些是消极的互惠，比如费金的少年犯团伙里，每个人都想用最小的代价，甚至不用代价就获得最大的收益，这种消极的互惠本质上都是利己主义，无益于共同体的建构。

在建构互信共同体的维度，建立认同的表现形式并不重要，重要的是谁来操纵认同的表达，谁来选择认同的表达形式，以及所决定的表现形式是否有助于社群在民族国家认同的语境中积累"象征资本"（symbolic capital）。按照布迪厄（Pierre Bourdieu，1930—2002）的观点，象征资本是信用（credit），在广义上是某种预付（advance）和可信性（credence），象征资本追求的是来自外界的认可，被认可或被重视都是象征资本，它以某些合理的要求表现出来，不易为人所察觉的权力，最终目的是寻求他人的欣赏、尊重、敬意，以及提供其他服务（Bourdieu 112—121）。在《雾都孤儿》构建的共同体想象中，象征资本属于有德之人。

　　《雾都孤儿》的童话性说明此时的狄更斯仍旧没有找到在民族国家层面建立制度性信任的钥匙。《雾都孤儿》展示的善的影响力，局限在个体层面上的互信，局限在某个人是否值得或者不值得信任，但是只有当信任作为社会整体特质存在时，当信任不因阶层、族群、宗教等方面的差异而产生敌意和猜忌时，共同体才能成为可能。《雾都孤儿》是一部兼具现实主义、情节剧和童话性的小说，主人公奥利弗的圣童形象、被物化的儿童、幼稚的利己主义者、拥有赤子之心的个人主义者、童话式的创作手法都指向了同一个共同体诉求：通过善的影响力构建信任，在互信的基础上形塑共同体。

第三章 《尼古拉斯·尼克尔贝》：共同体探路者的愤怒呐喊

正如汉纳福德（Richard Hannaford）认为的，《尼古拉斯·尼克尔贝》（*Nicholas Nickleby*，1838—1839）延续了《雾都孤儿》的童话性，《雾都孤儿》中的奥利弗不仅仅是个受到伤害且可怜的孤儿，他身上还体现了童话中的某种原型，借助这一原型狄更斯表现了自己的写作动机；同样《尼古拉斯·尼克尔贝》中的主人公尼古拉斯也是如此，他追寻着属于自己的未来，然而他邪恶的叔叔拉尔夫却百般阻挠他的进步，这些经历好似历险，尼古拉斯正好就是童话原型里的英雄（Hannaford 247—248）。

汉纳福德提及的"英雄"一说，为《尼古拉斯·尼克尔贝》中的共同体探索提供了视角。小说同名主人公尼古拉斯确实称得上是个英雄，他极具正义感，经常路见不平而怒发冲冠。尼古拉斯的愤怒是情节剧式的，对愤怒这种极致情绪的结构性重复，体现出创作早期的狄更斯寻找共同体模型的热望。尼古拉斯因社会现实而表达的愤怒呈现出社会信任和心智培育的缺失，"最伟大民族"的宣言唱得越嘹亮，尼古拉斯的怒火也就燃烧得越旺，这是因为在这部小说中，尼古拉斯经历了三种共同体模型，它们都无法在工商业社会形塑有机体。

一 尼古拉斯总是怒发冲冠

尼古拉斯的愤怒是对英国这个"最伟大民族"的警钟。在《尼古拉斯·尼克尔贝》中,强烈的民族认同情绪已充分浮现,议员马修·帕普爵士在下议院发表演说时便说,英国是"一个伟大而又独立自主的民族国家"(Dickens, *The Life and Adventures of Nicholas Nickleby* 20;ch. 2)。下议员格雷戈斯伯里先生也是个典型,面对众议院的质疑他不肯辞职,还说出如下豪言壮语:

> 我的一举一动的出发点——从来都是,以后也会一直是——对我们这个伟大又幸福的国家的真挚关心。无论我看国内还是国外,不论何时我看到我们英伦岛上这个和平又勤勉的社会:大河里繁忙的船只,铁道上繁忙的火车,大街上繁忙的马车,天空中充溢的气球——它们的动力和级别都是我国和别国航行史上空前的。我刚刚提到了,任何时候不论我只看我国,还是关注眼前被征服和占据的地方呈现出的渺无边际的远景(这些都是凭借不列颠的顽强和英勇取得的)。每当我看到这些,总要双手紧握,目光转向头顶无穷的太阳,高声叫道:"感谢上苍,我是不列颠人!"(184;ch. 16)

这样一个心怀雄心壮志的格雷戈斯伯里先生,尼古拉斯给他当秘书时,却告诉尼古拉斯,写文章的主基调就是吹牛,夸大其词,打爱国牌。议员先生也"不能允许下等人和上等人一样富裕,否则上流人士就毫无特权可言了"(189;ch. 16)。可见当时的英国没有议员先生陈述地那样"伟大又幸福","两个民族"的痼疾愈演愈烈,有机体的缺失让尼古拉斯时常发出愤怒的呐喊。

尼古拉斯的美德是通过情节剧美学呈现出来的,他对善的坚守也体现在他的不成熟上,路见不平动辄怒发冲冠是尼古拉斯的一个标签。尼古拉斯丧父后和叔叔拉尔夫首次相见时,尼古拉斯血气方刚,目光炯炯,让拉尔夫自惭形秽。尼古拉斯被拉尔夫骗到魔鬼男校多伯伊斯学堂当教员,看见校长斯奎尔斯调戏妹妹凯特,尼古拉斯愤怒了,尼古拉斯在这所魔鬼学校目睹了学徒思麦克(其实就是拉尔夫的

第三章 《尼古拉斯·尼克尔贝》：共同体探路者的愤怒呐喊

私生子）不堪斯奎尔斯一家虐待而逃跑，尼古拉斯感到"非常愤怒"（147；ch. 8），看到被抓回来的思麦克被斯奎尔暴打，暴怒的尼古拉斯"掐住喉咙就打"（150；ch. 8），差一点掐断了斯奎尔斯的脖子。叔叔拉尔夫故意把侄女凯特介绍给维利索芙特勋爵和霍克爵士，凯特后被二人调戏，这让她"很少抬眼"、"更加难堪"（227；ch. 19），被霍克爵士侮辱后，愤怒的凯特质问拉尔夫为何把亲侄女拉进深渊，让她"遭受侮辱"（230；ch. 19），拉尔夫在凯特的刚烈里看到了尼古拉斯的影子，便说"你的骨子里有那个男孩的血性"（347；ch. 28）。尼古拉斯"在公共场合听到贵族们用下流的语调谈论自己的妹妹，他顿时又怒了"（386；ch. 32），然后加入了莫尔伯利·霍克爵士的酒局，尼古拉斯掏出自己的名片，要求和霍克爵士平等对话，被轻蔑拒绝后，尼古拉斯说他是"乡绅的儿子"（391；ch. 32），接受过很好的教育，并不低爵士一等，"除此之外哪个方面都比爵士强"（391；ch. 32），后来由于霍克爵士对尼古拉斯展现出不屑一顾，尼古拉斯"不顾危险，怒火中烧"（391；ch. 32），他在马车上用马鞭抽烂了霍克爵士的半张脸，马车脱缰，尼古拉斯跳车，霍克爵士受了重伤。拉尔夫的秘书、善良的诺曼·诺戈斯评价尼古拉斯有时候是个"凶暴的年轻人"（635；ch. 52），在小说51章，当诺戈斯告诉尼古拉斯拉尔夫又做了坏事——他和尼古拉斯心上人玛德琳的父亲布雷勾结，设计把玛德琳嫁给坏蛋亚瑟·格莱德，从中捞到好处，尼古拉斯又一次怒火中烧，他不假思索冲出门外，诺戈斯大喊让人拦住他，说尼古拉斯这一出去会杀人，为了阻拦尼古拉斯，情急之下诺戈斯竟然使出下策，大喊"捉贼"（632；ch. 51）。当找到拉尔夫和亚瑟对质时，尼古拉斯的"眼中怒火腾腾"（668；ch. 54），拉尔夫和亚瑟被尼古拉斯的怒火搞得晕头转向，周围的人也对尼古拉斯的愤怒倍感惊愕。后来，玛德琳的父亲布雷突然暴毙，尼古拉斯对拉尔夫和亚瑟说债务由于自然死亡还清了，救出了玛德琳。

尼古拉斯的愤怒反衬出社会共同体的缺失，拉尔夫和斯奎尔斯这两个"父亲"行使了扭曲的父权。尼古拉斯父亲死后，拉尔夫事实上等于行使着父亲的角色，而斯奎尔斯则是男校学生的监护人，这两个人物很有钱，但是无德，是彻头彻尾的利己主义分子。在得到恶有恶报的惩罚前，他们能量巨大，构建了一个共同体模式，也即是以计算和算计为准则的模式，这个模式是尼古拉斯经历的三个无效共同体模型的第一个。

二 拉尔夫和斯奎尔斯代表的模型

拉尔夫和《老古玩店》里的奎尔普一样，不能称作一个商人，"他并非银行家，也非代理，也非特定辩护人，也非公证人。他绝对不是个零售商，专家的头衔也加不到他头上，他没有被社会公认的职业，却实实在在有自己的'事务所'"（13；ch. 2）。应该说拉尔夫和奎尔普这类有钱人，象征了19世纪早期英国资本主义制度中信贷机制的不完善。拉尔夫利欲熏心，他眼里只有钱没有情感，他对现实的感知基于冷静的观察，他希望自己绝对客观，也希望用理智控制身边的人。拉尔夫和秘书诺戈斯就时间和钟表进行了谈话，他因表停了询问了时间，但是坚信表肯定"上足了发条"（16；ch. 3），这表明他对时间和人都想拥有绝对的掌控。拉尔夫对时间有精确的要求，要求诺戈斯必须守时，面对诺戈斯送来的自己弟弟的死讯，拉尔夫异常镇定，诺戈斯说拉尔夫"从没有表现得吃惊过"（24；ch. 3）。由于自己是大哥，弟弟死后拉尔夫须安排弟妹和侄子侄女今后的生活，但是他只嫌三个亲人给他添麻烦，他私下让女房东把弟妹和侄子侄女赶出去，说他们太铺张浪费，他无法理解弟弟可以因为投机失败而伤心欲绝，他认为"心"并不存在，也就更不存在被"伤"了"心"一说（30；ch. 3）。

拉尔夫这样的人自然也没有"家"这个共同体的概念，他告诫弟妹尼克尔贝太太"一定要讲求实际"（118；ch. 10）。在给凯特介绍到女帽子作坊工作后，凯特问拉尔夫可不可以住在家里，拉尔夫反问"家是哪"（120；ch. 10）。凯特说是和她母亲住的出租屋，马上遭到拉尔夫的回绝。拉尔夫鲜有流露真情，但是凯特让他着迷，有一天他

第三章 《尼古拉斯·尼克尔贝》：共同体探路者的愤怒呐喊

自顾想着他这样讲求实际的人，竟然也喜欢上了凯特，他想如果尼古拉斯死了，如果弟妹也死了（这是多么有悖人伦的附加条件！），他会给凯特一个家，但是当他发现秘书诺戈斯在偷偷观察他时，他恼羞成怒，凶狠地质问秘书"竟敢偷窥我，盯着我，还瞪着我"（377；ch. 31），他认为真实的自己不应该被发现。

随着小说情节的推进可以得知，驱动拉尔夫作恶的深层动因在于愤怒，但是他的愤怒和尼古拉斯的愤怒截然不同，拉尔夫讨厌尼古拉斯是因为尼古拉斯流着自己弟弟的血。兄弟二人年轻时就总被拿来比较，弟弟总是比哥哥品质高尚，因此毫无意外得到更多的喜爱。拉尔夫的心智培育存在严重缺失，他是个幼稚的大人，无法克服早年遭受的冷眼。他不走正道，反而选择以毒攻毒，一坏到底，他唯一的两个欲望就是"贪婪"和"仇恨"，"他自认为是全人类的典型"（529；ch. 44）。

整部小说中拉尔夫一直提供着和尼古拉斯完全相反的感知视角。无论是同情心还是在是非判断上，小说叙述人从未向拉尔夫倾斜过。同尼古拉斯的炙热不同的是，拉尔夫是个异常冷静，甚至冷酷的存在，他唯一的道德准则就是算计，是个彻头彻尾的功利主义者。像个科学家一样，拉尔夫是个绝对客观的观察者，这还导致他希望对身边的人施加绝对的控制，最典型的例子就是他的秘书诺曼·诺戈斯。但诺戈斯经常在想象的世界表演拳击，把拉尔夫打翻，这一幕也呼应了尼古拉斯暴打斯奎尔斯一幕的脸谱化描写。诺戈斯的内心活动以及主体意识不受控于拉尔夫冷静的观察，这点体现出拉尔夫这种"客观"视角的局限性。

拉尔夫无法用自己的视角把他人同质化的例子比比皆是，最典型的一个是他的私生子思麦克。在得知自己间接杀死了亲生儿子前，拉尔夫毫无悔过之意，奇里伯兄弟商行中的老人查尔斯·奇里伯劝说拉尔夫宽恕，但拉尔夫嘲弄查尔斯，说查尔斯"不是天使"（713；ch. 59），不是去谁家都受欢迎。骗婚玛德琳这个勾当落空后，拉尔夫千夫所指，竟然还"直接跑到奇里伯兄弟商行"讨说法（719；ch. 59），惹得大家都怒不可遏，长期忍受老板折磨的诺戈斯，更是一股脑把拉尔夫骂得狗血喷头。但是，思麦克就像鬼魅一样折磨着拉尔夫的意识活动，小说后期拉尔夫已经濒临精神失常，他总觉得身后有个鬼影跟随，这个鬼影毫无意外，就是思麦克的鬼魂。一向机敏的拉尔夫在鬼影的凝视下变得疑神疑鬼，忧心忡忡。拉尔夫再也无法精明了，他赔了一万英镑，而且经常精神恍惚。思麦克的鬼影让拉尔夫感知到自己视角的局限性，他被击垮了，在决定自杀前总觉得有什么东西在盯着他。临死前拉尔夫在墓地中被逗乐了，这是他在小说中唯一一次发笑，笑声象征了情感征服理智后的狂欢，同时也宣告拉尔夫这种价值观无法构建有机共同体的事实。

与拉尔夫同类的人物是魔鬼学校多伯伊斯堂的校长斯奎尔斯。斯奎尔斯的学校在理论层面该是个家一样的微型社群，但斯奎尔斯只把男学生们当作赚钱的工具，仲夏节结束的那天，斯奎尔斯在清点学生数目时说，"招收了10个男生，10乘20就等于200镑，我明早八点过去，只收到3个男生，3乘0等于0，3乘2等于6，只有60镑"（37；ch. 4）。斯奎尔斯虐待学生，还虚伪地告诉他们，大家在这所学校"会有一个爸爸，就是我自己，还会有一个妈妈，就是校长夫人"（38；ch. 4）。经常有像大卫·科波菲尔的继父一样坏的大人把孩子送过来，这也正好合了斯奎尔斯的心意。

斯奎尔斯计算男孩价值的方式体现出商品拜物教，男孩变成了物。斯奎尔斯把男孩按照阿拉伯数字编号，"我叫一号，左边靠窗的男生就可以喝一口"（50；ch. 5），叫到一个号，一个男孩才能喝上一口勾兑的牛奶。斯奎尔斯教养男孩的方式和资本家剥削工人的方式相似，在这样的范式里，组织中的个体因劳动被孤立成单独的原子，无法形成有机的整体。斯奎尔斯学校里的男孩在吃饭时身心毫无愉悦感可言，他们就像等待被加油后继续作业的机器。

虚伪的斯奎尔斯还总是不忘向外界营造出学校的"家庭"气氛。在返回多伯伊斯堂的路上，一行人遇险，尼古拉斯解决危机后，一位路过的女士问斯奎尔斯，马车上的男孩是不是兄弟，斯奎尔斯的回答非常吊诡，他说，"某种意义上是，我和我太太就是孩子们的父母亲"（59；

ch. 6)。这些男孩是兄弟,斯奎尔斯和校长夫人是他们的父母——在一个层面上这些男孩确实具有共性,他们年龄相仿,身份相似,都在一所学校就读,但斯奎尔斯的话体现出的是以父权出场的资本家姿态——斯奎尔斯像个时刻寻找"人手"("hands")的主子。毋宁说他是"奴隶主"更为确切,在招募尼古拉斯时,斯奎尔斯对夫人说,"在西印度群岛,看管奴隶的监工手下可以有个助手,防止黑奴逃走或者造反,而我手下也需要个人监管咱们的黑人"(100;ch.9)。被"父爱"遮蔽的多伯伊斯堂的实情是这样被尼古拉斯感知的:

> 看看这些学生——这些贵族少爷,尼古拉斯环顾四周,不觉为之感到沮丧……苍白憔悴的面孔,骨瘦如柴的身形,有着孩子的容貌,神情却看起来像是老人。发育畸形的四肢,好像是镣铐锁在身上一样,有些孩子发育不良,有些孩子两条腿瘦到要撑不住驼背的身体,这一切都汇聚在他的眼前:有的眼睛烂了,有的嘴唇豁开口,有的脚长弯了,这些丑陋的姿态体现出父母亲对孩子悖逆常理的厌恶,或者体现出这些幼小的生命,从襁褓时期开始,就一直遭受可怕的暴力和冷落。有些孩子满目凶相,目光呆滞,心怀怨恨沉默不语,活像是监狱里的囚犯;还有些少年,由于父母行为不端,殃及自己,他们为了只想赚钱的保姆的离职而掉眼泪,自己的生活却除了孤苦还是孤苦。所有深沉的同情和关爱,都灰飞烟灭,所有代表青春活力的健康的情感,都跟着鞭子消失,跟着饥饿消失,所有复仇的怒火将在肿胀的心间滋生,无声无息侵入心灵深处,这不正是一个萌芽中的地狱在形成中吗!(89;ch.8)

"学校、工厂和部队是最能体现集中式规约的机构,多伯伊斯堂也蕴含着工厂的生产和剥削……小说叙述人也指出,学校男孩受制于的糟糕环境让这所男校像一座监狱。"(Gilmore 90—91)监狱、工厂和学校都是现代性规约的符码,斯奎尔斯像《老古玩店》中的高利贷商贩奎尔普一样，总是躲在暗处监视男孩的一切，包括由家人邮寄来的信件和礼物也要经过斯奎尔斯审核。为了不至于让男孩们死在难以下咽的食物里，斯奎尔斯太太给男孩们吃掺了硫黄的糖浆，美其名曰提高免疫力，实际目的却是减弱孩子的食欲——吃得少学校的开销就少，也就能从学费中挣得更多。这种方式和无良资本家给工人灌输的，通过干苦力脱离贫困的意识形态如出一辙。

狄更斯笔下的尼古拉斯是个心智尚未充分成熟的热血青年，他具有情节剧式的美德，同时他经常性的愤怒也是夸张的美学呈现，通过尼古拉斯的心灵感知到的世界和现实必然是有冲突的。如果说奥利弗·退斯特情节剧式的至善一路庇护着他，让他和恶行隔绝的话，尼古拉斯则必须要手上沾染血迹才能获得心智的充分培育。狄更斯对尼古拉斯的愤怒的描写具有传奇色彩，由于尼古拉斯经常被怒气冲昏了理智，他的视角是有局限性的，比如，当他看到逃跑的思麦克被斯奎尔斯找回来惨遭暴打时，他"几乎不敢朝窗外看，但却又忍不住朝窗外看，马上就看到倒霉的思麦克，浑身都是泥和雨水，憔悴至极，枯槁不堪，好像疯癫了一样，如果不是衣服比稻草人还破烂，真不敢认他就是思麦克本人"（147；ch. 13）。斯奎尔斯把思麦克称作犯人，给他捆起来锁到了地窖，等待当着全校师生的面发落，看到斯奎尔斯猛抽思麦克后，尼古拉斯怒了，他大喝一声"住手"（149；ch. 13），暴怒的尼古拉斯这一次差点儿掐死斯奎尔斯。

斯奎尔斯击碎了尼古拉斯出人头地的梦，同时也宣告了斯奎尔斯和拉尔夫这样的人无法构建共同体。尼古拉斯暴打斯奎尔斯后，带着思麦克一起出逃，他们必须在流浪中继续谋生，于是狄更斯安排他们遇到了克拉姆尔斯的剧团。那么，这个充满信任和团结的剧团，会是尼古拉斯的共同体归宿吗？

三 克拉姆尔斯剧团的模型

暴打魔鬼学校校长斯奎尔斯后，尼古拉斯和思麦克在多伯伊斯堂待不下去了，他们设想着一路步行走到朴茨茅斯寻求生路。在哥达明，

第三章 《尼古拉斯·尼克尔贝》：共同体探路者的愤怒呐喊

尼古拉斯和思麦克结识了剧团老板克拉姆尔斯。这个剧团呈现出和拉尔夫以及斯奎尔斯相反的共同体模型，克拉姆尔斯的剧团是个充满信任和团结的有机体。在经济活动上，不同于斯奎尔斯的欲盖弥彰，克拉姆尔斯从不掩饰自己逐利的本心，但团长把自己的利益和全团成员的利益联系在一起。克拉姆尔斯和尼古拉斯初遇时，就慷慨地跟尼古拉斯和思麦克这两个饥寒交迫的青年分享自己丰盛的晚饭。在克拉姆尔斯的盛情劝说下，尼古拉斯考虑到妈妈、妹妹和思麦克的幸福，决定留在剧团，虽然团长给尼古拉斯的待遇带着狡猾的算计，但团长也等于把尼古拉斯和思麦克从海上解救出来——本来尼古拉斯打算带着思麦克当水手，除去收入微薄加上居无定所不说，说不好思麦克还会在恶劣的条件下丢了性命。

克拉姆尔斯领导的团队，更像是前工业时代的工匠师傅和学徒构建的形似父子的家庭共同体（《巴纳比·鲁吉》中的锁匠瓦登和徒弟西蒙，《远大前程》中的乔和皮普也都是这种关系）。和斯奎尔斯在魔鬼学校施展的剥削型父权不同的是，剧团团长的权威依赖于他的人格魅力。团长和尼古拉斯虽然是上下级关系，但是他们之间建立了深厚的信任和友谊，团长和尼古拉斯的告别宴席结束后，尼古拉斯私下赠送给团长的昂贵礼物，就是他们之间情谊的见证。

那么，既然克拉姆尔斯让尼古拉斯的生活品质大大提升，他在剧团也心情愉悦，当知道尼古拉斯要离职时，团长又提出给他加薪，并允诺提高写剧本的附加酬金，以此想要挽留他，为什么尼古拉斯还是决计离开呢？这一方面是因为拉尔夫的秘书诺戈斯给尼古拉斯送的信，让尼古拉斯担心妹妹再次被叔叔暗算，另一方面更重要的是，剧团并不是他梦想中的"共同体"。剧团的经营和演出模式在工商业社会都显得跟不上时代，文人和艺术家在19世纪上半叶的英国尚未完成职业化，这个群体的阶级属性不明朗，社会地位没有得到广泛认可，狄更斯创作的尼古拉斯是对英雄的改写，此举也是在改写狄更斯自己的身份认同，在本书第九章讨论《荒凉山庄》的章节可以进一步得知，狄更斯始终面临着文人如何获得阶级地位的困境，尤其是像狄更斯这样非贵族出身，靠自我奋斗成名的作家。因此尼古拉斯身上也赋予了"认同的政治"。尼古拉斯给议员格雷戈斯伯里先生当秘书时，议员就说，他同意通过著作权议案，因为文字是脑子创造出来的东西，应该属于平民大众，格雷戈斯伯里先生之所以对著作权如此"开明"，是因为著作权对上流社会的利益不构成损害，"作家们里的大多数也不是选民"（190；ch. 16）。

这样的社会背景让克拉姆尔斯的剧团无法获得体面的艺术生命。剧团演出的剧目五花八门，从《鞑靼人帖木儿》到《美女与野兽》一应俱全，剧目通常粗制滥造，克拉姆尔斯太太不用多少时间就可以"把情节剧中女皇的服装换成 19 世纪家庭主妇的便服"（361；ch. 30）。团长克拉姆尔斯让尼古拉斯写剧本，尼古拉斯说他的"创作能力"无法胜任，团长对"创作能力"嗤之以鼻（280；ch. 23），说只要尼古拉斯会说法语就行，他让尼古拉斯直接把法语翻译成英语，再署上自己的名字。为了降低演出成本，团长用特殊的方法让自己 10 岁的女儿妮奈特长不大，这样她就既可以胜任儿童角色，又可以胜任少女角色。团长对自己儿子女儿的偏袒也引发剧团其他成员的不满。在欢送尼古拉斯时，团长"为了让告别仪式更加印象深刻"（374；ch. 30），还不忘在大街上即兴来一出情节剧式的告别，为以后的票房做铺垫，这一举动说明剧团朝不保夕，需要靠夸张的行为博人眼球，创造收入。

尼古拉斯回到约克郡后，经常想到克拉姆尔斯的剧团，但他还是决定不回去。不选择演戏这种生活方式，是因为首先母亲不会同意，而且就算不考虑收入低工作不稳定这些弊端，他也不会回去，因为"他没有办法出人头地"，也没法"带着妹妹常年四处奔波"（419；ch. 35），居无定所会让妹妹无法和有头有脸的人打交道。也就是说，在剧团，尼古拉斯无法让全家人过上有尊严，被承认的生活，当演员不能给尼古拉斯带来体面的社会地位，他的妈妈和妹妹无法跟着他四处飘荡，而团长本人更是因为在英国无力抚养七个孩子，决计去美国发展。

尼古拉斯放弃剧团这点，引申出共同体形塑中绅士观的问题。尼古拉斯在剧团过不上体面的生活，也就等于他无法成为一个绅士。但

第三章 《尼古拉斯·尼克尔贝》：共同体探路者的愤怒呐喊

尼古拉斯被称作"一个绅士的儿子"（54；ch. 5），他在德文郡的一个农场长大，农场由他的祖父传给他的父亲，农场并不大，带来的年收入也不过是每英亩年均10镑，这笔收入既达不到地主的标准，也算不上是经营得很好的农场的标准。尼古拉斯的爷爷老拉尔夫·尼克尔贝死后留下5000镑遗产，尼古拉斯的大叔拉尔夫分得3000镑遗产，尼古拉斯的爸爸分得1000镑遗产加上农场。这对兄弟在埃塞克斯郡的学校接受教育，弟弟尼古拉斯安分守己，哥哥拉尔夫则心术不正，想利用一切手段发财，"在学校念书的时候就拿石头笔和弹子儿做本金放高利贷"（11；ch. 1）。拉尔夫在邪门歪道上做得风生水起，财迷心窍的他把弟弟都给忘了，而且故意和弟弟保持距离，防止"弟弟跑来借钱"（12；ch. 1）。由于要抚养尼克尔贝和妹妹凯特两个孩子，尼古拉斯的妈妈建议尼古拉斯的爸爸去做投机买卖，结果赔光了钱，爸爸抑郁死去。

《尼古拉斯·尼克尔贝》中对"绅士"一词的使用是含混的，它有时确有所指，有时又仅仅等同于"某个人"的意思，比如尼古拉斯被人叫作"前几天去世的绅士的儿子"（101；ch. 9），坏人斯奎尔斯也被人叫作绅士，剧团团长克拉姆斯第一次出场也被饭店老板叫作绅士。在这部小说中，狄更斯追问的是，绅士仅仅是门第、财富或者教育的产物吗？如果绅士取决于财富，成为绅士依靠的是租金、田产还是自我奋斗？换句话说，绅士是个游手好闲的公子哥，还是个对民族国家负有义不容辞责任的人？由此还引申出一个共同体建构的基础性问题：在一个中产阶级绅士观日趋成为价值导向的时代，最好的社会该是什么样子的，谁属于这个最好的社会？

尼古拉斯·尼克尔贝是狄更斯创造的新英雄，他年轻气盛，涉世尚浅。尼古拉斯称自己是个绅士，他祖上有不大的田产，因为父亲介入投机生意家道中落，所以在经济方面，尼古拉斯太穷，称不上是个绅士。他的教育背景同样含混，在克拉姆尔斯的剧团，他把法语剧本改写成英语剧本，当家庭教师时他也教法语，但他自己却没有家庭教师。他从哪里学过法语？这点也不得而知。他从未上过大学，而获得学士学位在维多利亚时期是绅士头衔的一个标志。当去找欺侮妹妹凯特的霍克爵士对质时，尼古拉斯拿出自己印的名片，要求平等的对话，但他在哪里印刷的名片，叙述人并没有交代。无论从阶级、财富还是教育而论，尼古拉斯的社会地位都不高。但他心地温柔，热爱正义，悲悯为怀，在道德层面，无愧于绅士的头衔。同时，这部小说也说明，狄更斯共同体想象中的绅士，该是美德和体面的结合，拉尔夫和斯奎尔斯体面却无德，克拉姆尔斯的剧团有德却也有失体面，那么在伦敦的奇里伯兄弟商行，尼古拉斯完成了共同体探索吗？

四 奇里伯兄弟的模型

在伦敦，尼古拉斯遇到了奇里伯兄弟商行的主人奇里伯兄弟，这对老人是同卵双胞胎，无论相貌、性情还是穿着都惊人的一致。如果说尼古拉斯的叔叔拉尔夫和他的搭档格莱德代表着高利贷债主的冷酷和贪婪，奇里伯兄弟则是仁厚和慈善的代表。和《老古玩店》中放高利贷的奎尔普一样，界定拉尔夫的职业是件困难的事情，他行踪不定，营生庞杂，最重要的是，来路不明的钱财让他非常富有，拉尔夫希望通过压制他人获得对别人的控制权。此外和《荒凉山庄》中法学会文具店老板克鲁克一样，拉尔夫也喜欢囤积东西，主要是囤积钱，"多多益善"。囤积得越多，钱和拉尔夫越发难舍难分，拉尔夫越发恐惧失去钱给自己带来的满足感，由此就越发不择手段想得到更多钱。

和拉尔夫不同的是，奇里伯兄弟从内而外散发着慈祥而圣洁的光。老绅士的眼神"清澈、有神、诚实、愉快、幸福"（420；ch. 35），嘴角的微笑也泛着"顽皮、质朴、善良和快乐"（420；ch. 35）。尼古拉斯初到商行求职时，奇里伯兄弟中的奈德正在筹集善款，一个男人在东印度船坞里面被一大桶糖砸死，是蓄意谋杀，奈德老人正在筹划给寡妇和她的子女筹集捐款。奇里伯兄弟的宽檐帽和拉尔夫的塑身衣也形成反差，前者象征开放和包容，后者象征拘谨和狭隘。拉尔夫甚至嘲弄奇里伯兄弟中的查尔斯是个他不待见的天使。奇里伯兄弟经营纺织业，有国际贸易生意，用自己的资本做慈善，希望用钱推动社会良

第三章 《尼古拉斯·尼克尔贝》：共同体探路者的愤怒呐喊

性发展。

表面看来，奇里伯孪生兄弟的象征意义在于，他们提供的共同体模型和基于信任和合作的理想商业模式并行不悖，但是他们相貌乃至思想的同一性让各自丧失了主体性，变成一个抽象的、人形的资本。小说中的奇里伯兄弟利用自己的资本做慈善，尼古拉斯在兄弟商行当秘书，年薪120镑，哥哥奈德说他们兄弟"很有钱，谈钱觉得难为情"（428；ch. 35），要免去尼古拉斯的租金。为了防止尼古拉斯自尊心受挫，兄弟两人又私下购置了家具，预付了房租。其实奇里伯兄弟的慈善事业也是对身边人生活方式的无形控制，后果就是个人主义遭到了抑制。兄弟两人给尼古拉斯安排了好工作，促成了尼古拉斯的婚事，让尼古拉斯变得富有后有财力买回父亲的房子；老办事员蒂姆不同意从商行退休，而且态度坚决，但是兄弟两人认为蒂姆需要休息，非要给他找个助手，哥哥说"如果他不听从我们的道理，我们就必须违反他的意愿做，让他明白我们行使我们权利的决心，我们必须和他吵吵，弟弟"（427；ch. 35）。

但是尼古拉斯并没有选择留在兄弟商行，也没有在伦敦这个工商业大都会安营扎寨，相反他选择远离尘嚣，回到了祖上的农场安居乐业。"尼古拉斯成为富商后，第一件事就是买回父亲的旧居"（768；ch. 65），生儿育女，房子还被扩建，思麦克的墓碑也在房子附近——他是"孩子们死去的可怜叔叔"（769；ch. 65）。思麦克因肺痨死去，他的墓地代替他这个人被尼古拉斯一家永远接纳为家庭成员。那么，既然奇里伯兄弟神通广大，他们为什么救不回思麦克的性命呢？奇里伯兄弟提供的共同体模型，有什么问题呢？

问题刚好出在他们的"慈善事业"上。尼古拉斯决定接纳思麦克到他家，认为这是"慈善事业"（415；ch. 35）。拉尔夫追问斯奎尔斯14年前把思麦克送到多伯伊斯堂的始末时，斯奎尔斯说收留思麦克是出于"慈善"（412；ch. 34）。奇里伯兄弟的慈善在《荒凉山庄》中杰利比太太这个人物身上或许也可以得到互文，杰利比太太荒唐的望远镜外交为重新审视奇里伯兄弟的慈善提供了一个视角。

童心崇拜：狄更斯共同体之境

奇里伯兄弟这对人物的设置，说明创作早年的狄更斯尚未在工商业社会如何形塑共同体这个问题上找到出路，这导致他总是将民族国家和个人的心智培育寄托在个别的慈善行为上，从匹克威克派的兼爱理论，到《雾都孤儿》中的布朗罗先生，再到奇里伯兄弟，不无例外。此时的狄更斯尚未认识到，工业文明塑造的是陌生人的社会，在这样的社会中做慈善收效甚微，因为和市场机制不同的是，慈善缺乏反馈机制，缺乏明确的关于效率的标尺，慈善还存在委托代理的问题，还有滋生的懒汉效应的问题等等。而完善的商业运作机制才是最大的善举，因为在一个由陌生人组成的社会，商业行为受控于自发的市场机制，人们可以在分工合作中获得持久的福利。

奇里伯兄弟通过自己的财富抑制了个人主义，而后者恰好是涂尔干认为的工业时代实现"有机团结"（organic solidarity）的基石。经济生活中供需的杠杆可以起到自发调节市场的作用，这样一来任何个体在市场上都可能依靠自己的努力出人头地，个体主宰自身，而不是寻找一个外化的救世主。在一个良性发展的经济机制中，市场提供给每个人成功的可能性，以往规范人的传统价值准则不再画地为牢，流动成为新兴经济社会的重要动力。此处的流动性包括阶级自上而下或者自下而上的变动，也包括城市化过程带来的物理意义上的移动。流变既意味着空间上的人口变动，更意味着心灵的改变，伴随着流动，个人才能在市场分工中打造自己的梦想，个人主义由此成型，而恰恰因为个人无法脱离社会孤立地做出一番事业，共同体也就成为可能。在狄更斯之后的《大卫·科波菲尔》《荒凉山庄》《小杜丽》和《远大前程》等小说中，关于主人公们在流动的环境中自我奋斗、自我成就后贡献于社会的叙述，呈现出创作中后期的狄更斯在个人主义和共同体问题上更为清晰的思路。

但奇里伯兄弟为尼古拉斯安排好了一切，兄弟商行的共同体模型无法完成个人主义和共同体的圆融。同时，让尼古拉斯屡屡因其不幸而暴怒的思麦克的死在某种意义上是必然的，因为思麦克女性化的特质，他私生子的身世，他甘愿当尼古拉斯仆人的卑微，他暗恋凯特却

第三章 《尼古拉斯·尼克尔贝》:共同体探路者的愤怒呐喊

到死都不敢说出口的怯懦,全都和体面的中产阶级生活准则格格不入,这些在思麦克身上的肺结核隐喻中得到暗示(在本书第七章,笔者将较为详尽地论述19世纪初英国的肺结核美学与社会意识形态的互动)。思麦克临死前,"尼古拉斯把旅程分两天走"(704;ch. 58),护送思麦克到更为安全的住所,思麦克走着走着就死去,和《老古玩店》中的小耐尔何其相似?

思麦克的遭遇是19世纪初英国共同体缺失的写照,在1840年简装第一版序言中,狄更斯提到了《尼古拉斯·尼克尔贝》中思麦克这个在恶魔寄宿学校受难的形象原型。狄更斯对"这些儿童寄宿学堂的腐败现象的印象和一件学生化脓的事有关。一个孩子回到家里,由于约克郡的某一校长曾用一把沾有墨汁的铅笔刀划破他的脓肿而导致皮肤溃烂",狄更斯试图探究这件事的细节,却总是碰壁(王辛笛 5)。《尼古拉斯·尼克尔贝》是部描写家庭矛盾纷争的小说,是关于财产继承和义务履行,欲望与禁欲,父母与孩子,黑暗与死亡,悲剧和喜剧的故事,小说名义上为穷人兴办的学校实际上是斯奎尔斯赚取不义之财的场所,学校本应该是教书育人的崇高地方,但是在这所学校,学生非但没有受到该有的教育,反而忍饥挨饿,俨然变成进行魔鬼训练的不堪之地。狄更斯通过尼古拉斯的经历,揭露了社会现实——当时所谓为穷人兴办的学校实际上只是富人牟利的场所,学生整天忍饥挨饿,鞭笞成了最主要的教育手段。"《尼古拉斯·尼克尔贝》发表后,其逼真的描写和尖锐的控诉曾招致某些当权者和保守评论家的攻击。"(Bowen,"Performing Business" 153—154)

在描写思麦克被打的一幕,狄更斯没有采取抽离的、照相机式的全景视角,而是给了斯奎尔斯一个"特写",从他暴打思麦克的细节,到他如何激怒尼古拉斯,再到他如何被尼古拉斯打个稀烂。这一幕展现了情节剧式的正义,其中的"客观性"必然会遭到质疑,"因为这不是一个科学性的视角,而是尼古拉斯这个自觉的感知者的愤怒体验转化成脸谱化的戏剧性描绘的结果"(Mangham 73)。而尼古拉斯的愤怒,刚好诠释了一个共同体探路者的呐喊。

童心崇拜：狄更斯共同体之惑

《尼古拉斯·尼克尔贝》的同名主人公经历了三种共同体模型，它们分别是以尼古拉斯叔叔拉尔夫和男校多伯伊斯堂校长斯奎尔斯构建的模型，以克拉姆尔斯的剧团为代表的模型，以同卵双胞胎奇里伯兄弟为代表的模型。第一个模型是由私欲和算计形成的作恶的团伙，称不上真正意义上的有机体；第二个模型虽践行了信任和友爱，但艺人的社会身份并没有获得社会的承认，团长最后也去了美国谋生；在第三个模型中，伦敦富商奇里伯兄弟是现实版的圣诞老人，虽为善的化身，他们的慈善事业也体现出了资本的同质性和对个人主义精神的抑制。恰由于上述三种模型都不是共同体形塑的最终出路，狄更斯在小说结尾让尼古拉斯还乡，他依靠奇里伯兄弟促成的婚姻和财富在祖上农场丰衣足食，成家立业，尼古拉斯在伦敦象征的新型工业文明中隐退，他的急流勇退浮现出在共同体形塑问题上迷惘着的狄更斯。

在《尼古拉斯·尼克尔贝》中，狄更斯的全知叙事视角聚焦在尼古拉斯这个人物对现实的情节剧式的内化感知上，由此探索了三个失败的共同体模型，故事场景聚焦在几个微型社群，并未上升到民族国家的层面，说明狄更斯此时的共同体思索还没有非常开阔。在这部小说中，狄更斯塑造了尼古拉斯这个新英雄——不靠门第和学历，而是靠美德获得绅士头衔的维多利亚新人的缩影。在狄更斯的早期小说中，全知叙述人提供了一个感知的视角，不论是匹克威克先生，还是奥利弗·退斯特，还是尼古拉斯·尼克尔贝或者之后的小耐尔，狄更斯早期小说中的主人公都像班扬《天路历程》中的基督徒一样，在旅行中寻找生命的意义。对个体旅行的关注体现出笛卡尔式的认识论求索——我思故我在。

第四章 耐尔为何非死不可？

在狄更斯的文学生命中，《老古玩店》（*The Old Curiosity Shop*, 1840—1841）属于早期作品，在他的共同体求索中有承上启下的作用。相较之在《老古玩店》之前发表的《匹克威克外传》《雾都孤儿》和《尼古拉斯·尼克尔贝》，《老古玩店》对新兴工商业文明有了更为深入的理解，狄更斯对工业资本主义的批判也愈加激烈。工业革命给英国社会带来翻天覆地的变化，一大批生活在传统经济模式里的人们，受到前所未有的冲击，不得不流离失所，背井离乡。《老古玩店》描写的便是在这样的社会环境下长大的女孩耐尔及其外祖父土伦特老头的悲惨故事。主人公耐尔从小就失去父母，除了一个见利忘义，游手好闲的哥哥弗雷德里克，便只能与外祖父相依为命。后来，好赌的老人中了高利贷者奎尔普的圈套，后者不仅夺走祖孙二人唯一的经济来源——老古玩店，还企图在自己妻子死后，将年轻美丽的耐尔纳为续弦。万般无奈之下，耐尔当起了大人，带着外公出逃，从此过上漂泊无依的生活。

耐尔祖孙的年龄倒置是狄更斯童心崇拜情结的典型——小女孩耐尔肩负起家长的角色，照顾心智不成熟的外祖父，不得不为祖孙两人的命运共同体随时做出决断。虽然在《老古玩店》里，耐尔的栖身之所老古玩店这个"家"的监狱属性，并没有像后期作品《小杜丽》那样，蔓延到整个英伦乃至欧洲大陆，但耐尔祖孙一路流浪，奔向死亡的冒险旅程，体现出创作早期阶段的狄更斯对共同体的初步思索：文明转型期的英国在共同体形塑方面仍处在失序状态，像耐尔祖孙这样的普通人难免被置于死地，因为他们尚未在新型工商业社会肌理中找到自己的位置，耐尔不论留在老古玩店所在的伦敦，还是遁逃到乡间，她都是死路一条。虽然耐尔的死激发了土伦特老头的弟弟（后来从伦敦一路寻找并试图营救耐尔的神秘绅士）和他的和解，但是这时候小说已经到了尾声，耐尔死了，土伦特也因为耐尔的死精神失常。可以说，《老古玩店》中童心崇拜里的"扬善惩恶"，力量是微弱的，说明有力的共同体能量尚未形成，就像上一章节中尼古拉斯带着思麦克一路逃亡，总有贵人相助的情节一样，狄更斯还是倾向于把希望寄托于巧合。同时善尚未形成一种制度，也就像《雾都孤儿》频频把善的意志寄托于巧合一样。但不可否认的是，《老古玩店》之于狄更斯共同体之境的意义，恰恰在于通过耐尔的"非死不可"，勾画出功利主义这个导致共同体失序的元凶。《老古玩店》以小说标题中的"curiosity"为引子，通过玻璃的意象，勾勒出小说人物主体的声音之于身体的抽离，以此呈现共同体的失序。

一 从"curiosity"说起

"curiosity"一词以及由这个词引申出的语义，在《老古玩店》中多次出现。在小说开篇，叙述人亨弗莱先生因为"好奇"而跟随耐尔来到她的家老古玩店。耐尔祖孙流浪过程中遇到移动蜡像馆的老板娘加里太太，为了多赚钱，她把蜡像尼姑的脑袋设计得像中风一样晃动不停，"以此激发群众的趣味，刺激群众的好奇心"（笔者加：原文为"whet the popular curiosity"）（Dickens, *The Old Curiosity Shop* 207; ch. 32）。耐尔在去工业城市的船上时，因为声音甜美，性格温顺，被粗俗的水手和有钱的绅士强迫唱歌，后来所有船员一齐加入大合唱，持续了一整夜的怪异声音"随风飘扬，许多村民从沉睡中惊醒，用被子把头蒙住，在这声音里吓得发抖"（笔者加：原文为"trembled at the sounds"）（276; ch. 43）。在小说第44章，耐尔祖孙来到充满工业符号的大城市，耐尔并不能理解这座城被机器赋予的意义，她用"好奇的兴致凝视着周遭"（笔者加：原文为"a wondering interest"）（277 – 278；ch. 44）。小说行进到第 70 章时，耐尔已经濒临死亡，耐尔的好友吉特一路找到耐尔祖孙在乡间的留宿地，吉特想从窗外窥探屋里，却只听到土伦特老头发出的"不寻常的声音"（笔者加：原文为"a curious noise"）（451；ch. 70）。这一幕呼应了"老古玩店"隐含的耐尔死亡的必然性。

"Curious"一词本身有多重含义，《朗文当代英语大词典》（*Longman Dictionary of English Language and Culture*）中对该词的两条释义如下：1."eager to know or learn, especially about something unfamiliar or mysterious"；2."odd or unusual, especially in a way that is hard to explain"。对于"curiosity"一词，《朗文当代英语大词典》给出的两条释义又如下：1."the desire to know or to learn"；2."odd or unusual, especially in a way that is hard to explain"。通过对上述释义和对《老古玩店》文本的细读，可以发现"curiosity"这个词暗示了对邻里间私人生活的习惯性关注，由此还引申出主体间性的问题。在共同体的维度，当"我们"关注他人时，"我们"不仅关注着他人，"我们"也通过对他人的观察审视自身。他人的生活是"我们"自身的投射（projection）。

《老古玩店》的创作时间和狄更斯丧女的经历是重合的，这是一部带有自传性质的小说，狄更斯在给友人约翰·福斯特的信中说："当我想着这个忧伤的故事时，玛丽在今天死去了。"（Forster, *Life* i：187）按照狄更斯本来的计划，《老古玩店》是一部只有六个章节的作品，它起初的销量并不乐观，在 1840 年夏天，狄更斯把精力专注于《老古玩店》上，在预示着无情死亡的冗长而迂回的情节中，狄更斯集中设置了一系列错综复杂的次要情节、人物和背景；更重要的是，"《老古玩店》虽然在情节设置上并不统一，也缺乏规划，但就是刻画死亡这点让读者大为震惊。1841 年，当连载长篇小说成为英国社会一种普遍现象时，耐尔之死为广大中产阶级读者带来了一次心灵的净化"（Zemka 291）。

狄更斯把丧女的体验，移情到更为宏阔的历史大幕中，让自己的家庭这个小共同体的经历，在形塑中的工业化民族国家这个大家中寻找共情。而两个共同体的交汇点便是耐尔之死。狄更斯笔下的儿童形象，通常表达美德总能战胜一切恶行的意志，比如《雾都孤儿》中的奥利弗，再比如《小杜丽》中的女主人公艾米·杜丽等等。"狄更斯塑造的许多儿童形象，在善与恶、美与丑的斗争中总能取得决定性胜利，狄更斯的作品中许多类似的形象已经被程式化，这些角色承载着狄更斯的期待，但是这种期待在维多利亚时期很可能只是理想化的。"（Winter 28）这些儿童形象体现出童心崇拜情结中的"扬善惩恶"，进而也推动了共同体形塑中"心智培育"这一环。但是《老古玩店》中的"扬善惩恶"似乎走得太离谱：恶霸奎尔普恶有恶报，他确实死了，但是耐尔不是也死了！

库西克（John Kucich）因而认为，《老古玩店》在某种程度上暗含了维多利亚时期的死亡膜拜，这种膜拜不集中体现人们对于死亡的向往，而是体现死亡这一意象的文学色彩；对于当代文学批评来说，死亡对任何一个作家来说都是个避讳的话题。狄更斯早期的小说虽然富于表现一些暴力，"但却不对暴力、死亡和自由之间的关系做任何有意识的处理"，在《老古玩店》中，经济上的贫困潦倒是耐尔祖父做出流浪选择的根本原因，但导致耐尔悲剧的却是祖父渴望让耐尔过上富足生活的梦想，在《老古玩店》里，狄更斯故意在小说最后描绘出一幅理想的，却又并不破败的场景，而这恰恰印证了耐尔的死亡（Kucich 95）。

库西克在评论中提到的耐尔祖孙被迫流浪的矛盾性，揭示了耐尔之死的社会经济原因，在解读《老古玩店》中的共同体思索时，也不宜把耐尔之死仅仅停留在悲伤引发的共情这点上。那么在社会经济层面，耐尔必死的原因是什么呢？这还要从"curiosity"一词和玻璃意象的关系说起。

二 玻璃意象

"curiosity"在《老古玩店》中意味着既存在着窥视的一方，也存在被窥视的另一方在以什么样的方式呈现自身。耐尔从伦敦逃亡到乡间的这个过程，从开始到死亡都有玻璃这个意象呼应着"curiosity"。小说中有很多带有博物馆色彩的"展示性空间"（Leonard 208），呈现耐尔必死无疑的命数。玻璃窗（window）是展示性空间的一个重要媒介。在小说开篇，叙述人亨弗莱先生护送耐尔回到老古玩店的门口，他站在石阶梯上，通过玻璃的意象，他窥探到的是老古玩店里人心和物的昏暗，"门上装着玻璃，百叶窗没全挂起来，刚开始我并没留意到这点，因为屋子里面实在黑暗，实在安静"（6；ch.1）。老古玩店大门口窗子的玻璃，没有被任何百叶窗保护，耐尔也好像一个被物化了的"玻璃"——脆弱到毫无庇护，从小说开篇到耐尔的死亡，她都保留了这样一种形象。亨弗莱先生离开老古玩店时，大门口已经被耐尔的朋友吉特加上了百叶窗，耐尔被封闭在充满阴森古旧物件的老古玩店，而她的外公土伦特老头也丢下她，沉迷于午夜时分的赌局。

耐尔临死前，吉特历经千辛终于找到耐尔的栖身之所，狄更斯又使用了玻璃窗这个意象。"窗子下面横拉着块幕帘，所以他看不到屋子里面是什么情况，但并没有人影投射在墙上"（451；ch.70），吉特和读者都无法从窗子里点着灯的房屋外部窥视到房间内的情形，视觉上的感知被遮蔽了。吉特打算侧耳倾听，但收到的回音也只有沉默。吉特来到门口，敲了几下门，"但房间里面传来一种不寻常且喧闹的声音"（451；ch.70）。这是土伦特老头亲历耐尔死亡时发出的声音，狄更斯用了"curious"这个词，形容老头难以描述的、怪异的声音。"curious"这个词同《老古玩店》这部小说的题目形成互文，老古玩店古旧的器物和阴森的氛围早已预示了耐尔的早夭。

伊莎贝尔·阿姆斯特朗（Isobel Armstrong）提到，玻璃（glass）在维多利亚时期构建了透明诗学（the poetics of transparency）。1851年落成的主体外观是玻璃的水晶宫（Crystal Palace），更是英国工业辉煌的隐喻对等物。但在更早的时候，狄更斯就在《博兹札记》中描绘过玻璃带给他的奇妙体验："一种对玻璃盘子的非比寻常的喜爱，（笔者加：在玻璃的反射中）门撞进窗子里，一块块四方形的玻璃汇聚成一体"（Dickens,"'Gin Shops'"25）。玻璃引发的迷思来自它自身物质性和感官性的双重性质，玻璃的透明性状允许观察者从主体移动到客体，但是玻璃既是媒介又是障碍，由玻璃始终无法触及事物的本质（I. Armstrong 11）。边沁提到，他的"监狱是透明的"（Bentham 200），透明性为边沁现代性意义的"监狱"赋予全光的（panoptical）的规约。边沁的论述暗示了，玻璃可以达到的从主体到客体全然透明的过渡，忽略了（存在论和认识论意义的）身体与自我，以及身体与外界的联结，玻璃建构出一个对自身全然透明的主体，它用"看见"取代了"感受"。

《老古玩店》用玻璃暗示耐尔生命的脆弱，玻璃既是媒介又是障碍的矛盾性，也预示了耐尔做出流亡抉择的矛盾性，以及这种矛盾性的历史动因。耐尔祖孙从伦敦向乡村流亡，全程除了坐过移动蜡像馆老板加里太太的马车，以及乡村教师马顿的驿站马车（stagecoach）之外，都在徒步行走，可以说，耐尔是累死的。乔纳森·H. 格罗斯曼（Jonathan H. Grossman）在《狄更斯的网络》（*Charles Dickens's Networks: Public Transport and the Novel*, 2012）中指出，驿站马车是用快马拉人，以城镇间时刻表运行的驿车。驿站马车作为蒸汽火车的先驱，在19世纪初的英国是新型交通方式，它不仅提高了人们出行的速度，更重要的是改变了人们的时空观念，丰富了人们对"社区"/"共同体"，"空间""距离"等概念的想象（Grossman 18）。驿站马车和火车让维多利亚人能够在短时间迅速在不同的地方之间移动，小说的情节因此便具有了"同时性"（simultaneity）的特征，小说人物也由此形成了关系网络（Grossman 18）。格罗斯曼的这个观点呼应了安德森"想象共同体"中的共时性问题，即现代媒介让人在同一时段阅读相同的报纸，获取相同的信息，从而构建出属于同一个社群/共同体的认同感。但是《老古玩店》呈现了驿站马车在工业社会构成的"同时性"及其所形成的"关系网络"的吊诡。

高利贷商贩奎尔普所在的伦敦象征了英国商业社会的中心，奎尔

第四章 耐尔为何非死不可？

普买下老古玩店后,曾两次坐驿站马车追赶耐尔祖孙,而耐尔祖孙因为没有财产只能成为徒步行走的旅人,最终导致耐尔累死,土伦特老头精神失常。这个悲剧性结局说明驿站马车指涉的新兴工商业文明的排他性,只有那些有能力支付车费的富人,才有权利享受舒适的马车服务,但是对于耐尔祖孙和他们代表的阶层而言,无论在不在"关系网络",他们都无处可逃——在这个网络的结局是被奎尔普逼死,逃离这个网络的结局是累死。

由此可见,《老古玩店》描绘的英国尚未形成一个有机的共同体,上层阶级和下层民众之间仍然存在"两个民族"的鸿沟。这种社会肌理的断裂是通过死亡的意象具象化的。克莱尔·伍德(Claire Wood)在其《狄更斯与有关死亡的那些事儿》(Dickens and the Business of Death,2015)一书中,讨论了"死亡"作为一种产业(而非仅仅是激发共情的目的)在狄更斯小说中频现的三个原因:"19世纪殡葬业的世俗化;中产阶级的崛起;工业化生产带来的殡葬成本的降低"(纳海 64)。死亡在狄更斯的小说世界中总是被渲染,甚至带有情节剧的色彩,狄更斯在《老古玩店》中对死亡的描写,从未摆脱商业色彩。伍德指出,在小说第49章,奎尔普的家人以为他已经归西,都大大松了口气,但是在律师布拉斯的"悼词"中,奎尔普没有留下任何精神性的"遗产",唯一值得一提的便是他的朗姆酒,"酒精性饮料(spirits)和精神的(spiritual)两个词形成互文,嘲弄了奎尔普因为利欲熏心而导致的物化"(C. Wood 84–85)。

耐尔祖孙逃离伦敦,是他们想逃离新兴工商业社会的外在体现,但不论是耐尔无力支付驿站马车的情节,还是对耐尔死亡的描述,都体现出维多利亚人和商业之间无法逃脱的纠缠。耐尔祖孙逃离了奎尔普象征的商业资本,就等于逃离了物化的人(奎尔普)和自己的被物化,但是付出的代价是死亡。即使土伦特老头的亲弟弟(小说中的神秘绅士)从伦敦一路寻找,试图营救,也没能让祖孙两人摆脱厄运。

狄更斯用非常抽象的方式描绘了耐尔的死亡,也就是说对耐尔的死没有正面描写,而是隐晦地进行了这样的描述:"她的床上装饰满了冬天的浆果和绿叶,全是从她过去喜欢玩儿的那些地方采来的"(457;ch.71),耐尔僵硬的尸体像白雪一样纯洁。狄更斯通过旁人对耐尔的诉说回述耐尔的死亡,这些间接性描写策略赋予耐尔寓言人物一样的特质。读者在小说中读不到传统葬礼要用到的棺材、灵车和鲜花,狄更斯通过这段童话般的葬礼描写,升华了耐尔的圣童形象。但耐尔同样无法脱离工商业社会,她在教堂做义工时拿工资,教堂司事也会用古旧的棺木碎片做成纪念品,卖给怀古的绅士,乡村教堂变成做买卖的"古玩店",而"耐尔祖孙的真实的古玩店,却像坟墓一样死寂"(C. Wood 66 – 68)。

可以说,在《老古玩店》这部早期作品中,狄更斯已经清醒意识到文明转型是大势所趋。作为一个有洞见的作家,狄更斯需要考虑的是如何在新兴工商业文化构型中形成社会团结,构建共同体。在《老古玩店》中,共同体形塑的"破"大于"立",狄更斯着力展示的是耐尔之死的根源——工业资本主义催生的利己主义。小说中各种异化的声音集中体现了这种共同体忧思。

三 声音异化

玻璃这个意象是通向《老古玩店》异化声音的媒介。在小说第43章到44章,耐尔和外公为了逃离利己主义分子奎尔普的纠缠,搭乘商船登陆工业城市。耐尔好奇地观察到"急雨敲打着窗和雨伞"(277;ch.44),工业城市的雨水敲打玻璃窗的声音展开了《老古玩店》异化声音的幕布。耐尔因为目睹了移动蜡像馆老板加里太太的钱柜被偷,忍受不了羞耻感,与小姐妹不辞而别,又一次带着外公逃离。他们在码头边过夜,要登岸的人纷乱的人声把睡梦中的耐尔惊醒,此前耐尔祖孙已经走了一晚,早已疲惫不堪,船员看到这对奇怪的旅行家组合——他们一个太衰老,一个太幼小,很显然都不适合徒步旅行,便问耐尔她的目的地是哪里,但是耐尔并不知道要去哪儿,"便胡乱地指了指西边"(273;ch.43),问话的人说是不是某个城市的名字,她也胡乱地答应。耐尔"胡乱的答话"体现出耐尔祖孙身上的年龄倒置,耐尔的心智和

第四章 耐尔为何非死不可？

身体无力承担替祖孙两人做出重大抉择的能力，但是面对比她更加无力的外公，她只能硬着头皮当大人。耐尔"胡乱的答话"这个声音，也暗示了文学生涯早期的狄更斯在形塑共同体时的迷惑。

耐尔胡乱答应船员后，祖孙二人就和这伙人上了船，船员们是很粗暴、吵闹、自私的家伙。耐尔在船上尽管感到很冷，还是在想如何让祖孙二人这个家"共同生活下去"（笔者加：原文为"joint subsistence"）的办法（275；ch. 43）。一个船上的绅士用专横的态度要求耐尔给他唱47支歌，耐尔甜蜜的声音惹来船上其他人的兴致，纷纷加入了耐尔，形成了怪异的大合唱，精疲力竭的耐尔又陪了这群人一夜，"不和谐的歌声随着风飘扬，许多村民从沉睡中惊醒，用被子把头蒙住，在这奇怪声音里发抖"（276；ch. 43）。这里"奇怪的"一词又呼应了这部小说题目中的"curiosity"。后来船开到了大工业城市的近郊准备靠岸，鳞次栉比的建筑"在机器开动的声音中颤抖，同时还隐隐约约映射出机器的尖叫和震颤的声音……打铁锤子叮叮咣咣的声音，喧闹街道传来的吼声渐行渐强，到最后所有不同的声音揉在一起，再也分不清楚它本质为何，耐尔一船人的旅行终点到了"（276；ch. 43）。耐尔的声音在船上人无礼的要求和怪异的声音中发生了异化，耐尔成了被消费的物。

耐尔的物化在到达工业城市后进一步加剧，祖孙二人在滂沱大雨中伫立在城市里，他们是如此格格不入，"举目无亲，狼狈至极，惶恐不安，好像他们是来自千年以前的人，被一种奇迹般的力量给安排到这里"（277；ch. 43）。这座大工业城市的人群行色匆匆，各自心怀鬼胎，公共空间里的人们互相观察着，千篇一律的表情象征着现代文明的同质性。在这样的环境中，耐尔的名字被消除了，小说叙述人用"孩子"（笔者加：原文为"the child"）形容耐尔，她用"好奇的兴致凝视着周遭"（277 - 278；ch. 44）。"好奇"一词再次呼应了这部小说题目中的"curiosity"。内心的孤独侵蚀着祖孙，城市是嘈杂的代名词，除此之外，耐尔要忍受的杂音还有土伦特老头喋喋不休的抱怨，他责怪耐尔不把他们爷俩留在乡间，非要跑到城里。

童心崇拜：狄更斯共同体之镜

耐尔预感到他们祖孙二人还要在这个恐怖而喧嚣的大工业城市待上两天两夜，才有望到达乡间，但这时耐尔已经精疲力竭，对自己能不能活着走到乡间心生怀疑。除了好心的司炉送的小礼物，耐尔已经没有任何财产，全凭勇气和意志往前走。饥寒交迫下，耐尔的手脚已经开始生病。耐尔坚定地认为，只要他们祖孙逃到乡间，就不会被胁迫去为非作歹，可见善的意志在耐尔心中非常强大，但土伦特老头的态度却是含混的。丑陋的烟囱，面露血色的工人看管的轰鸣的机器，耐尔在这些工业符号里病得越来越重，而且开始食之无味，外公却把仅有的面包吃得很香。祖孙一个面包都没得吃的时候，又开始乞讨，但这一带的穷苦人其实也在忍受着饥饿，死孩子的尸体到处都是。这里是"两个民族"的缩影。

工业资本主义发出的怪异声音像一具大幕，笼罩在小说人物的身体上，让他们的声音漂移出自己的身体，产生异化，进而引发共同体形塑的危机。在小说第 26 章，逃难途中的耐尔祖孙遇到身材肥胖的移动蜡像馆老板娘加里太太，祖孙坐上了她的马车，耐尔也当起蜡像馆的向导挣钱。加里太太的嘴巴里发出的声音，是 19 世纪英国功利主义的回声。加里太太睡觉时鼾声震天，她总是自诩有钱，是"贵族和士绅阶级的宠儿"（笔者加：原文为"the delight of the Nobility and Gentry"）（172；ch. 27；203；ch. 32）。她自夸有文字修养，能发表诗歌和散文集，让耐尔不要在潘池的戏班子鬼混，而是到自己的蜡像馆当向导。其实加里太太大字不识一个，审美趣味也很低俗，"她的移动蜡像馆里展出有中国皇帝和牡蛎的对话，好不古怪"（172 - 173；ch. 27）。耐尔性格温顺，声音甜美，但是在加里夫人的移动蜡像馆当向导的时候，她几乎是不发声的。《老古玩店》是情节剧和身体的结合，耐尔不灭的道德情操让她成为典型的情节剧式的主人公，在加里太太的移动蜡像馆当解说员的时候，耐尔的身体被庸俗的看客看着，情节剧赋予的身体经济学着力于对身体的刻画，而耐尔的身体和声音在蜡像馆都静止了。

让耐尔失声的是蜡像馆代表的"进步"话语。加里太太自诩她廉价的展览是"塑造了一百个以上人物的伟大展览，全世界都绝无仅有的展览"（207；ch. 32）。可以说，加里太太的豪言壮语是1851年伦敦世博会的"进步"前哨。但在蜡像馆挣来的钱再一次给耐尔带来致命的打击，本来加里太太只想留耐尔一人，但是耐尔认为她外公一辈子都不会照顾他自己，请求她不要对老人说话太严厉，好说歹说下加里太太也把土伦特老头留了下来。在小说第30章和31章，耐尔祖孙刚刚在蜡像馆挣到点钱，土伦特老头的赌瘾就又被激惹起来，很快他输光了所有钱，耐尔无法忍受外公在赌局里那种癫狂的亡命徒般的情感，她硬拉着外公离开赌桌。因为这件事祖孙两人这个命运共同体也产生了裂痕，耐尔开始不再告诉外公自己在偷偷存钱，外公索性就偷钱出去赌，而且不承认自己偷钱，老头子非常荒唐，认为输钱没关系，可以一边挣钱一边节约。耐尔却执意认为他们该脱离蜡像馆这个"家"。最终，耐尔目睹了伊萨克·李斯特和兆尔偷加里太太钱柜的一幕，这件事加剧了耐尔因为外公又偷又赌而感到的羞耻，耐尔又想要逃跑了，而且耐尔做了噩梦后，已经用下命令的语气让外祖父和她一起跑，这时候耐尔在土伦特老头眼中已经变得"像幽灵一样了"（271；ch. 42）。

除了加里太太之外，小说中另一个被功利主义异化的声音是教师孟弗莱斯女士。耐尔受到加里太太指派，到孟弗莱斯女士的学校送东西，后者告诉耐尔在蜡像馆的工作很不体面，她们是老师，所以比加里太太体面。孟弗莱斯拿英国的工业进步批评耐尔在蜡像馆"自甘堕落"："你难道不能用你幼小的力量，光荣而自觉地参加国家的工业建设吗？你难道不可以凭借着蒸汽机给你的耳濡目染，改善改进你的情操吗……难道你不知道，你越是卖命工作，你就越幸福吗"（200；ch. 31）。孟弗莱斯女士认为耐尔应该在工作中把童年打磨掉，孟弗莱斯女士说教时，耐尔哭了，女学徒华莱德小姐偷偷递给耐尔一个小手帕，被大家抓个正着，孟弗莱斯女士责怪华莱德小姐总是和下层阶级接近，下层阶级也总是和她套近乎，在这位女教师的眼里，华莱德和耐尔都成了"卑鄙下流的杂种"（202；ch. 31）。孟弗莱斯女士威胁华莱德，如果她再和耐尔这样的下等人保持亲近，就得卷铺盖走人，离开学校。

其实华莱德小姐也是个苦命人，她没有母亲，是这个学校的学徒，地位还不如一个佣人，甚至连人也不是。孟弗莱斯女士讨厌华莱德的一个重要原因在于，华莱德貌美如花，学业又特别好，把学校里另一个准男爵的千金比下去十万八千里，后者不但相貌平庸至极，智力也相当低下。

从加里太太和华莱德女士的"声音"中，狄更斯呈现了功利主义对人心的异化，当一个社会以财富论英雄时，心智培育无法完成，共同体也无法形成。小说中另一些人物也经常以怪异的方式发出声音。比如说，奎尔普、萨利斯和布拉斯结成了一个"共同利益的小团体"，他们一起做坏事，是个不折不扣的伪共同体。下流律师桑普森·布拉斯面对高利贷商贩丹尼尔·奎尔普时，满口油腔滑调和阿谀奉承，他在用"舌头"拍马屁，而不是用他的声带。"布拉斯先生的金科玉律就是宁肯油嘴滑舌"（220；ch. 35）；而奎尔普则被狄更斯描绘成丑陋的动物，他嘴里经常发出青蛙呱呱叫一样的声音，而且语调充满嘲弄。奎尔普是个侏儒，和《巴纳比·鲁吉》中锁匠瓦登坏心肠的学徒西蒙一样，身体的残疾导致奎尔普人格的缺陷，他极度自恋，因此也专断自大，心智不健全。奎尔普自己就是19世纪初英国经济生活无序的一个体现，他放高利贷，也称不上正规工厂的老板。他是个暴发户，对于他如何发迹，狄更斯没有交代，但从他经营的五花八门的业务，可以窥知一二：他向河岸上肮脏的平民区收租金，给商船上的水手和小职员放贷，参与开往东印度公司船只经营的投机买卖，在泰晤士河南岸有个"奎尔普码头"，他还经营拆旧船的买卖。奎尔普最喜欢偷听别人的谈话，他的出场经常出其不意，给人制造恐慌。他利用自己窃取的信息要挟人。如果按照奎尔普的财富而论，他在共同体建构上应该肩负重任，因为如果他像匹克威克派一样，把财富用在兼爱上，他会是个父权的典范，但是奎尔普在自己婚姻和对待耐尔的态度上，都施加了扭曲的父权。奎尔普对自己的老婆和丈母娘拥有绝对的权威，他也丝毫不同情耐尔的遭遇，还想诱骗耐尔当自己的小老婆。奎尔普的异化和他怪异的声音互为隐喻。

耐尔哥哥弗雷德里克的朋友查理·斯威富勒是个缺乏主见的青年，

第四章 耐尔为何非死不可？

他曾经被奎尔普利用，充当了律师布拉斯的办事员。查理就像一台出色的人类点唱机，嘴里充满了剧场里的陈词滥调和流行歌曲的碎片。查理的声音和身体的融合度比起其他负面人物而言，并不算坏，但是他同样面临失去声音的危险。查理生了重病后，被下流律师布拉斯家的小女佣"侯爵夫人"悉心照料，查理刚刚苏醒后对她说的第一句话就是："侯爵夫人，走近点儿，首先，请好心告诉我，我在哪里可以找到我的声音；第二，告诉我我的身体发生了什么。"（403；ch.64）对于查理而言，失去声音就意味着丧失主体性。

耐尔的好友吉特刚出场的时候，狄更斯形容他嘴巴大得出奇，但是这个小伙子"在说话的时候有种奇特的神态，身体总是向一侧倾斜，脑袋使劲倒在肩膀外面，好像不做这个同步动作就没法掌控自己的声音一样"（9；ch.1）。这个描写暗示了吉特的声音似乎并不是由他的身体发出的，而是来自身外。在小说第63章审讯吉特的一幕，叙述人大量使用自由间接引语，呈现法官、下流律师和"证人"的滔滔不绝，但本身清白的吉特在整个审讯中几乎一言不发，这一幕也呼应了小说开篇吉特出场时他声音的异化——他必须要做出身体上的调整，才能够抓住自己的声音。在法庭上吉特无权无势，他彻底失声了。

《老古玩店》中最能体现共同体形塑危机的声音隐喻，应该来自耐尔的外公土伦特老头。正是因为这个老人心智的不成熟，才让耐尔当起了妈妈，过早地死去。土伦特想要耐尔过上好日子，成为富贵小姐，却把希望全部押在赌局上，是个功利主义者。他每天使唤耐尔，在精神上和身体上剥削她，面对小说叙述人亨弗莱先生温和的质疑，他却头头是道，说"使唤她并不代表我是坏人"（8；ch.1）。土伦特把自己的私欲强加在耐尔身上，毫不避讳承认"事实上许多方面我是孩子"（11；ch.1），这点和《荒凉山庄》里自诩世界公民的思金波如出一辙，但是土伦特比思金波年纪更大。他还总是假惺惺问耐尔爱不爱他，而且必须得到外孙女肯定的答复才肯罢休。从耐尔哥哥弗雷德里克的口中，也可以窥探到土伦特的功利主义价值观，在小说第2章，弗雷德里克想见妹妹，被土伦特拒绝，弗雷德里克断言如果自己不出

童心崇拜：狄更斯共同体之殇

人头地，老头子一定会让妹妹把自己忘得一干二净。家庭共同体被功利主义所异化，耐尔沉醉在外公很爱她的自我麻醉之中，亲情的幻影让她扛起大人的重任，一路走向死期。

早熟的小女孩耐尔带着幼稚的外公土伦特一路逃亡，耐尔最后死亡，这条《老古玩店》的情节主线蕴含了童心崇拜情结和狄更斯的共同体初探。小说以"curiosity"一词为引子，经由玻璃的隐喻，呈现出声音之于身体的抽离。工业资本主义催生出的唯利是图摧毁了耐尔的家庭，逼迫她逃亡，但是19世纪早年的英国还没有将工商业社会整合出具有容纳力的善的共同体，以伦敦为中心的金钱网络具有强烈的排他性，耐尔祖孙这样没权没势的普通人，不论身处这个网络还是逃离这个网络，都是死路一条。同时，老古玩店也暗示了耐尔祖孙的结局，像《荒凉山庄》中法学院文具店老板克鲁克一样，土伦特老头也喜欢囤积各种腐朽古旧的东西，对自己掌握的知识和资本故步自封，执着于靠投机的赌局一夜暴富，这样的价值观违反实业精神和工业美学，不利于各种形式的资本流通，因此会被时代淘汰。

耐尔能读会写，最喜欢读班扬的《天路历程》，她从伦敦逃向乡村的历程，恰好呼应了《天路历程》中主人公基督徒的朝圣，她一路经历的名利场里有各种异化的声音，她自己也被物化乃至异化。耐尔一路冒险着、流浪着，但是她屡屡并不知道自己的目的地该在何方，她的"天路历程"带有临时起意的随机性成分，这说明写《老古玩店》时的狄更斯，尚未找到形塑共同体的明确路标。

同《雾都孤儿》和《尼古拉斯·尼克尔贝》一脉相承的是，《老古玩店》也描绘了逃亡，《雾都孤儿》和《尼古拉斯·尼克尔贝》中的扬善惩恶，也都具有偶然性，善良的绅士总是在恰当的时间和地点出现，《老古玩店》中的耐尔也只是零星地遇到好心人的帮助，比如乡村教师马顿、好朋友吉特、神秘绅士等等，这说明在19世纪早期，英国尚未把善机制化，"两个民族"的鸿沟没有破除，也没有形成信任的共同体。但同时，《老古玩店》也通过耐尔的死点燃了重塑共同体的微弱的光，神秘独身绅士（也就是土伦特老头的亲弟弟）通过童年的意象和哥哥和解了：

> 如果我们那时候就已经紧密地联结在了一起，现在我们的关系应该是什么样的呢？我们的爱和情感在小时候开始，那时候生命将要在我们面前展开，现在既然我们已经证明了我们彼此相爱，爱也是要恢复的，到头来我们还是两个孩子，就像很多不安稳的灵魂一样，走遍世界追名逐利，寻找快活，到了老年还要回到出生地隐退，茫茫然希望死之前还是孩子。(456; ch. 71)

独身绅士年轻时和哥哥爱上同一个人，因为手足情深，弟弟忍痛割爱，从此背井离乡。而土伦特和妻子的婚姻，以及他们婚姻留下的女儿（就是耐尔的母亲）自己的婚姻，都并不幸福，更不要说耐尔最后的结局了。神秘绅士说这些话的时候，土伦特老头也已经因为耐尔的死精神失常，他肯定再也听不懂弟弟的话了。《老古玩店》之后，狄更斯的共同体之路还很漫长。

第五章　渡鸦格利浦口中的"魔鬼"是什么？

——《巴纳比·鲁吉》中的伪共同体议题

　　1841年，狄更斯以1780年英国反天主教的戈登暴乱（Gordon Riot）为素材，创作了历史小说《巴纳比·鲁吉》（*Barnaby Rudge*）。在这部小说中，狄更斯延续了《匹克威克外传》中对群众的思索，同时将共同体求索深入了一个层次：在时空上，狄更斯纵深到18世纪，《巴纳比·鲁吉》的结尾也暗示了阶级变迁和全球化进程；在思想上，《巴纳比·鲁吉》将共同体批评推进到对伪共同体的思考上。小说中塑造的参与戈登暴乱的成年人群像是文明转型期英国群众的缩影，这几个人物要么无恶不作，要么幼稚自大，在心智培育的维度，他们都不是人格健全的大人，而是利己主义分子。毫无疑问，这样一群成人无法在形塑社会有机体方面充当积极作用。狄更斯通过巴纳比·鲁吉的宠物——会说话的渡鸦格利浦——展开伪共同体议题，这只渡鸦和小说中参与戈登暴乱的典型人物互为隐喻。格利浦经常发出"我是魔鬼"的叫声是狄更斯挖掘戈登暴乱历史动因的戏剧化呈现，暴乱的真实目的不是宗教狂热，而是私欲。在私欲的驱动下，一群平民组成了一个团伙/伪共同体，他们打砸抢烧，摧毁社会秩序，构成共同体形塑的巨大障碍。

一　渡鸦话"史"

　　1780年，戈登暴乱刚刚平息，托马斯·霍尔克罗夫特（Thomas

第五章　渡鸦格利浦口中的"魔鬼"是什么？

Holcroft）用"来自格雷律师学院（Gray's Inn）的威廉·文森特（William Vincent）"做假名，发表了一篇题为《对新近发生在伦敦、威斯敏斯特和南沃克自治区的暴动和骚乱的简明记述》（"A plain and succinct narrative of the late riots and disturbances in the cities of London and Westerminster, and Borough of Southwark"）的小册子，其中着重记录了"参与暴乱的群众如何焚烧新门监狱、王座法庭、弗利特监狱和新布里德威尔监狱，以及如何捣毁一些贵族宅邸、学校和教堂，此外还记录了暴乱领导人戈登勋爵收监至伦敦塔的过程以及他的轶事"（Brattin 5）。狄更斯去世后，"后人在他的图书馆发现了这本小册子的复印件"（Stonehouse 87）。除此之外，还有其他证据佐证狄更斯在描写戈登暴乱时参照了霍尔克罗夫特的小册子。戈登·斯宾斯（Gordon Spence）在《巴纳比·鲁吉》附录B中提到，"狄更斯在这部小说中所列的很多历史事实似乎来自霍尔克罗夫特的小册子"（Spence 742）。阿尔弗雷德·乌尔瑞希（Alfred Ulrich）也提出，《巴纳比·鲁吉》中"很多对暴乱的描述和霍尔克罗夫特小册子的内容是平行的"（Ulrich 21）。乔伊·布莱汀（Joel J. Brattin）列举了很多狄更斯在《巴纳比·鲁吉》中"对霍尔克罗夫特小册子原文做出的文学化改写，同时提到在霍尔克罗夫特小册子里，并没有戈登勋爵的秘书盖什福这个历史人物"（Brattin 10）。

　　霍尔克罗夫特的小册子里，当然也不存在一只叫格利浦的渡鸦。克里斯蒂安（George Scott Christian）指出，以巴纳比·鲁吉命名的这部同名历史小说摒弃简单的分类（categorization），"主人公巴纳比以喜剧性的方式呈现出历史的不可叙述性"；在这部小说中，"狄更斯既拒绝对历史场域全面理解的可能性，又拒绝对历史知识全面理解的可能性，这种双重的拒绝通过巴纳比的宠物渡鸦格利浦发出的声音具体化"，这只鸟在小说中既没意愿也没能力叙述戈登暴乱的"故事"；格利浦的"叙述"展示了描述性的叙事——比如"历史"——无法超越个体认识论的局限，《巴纳比·鲁吉》告诉人们，"对历史的理解受限于个体间具有同情心的思想交换"，狄更斯在这部小说中把"讲述真相"想象成一个打破历史宏大叙事中虚幻连贯性的喜剧性过程,其中一个体现就是,小说中手握大权的主子们操纵"历史"的真实意图,是为了让"历史"服务于个人私欲;巴纳比的渡鸦"讲述"的"故事"告诉人们放弃作为整体的历史叙事,唯有这样做才能获得历史的全部,这也就意味着要避免被那些"表面承诺社会道德进步,实则传递私人和公共领域的暴力和压制"的叙述拉拢和操控(G. S. Christian 49)。

克里斯蒂安所说的"对历史的理解受限于个体间具有同情心的思想交换",也符合狄更斯给参与戈登暴乱的大多数人物的结局——扬善惩恶。宽赦罪恶也是狄更斯童心崇拜情结的一个面向。除此之外,克里斯蒂安的评论还涉及主体间性的问题,也就是自我和他人的关系,因此这也属于共同体的范畴。但是克里斯蒂安的研究并没有深入讨论巴纳比的宠物渡鸦格利浦象征的伪共同体议题,以及由此引申出的19世纪新兴劳工阶层如何积极参与到民族国家共同体建构的问题。这些问题从渡鸦格利浦的叫声中得到戏剧性呈现。

格利浦在小说中多次发出怪叫。在小说第6章,它对着锁匠瓦登叫唤"我是魔鬼,打起精神别灰心"(Dickens, *Barnaby Rudge* 32;ch. 6);小说第10章,格利浦目睹了巴纳比参与给爵爷切斯特送信的勾当,还不失时机地发出"魔鬼!魔鬼!魔鬼!"(52;ch. 10)的叫声;小说第17章,巴纳比23岁生日当天,格利浦又发出"我是魔鬼"(83;ch. 17)的叫声;小说第25章,巴纳比带着渡鸦格利浦和母亲去拜会哈瑞德先生时,渡鸦假装在看书,其实是在偷听人类的谈话,它在庄园墓地来回走,凝重的样子好像在读墓碑,并且它又叫了三声"我是魔鬼",看到主人巴纳比被马车的号角惊醒后,渡鸦"嘴巴里一直让人们千万别说'死'"(121;ch. 25)。在小说57章,巴纳比妄想着参与暴乱能发财,他和妈妈就能过上好日子,他深受政治宣传的鼓舞,幻想"等大好人戈登勋爵打败敌人,所有人都能过上好日子,他和他娘也会不愁吃穿",想到自己的"伟大事业",巴纳比留下幸福的泪水(267;ch. 57),这时候渡鸦格利浦叫了"我是魔鬼!我是帕莉!我是茶壶!我是新教徒!打倒教皇制!","我是信新教的壶"(268;

ch. 57）。巴纳比让格利浦叫"戈登万岁",渡鸦又拼命叫了好多次（268；ch. 57）。

格利浦多次发出"我是魔鬼"的叫声,隐喻性地把戈登暴乱中暴民不能见光的邪恶戏剧化。格利浦能说很多暴民说过的话,比如"我是新教徒！打倒教皇制！"（Bowen,"History's Grip"158）,但是毫无疑问,格利浦的"政治宣言"是毫无意义的断章取义——它还说"我是一只清教徒的水壶"（Vanden Bossche 65）。对格利浦的拟人化描写呈现出狄更斯对戈登暴乱分子组成的伪共同体的批评。关于什么是伪共同体,殷企平指出：

> 所有这些群体实际上形成了一个个狭隘的圈子,或者说利益各异的"多重英格兰",它们彼此封闭,谈不上同心同德,却有一个共同点：这些圈子里的大人先生们从未对贫苦大众表示过真正的同情或关注……此处的共同体是"伪共同体",因为它把挣扎在贫困线或死亡线上的老百姓排除在外了。（殷企平,《"多重英格兰"》115）

这些伪共同体"代表的并非英国社会共同体,甚至不是某个阶级,而是狭隘的裙带关系……只把家人利益当作国家利益,把小圈子当作全社会,这是一种'共同体想象'的典型方式,一种想象力极端贫乏的表现"（殷企平,《"多重英格兰"》113—114）。

在《巴纳比·鲁吉》中,狄更斯多次用暴民（mob）形容参与戈登暴乱的群众,整场暴乱打着反对天主教的旗号,企图掩盖的是实现私欲这个真实动机,可以说参与者各自心怀鬼胎,缺乏一个有机的、正向的共同体目标。历史学家汤普森（E. P. Thompson）分三个阶段梳理了戈登暴乱从有序到无序的过程,在第一阶段,"革命群众"在新教徒联合会（The Protestant Association）的安排下站在标语后面,对议会发起反对天主教解救法案的有序请愿；第二阶段是个经许可的自发阶段（"licensed spontaneity"）,期间"要清算富人,哪怕只有一天也好"的热望把请愿引向暴民暴乱（"mob violence"）阶段；在第三阶段，暴民开始攻击银行，大肆进行酗酒、纵火和扒窃的"狂欢"，对于戈登暴乱一直消极应对的市长不得不取消请愿许可，并且派兵力对暴民进行了镇压（Thompson 77—78）。

从汤普森的评论中可以得知，导致请愿发展成暴乱的两个原因，一个是被煽动的群众情绪，一个是贫富不均的社会现状。

> 当时英国正处于工业革命初期，新兴的资产阶级和权贵用残酷的原始积累手段剥夺广大农民的生产资料。这些失去生存手段的农民被迫流入城市，从而构成一群生活极不稳定的流民、学徒、小商贩、手工业工人、城市贫民阶层，形成暴乱的群众基础。（姚锦镕 2）

狄更斯在1841年发表《巴纳比·鲁吉》的时候，劳工阶层（working classess）在公共领域还是个新生语汇，它是对在1832年议会改革后尚未获得政治身份的群体的一个新的标签，那时"宪章运动"（Chartism）这个词既没被这场运动的参与者使用，也没被媒体使用。1838年12月26日《泰晤士报》针对8天前曼彻斯特大规模的集会撰文，题目是《为支持极端激进主义举行的曼彻斯特游行示威》（"The Manchester Demonstration in Favour of Ultra-Radicalism"），报道中提到约有30万人参加，报道用调侃的语调描述了这场"不正经的"、"无所事事"、带有消遣性质的示威活动（Willis 85—86）。

在文学界，卡莱尔是第一个深入描绘法国大革命的英国作家，卡莱尔对城市和群众的关注影响了维多利亚时期的其他作家，迪斯雷利的《西比尔》（*Sybil*，1845）和查尔斯·金斯利（Charles Kingsley，1819—1875）的《奥尔顿·洛克》（*Alton Locke*，1850）应运而生。卡莱尔也是最早在文学场评论宪章运动的英国作家。1839年，宪章派第一次请愿刚刚失败，卡莱尔就发表了题为《宪章运动》的政论文章，卡莱尔认为宪章运动是合法性诉求被拒绝后的"自然"（"natural"）

反应。虽然卡莱尔同情劳工阶层发起这场运动的动机,却将运动采取的方法和目标界定为"痛苦的"("bitter")、"疯狂的"("mad")、"煽动性的"("incendiary")、"邪恶的"("nefarious")、"亢奋的"("delirious")(Carlyle 152)。狄更斯在《巴纳比·鲁吉》中描绘的戈登暴乱,指涉的是19世纪让狄更斯深感忧虑的工人运动,卡莱尔对革命群众既赞许又惧怕的态度在狄更斯笔下也找到回应。劳工阶层如何积极有效融入共同体形塑,群众潜在的暴民属性如何消解,导致暴乱的深层政治经济原因是什么,这些让狄更斯感到焦虑。《巴纳比·鲁吉》中描绘的戈登暴乱分子这个伪共同体,体现出下层群众心智培育的缺乏,这点让他们成为政治投机分子的工具。这部小说以傻子巴纳比和他的渡鸦格利浦为一个空洞的中心,围绕这两个形象,狄更斯描绘了幼稚大人的群像,以及心智失察给共同体形塑带来的毁灭性后果。

二 傻子巴纳比

巴纳比和渡鸦格利浦的共同点在于,两者都无法正常表达思想,也不懂自己嘴里发出的话是什么意思。巴纳比的低能和幼稚反衬出戈登暴乱团伙这个伪共同体空虚的本质。巴纳比怪异的衣着和举止暗示了他心智的不健全,他见到血就恶心,但是血又让他兴奋异常,容光焕发,除此之外:

> 巴纳比身材强壮,一头浓密的红毛披在脸上和肩上,呆滞的大眼睛把他因受惊而发出的阴晦又局促的表情衬托得更加怪异,哀怨。巴纳比身着粗布绿衣,帽子上插着一串孔雀毛,腰际插着缺了剑鞘和剑身的破旧剑柄,身上还装饰着五颜六色的布头和不值钱的玻璃玩意儿。(18;ch. 3)

巴纳比入睡的样子特别俊美健壮,"完全可以给画家当模特"(53;ch. 11),但是他怒气冲天的表情和不修边幅的衣装却给人奇怪的印象。

巴纳比的低能还体现在他的痴言妄语。在小说第10章,巴纳比指着切斯特爵爷说,"房客们挂在绳子上的衣服被风吹干飘起来的样子,像是鬼影",这些鬼魅好奇地偷听着切斯特一干人等做坏事,巴纳比还说"自己是个傻子但比聪明人机灵快活"(51;ch.10)。巴纳比还成了切斯特的帮凶,切斯特让巴纳比给哈瑞德老爷送信,企图拆散自己儿子爱德华和哈瑞德的侄女艾玛,正常人都能从切斯特的表情看出来他和哈瑞德不是朋友,但巴纳比却丝毫没有察觉,为了完成任务,他一路小跑赶去送信,为了等待哈瑞德先生,他晚上才回来,并从切斯特那里领了赏钱。巴纳比的宠物渡鸦格利浦面对巴纳比参与给切斯特送信的勾当,不失时机地发出"魔鬼!魔鬼!魔鬼!"的叫声(52;ch.10)。

狄更斯笔下的巴纳比远非一个无辜的白痴,他自己就是罪恶的化身。巴纳比见到血迹就觉得惊恐和恶心,他身上还有血色的胎记,每当他目睹血腥时就下意识摸这块胎记,这些信息都暗示了他父亲杀害恩人后潜逃的罪恶,这个罪恶也转移到巴纳比自己身上,他的低能就是上天给他父亲的惩罚。巴纳比目睹切斯特爵爷做坏事的一幕预演了之后的戈登暴乱。巴纳比傻傻地把太阳比作金币,更是揭示了他这样的贫苦群众参与戈登暴乱的真实原因——能发财就行,怎么发财不重要。在小说第45章,巴纳比和母亲看落日,巴纳比把金色的晚霞比作金灿灿的金币,还说如果他们母子口袋里也有几个金币,这辈子就享福了。母亲不以为意,说"世界上沾血最多的就是金子",但是巴纳比不听母亲劝阻,他太想发财了(211;ch.45)。

虽然低能,也恰恰因为低能,巴纳比加入了人好人锁匠瓦登的徒弟西蒙、切斯特的私生子休和刽子手丹尼斯的小团伙,成为戈登暴乱的工具。戈登暴乱发生后,巴纳比·鲁吉被戈登勋爵歪打正着地选为游行的旗手,即便恶意就写在暴民狰狞的脸上,巴纳比还自以为是正义的化身。休与众人策划攻击哈瑞德老爷的华伦宅邸时,故意把巴纳比支开,安排他站岗,巴纳比却对自己所负职责的重要性有着"高度"的认识,并为身负此任感到自豪和高兴。众人离开后,巴纳比仍强烈地感觉到自己岗位的重要,而领袖的特殊关怀和鼓励更大大激发

第五章 渡鸦格利浦口中的"魔鬼"是什么？

了他的热情，甚至在政府军赶来抓捕暴徒时，巴纳比仍然毫不动摇地坚守岗位，精神抖擞地注视着前方，导致被生生活捉。

巴纳比就像一面镜子，折射出暴乱分子盲目的罪恶。狄更斯在小说中多次用"乌合之众"（228；ch. 49）、"暴民"（230；ch. 49）形容这个伪共同体的成员："爵爷落到暴民手里"被好生折磨（230；ch. 49）；"暴民活动无迹可寻，冷酷无情"（244；ch. 52），他们做的是"残酷无情，野蛮至极的谋杀"（259；ch. 55）；在小说63章，"暴徒由于没有受到应有的惩罚而越发猖獗，在伦敦放了一把大火"（294；ch. 63）；在小说66章，"暴徒把新门监狱也烧了"（311；ch. 66）；暴徒在曼斯菲尔德老爷家里把值钱的东西洗劫一空，无价的文稿书稿给破坏个精光（313；ch. 66）；狄更斯还形容参与戈登勋爵的新教徒联合会的人是"乌合之众一样的人，闹腾着一拥而上"，"无知又激动的人群"（204；ch. 43）。

狄更斯给巴纳比一个很不错的结局，多半是因为他本性善良，又是个被诱骗的傻子。锁匠瓦登牵头的请愿虽然历经周折，但最后巴纳比还是被赦免了，而同伙的西蒙断了腿，休被绞死，丹尼斯也受到了惩罚。狄更斯这样的安排也体现出他童心崇拜情结中的扬善惩恶。狄更斯之所以宽恕巴纳比，是因为巴纳比目睹了暴乱分子的罪恶后，后悔于自己当初参与暴乱的轻率决定，而巴纳比的改变也引发了他父亲良心上的不安。

巴纳比照顾憔悴的老父亲时，听到后者的呓语，他开始怀疑戈登勋爵"伟大"事业的虚空本质，而促使巴纳比转变心灵的更主要因素，是他目睹了暴徒的荒诞和死亡的恐怖。对戈登暴乱团伙这个伪共同体饮酒狂欢，至死方休的描绘，是狄更斯文学世界中对奇幻景观描写的一个典型：

> 卖酒的店家和附近的六七栋房子已经全然是片火海，漫漫长夜，没有一个人敢去采取什么措施把火熄灭，或者防止火势蔓延。这时候赶来一队政府兵，用力把两栋木质结构的房子拆掉，要不

童心崇拜：狄更斯共同体之境

然它们随时都可能着起大火，到时候就很难扑灭了。如果让火烧着不去管它，火势会殃及很大区域。墙壁摇摇欲坠，沉重的木头突然倒下，暴徒的呐喊声和吆喝声，远处军队的枪声，马上被烧着的房子里住户的哭喊声和惶恐不安的表情，忙着搬运物品的慌乱的居民，让大火映照得变成血红色的天穹，目下所见仿佛世界末日已经来临，整个宇宙在燃烧，浓烟滚滚，被燃尽的碎末漫天飞扬，灼热又呛人的烟尘摧毁万物，星星、月亮还有整个天际都无处可见，留下的只有戚戚然的废墟。面对这样惨绝人寰的景象，老天爷也感到羞耻，原本恬淡的夜晚，也面露羞色。

比火灾、烟雾和无法抑制的狂暴更为惨烈的是，大街上每条渠里，石墙上每条缝里都淌着烈酒，酒被人们一齐胡乱堵住后，流过路面和人行道，变成了一个大酒池，大伙儿索性就地喝起来，许多人也就丢了性命。这其中有夫妻、父子、母女、抱着孩子的母亲或者给婴儿哺乳的母亲，这些人统统一醉不起。有的人趴地上直接喝，再也没起来；有的人喝了烈酒兴奋过度，一下子跳起来，可能手舞足蹈了一阵子就死了，尸体就浸在要了自己命的酒里；但这些都不是这个死亡的夜晚最骇人听闻的死法。还有的人在着了火的酒窖里拿帽子、水桶、澡盆和鞋装酒喝，他们给从酒窖里拖出来的时候还活着，但全身都着了火，由于备受难忍痛苦的折磨，他们看到像水的东西就扑过去，结果身体又泡在酒里疼得直打滚，溅起火光嘶嘶鸣响。燃烧的酒水流到哪里，哪里就火光熊熊，不论活人死人都逃不过。这大暴乱的最后一夜，的确是最后一夜，这些被了无意义的喧闹所蛊惑的人们，最终在自己烧起来的大火中化成灰烬，尸首就躺在伦敦街头。（322 – 323；ch. 68）

灾难叙事的首要伦理就是反思灾难。巴纳比经历过魔鬼般的喧嚣（其境况堪比《匹克威克外传》中的伊坦斯维尔地震般的选举现场），却在目睹惨烈的死亡后萌生出归隐的想法，认为如果他和父母还有休生活在偏远的地方，远离尘嚣，远离动乱该多好，他后悔听了瞎子的话，受了瞎子讲的"金子"的蛊惑（324 – 325；ch. 69）。狄更斯则直接把巴纳比的父亲称作"杀人犯"，老巴纳比备受良心的谴责，他的傻儿子在他身边越是对他好，他就越感到折磨（325；ch. 69）。

傻子巴纳比构成小说一个空洞的中心，巴纳比不是个孩子，他已经快23岁，是个成年人，只是在心智上他永远不会成年。以巴纳比为圆点，狄更斯展开了对一群追求私欲的暴乱分子的描绘，他们中有被异化的父权压制的儿子，要么就是老字辈心智不健全；暴乱分子中还有异化了的师徒和上下级（也是父权的表现形式）。这样一群幼稚的大人为了一己私欲，组成了伪共同体，在狄更斯看来，心智培育的缺失才是渡鸦格利浦口中的魔鬼，同时也是暴乱发生的重要诱因。

三　一切毁于心智失察

《巴纳比·鲁吉》中幼稚的成年人角色体现出社会动因（social agency）的缺失。正如伊恩·克兰福德（Iain Crawford）指出的，《巴纳比·鲁吉》实际上"包括两个智障男孩"（Crawford 43），"休和巴纳比两个幼稚的大男孩呈现出两种形式的自然化状态"（Hollington 7），休是切斯特爵爷的私生子（"natural son"），他一直被老板老维莱当作牛马使唤，被安排吃住在马厩。休无法表达自己的思想情感，与其相对的是生父切斯特伪装出的上流社会的趣味和雄辩。休代表法律的不公，他母亲是吉普赛人，因为被切斯特抛弃后穷困潦倒，转而制造并贩卖假钞，因此被绞死；他的生父把他当作工具——切斯特多次让休传口信做坏事。切斯特对待休的方式，也是休对待巴纳比的方式，巴纳比和休在隐喻意义上都是非社会化的人。

休的生父切斯特爵爷所欠缺的心智培育，在于道德情操的缺失。他早年诱奸吉卜赛女孩，又抛弃她，之后抢走哈瑞德老爷的爱人，表面又装作一团和气。像《老古玩店》中的土伦特老头一样，切斯特也是个赌徒，他瞧不起自己岳父是卖猪肉的。他晚年时家产尽失，为了保住颜面，继续过上流社会的生活，不惜牺牲儿子爱德华的幸福，逼迫儿子和艾玛分手，找个有钱的富家女结婚。切斯特认为爱德华自身条件不错，想把儿子推进他能左右的上流社会，也指望儿子回报他，也就是说爱德华必须攀上好亲事，"当一个彻头彻尾追逐财富和利益的人"（74；ch. 15）。切斯特离不开优雅的玩意儿，也必须靠优雅的玩意儿充门面，而且爱德华是新教徒，艾玛是天主教徒，切斯特无法接受这样的联姻。

切斯特拿孝道对爱德华进行道德绑架，其实是把养育儿子当作一种交易，要求儿子有借有还。因为爱德华不认同他的价值观，他逼爱德华远走他乡，还摆出自己受伤的模样。在休被关押到监狱后，锁匠瓦登告诉切斯特休是他亲生儿子的真相，希望切斯特设法把休救出来，但是切斯特无动于衷，眼睁睁看着休被绞死。戈登暴乱发生后，切斯特表面上对教派争斗表示中立，暗中却使出各种手段企图渔翁得利。他毫无良知可言，不论目睹或者亲自参与什么害人的勾当，都能够像婴儿一样安然入睡。狄更斯随后让他死在了和老冤家哈瑞德的决斗中，可谓恶有恶报。

小说中另一个心智不健全的父亲是老五朔节柱旅店的老板约翰·维莱。他可以说是《董贝父子》中老董贝的翻版。甚至可以说，比起老董贝，他自命不凡的程度有过之而无不及。面对众人的吹捧和夸赞，他总是沾沾自喜，引以为傲。老维莱不仅从语言层面上控制儿子乔的自由，不准儿子多说一句话，还限制儿子的人身自由，不许儿子离开半步，儿子乔越唯命是从，老约翰就越专横跋扈。老维莱用高压的方式控制儿了，以此施展自己的权威，最后导致儿子不堪侮辱，暴打酒店客人后离家出走。乔去美洲当了兵，并且在包围萨瓦战役中失去了一只手臂。乔是小说中的一个正面人物，他回到英国后混入戈登暴乱的暴民中，为镇压暴乱立下功劳。但是他的父亲却和他截然不同，自大的人性格中肯定有固执的因子，老维莱特自视甚高，故步自封，他非常守旧，是前工业文明的产物，他"最受不了公交马车这种现代的玩意儿，每次马车来他就睡觉"（121；ch. 25），可笑的是他却总是讥讽某某人像巴纳比一样缺乏想象力。

第五章 渡鸦格利浦口中的"魔鬼"是什么？

狄更斯在《巴纳比·鲁吉》中展示了多种形式的愚蠢和麻木（dumbness），后者是对惊讶、痛苦和恐惧的回应，在认识论上把麻木和愚蠢联系在一起，提示了评估智识的方式（C. Williams 357）。目瞪口呆、瞠目结舌这些表现恰好呼应了彼得·布鲁克斯情节剧阐述中的"惊愕美学"（aesthetics of astonishment）（Brooks 24—25）。戈登暴乱发生后，约翰·维莱无言的错愕体现出创伤的极致——他根本无法理解发生了什么。戈登暴乱把他多年苦心经营的家业毁于一旦，暴乱分子凌辱他的身体和精神，被他逼走的儿子在美国丢了一只胳膊，这些都是不可恢复的创伤。惊愕恍惚的精神状态一直延续到他生命最后一刻，可以说戈登暴乱给他的重创，惩罚了他之前对儿子乔一贯的暴君般的行为。

戈登暴乱团伙这个伪共同体的重要人物是锁匠瓦登的徒弟西蒙。瓦登可以说是小说中心智最健全的成年人，甚至坏人切斯特老爷都把瓦登称作"值得敬佩的英国自由民"（124；ch. 26）。除去低下的社会地位不谈，瓦登堪称一位真正的绅士。老五朔节柱酒馆老板老维莱和儿子乔争吵时，瓦登充当和事佬，规劝双方。回城偶遇巴纳比时，瓦登又解救了爱德华。瓦登抵不过巴纳比的母亲、自己的旧爱鲁吉太太的苦苦相求，答应为鲁吉太太保守家庭秘密。他还暗中默默陪伴哈瑞德先生守夜，等待鲁吉太太归来和凶手现身。在戈登暴乱发生后，瓦登的妻子玛莎和仆人米戈斯小姐都为暴徒捐款，瓦登却义正词严拒绝捐款。面对徒弟西蒙和暴徒的威胁，瓦登不惧死亡，拒绝利用自己开锁的手艺为暴徒打开监狱大门，始终坚持心中的正义。暴乱结束后，瓦登又帮刽子手丹尼斯送信给切斯特爵爷，告知休的身世，并对切斯特好言相劝，希望父亲救儿子一命。而后瓦登又四处奔走，为巴纳比求情请求特赦。在暴乱结束后，他不计较徒弟西蒙对他恩将仇报，为西蒙寻找出路。

而西蒙却是个心智不健全的徒弟，他自卑于自己的出身和五短身材，衍生出极度自大、自私自利的人格特质。他非常在乎自己的形象，并对自己的身材感到非常自信，他享受众人对他的夸赞与奉承——尤其是自己的双腿，对自己的地位和身份也极其在意。西蒙对权力非常热衷，他背着师傅联合了二十来号闲杂人等，组成了"学徒骑士团"。这个"团"也是一个伪共同体。西蒙无视师傅瓦登的慈爱，要对"专制"的东家复仇，恢复过去的权利和节假日。在骑士团首领的号令下，团员要抵抗市长、武装卫兵和牧师。他们藐视行政长官的权威，包括郡法庭的权威，时机一成熟，就可发起学徒大起义，但是不能捣毁伦敦法学会大法庭，因其符合《宪法》，故应得到尊重。骑士团的仪式阴森荒唐，西蒙打着崇高的旗号，满脑子其实想的都是怎么得到自己师傅的女儿道丽。戈登暴乱爆发后，不再当学徒和掠走道丽两个事件重合在一起，共同营造了虚幻的自我认同感。

和西蒙搅在一起的还有锁匠瓦登家三位幼稚的女性：瓦登太太玛莎、瓦登女儿道丽和女仆米戈斯。觉醒前的道丽是个矫揉造作、爱慕虚荣的年轻女孩子，她的不成熟一度让自己错失乔，也让自己落入坏男人的圈套。瓦登太太是个坚定的新教徒，她整天手捧《新教徒指南》，声称"新教徒正直、诚实、公正的美德才是良好品德的基石"（127；ch. 27）。但是当切斯特老爷装模作样拿着《新教徒指南》，说要拆散儿子爱德华和艾玛，迎娶富家千金时，瓦登太太发自内心觉得切斯特"这位绅士可真是个圣贤"，在切斯特的添油加醋下，瓦登太太还认为乔追求自己女儿道丽是大逆不道（127；ch. 27）。

同时，女仆米戈斯小姐仅仅因为切斯特的做派像上流阶层的人，就发自内心爱慕他。女仆米戈斯认为全天下的男人都是混蛋，"自诩是年轻处女的保护神，与男人势不两立"（34；ch. 7），但是却偏偏落入西蒙的情网不能自持。戈登勋爵发起募捐后，"瓦登太太捐了7先令6便士，女仆米戈斯捐了1先令3便士，瓦登不参加捐款，就被戈登和盖什福说成是坏蛋"（170；ch. 36）。

可以说，加入戈登暴乱这个伪共同体的人是一群麻木的大众，其中最典型的人物就是戈登勋爵和他的秘书盖什福这对上下级。在小说35章，戈登勋爵为了"伟大"的事业出场了，但是操控他的实际是秘书盖什福。和巴纳比一样，戈登勋爵的形象很荒唐，"大而明亮的眼

第五章 渡鸦格利浦口中的"魔鬼"是什么？

睛总是背叛思想"（165；ch. 35），他总是咬手指甲，喜欢自言自语，容易兴奋，他语速快，语言中带着暴力倾向。狄更斯对戈登勋爵也总称呼他是"被骗的主子"（deluded lord）、"可怜的主子"（poor lord），暴乱发生后，戈登勋爵居然看不出巴纳比是个傻子。在戈登暴乱发生前，有一晚戈登勋爵没有睡觉，盖什福以为主子睡了，就大肆发表评论，说他自己"是劳苦大众的朋友，受到被压迫者的爱戴"（169；ch. 36）。盖什福其实在背着主子展示自己的野心，不料主子并没有察觉到。

戈登和盖什福的政治才能非常低下，发起捐款后，"各种教友会只捐款半个基尼——理性教友会，自由教友会，和平教友会，博爱教友会，仁慈教友会，血腥玛丽纪念者协会，还有更名为'斗士联合会'的由西蒙组建的原'学徒骑士会'（169-170；ch. 36）。戈登和盖什福的"革命信仰"也非常投机，在小说37章，"戈登梦到他和盖什福都是犹太人，他也不知道自己身在何处"（173；ch. 37），而盖什福本来是天主教徒，见风使舵才皈依了新教。戈登、盖什福和刽子手丹尼斯对议会颁布的绞刑法一无所知，就赋予了丹尼斯生杀大权。暴乱发生后，戈登不听哈瑞德老爷的劝阻，不愿意解散他这个伪共同体，还说他和哈瑞德之间没有共同之处，但"哈瑞德说他们在很多事情上是共同的，都讲博爱讲体面"（204；ch. 43）。哈瑞德告诫戈登不要激惹无知的群众，当哈瑞德要揭露盖什福的丑恶嘴脸时，"二百多号暴民一拥而上向哈瑞德发难"（204-205；ch. 43）。

对于戈登暴乱的真实动机，狄更斯一语中的："宗教是遮盖丑恶的遮羞布"（209；ch. 45）。在对暴乱的书写中，狄更斯构建了一种观点：历史事件的社会动因是被伪装的，被欺骗的，所以也是无法承担责任的。在《巴纳比·鲁吉》中，"切斯特爵爷操纵休和盖什福，盖什福操纵戈登勋爵，休操纵巴纳比"（Vanden Bossche 63—64）。除此之外，小说中秘密分发的信件和传单也制造了相同的效果：切斯特利用休和巴纳比故意误传信件，拆散儿子爱德华和艾玛；盖什福在老五朔节柱客栈秘密发放反天主教的传单，让它们像种子一样播撒。狄更斯在小说第32章和第33章之间，安排了五年的时间间隔，第33章开篇时已经是 1780 年，小说第 35 章，戈登勋爵突然出场。对"五年后"的一笔带过，形成一个不小的叙事空白，暗示了群众在这五年中并没有采取任何革命行动，由此营造了戈登勋爵出场的唐突和荒诞。戈登勋爵的荒诞性恰恰是戈登暴乱荒诞性的体现。

《巴纳比·鲁吉》描绘的戈登暴乱的真实动机与其说是宗教的虔敬和热情，不如说是出于私欲。盖什福是个无恶不作的小人，使用各种手段成了暴乱的二把手，同时也利用主子戈登勋爵的愚蠢，有效地操纵着一把手戈登。锁匠瓦登的夫人玛莎太太经常以《新教徒指南》为幌子表达自己的宗教偏见，以此抬高自己的社会地位。戈登勋爵在暴乱前夕梦到自己和盖什福都皈依了犹太教，还证实盖什福过去是个天主教徒，这些足以表达他思维的混乱和非理性。休参与暴乱的原因主要来自对老维莱以及自己生父切斯特（他自己到死也不知道虐待他、利用他的这个人是自己的生父）的仇恨。刽子手丹尼斯加入暴乱的原因主要来自他对残酷刑罚的热衷，丹尼斯是法律机制和道德伦理的象征，而他一辈子只去过教堂两次。锁匠瓦登的学徒西蒙参与暴乱的动机则更加荒唐，他组织了学徒骑士团（Prentice Knights）反抗师徒制，鼓吹给学徒平等和权力，而西蒙所有暴行的真实动机无非是爱慕虚荣，以及觊觎师傅的女儿道丽。

《巴纳比·鲁吉》中描绘了一群心智培育缺失的群众，造成他们形成伪共同体的真实原因，在于贫富不均、阶级不和的社会状况。小说中的刽子手丹尼斯象征了 18 世纪法律的严酷性，休的妈妈这样的下等人常常因为不起眼的原因被绞死，而这正是约翰·福斯特在 1841 年对戈登暴乱发生原因的总结："对比较无辜的人进行不间断的处决，让全国各处蒙羞。"（Forster,"Rev", 772）小说中参与暴乱的群众对私有财产的攻击也不全来自贫困，被社会所不容是更为深切的原因，休这个人物就精确地反映出上流社会对下等人的物化，而切斯特爵爷为了经济利益不择手段迫害他人则又是另一个典型。

戈登暴乱表面上反对的是天主教，实际上矛头指向的是贫富不均

第五章　渡鸦格利浦口中的"魔鬼"是什么？

的社会现状。戈登暴乱中的暴民也不是真的反对信奉天主教的会众，而是反对经济和社会地位高的天主教徒。当时英国反天主教的政策"让一部分天主教信徒不得不经商，这些人反而获得大量金钱，贫富差距由此拉大，小说中描写的暴民也有天主教信徒，他们打砸抢烧的地方主要是经济条件好的天主教徒的住所"（Harvie 485）。狄更斯通过小说中个体人物的故事，道出了导致暴动的真实原因，在这点上《巴纳比·鲁吉》这部历史小说指涉的是19世纪上半叶的英国工人运动。可以说，如何在迪斯雷利所言的"两个民族"中整合出一个超越阶级排他性的有机共同体，是狄更斯的首要关切。《巴纳比·鲁吉》中描绘的由贫富不均和阶级矛盾引发的共同体形塑危机，在19世纪40年代的英国也真切发生着，戈登暴乱指向的是如何让劳工阶层融入工业化民族国家共同体形塑这个命题。对于如何整合出非排他性的共同体话语表达，狄更斯在这部小说中通过凸显心智培育做出回答，小说中参与暴乱的人物，恰恰因为心智失察才犯下罪恶。

虽说《巴纳比·鲁吉》是部历史小说，但其结尾预示了狄更斯已站在文明转型的维度思索共同体，小说中两个积极向上的青年乔和爱德华，都因为不堪被扭曲的父权压迫才远走他乡，乔去了美国，而后荣归故里，是个优秀的军官，爱德华被父亲逼走后去了西印度群岛，"放下身价在当地庄园干活，发了财"（369；ch. 78）。在戈登暴乱发生后，乔安慰哈瑞德老爷说，爱德华"在海上运输和商业上和有权势的新教徒有业务往来"（337；ch. 71），有能力解救被西蒙和休绑架的艾玛和道丽。小说中故步自封的老字辈都淡出历史舞台，老哈瑞德杀掉宿敌切斯特后负罪归隐，老维莱常年精神恍惚，取而代之的是新一代的结合：乔·维莱和道丽·瓦登，爱德华·切斯特和艾玛·哈瑞德，两桩婚事无不体现了中产阶级式的婚姻选择。

第六章　马丁，回头是岸

《马丁·朱述尔维特》(*Martin Chuzzlewit*)发表于1843年至1844年间，普遍认为这部小说开启了狄更斯创作的中期阶段，该时期的《马丁·朱述尔维特》《董贝父子》《大卫·科波菲尔》《荒凉山庄》《艰难时世》和《小杜丽》这六部长篇小说在共同体想象的深度和广度上都比早期阶段的《匹克威克外传》《雾都孤儿》《尼古拉斯·尼克尔贝》《老古玩店》和《巴纳比·鲁吉》上升了一个台阶。在批判功利主义的维度，狄更斯在《董贝父子》和《艰难时世》中探索了独特的艺术再现视角，比如《董贝父子》对消费主义的批评媒介是19世纪欧洲的肺结核美学，《艰难时世》则从"非利士人"的工具理性引发想象力缺失这点入手，思索"想象"民族国家共同体的错误方式。同时更值得注意的是，这一时期的狄更斯开始更加坚实地站在全球化的视野，以个人生活和历史大事件为幕布，拓展共同体的视野，比如《马丁·朱述尔维特》和狄更斯的美国之行有着密切联系，《荒凉山庄》则以水晶宫的开幕为背景，讨论了作家的阶级属性和他们对民族国家的社会责任。

《马丁·朱述尔维特》开启了狄更斯用世界主义心态克服偏狭的民族主义的路径，一路经由《荒凉山庄》《小杜丽》《双城记》和《远大前程》，最终抵达《我们共同的朋友》。在这些小说中，那些真正意义上的世界公民，都是可以克服利己主义，成为个人主义者的人物。利己主义只专注自身，将个体与社会割裂开来，但在个人主义的

第六章　马丁,回头是岸

维度,自我的身份认同依赖于个体与他人的对话关系,因此功利主义排斥共同体,个人主义塑造共同体。

《马丁·朱述尔维特》中的主人公小马丁从利己主义者到个人主义者的转变契机来自他的美国之行,小说中扬善惩恶的情节和人物是否具有信用有关,那些失信于人的人物由于缺乏信用,最终在经济和身份认同上也一败涂地。

一　利己主义者吃尽苦头

《马丁·朱述尔维特》围绕老马丁·朱述尔维特的遗产争夺展开,这说明小说的主题和经济活动关联很大,如何通过道德力形塑工商业社会,始终是狄更斯共同体想象的主旋律。老马丁(笔者加:其实是有意为之)突然病倒在一家酒店,朱述尔维特家族的成员闻讯赶来,明里看望老马丁,实则眼红老马丁的遗产。他们聚在俾克史涅夫家里,你一言我一语地讨论着老马丁的遗产分配问题,并互相暗暗较劲。于是老马丁和陪护人玛丽偷偷离开酒店。俾克史涅夫是一名建筑师,平时靠收徒授业收取学费,但他并没教过学生什么,还将学生的成果据为己有,是个小人。俾克史涅夫因觊觎老马丁的遗产,才收了老马丁的孙子小马丁为徒,但是当他从老马丁那里得知小马丁因为私自和老爷子的看护玛丽谈恋爱,老爷子怕以后无人照顾,所以取消了小马丁的遗产继承权这点后,马上设计将小马丁赶走。小马丁十分生气,告别了恋人玛丽,和村里一个叫马克的青年漂洋渡海去美国,梦想着开辟新前程。

正是因为马丁家族的心灵内容是自私自利,转变前的小马丁也养成了自私自利的习气。比如,马克通过短暂的接触,就断言小马丁"实在自私,从不体谅人""做事全凭着一股子冲劲,然后就变成泄了气的皮球"(Dickens, *Martin Chuzzlewit* 495;ch. 33)。爷爷老马丁与小马丁长期相处,自是经常领教这一点,且因小马丁在婚恋上未能如老马丁所愿,使老马丁对孙子产生了"只看重自己得失,自私自利,通过向别人隐瞒而达成己愿"的印象(755;ch. 52)。再比如,从俾克

109

史涅夫家出走的小马丁获得了好心的汤姆·品奇赠送的全部现金，他首先想到的不是对品奇感激，而是对自己个人魅力的肯定："马丁对自己的需求，那自然感觉是最敏锐的……因为自己肯定是魅力超群，才会给汤姆留下这么深的印象"（210 – 211；ch. 13）。在小马丁和玛丽道别的场景中，狄更斯旁敲侧击地描写道，小马丁说的话几乎都是以"我"开头，根本无暇理会玛丽的离情别绪。但是玛丽情人眼里出西施，并没有关注到这些，她还送给小马丁一个钻石戒指，小马丁却没猜出这是玛丽花了重金买的。此外，让马克都无言以对的是，小马丁竟觉得自己不仅赢得了玛丽的芳心，还挫败了爷爷老马丁自私自利的计划，真是"太占便宜了"（240；ch. 14）。

小马丁由于性格自私，所以自恋，因此自尊水平也很低，导致自尊心过强。他头次去当铺换钱，遇到亲戚泰格，他因自己山穷水尽的现状被亲戚发现，感到"万分羞耻"（220；ch. 13）。即使他相信约翰会借钱给他，"也不愿意写信向品奇打听约翰的地址"（222；ch. 13），不愿开口向他借钱。赴美途中，马克劝小马丁去甲板上透透气，小马丁不肯去，怕"未来飞黄腾达后被嫌贫爱富的人识破自己曾住过下等仓"（246；ch. 15）。在恋人玛丽面前，小马丁的自尊心更强，当玛丽问准备远赴美国的小马丁盘缠是否够用时，小马丁打肿脸充胖子说"二十倍以上的够"，"口袋里都是钱"（238；ch. 14）。

小马丁在待人处事上，常常看高自己，看低别人，潜意识里将和朋友的关系视为不平等的上下级关系。小马丁因与汤姆性情相投，就放话道以后若"飞上枝头""定要做汤姆的赞助人"（190；ch. 12）。类似的话，他也在和马克成为合伙人后，对马克说过。小马丁总是喜欢说空话，喜欢恩宠别人，且在表态的时候，神态也总是纡贵降尊的，说明他表面上将别人看成朋友，潜意识里仍将朋友关系看作上下级。比如，他刚和马克说"我们之间不再是主人和仆人，而是朋友和合作者的关系"（337；ch. 21），马上就吩咐马克去弄点酒喝。

马丁之所以如此幼稚自大，实在是因为外界对他的耳濡目染，加之他的生命经历不够厚重，无法从自己的心灵产生转变，所以对身边的善进行了选择性忽视。俾克史涅夫就是一个道貌岸然的小人。他满口仁义道德，内心却贪婪自私。在装模作样，彬彬有礼的外表下，他千方百计为自己谋利。他打着"建筑师兼土地测量师"的名号收徒，善于"引诱父母或监护人，并收取学费"（24；ch.2），提供的教学和食宿却完全与学费不匹配。他想方设法让乔纳斯做自己的女婿，对乔纳斯的考量停留在财富的层面，并不顾及女儿们的幸福，导致女儿慈善心肠恶毒，慈悲婚姻不幸。他觊觎老马丁的遗产，先是收了老马丁的孙子小马丁为徒，后听说小马丁没了遗产继承权，就依照老马丁的意思顺势赶走小马丁。为了获得老马丁的信任，他不仅百般讨好老马丁，离间老小马丁的感情，还打起玛丽的主意，开始追求她。

乔纳斯·朱述尔维特和俾克史涅夫一样贪婪自私。他的教育方针遵循着个人利益至上的原则，甚至把他父亲看作"一笔数目可圈可点的可动资产"（124；ch.8）。培养出这样的乔纳斯的正是他的父亲，老父亲竟然为儿子的"精明"感到高兴。乔纳斯有两个习惯，一是无钱不贪，二是一毛不拔。他平时十分抠门儿，邀请两位俾克史涅夫小姐慈善和慈悲出门，都不愿意花钱。乔纳斯甚至把贪财的心思打到了自己父亲的头上，他每天都巴望着父亲早点去世，好把遗产传给他，为此甚至企图毒杀父亲。他以慈悲不是俾克史涅夫最喜欢的女儿为由，讨价还价向俾克史涅夫多要了一千英镑的嫁妆。乔纳斯对待父亲、账房丘飞、和妻子慈悲的态度都很粗鲁。他认为自己父亲是个老不死的家伙，并嘲弄挖苦老账房丘飞的老态。他请求俾克史涅夫"踩一下父亲的脚"，并且是"犯有痛风病的那只脚"（125；ch.8），只为让父亲停止打呼噜。婚后，乔纳斯·朱述尔维特对妻子慈悲没有过一天好脸色。乔纳斯贪婪自私的个性衍生出锱铢必较的一面，他看到品奇和老马丁很亲密，以为品奇在讨好老马丁，就对品奇大打出手。慈悲因说话任性得罪了乔纳斯，他便记下这个仇，婚后通过轻贱和家暴的方式报复慈悲。

泰格则是一个为了利益，什么损人利己的事情都愿意做的人。他和朋友开了一家保险公司，还游说乔纳斯和俾克史涅夫与他合伙，实际上他在等着利用完乔纳斯就携款跑路。为了让人愿意来他这里投资，他每天穿着讲究，办公室也装修得足够阔气，公司的运营流程看起来都很正规。其实泰格十分虚伪，他在普通人面前表现出正人君子的样子，遇到精明的乔纳斯却不介意露出自己的本来面目，目的是勾引他投资。实际上，他派人监视乔纳斯，时时提防这位合伙人。

俾克史涅夫的大女儿慈善虚伪、高傲、爱慕虚荣，而且心胸狭隘，相比妹妹慈悲，慈善内心少了人性中的善良。她瞧不起那些比自己地位低下的人，并抓住每个机会巴结上流社会。她看到长相可人的露丝，"瞧着她就嫉妒地牙根痒"（138；ch.9）。与阔人家的孩子她"依依不舍地与其分别"，当与没权没势的露丝分别时，"只是傲慢地点了点头"（142；ch.9）。慈善虚伪、表里不一，心胸狭隘，尤其自从乔纳斯选择慈悲做妻子后，她表面上关心妹妹，装作不在意的样子，实则时刻都想报复她，见不得她过上好日子。当得知品奇失手打了乔纳斯，她高兴地向品奇表示，她永远都是品奇的朋友。当她得知莫德尔喜欢过慈悲，就想方设法把他勾引到手，还考验他的感情，并通过得意扬扬地向露丝透露自己拒绝过奥古斯都三次的方式，满足自己的虚荣心。后来，慈悲的婚姻的确不是很幸福，慈善又装模作样地表达对自己正享受的种种"幸福"的感激之情，夸自己未来的丈夫奥古斯都柔和、温顺、又忠心耿耿。

小说中的看护员甘普太太也是个精明的女人，即虚伪又唯利是图。她百般讨好对她有利的人，利用自己的职业捞取好处，但是工作并不尽心尽责，没有职业道德。她极度虚伪，明明嗜酒如命，连工作中都不忘要喝几口，转而还能厚脸皮地对木尔德太太说"酒这种东西，她轻易是不沾边的"（387；ch.25）。她还虚构了一个叫哈里斯太太的人做自己的朋友，总是编造些哈里斯太太的话，以期塑造自己良好的个人形象。那些愿意出钱的主顾，能帮她安排工作的人，和有用的合作伙伴都是她讨好的对象。她对账房丘飞这些看似毫无用处的人，则态度刻薄，称他为"烦人的老家伙"（661；ch.46）。她的工作涉及看护和丧事两部分，在其中完全体现出她唯利是图的一面。甘普太太在丧

第六章 马丁,回头是岸

事中都要尽量捞吃喝的油水,还故意可怜巴巴穿旧衣服以此得到捐赠的新衣服。她对愿意出看护费的主顾极尽阿谀奉承之事,却粗鲁地对待不能自理的病人。她在看护时好吃好喝,拿病人的东西。由此可以看出她做看护的首要目标是自己舒服,其他都靠边站。

狄更斯对这些利己主义者安排的结局,体现出信任和信用在共同体建构中的作用。这些给小马丁施加负面影响的人物,都被安排了恶有恶报的结局。俾克史涅夫最终被老马丁揭穿,他将学生的设计图添加点东西,就变成自己的"大作",以此获得名利,这点也被小马丁以欺诈罪告发。他设计在老马丁面前诬陷品奇想追求玛丽,一直信任他的品奇也和他决裂。聪明一世,糊涂一时,俾克史涅夫的财产被女婿乔纳斯骗光,同时伪善的一面被老马丁揭穿,最终落得个生活惨淡,靠人接济的下场。乔纳斯贪婪的个性使他参与了泰格损人利己的生意,结果聪明反被聪明误,他不仅把自己的钱赔进去了,还把岳父俾克史涅夫的财产全都骗了进去。后来他竟萌生了谋杀泰格的念头,罪行暴露后自杀。泰格因其背负着沉重的负罪感,在噩梦中备受煎熬。本性贪婪的泰格和乔纳斯都没有从对方身上捞到切实的利益,他们之间的信任非常脆弱。泰格先是哄骗乔纳斯和俾克史涅夫与他合伙,反把亏本的乔纳斯逼急了,最终他被乔纳斯杀害,他的人寿保险公司也彻底垮台。在故事的最后,一向不可一世的慈善竟然被忠心耿耿的奥古斯都抛弃了。而甘普太太的种种不耻行径,连她的前同事普里格太太都忍无可忍,最终戳穿了甘普太太编造的有关哈里斯太太的谎言。老马丁自是识破了甘普太太缺乏职业道德的真相,与其结束了合作。

按照涂尔干的说法,社会不单单是特定群体为了自身利益结成的一种形式,而是用来规范自身行为,"以避免陷入无政府状态";个体会发现生活在社会里是舒适的,因为无政府状态让人痛苦不堪。"一旦个体间关系不受某种形式的监督,他还将遭受因此产生的痛苦和无序。"(Durkheim 15)民族国家无法在无序的状态下长期有效运转下去,信任在建构社会秩序问题上至关重要。19世纪的英国经历着商业活动空前的发展,维多利亚人走出滕尼斯式的共同体,血缘的纽带作

· 113 ·

用日趋微弱，人们需要在社会中与陌生人广泛接触。信任便成为一个问题。在新兴工商业社会，人的社会关系变得重要，其重要性体现在社会关系的社会资本属性上。社会资本的存在目的是为了抵消低信任度社会的运行风险。彼此间缺乏信任的人群最终只好通过规则勉强达成合作，必须通过谈判、同意、诉讼、强制执行，有时候还需要强迫手段，才可能达到目的。这一套法律装备是信任的替代品——交易成本。按照福山的观点：

> 社会资本是一种能力，它源自某一社会或某特定社会部分中所盛行的信任。它可以根植于社会中最小的单位——家庭，也可以是最大的群体——国家，以及二者之间所有的群体。虽然契约和私利是联盟的重要基础，但是最有效的组织是基于共同道德价值观的共同体。每个人各自行事是无法产生社会资本的。它基于社会美德的普及，而非个体美德。如果同一行当中工作的人们因为共同遵守的道德准则体系而互相信任的话，那么商业成本就会降低。（福山，《信任》30）

狄更斯在《马丁·朱述尔维特》中通过对恶有恶报加以结构性重复，印证了福山的观点。在小说中失信于人的利己主义者得到的不仅仅是道义上的谴责，他们的经济社会生活也因为缺乏信用而一败涂地。对于主人公小马丁，狄更斯则让他通过美国之行，反思了自身，由利己主义者转变为个人主义者。

二 美国之行

1842年1月3日，狄更斯偕夫人乘坐"不列颠号"客轮从英国利物浦出发，17天之后，抵达了美国波士顿，开始了为期四个半月的美国之行。狄更斯笔下的美国为高唱"进步"凯歌的英格兰的狭隘民族主义习气提供了一面镜子。

第六章 马丁，回头是岸

在《美国札记》第十二章，狄更斯记述了从路易斯什维尔坐船沿俄亥俄河往西南而行的经历。路上一新城市"前进"的热劲过猛，有不少烂尾楼。到了俄亥俄河与密西西比河的交汇处，只见一大片洼地，狄更斯称之为"丑恶的坟地，疾病的温床"。原来有人用大言无稽的宣传把那片沼泽地说成理想的投资场所，致使很多英国人倾家荡产。这地方（现属伊利诺伊州开洛县）就是狄更斯小说《马丁·瞿述伟》（也译《马丁·朱述尔维特》）里伊甸土地开发公司的所在地。（陆建德，《思想背后的利益》68）

小说中转变前的自私又自负的小马丁，在美国吃了不少苦头。起初，他想找个办法免费去美国，但是过了整整五个星期都没有任何回音，他的自尊心也受到了打击。他和马克被骗投资了伊甸的地皮，但刚到伊甸不久，所见之景与心中所期望的相差甚远。小马丁安顿下来之后，"便往地上一躺，放声大哭"（361；ch. 23）。随后，他还未开始来得及施展自己的宏图壮志，就生了很严重的病，差点客死他乡。

小马丁在美国看到的是一个矛盾的社会，和英国一样，美国人也自认为是世界的主人，但是这里金钱至上、爱好热闹、追求刺激、自我吹嘘。马丁发现美国文化底蕴匮乏，崇尚人人平等的观念与现实之间存在矛盾。主要表现在如下方面：

第一，大家茶余饭后的谈资都围绕金元展开，很多事情的评价标准也以金元为准，仁义道德和其他衡量标准则全都退居其次。波金斯少校就是典型，他"总被一般人看作是位有智慧的大圣贤"（261；ch. 16）。但是他的里子是："在商务方面，他是个大胆的投机家。说得更明白点，在坑蒙拐骗方面，他是个最杰出的天才。"（261；ch. 16）

第二，美国人追求刺激。种种在小马丁看起来非常冒险的行为，在美国人看来都是"光芒万丈的事迹"，敢于做这些冒险行为的人，往往被称赞为"最伟大的爱国志士"或"大英雄"（266；ch. 16）。

第三，美国人爱好热闹，喜欢打探别人私事。小马丁买入地皮的举动使他俨然成为一个"红人"(347；ch. 22)，大量的信件、拜访请求和邀请纷至沓来。

第四，美国人喜欢自我吹嘘。小马丁发现，当美国人每每问及外乡人对美国各方面的看法时，"实际上根本不想得到回答，除非是按照美国人的要求回答"(504；ch. 34)。美国人还喜欢吹嘘自己国家的人和事，总觉得美国的很多方面都更好。

第五，美国文化底蕴匮乏，大家对艺术文化方面知之甚少，也不太喜欢以此为消遣。在美国还有一个现象，即文坛很难出现抨击国人缺点的作家。究其原因，狄更斯是这样描述的："在这个自由的国度，可能需要极大的勇气才敢写文章自由地谈论某个与党派利益无关的话题，哪怕是在他所在的时代。"(268；ch. 17)

第六，崇尚人人平等与实际操作之间存在矛盾。美国人表面上崇尚平等，实际处处透露着不平等。这里表面上的"自由而又独立的公民"，"却把上校当作他们的主人"(259；ch. 16)。小马丁还发现诺利斯这家人观点上矛盾的地方。他们一边向往英国贵族生活的富丽堂皇，一边强调自己国家的人人平等。前来拜访诺利斯一家的弗拉多克将军瞧不起欧洲人的"排外主义、骄傲姿态、流于形式和繁文缛节"(281；ch. 17)，谁知他因要和坐过下等客舱的小马丁认识而感到不快，诺利斯一家也因接待了一位不属于上流社会的人而感到万分尴尬。这些美国人中，支持奴隶制的也不在少数，不少人并不把黑人当作平等的人种对待。据此，狄更斯讽刺道："在地球这一块儿的人都特别地喜爱自由，以至于要把她买进卖出，还要带着她进入市场。"(275；ch. 17)

第七，美国人的饮食习惯铺张，生活习惯和英国迥异。小马丁发现美国人的生活习惯更加随意。他们爱嚼烟草、爱吐痰；吃饭总是风卷云残，晚餐后也没有吃甜食、喝酒的习惯。

美国的经历促成了小马丁的转变。因为在伊甸谷的恶劣遭遇，他开始正视自己自私自利的缺点，并下定决心要改正。小马丁等待贝文先生回信的期间，开始虚心向马克学习耕作技术。他还意识到玛丽送的戒指是她买的，因为玛丽知道他当时又贫穷又骄傲，而且需要钱用。

第六章 马丁，回头是岸

回国后，小马丁终于与爷爷老马丁会面，表达自己的悔过之心，祖孙也冰释前嫌。小马丁和品奇再见面时，很接地气地说了自己的下一步计划不再是帮品奇发家致富，而是想法子活下去。他还在帮马克订房的过程中体会到帮人解决麻烦的乐趣。

小马丁的一系列转变在于美国的生活让他成了自己的救世主，他完成了自己心智的培育，从利己主义者转变成个人主义者。创业失败后马丁和马克二人相互照应扶持，历经千辛万苦重返英国。与此同时，伪君子俾克史涅夫为了老马丁的遗产，不仅装模作样以获得老马丁的信任，还打起了玛丽的主意，开始追求她。而老马丁因年事渐高，变得越来越顺从，俾克史涅夫眼看阴谋就要得逞。谁知老马丁顺从的一面其实是装出来的，当他终于识破俾克史涅夫伪君子的一面时，又恢复了过去的理智，他和改过自新的小马丁重归于好。故事的最终，老马丁成全了小马丁和玛丽，约翰和露丝，马克和路萍太太三对恋人的婚姻。

小马丁作为小说的主人公，被塑造成浪子形象，一个流浪的孩子。"广义上看，小马丁是个真正的孤儿，他孤独地面对内在世界和外部世界之间的矛盾，他在冒险中成长，经历教训之后反省自我，改变自我。"（Sulfridge 319）小马丁利用身边的人和事情培育自己的内心，这也符合个人主义的精神。尽管按照狄更斯的情节剧模式，小马丁经历过流浪和冒险后，毫无疑问还是会继承财产，成为年轻富有的少爷，但这种冒险的动态机制，其实是一种失宠的动态。流浪的情节并非这部小说的重点，但也是相当重要的一部分，浪子和冒险故事在小说中复杂地结合在一起，小马丁走在小路上第一次集中注意力思考自己处境的时候，他抛弃了父辈，抛弃了原有的生活，他冒险到美国的荒野中去，像《圣经》故事里一样，马丁躺在地上，放声大哭；也如同《圣经》故事里一样，浪子总有成功之时，在绝望之中审视自我，在孤独之中熄灭野心，看到生活的丑陋，看破死亡，最终完成心灵转变。

起初，小马丁在俾克史涅夫欺骗性的指导下开始构建幻想和虚构的希望，善于在空中建造大量城堡。尽管白日梦饱受打击，还是不轻易放弃信念。至此，他毅然决然选择离开，去寻找心中的"伊甸园"。在到达美国开展第二阶段学徒生涯时，给他带来的更大失望是，他依然难以忘怀最初的英雄主义梦想。一系列糟糕的现实生活拆除了马丁的空中楼阁，他重新回到英国后开始脚踏实地塑造梦想，"首次意识到没有任何一个地方是天堂或地狱，人可以在现有的基础上建造天堂或地狱，狄更斯希望人能脚踏实地构造人间天堂"（Christensen 20）。

正是因为小马丁依靠自我的力量完成了心灵转变，他才能真正意义上看见了身边一直都在的个人主义者，他们中也无不经历了动态的变化历程。汤姆·品奇是贯穿全书的重要人物，同样被赋予了"浪子回头"的动态变化。品奇穿着老旧，面相也显老，他天真善良，对人忠诚，为人可靠，却总是遭到欺骗和侮辱。他在逃离俾克史涅夫的控制之后，并没有怨天尤人，反而在被欺骗的过程中学会了识人辨物。泰格只因及时还了钱，品奇就单纯地认为泰格是个讲信用的人。他失手打伤没安好心的乔纳斯，内心反而充满深深的愧疚。他最天真幼稚的地方在于看不清俾克史涅夫的伪装，坚信俾克史涅夫是个正人君子，还处处为他辩解。他把俾克史涅夫当恩人，俾克史涅夫反倒利用他的善良为自己谋利。品奇乐于助人，具有牺牲奉献精神，尽自己所能帮助身边的朋友，最令人印象深刻的是他把"自己拥有的全部现金，那半个英镑"（210；ch. 13），夹在书里赠予被老马丁赶走的小马丁。

品奇尽自己所能帮助别人，却从未想过要得到别人的回报。深爱着玛丽的他仍然遵守和小马丁的约定，牺牲了自己追求爱情的机会，向玛丽传递着小马丁寄来的信件，告知玛丽小马丁的近况。他的朋友约翰都称"他是太肯帮忙了"，"简直成了他的缺点"（197；ch. 12）。品奇个性谦和，品格高尚，处处礼让别人，自觉不如别人。良好的品性还使他拥有一颗感恩的心，尽管俾克史涅夫利用他，占有他的劳动成果，他仍将收自己为徒，给自己提供工作的俾克史涅夫视为"完美无瑕的人"（32；ch. 2）。不过，品奇也不是一味好欺负的，当他通过玛丽看清俾克史涅夫的真面目，就勇敢地与其决裂了。

第六章 马丁,回头是岸

马克·塔普利也是小说中的个人主义者,马克乐于助人的事迹不胜枚举。他毛遂自荐做小马丁的男仆,对小马丁不离不弃,帮他联系到恋人玛丽,并想方设法帮他凑齐回英国的旅费。其他的小事也数不胜数,比如他扣留欠酒店钱的泰格和史莱姆先生,在去美国的途中尽自己所能帮助老弱病残。比起品奇天生助人为乐的性格,马克助人为乐的事迹更能看出他身上的阳刚之气。在帮助别人的过程中,他也甘于自我牺牲,比如小马丁回英的旅费就是他在船上当厨子换来的。

马克总能找到快乐。他有一个异于常人的想法,照他自己的话来说,就是"越是在别人痛苦不堪的环境中,我就越能显出英雄本色"(74;ch.5)。马克在美国贯彻了自己的想法,他即使身处异常艰苦的伊甸谷,也能保持积极乐观的态度,在筹办和小马丁事业的工作中获得快乐。品奇和马克无疑是形塑共同体的积极力量。

《马丁·朱述尔维特》以浪子回头的情节贯穿始终,呈现了小马丁从利己主义者到个人主义者的转变,美国之行是小马丁从幼稚走向成熟的分水岭。小说中狄更斯描写小马丁在美国不愉快经历的篇幅,达到几百页之多,美国之行是狄更斯审视英国这个"最伟大民族"的一面镜子,转变前的小马丁就是19世纪英格兰的缩影。小说中小马丁的转变呼应了从美国到英国的回归,马丁的"浪子回头"也呼唤着英国这个民族国家内在的转变。在这部小说中,狄更斯延续了美德有益于社会经济良性发展这一观点。小马丁在转变前,身边围绕着一群利己主义者,自己也因沾染上自私自利的习气才让爷爷赶出家门,后又被曾经的师傅算计,被迫去了美国。对于这群利己主义者,狄更斯没有简单地通过扬善惩恶的结局施加道德谴责,而是展现了这些丧失信用的小人最终在经济和社会身份上的一败涂地。由此可见,基于美德的信任在形塑共同体过程中,起到至关重要的作用。

小马丁的美国之行开启了狄更斯用世界主义心态克服民族主义偏狭心理的起点,民族国家应该具有开放性和包容性,公民意识在社会从属性上不应只有家国情怀,还应具有世界性(cosmopolitan)关照,这样维多利亚人才能跳出自我的限制，形塑更为高远的共同体。但是，《马丁·朱述尔维特》并没有摆脱家族遗产继承的框架，小马丁在美国也没有创业成功，这说明中产阶级式的共同体情怀还需要继续挖掘，英国经济社会距离有序仍旧有很大距离。

第七章　小珀尔的肺结核美学

1848年3月,《董贝父子》（*Dombey and Son*, 1846—1848）问世。在这部小说中,狄更斯的共同体想象延续了在之前六部小说中的思路:批判功利主义。在《董贝父子》中,功利主义是以消费至上的形式呈现出来的,狄更斯通过19世纪欧洲的肺结核美学,对消费主义引发心智培育溃败这点,进行深入的刻画,主人公小珀尔因肺结核（consumption）的早夭、董贝的买卖婚姻,都同消费（consumption）形成了互文。

一　肺结核美学与《董贝父子》

肺结核对董贝家族这个共同体的毁灭性打击构成了《董贝父子》的中心议题。肺结核同消费（consumption）互为隐喻,勾勒出狄更斯批判消费主义的道德寓言。19世纪英国工业资本主义的"进步"被肺结核打断,其直接表现便是董贝父子商行的唯一继承人小珀尔的死亡。在19世纪欧洲的肺结核想象中,肺结核被认为最容易攻击那些珍贵的孩子,珀尔死于肺结核这一情节设计,也符合当时社会及医学话语对肺结核的论述。珀尔一死,不但宣告他自身未来的终结,也宣告董贝父子商行的终结。珀尔的死可以归因为资本主义的生活态度,肺结核也是社会疾病的隐喻对等物,可以说,狄更斯戏拟了19世纪欧洲的肺结核美学,由此在小珀尔身上注入了共同体批判——远离消费主义。

肺结核的病理在维多利亚时期仍是个谜团,该时期肺结核美学具备的女性化特质,与其说是医学上的,不如说是象征意义上的。在统计数据上，维多利亚时期肺结核侵害的男性和女性在数量上并没有明显差异，"那一时期的医生也没有把肺结核性别化"（Lawlor 91），但随着男性气概之于工业化民族国家形塑越发重要，19 世纪时英国公众开始把肺结核想象为女性专属的疾病，这一时期的文学和绘画中的肺结核病人也多为女性；在 18 世纪的英国，社会对男性肺结核患者确有过有一阵痴迷，认为他们是有创造力的天才的代名词，但到了维多利亚时期，处于工业化进程的大英帝国把职业道德、创业精神、和男性气概糅合到民族国家认同之中，"一个布尔乔亚新贵的妻子如果在家中充当着病患的角色，那无疑意味着一种富裕、有闲阶级的符号"（Byrne 35）。一个成功的中产阶级男性的标志是活力和工业精神，羸弱又无法工作的肺结核男病患不符合文明转型期英国的民族国家形塑，这点也呼应了本书第三章论及的《尼古拉斯·尼克尔贝》中思麦克死于肺痨的必然性。

> 痨病相越来越成为女性的理想外貌——而 19 世纪中后期的大男子们却变得体态肥胖，他们建立了工业帝国，发动战争掠夺各大洲，在整个维多利亚时期，肺结核都保留了罗曼蒂克的特质，它被作为一种优越品行和适宜的柔弱的标志，为雅致、敏感、忧伤、弱不禁风这些女性化的文化符号提供了隐喻性的对等物。（桑塔格 42）

在 19 世纪早期的英国，肺结核被认为是不治之症，但到了 1840 年左右，包括查理·思古达摩尔在内的著名医生又提出了攻破肺结核的构想，该时期的法国和英国都掀起了"肺结核之役"。① 在 19 世纪末

---

① 19 世纪末日趋增多的相关医学出版物及政府对肺结核的兴趣同当时法国社会的动荡局面有关，除去"法兰西第三共和国受到的左翼和右翼政客的夹击"、"广泛的阶级暴力"及"工人罢工"这三方面因素之外，最严重的问题是肺结核导致的呈下降趋势的人口出生率对国家未来的生存和希望造成了威胁，因此对肺结核的猛烈攻击也就成为直击社会问题的象征符号。See Barnes 252。

第七章 小珀尔的肺结核美学

英国掀起的"肺结核之战"中,肺结核变成一个有价值的身体政治符号,构建出疾病所暗指的,可能导致英格兰民族走向衰退的关键性因素。在这场战役中,文学和医学话语的互相渗透强化了该时期肺结核美学的女性化特征。1840 年到 1850 年期间盛行的社会问题小说,引起了公众对阶级分化和贫困导致的社会后果的广泛关注。这些小说在处理工业社会问题时多采取写实主义手法,它们也触及被疾病侵蚀的人群。肺结核在小说创作中扮演着独特的角色,因为肺结核是一种损害个体的疾病,它并不广泛侵蚀大众,因此肺结核就成为社会问题小说的绝佳表现形式,它允许故事情节在个体和社会之间充分互动。当时流行的《玛丽·巴顿》《北方与南方》《简·爱》《雾都孤儿》和《董贝父子》这些现实主义小说中,频繁地塑造肺结核病人,使肺结核作为社会问题的缩影进入公众视野。

文学和医学的互相激励进一步建构了 19 世纪英国的肺结核美学想象。在当时的很多医学文本中,肺结核充当能指作用,文学作品中肺结核病患通常是虔诚的、天使般的、高雅的,这种固有形象也被一些医生作为对病人的"事实描述",参与到诊断过程中:"和蔼可亲是肺结核病人的性格特点,他们在人性上绝非粗鄙下流,"(Balbirne 9)"肺结核侵蚀着那些极具天赋的、漂亮的、心智早熟的人群。"(Allinson 1)

医学著作中的这些对肺结核患者的描述与《董贝父子》的小珀尔形成微妙互文,珀尔生得极其漂亮,"不过他有时候又一副奇怪的、老派的且若有所思似的样子,坐在他的小扶手椅子里忧思默想,这种时候他看起来(说起话来)的样子,就像是童话故事里的一种可怕的小妖精,活到一百五十岁或两百岁的时候,就匪夷所思地把小孩子吃掉,自己变成他们的模样"(Dickens, *Dombey and Son* 66;ch. 8)。由于缺乏对肺结核病理的准确把握,当时的医学界对肺结核的思考很大程度上是基于推论和假想的,因此很多当时写就的医学文本,其本质也具有与文学作品相似的虚构性。

阅读《董贝父子》的读者中有大量医生,由于职业所需,以及这个专业阶层的文化传统,"医生、教师和政府部门职员在维多利亚时期占据了读者群的很大份额。医生的休闲时间增多了，但福音主义对休闲形式苛刻的界定又限制了他们的娱乐活动，因此阅读成了他们的一大消遣"（Altick,"Varieties of Readers' Response"84—85）。小说不单单是医生们茶余饭后的娱乐，还提供了让他们重新审视自己职业的机会。维多利亚时期末期的医生和演讲家诺曼·摩尔就出版过讨论文学和医学关系的著作，摩尔认为一个优秀的医生应该具有广泛的知识，因为从医是一项"影响深远、兼容并蓄的艺术"（N. Moore 23），摩尔对文艺复兴时期全能人（Versatile Man）的推崇也得到很多同行的响应，"很多医生认为对语法、修辞、逻辑和哲学的掌握，可以让他们把病人作为完整的人来对待"（Bartlett 2）。

摩尔还认为，文学不仅可以培育全能人和富有同情心的医生，还对医生具有教育意义，文学对疾病的阐释触及医学无法抵达的地域。在评论笛福1722年的《瘟疫年纪事》时，摩尔提到，这是一部充满"想象力之作……但正如作家菲尔丁的评论，这部非历史性的瘟疫'史'中的想象力具有比历史更加绝对的真理，在英国几乎每个小孩都听说过伦敦大瘟疫，这就是优秀文学的力量所在"（N. Moore 12—13）。另一方面，"英国文学具有书写医学的伟大传统"（Rolleston 5），现实主义小说中的医生角色也赋予了读者群中医生们的微妙体验。当然，对于文学施加于医学的影响，也有一些医生表达出担忧。当时著名的医生阿尔弗雷德·赫里尔（Alfred Hillier）出版过一系列具有社会影响的结核病研究论著，赫里尔承认艺术作品和艺术直觉在医学中的影响力，但他也认为"虚构文学中对肺结核病人类型化的刻画可能让医生误入歧途"（Hillier 80）。

19世纪英国小说中对肺结核病人的类型化表征——天真无邪的儿童、美丽而具灵气的年轻女性、为情所困的诗人、一贫如洗却才华横溢的艺术家——不再仅仅是文学化的修辞格，而可能是对疾病本身最为贴切的表征。肺结核所指涉的社会问题也同肺结核美学想象紧密联系在一起，这点在董贝父子身上得到充分体现。

在《董贝父子》的第二章，狄更斯就开始了对肺结核的描述。董

第七章 小珀尔的肺结核美学

贝作为资本主义父权的缩影，终于迎来了盼望已久的公司继承人——珀尔。珀尔母亲难产死去，这给董贝出了一个大难题，为了让珀尔活下来，他必须替儿子找一个奶妈。来自工人阶级的涂德尔大妈健壮的身材，膝下绕子的家庭共同体情况被政治化了，在被董贝家族面试的时候，涂德尔大妈的身体状况和她是否携带可能的传染病毒这两点，都被仔细审查，因为这两个因素影响着珀尔的性命和他代表的家族资本主义的未来。对于涂德尔大妈可能还在潜伏期的传染病毒，老董贝都小心提防着。

老董贝的这种态度和19世纪英国对肺结核具有遗传性还是传染性的争议有关。从亚里士多德的几个世纪以来，生理学家们普遍相信肺结核是传染性的，但自1800年开始，医学界和公众领域开始逐步接受肺结核的遗传理论，虽然很多欧洲国家仍然认为肺结核是传染性的，但这种观点在当时的英国和美国接受度却并不高，"1889年英国颁布的《传染性疾病通告法案》（the Infectious Disease Notification Act）强制性规定，如果传染性疾病被确诊，则必须告知社会，而肺结核并未出现在该法案中，这反映出当时英国公众对肺结核是否传染的模糊态度"（Bowditch 4）。

公众领域对肺结核传染理论的不接受具有多方面的社会政治动因，比如，如果将肺结核认定为传染性疾病，那么政府则需对病人进行多年的强制性隔离，这意味着政府对私人生活的压迫性干预势必导致很多家庭的破裂；对于工人阶级来说，一旦感染肺结核，病人无法再劳动，这无形中增加了巨大的经济负担；"而上流社会的有钱人一旦染上肺结核，就意味着他们必须脱离本来可以让病情缓解的其他资源：比如集中性的护理、奢侈的生活水平以及亲朋好友的情感支持等等。"（Byrne 22）

医学界坚持将肺结核建构为遗传性疾病的原因则更为复杂。19世纪末，医学领域开始了新一轮对肺结核传染性的思考。1882年之后，生理学家逐渐接受了肺结核起因于一种可传播的杆菌的观点，但是这个理论反而进一步昭示了有关肺结核遗传性争论的微生物理论（germ theory）；整个 19 世纪，医学界受困于这样的谜团：肺结核病人通过呼吸和交谈可以让肺痨散布于空气之中，但为什么肺结核只会降临到特定的个体身上呢？这个无解的问题又将肺结核话语带回了政治的轨道上。那些感染上肺结核的个体是由于神秘的原因被选中的，身体状况和个人行为也被认为是和染病息息相关的因素。

19 世纪小说创作传统把肺结核描绘成非传染性的疾病，这是因为肺结核之于小说的意义在于，疾病是与个体的秉性、行为和生活方式相联系的，正因为如此肺结核才可以充当一个能指的作用。"不正当的性行为、营养不良、时髦的夜生活都可能是致病因素。"（H. Wood 64）在当时大量的医学文本中，肺结核病人被描绘成在身体和道德上都需要治疗的问题人物，"他们自我放纵、为人虚伪、追逐情乐、顽冥不化"（Bennet 526）。

二 董贝父子的肺结核隐喻

《董贝父子》戏剧化呈现了上述对肺结核的政治化解读，具有讽刺意味的是，老董贝在为儿子挑选奶妈时，对涂德尔大妈是否有传染性疾病非常提防，但他的儿子却因为自己病态的教育而染病早夭，让他绝了后。董贝家族对奶妈的防备可以引申为资产阶级对工人阶级的排斥和恐慌，而《董贝父子》中的疾病隐喻指涉的都是布尔乔亚而非劳工阶层。尽管涂德尔一家的生存状况不堪入目，但这一家人的健康暗示了田园牧歌式的工人阶级家庭共同体。涂德尔大妈红润的像苹果一样的脸蛋象征了工人阶级像种子一样的繁殖能力，而这正符合资产阶级对群众的妖魔化想象。

珀尔的奶妈被老董贝硬生生赶走后，珀尔的身体每况愈下，最后死于肺结核，这之后董贝家族门丁冷落的局面导致老董贝走入第二次婚姻交易——与伊迪斯的结合无疑也是一场闹剧，而涂德尔大妈则又生了好几个孩子。整部小说似乎都在说明一个问题：健康和生育力始终将资产阶级拒之门外，而这两点恰恰是导致经济成功的基础。按照马克思的观点，资本主义进步的前提是有子嗣，劳动力的所有者终会

第七章 小珀尔的肺结核美学

死去。如果那时候他在市场的出现方式是持续的，资本也需要连续的货币兑换，那么劳力出售者必须让自己不朽，"以这样一种方式，每一个活着的个体都必须通过生育让自己不朽，由衣物、泪水和死亡导致的劳动力的撤销都必须持续地——至少——被同等量鲜活的劳动力取代……也就是儿童"（Freedman 46）。涂德尔大妈与董贝的对话也凸显了对于工人阶级家庭而言，养育五个孩子是何等的耗竭：

"我想，你有个儿子吧？"董贝先生说。
"四个呢。先生。四个小子，一个姑娘。都活着呢！"
"唷！养活这么一大堆儿女，真是要命啊！"董贝先生说。
"我只有一件事更受不了，先生。"
"什么呢？"
"养不活他们，先生。"（13；ch. 2）

涂德尔大妈对孩子的关爱和董贝的冷漠形成对比，但如果从生养孩子的经济学入手分析，就可以发现这段对话的资本语境，涂德尔夫妇"养不活"他们的孩子——潜在的劳动力、生育力以及资本的象征。马克思所言的让自己"不朽"并不仅仅局限在工人阶级，同样也适用于资产阶级，比如董贝和他的董贝父子商行。罹患肺结核之后，珀尔身体日渐衰败这点提早预示了董贝父子商行的结局。由于"上帝创造地球，为的是让董贝父子商行在地球上做生意"（2；ch. 1），珀尔的肺结核也可以引申为疾病对资本主义的"消耗"（consumption）。

肺结核的"消耗"主要体现在工业文明最为重视的时间和速度上面。钟表和计时从小说第一章就成为叙事的主旋律。小说中唯一被狄更斯仔细描述的贸易活动，只有老索罗门·吉尔思的航海计时器。在小珀尔降生的一幕，董贝和医生的手表计算着小珀尔母亲距离死亡的时间，手表对珀尔母亲的生命具有强大的操控力，而这位女性唯一可以做出的挣脱，便是用死亡的方式让自己逃离机械时间。在勃林茂博士的书院大厅里，座钟机械地的摆动迎合了小珀尔内心的痛苦："他稚嫩的心隐隐作痛、一片空虚，而外面的一切都非常阴冷、荒凉和陌生，他就在那儿坐着，似乎已把人生看成是个没有家具的空房间，而且再也不会有什么家具商跑来装点它了。"（107；ch. 6）

时钟是现代工业文明的使者，"在1840年到1850年间的英国社会，人们的日常生活非常依赖手表，英格兰也在调试自身去适应铁路和铁路时间表"（Auerbach 100）。董贝希望他的儿子可以赶超时间，早日子承父业，小珀尔的早夭却是对父亲愿望的反讽。小珀尔死于肺结核，这种慢性损耗性疾病抵制了机械时间，精神的早熟预示着他已经远离了正常儿童的童年时间界限，身体上他却还是个孩子的身体，而且永远也不会成熟。

小珀尔从小就沉溺于财富中，老董贝给他提供奶妈，用小马车载他到海滩，以便他不必步行到学费昂贵的勃林茂学校。珀尔在这所贵族学校里享受一流的伙食和住宿，尽管如此，这里拔苗助长、悖逆自然的教育方式成了毁掉小珀尔的最后一根稻草。小珀尔的肺结核不是由于自身身体缺陷引起的，更不是由于涂德尔奶妈照顾不周，而是由于他太富有了。到了维多利亚时期末期，很多医学文献也出现一种假说，认为肺结核并非女性患者的疾病，一些医生把素食与肺结核治疗联系在了一起。吃肉的饮食习惯是肺结核的致病因素这一假说，构建了达尔文主义生物链想象，男性肺结核患者的增加让整个民族国家共同体的生育能力和活力下降，"导致民族竞争力的逐步丧失，因此很多医生也不提倡男性肺结核患者结婚生子，因为一个健全的家庭是一个健康民族的象征，如果家庭结构不健康，那么也喻示了民族性的断裂"（Searle 9）。

董贝父子是上述肺结核想象的隐喻化呈现。董贝造就了珀尔这个怪异的形象。不论在生意上，还是在处理和他继承人的关系上，董贝都缺乏保持适度边界的能力。狄更斯对董贝的刻画体现出维多利亚时期文化构建的一种把"自我从原始的自恋和无边际的自爱中抽离的愿望，而一旦这种愿望达成后，随之而来的便是怪异的死亡预言"（Freud et al. 630）。小珀尔是倒置了年龄的老董贝，"对小珀尔的突出描绘反映出老董贝身上体现出的怪异的成年人形象，在此前提下，童年变成危险的文化符号"（Andrews 128）。如果用弗洛伊德（Sigmund Freud，1856—1939）的理论来解释，那就是"怪异"（uncanniness）。"当婴儿时期的各种被压制的需求和情结在某一时刻复苏的时候，或者那些一度被战胜的原始信念再次得到确信的时候，怪异的体验便随之而来。"（Freud et al. 639）

> 董贝这对父子组合，不论是父亲和儿子，都处在自我怀疑的状态，这对父子组合一直在自我的多个层次不断流动，到最后就是相同事物的持续重现——在连续的几代人中对相同的性格特征或者性格变化的重复，对相同的罪行的重复，甚至对相同的名字的重复。（McCaffrey 373）

《董贝父子》中的这段描述形象地呈现了这对怪异的父子组合：

> 珀尔就这样逐渐长大到将近五周岁。这小家伙长得可漂亮了，只是他那张小脸有些苍白，带着一种愁闷的神色，引得魏根大娘意味深长地摇了好多次头，长长地倒抽了好多次气。他的脾气在日后很可能表现出骄横；他肯定会认识到自己的重要性，认为一切事、一切人都理当臣服于他。他有时很孩子气，爱动爱闹，并不是郁郁寡欢的性情。不过他有时候又一副奇怪的、老派的且若有所思似的样子，坐在他的小扶手椅子里忧思默想，这种时候他看起来（说起话来）的样子，就像是童话故事里的一种可怕的小妖精，活到一百五十岁或两百岁的时候，就匪夷所思地把小孩吃掉，自己变成他们的模样。小珀尔坐在他那张小小的扶手椅里沉思的时候，神情语气活像这种可怕的小精灵。他在楼上儿童室里，常会一下子陷入这种早熟的情绪中；有时突然就这样了，嚷嚷说他累了；哪怕这时他正和弗洛伦斯玩耍，或者把托克丝小姐当马赶呢。尤其晚饭后，他的小椅子挪去楼下他爸爸的屋里，父子俩

一起坐在炉火旁的时候，他铁定会堕入这种早熟的情绪之中。彼时，这对父子是炉火曾光照过的最奇怪的一对儿。董贝先生坐得笔挺，一脸严肃，凝视着炉火。和他一个模子里出来的小人儿，一脸满是岁月感的神态，如圣人一般定睛凝视着这红色的景象。董贝先生盘算着错综复杂的俗务，而他儿子头脑里天知道怀揣着什么天马行空的幻想，没有成型的想法和飘忽不定的推断。董贝先生刻板傲慢，木然不动。他那儿子由于遗传和无意识的模仿，也是木然不动。两人是如此相似，却又这般截然不同。(66-67; ch. 8)

肺结核和消费（consumption）在《董贝父子》中互为隐喻对等物，老董贝畸形的教育直接导致小珀尔的死亡，小珀尔的肺结核也反衬出小说中成人消费主义价值观引发的心理疾病。《董贝父子》中由消费引发的心智培育的缺失还体现在董贝与伊迪斯的婚姻之中。

三 伊迪斯的肺结核隐喻

消费主义和利己主义是董贝与伊迪斯婚姻所罹患的道德疾病，董贝成了奢侈放纵的例证，在这场婚姻中男性气质尽失。奢侈是对男性气质的威胁，因为放纵的生活方式不仅不利于男性的力量和权力，还会损害战士般的品格。再婚之前，董贝过着相对简朴的生活，第一任妻子去世后，他的大部分房子都关闭了，而他就像牢房里一个孤独的囚犯，住在三个冰凉，缺少装饰但却充满男子气概的房间。这时的他浑身散发着男子气概，从托克斯小姐对他十分热情的第一反应中，可以看出他风度和尊严的魅力。在"买下"伊迪斯后，董贝沉溺于奢华，他的宅邸几乎被重建为财富和陈列品的圣殿，所有贵重物品应有尽有。

伊迪斯同样也和奢华服饰联系在一起——花环、羽毛、珠宝、花边、丝绸和缎子——在她身上纷纷展示出来，这些既是她丈夫巨大财富的象征，也是她自己愿意被丈夫"买下"的象征。沉溺于富裕生活

第七章 小珀尔的肺结核美学

的董贝走向萎靡，无法抵御背叛他的助手卡克强势的男子气概。在小说结尾他已经完全丧失了雄性特质，他的理智、判断力和商业意识都受到损害，依靠女儿弗洛伦斯的救济艰难度日。直到失去所有财产，他才开始恢复身心健康，享受平静而虚弱的晚年，他不再被董贝父子商行的雄心壮志纠缠，他唯一的骄傲就是女儿和羊群。

董贝和伊迪斯的婚姻自始至终都和消费画上了等号。董贝希望买个年轻漂亮的妻子，为自己生下商行的继承人，这个打算也成了小说中其他一些人实施消费主义的媒介，比如介绍董贝和伊迪斯相识的白士度少校和迷恋董贝的托克斯小姐。董贝邂逅了美丽的伊迪斯，对其痴迷不已，跟白士度少校打听了很多她的身世，在对她进行拜访后，最终决定，这是一位适合自己的妇人，可以下手。董贝迎娶伊迪斯的这桩婚姻中，财富扮演了重大的角色。伊迪斯觉得在许多桩征婚意向中，只有这桩是"公平交易"的婚姻，所以便同意嫁给董贝。伊迪斯之所以对婚姻抱着交易的看法，是由于她的母亲斯丘顿夫人。斯丘顿夫人早些年为了能进入一个显赫的家庭，不惜将女儿伊迪斯嫁给一个她根本不爱的人。后来那位军官死了，斯丘顿夫人为了不让自己的晚年生活太凄惨，不停为女儿物色各种各样的男人，这些男人不是富甲一方，就是身世显赫，不过女儿冷漠的态度将很多追求者拒之门外，斯丘顿夫人为此也十分气愤。在白士度的牵线搭桥下，斯丘顿夫人成功地将女儿"卖"给了董贝，她着实高兴，这并不是因为女儿找到了夫家，而是因为自己晚年生活有了着落。在举办婚礼前，董贝为伊迪斯准备了一天时间，让她去完成那些与各种商业巨子的"约定"，不过这些约定只是斯丘顿夫人的虚荣所致——让自己更有面子，必须让别人知道她把女儿卖了一个"好价钱"。斯丘顿夫人在她生命的最后阶段，抓紧所有时间，抓住一切机会去花董贝的钱。

董贝除了看中伊迪斯的美丽，更多地则是因为伊迪斯能满足董贝的虚荣心：伊迪斯出身不差，人也漂亮，带她出去脸上有光。伊迪斯对董贝其人，从婚姻的最开始就没什么好感，而且董贝过多地干涉伊迪斯想要的生活，逼她去和各路名流会面。董贝总是把伊迪斯当作一件用来展示的器具，每次都对她十分傲慢。

后来，董贝为了使伊迪斯感受到来自他的羞辱，坚决让秘书卡克在他们两个中间传话，由于董贝拒绝与伊迪斯直接对话，两人的关系越来越僵，卡克因此有了可乘之机。卡克把董贝当成自己的垫脚石，而伊迪斯利用卡克狠狠羞辱了董贝一番。在小说的前半部分，董贝父子商行里的卡克表现得像个正派人物——做事井井有条，思路清楚，记忆力好。虽然喜欢冲人露出他那瘆人的大白牙，但行为举止还算得体谦恭，商行的良好运转有他的一份功劳。但卡克的背叛，其实早能看出端倪，他不让董贝先生接触到某些特定的信件，告诉听差珀奇直接交给他就行，有一次珀奇粗心，把所有的信件都交给董贝先生，卡克用他能说会道的嘴将那几份不该出现在董贝先生桌上的信件哄了回来，然后将珀奇好好教训了一顿，顺带向他展示了他引以为傲的大白牙。

卡克对伊迪斯的美貌喜爱不已，只将她当成一件艺术品。卡克原本的篡位计划因为伊迪斯的出现稍作了一些改动，他本打算将商行的财富从他高傲但没什么戒心的主子身边夺走，现在他打算同时让董贝失去商行和伊迪斯。卡克挪用了董贝对他的信任，他没有将信任转化为美德，而是不断通过董贝打压伊迪斯的傲气，让伊迪斯觉得自己的地位是低于卡克的。这样卡克才能让这样一个高傲的女人听从自己，臣服于自己。事实上，卡克的计划还是比较成功的，伊迪斯确实感受到一种不对等的地位，而且她没法改变。她也害怕卡克，不知道他这样的恶人会做出些什么出格的事来。董贝与伊迪斯关系恶化的消息给卡克带来了好处，董贝变得更相信他，与他讨论更多商行的机要。信任在董贝父子商行这个微型社群，已经发生了异化。以董贝落马受伤为契机，卡克终于接手了商行的所有业务，他对伊迪斯的行为也越来越过分，已经有了身体接触。卡克用巧妙的手段和语言，将伊迪斯的骄傲和愤恨压制住，并取得了与她谈话的特权，他使她进一步地厌恶董贝，使自己对她的非分之想成为可能。

伊迪斯的性吸引力是狄更斯对19世纪肺结核美学的戏剧化呈现。该时期的肺结核美学认为，肺结核不但引发对柔弱之物的怜爱，还塑

第七章 小珀尔的肺结核美学

造性别上的吸引力。这种描述在19世纪的医学文献中也有表达："肺结核以侵犯年轻生命为特征，并可产生身体外观上的变化，这些变化指的是皮肤特殊的纹理变化，心智的早熟，明亮的眼神，优雅而羸弱的身形等等，所有这些特征构成年轻人群中最具吸引力的一种外表。"（Sealy 2）肺结核带来的"身体外观上的变化"在整个维多利亚时期也成为确诊肺结核的首要方法。1884年莫霍姆德医生在几家医院随机抽取了一些肺结核病人的照片，以便找到肺结核病人典型的体貌特征，这项研究的结果并不全尽如人意，但可以从中找到肺结核病人类型化的特征："阴郁、冷漠、让人生畏的性格，美丽、精致、优雅又红润的面色。"（Dale 15）肺结核好像是天然的化妆品，把病人的面部修饰地更加精致，苍白的面色、红润的香腮和明亮的双眸一度成为18、19世纪的流行风尚，这种风尚不仅仅指外表，甚至成为一整套约束女性身心和社会角色的生活方式。丽人苍白的脸色和潮红的香腮，失血的嘴唇和唇角的血迹，让柔弱与艳丽一并释放，从而显示出生命的张力。

肺结核还被认为是与欲望相关的疾病，它让人情绪高涨，胃口大增，性欲旺盛，从而具有超凡的诱惑力。肺结核带来的死亡被认为是从容的死法，可以彰显生命的崇高，让人肃然起敬。面色苍白、身形消瘦被看作贵族气质而流行，代表上流社会的文化资本和精致趣味。"18世纪欧洲的医学话语认为肺结核是女性化的疾病，"（Lawlor 56）维多利亚时期的医学界进一步认为"肺结核和月经以及月经失调有关，肺部出血不但在当时可以确诊肺结核，女性的生理周期出血也被认为和肺结核有关"（Alabone 26）。前拉斐尔派画家罗赛蒂（Dante Gabriel Rossetti）和狄更斯等小说家也给肺结核赋予了女性化的美学特质，艺术家笔下的肺结核女病患面色苍白而潮红，疲惫与艳丽一起释放出生命的张力，"受累于肺结核的女性被想象成无害的、卑躬屈膝的、容易控制的家中天使"（East 30）。

浪漫主义运动也对肺结核美学的流行起到推波助澜的作用，包括济慈（John Keats，1795—1821）、雪莱（Percy Bysshe Shelley，1792—1822）、席勒（Egon Schiele，1890—1918）在内的才华横溢的文人都是肺结核的感染者,"他们的命运把肺结核同青春、天赋和悲剧联系起来,赋予了美丽与死亡并存的美学特质"(Praz 31)。浪漫主义诗人希望在肺结核带来的恐怖和忧郁中寻找美,雪莱的《西风颂》和济慈的《夜莺颂》都是这方面的体现。同时,浪漫主义诗人也希望能够挣脱肉身的束缚,获得精神的自由,肺结核被诗人当作实现这一理想的途径:真正的艺术家身体羸弱但精神强大,健康的身体反倒被认为是世俗的、乏味的,甚至是粗俗不堪的。就拜伦来说,自己年纪轻轻就大腹便便,这不但在自己的审美观上说不过去,也不利于他成为诗人,他向往着凶险疾病带来的柔弱外表,他甚至和友人透露,他"想要感染肺结核,因为那样的话女人们就会说'看那可怜的拜伦,他的死法多么有趣'",为此拜伦也做到身体力行,他对自己饮食、运动和洗浴都严格限制,只为和同时代身患肺结核的济慈和雪莱齐头并进(T. Moore 1: 195)。

拜伦对肺结核美学的迷恋预示了更大范围的以罗曼蒂克式情感爆发为特征的肺结核隐喻变体。"为了能让自己看起来像肺结核病人一样拥有超然之美,19世纪的上流社会淑女穿紧绷的蕾丝塑身衣,为了保持苗条的身材而不惜喝醋"(Byrne 94)。"对肺结核美学的追求不但改变了19世纪英国中上阶层女性的生活方式,还为该时期文学和艺术把女性塑造出病态美提供了契机。"(Dijkstra 25)对病态女性美的追捧,究其社会经济动因,在于资产阶级需要通过供养一位有条件享受休闲,又无生育能力的妻子,来展示男性在财务上的成功,从而体现父权的价值和权力。中产阶级家庭妻子的一项职责便是通过美德守护丈夫的灵魂,用她们的纯洁、隐忍和牺牲精神让自己的夫君在追逐财富和权力的洪流中,免于道德堕落。在这方面,患有肺结核的妻子比一般妻子更加符合理想女性的标签,因为她们在与疾病缠斗的过程中培养出的对病痛的忍耐力,验证了她们灵魂的强大力量。肺结核美学由此表现了受难的、圣徒般的女性气质。

然而在对肺结核隐喻化的过程中,浮现出一个悖论:很多作家在接受了医学界"病人生性本恶"观点的同时,却在他们的作品中强化了对肺结核病人固有的理想化表征：他们是圣洁的受害者。救赎的情节也经常出现在小说中。不论对肺结核病人抱有圣徒般的想象还是罪人的想象，它们都印证了医学领域认为的肺结核病人的危害性：肺结核病人与19世纪资产阶级的社会理想背道而驰，这些理想包括职业道德和对家庭共同体的重视。"声色犬马、纵情行乐的生活方式与维多利亚时期受人尊敬、自我克制的家庭传统背道而驰，而后者恰好被认为是获取身心健康的港湾，因此在很多医生看来，肺结核是对这些病患应有的惩罚。"（Alabone 138）扬善惩恶的情节安排让肺结核美学中救赎想象一环在《董贝父子》中得到充分诠释。小珀尔的死引发出的父亲的顿悟，弗洛伦斯对父亲董贝的感化，都是救赎的体现。

F. R. 里维斯（F. R. Leavis, 1895—1978）认为，《董贝父子》标志着狄更斯写作生涯中一个标志性时刻，在这部小说中，狄更斯提出一个远虑的构思，《董贝父子》是狄更斯第一部维多利亚式的小说，这部精巧编排的小说勾起许多人对童年的回忆（Leavis 177）。另一位著名评论家阿迪克（Richard D. Altick）也认为，《董贝父子》是狄更斯"第一部从开头到结局都细致酝酿的小说"（Altick, "Varieties of Readers' Response" 70）。小珀尔早夭蕴含的对消费主义和功利主义的深度批评，拓展了狄更斯共同体想象的历史大幕和艺术技巧，这点有目共睹。

第八章 "坚硬"与"坚定":评《大卫·科波菲尔》

带有自传性质的《大卫·科波菲尔》(*David Copperfield*, 1849—1850)是狄更斯的宠儿,在他创作生命中占据重要位置,因此这部小说的共同体内涵也值得深入挖掘。在这部小说中,狄更斯没有设置出人意料的家庭联结,没有事后被解释为密谋的,无法明示的情节,也没有神秘的资助人,甚至连假名都没有——这些元素本都是狄更斯小说的常客。"《大卫·科波菲尔》并不依赖于无法触及的背景故事,它依赖于可分享的理解力,隐性的直觉,而非任何理性知识。"(Rosenthal 79)和狄更斯的多数小说一样,《大卫·科波菲尔》也有善与恶两大人物阵营,但比如说这部小说中乌利亚·希普的坏,几乎是个公开的秘密,狄更斯虽没有在小说中明示他的恶行,作为读者还是可以明显地体察到这一点。在作家和读者间不言自明的共识,恰恰说明狄更斯建构着一个共享的,文本意义上的共同体,他相信人和人之间存在着主体间性。

学术界关注到《大卫·科波菲尔》中扬善惩恶的结局与人物经济活动成败之间的关联。大卫的家庭和朋友圈都是经济独立的个体,从而形成了道德经济学,"尤其是米考伯,他在交换系统里'特殊的可信赖性'依靠的是信任和共同义务,而小说中的反面人物希普和斯蒂福斯则暴露出自利的经济行为,没有实践道德经济学"(Ballinger 167)。希普不喜欢交换,也不提供互惠,是个为达目的不择手段的人物。斯蒂福斯是个富有的少爷,他虽经济独立,但用钱做工具,把艾米莉当作物,用金钱交换欲望,得到艾米莉后就将她抛弃。布泽德也提出,《大卫·科波菲尔》中"封建主义凝聚在领主和家臣物质上的关系并没有完全消除,大卫对斯蒂福斯的崇拜就暗示了这点,但爱格尼斯因对大卫的爱而产生的亲密依恋和两人对彼此的成就,重写了个体间的和谐表征"(Buzard,"*David Copperfield*" 141)。

上述观点将《大卫·科波菲尔》的共同体想象带回到信任的问题。信任本身并不具道德性质,信任是美德的副产品。《大卫·科波菲尔》中的善恶两个人物阵营,其区别也在于有信于人和失信于人,从表层分析,前一阵营是心智健全的成人,后一阵营则因心智不健全而显得幼稚;究其深层原因,在于前一阵营是个人主义的践行者,后一阵营是利己主义的拥护者。在这部小说中,狄更斯探讨了利己主义的特征——各种形式的"坚硬",而那些个人主义者拥有的信念,却是"坚定"。那么,"坚定"与"坚硬"的区别在哪里呢?这还要从故事中的两位铁娘子说起。

一　两位铁娘子

《大卫·科波菲尔》中两个秉性迥异的强悍女性,诠释了"坚硬"与"坚定"的不同内涵。她们是主人公大卫的姨妈贝特西和大卫继父谋得斯通的姐姐谋得斯通小姐。大卫的姨妈贝特西无论在性格上,还是行为习惯上,都有些执拗。姨妈来看望临产的大卫母亲时,从门外张望屋内,鼻子贴到了玻璃上,吓坏了大卫的母亲克莱拉。克莱拉生产时,姨妈把棉花塞进耳朵,想挡住产妇因分娩剧痛发出的哭号;等待新生儿出生的过程,为了发泄焦躁,姨妈一直欺负可怜的汉姆。而得知自己想要女孩的期望落空后,姨妈十分不快,"掉头就走"(Dickens, *David Copperfield* 18; ch. 1)。贝特西姨妈外表严峻凛然,她不允许"驴子侵犯她神圣的草地"(171; ch. 13),只要一有驴子出现,她就会用各种方法赶走它们。为了赶走驴子,她甚至和小孩子较劲,经常因为驴子的问题自寻烦恼。贝特西姨妈还编造出一个虚构的,大卫的姐姐，常提到她；她不喜欢给大卫接生时出现的那些人，就使劲儿"诋毁"他们（173；ch.13），她害怕住的旅馆着大火，"认为在伦敦她看到的每个人都是扒手"（298；ch.23），她还害怕衣衫褴褛的乞丐。姨妈性格直爽火辣，乌利亚·希普恭维的样子让她"忍无可忍"（437；ch.35），就直接发了顿脾气；大卫的房东克拉普太太不够称职，姨妈干脆"把她解雇了"（454；ch.37）。

但姨妈的内心磊落正派，她当众拆穿谋得斯通姐弟的虚伪，教给大卫很多道理，给大卫交学费供他读书，引导他走上人生正轨。虽然一段失败的婚姻使她不快乐，但随着时间的推移，晚年的她也活得越来越从容自在。和谋得斯通小姐的坚硬和古怪相比，姨妈的古怪和硬朗倒更像是对工业文明的戏谑抵抗。大卫回忆起姨妈时这样说道：

> 她头发已经花白，简单地对半分开……她衣服淡紫色，非常整洁，但做工简朴，好像是她因为要轻便，少受拘束而特意和裁缝提出的要求。我记得，当时我认为她的衣服式样十分像骑马服，不过是把多余的下摆给剪掉了。她腰上挂了一只男式金表（我是根据它的大小和式样看出来的），还带有跟它相配的链子和坠子。脖子上围着一条颇像衬衫领口的领子，手腕上还有衬衫袖口似的东西。（170；ch.8）

与姨妈贝特西的铮铮女儿风范相比，谋得斯通小姐的钢铁气质透出的古怪，则是机械现代性的翻版：

> 这就是谋得斯通小姐，一个脸色阴郁的女人，像他弟弟一样，肤色黝黑，声音和面貌也非常像他。两道浓眉毛和大鼻子上面的部分几乎连在一起，好像是由于生错了性别，才没能让她长胡子，因而以此来补偿似的。她随身带来两只牢固、硬邦邦的黑箱子，箱盖子上用坚硬的铜钉钉着她姓名的头字母缩写。在付车费的时候，她从一只坚硬的、铜做的钱包里掏出钱，之后就把钱包放回

第八章 "坚硬"与"坚定":评《大卫·科波菲尔》

到一只像牢房一样的手提包里,提包则用一条粗链子挂在胳膊上,关上时像猛兽咬一口似的咔嚓作响。当时,我从没见过像谋得斯通小姐这样宛若钢铁一般的女人。(47;ch. 4)

在姨妈贝特西和谋得斯通小姐身上,狄更斯戏仿了把古怪(eccentricity)作为英国性(Englishness)的话语机制。古怪作为英国性一个面向,起源于18、19世纪民族主义的崛起,民众被引导去相信英国人以古怪、无害的残忍为傲,比如中午艳阳当空时,当别人理智地选择留在室内时,英国人却要顶着大太阳出门;在19世纪,古怪一词的意识形态和道德内涵也比今天丰富得多。对于"eccentricity"一词的最早使用记录在《牛津英语词典》,其中的意思是:该词语用于天文学领域,指涉偏离行星轨道,或者在天球中缺乏向心力;有时候,"eccentric"也可用于形象化的描述,它可以指那些古怪的人类行为,"古怪发挥着双重功能,从英国社会内部来看,它是一面具有奇异特点的面具,它揭露伪善,进而也构成了作为道德社会基石的庄重和真诚"(Saville 787)。

贝特西姨妈硬朗又执拗的古怪,是她身上道德观和由此激发的共同价值观的点缀。谋得斯通小姐这个古怪的铁女人背后,则是充满着钢铁气息的、异化了的现代都市。透过朦朦胧胧的烟雾,面无表情或急急忙忙的人群,狄更斯继续带领读者凝视伦敦的阴暗面——一个与上流社会构成鲜明对比的奇幻所在:肮脏、逼仄、黑暗、冰冷,机器的运作声响震耳欲聋,奔驰不休的铁路无情向前疾驰。

货行的房子十分破败,有个自用的小码头,紧靠着码头的地方,涨潮时是一片水,退潮时又是一片泥。这座房子可真是老鼠横行的地方,那些镶有护墙板的房间,我敢说,经过上百年的灰尘和烟雾的腐蚀,已经分辨不出本来的颜色了,地板和楼梯都已腐烂,地下室里成群的灰色大老鼠到处乱窜,吱吱乱叫,这里到处都是污垢和腐臭。(136 – 137;ch. 11)

谋得斯通小姐象征的"坚硬"是一种自恋,是极端化的个人主义的结果,是一种心理疾病,也是共同体的破坏力。

二 要命的自恋

个人主义是现代性的一个结果。工业革命让个体的价值得到空前重视,经济活动分工的扩大让集体意识削弱,滕尼斯式的共同体联结也式微,个人主义只有在共同的价值规范减弱的前提下才能更加充分发展。涂尔干因此把现代意义上的共同体称为有机团结(organic solidarity),正如社会学家吉登斯所言:

> 有机团结并不是单纯来自对共同的信仰和情感的接受,而是基于劳动分工上的功能性相互依赖。在(笔者加:滕尼斯式的)机械团结作为社会凝聚根基的地方,集体意识完全涵盖了个人的意识,因此意味着个人之间的同一性。相比之下,有机团结以个人之间在信仰和行动上的差异性而非同一性为前提。因此,有机团结的发展和社会分工的扩大这两者与个人主义的增长是齐头并进的。(吉登斯,《资本主义与现代社会理论》101)

然而,物质的空前繁荣催生出的膨胀的个人主义,如果脱离了共同体的约束,就会演化为自恋。

> 托克维尔曾告诫,民主时代的人们往往追求一种"渺小和粗鄙的快乐"。尼采指称的"末人"(last man)则是现代文明没落的最低点,他们除了"可怜的舒适、软绵绵的幸福"之外,生命没有任何抱负。现代社会已经沦为一个放任的社会,人们毫无顾忌地标榜自我中心的理想。现代文化陷入了相对主义、享乐主义和自恋主义的歧途。(刘擎 10—11)

《大卫·科波菲尔》中的谋得斯通姐弟就是这样一对自大着、自

第八章 "坚硬"与"坚定":评《大卫·科波菲尔》

恋着的病人。他们把钢铁般的冷酷气质标榜成自己的人格标签,在工业文明导致的异化面前,以为通过自己的坚不可摧,就可以在丛林法则中成为赢家。

谋得斯通姐弟是心智不成熟的巨婴,他们刚愎自用、薄情寡义、自我中心、自恋至极,他们正是19世纪英国工业文明酿成的自满民族情绪的写照。谋得斯通姐弟贪婪又冷漠,他们对"坚毅"性格仅有肤浅的理解,骨子里鲜有对伦常情感的正常感知温度。谋得斯通先生为了接近大卫母亲酿制了很多糖衣炮弹。他们姐弟利用大卫母亲温柔单纯的性格迅速掌握了这个家的话语权,并一步步迫使大卫母亲顺从,从而不断巩固自己的"统治"。他们的所作所为给大卫留下了深深的童年阴影,也致使大卫母亲最终忧郁而死。然而,他们丝毫没有认识到自己的问题,继续秉持着坚硬的"信念",自私贪婪的个性十年如一日,毫不动摇。他们还依法炮制、变本加厉,谋得斯通先生若干年后又和另一个天真有钱的少女结婚,最终使那个少女也变得又呆又傻。

谋得斯通先生第一次见大卫时表现得很温和,要求大卫母亲摘朵花给他,以表示自己要和她永远在一起,装模作样地表达自己的爱。为了讨好大卫母亲,他提议带大卫去骑马。大卫却凭直觉对谋得斯通心生畏怯,觉得他精明、冷漠。谋得斯通还劝大卫母亲不要因为大卫出远门读书太动感情,这点和《尼古拉斯·尼克尔贝》中送继子去魔鬼学校多伯伊斯堂的继父们一样残酷。为了让大卫听话,接受谋得斯通成为继父的事实,谋得斯通支走大卫母亲后,翻脸如翻书一样快,口头上恐吓大卫。婚后,谋得斯通姐弟专横而且阴郁,谋得斯通小姐刚住进来不久,就要走了房子里的所有钥匙,面对质问,姐弟俩强词夺理、以退为进,权力一旦落袋就不愿拱手让人。做祷告时,谋得斯通小姐阴郁的气质简直使大卫害怕。

谋得斯通姐弟对大卫采取不近人情的教育方式,甚至毒打他、关他的禁闭,大卫的母亲也无法插足大卫的教育。姐弟两人还让大卫母亲相信,大卫需要去寄宿学校改过自新。姐弟俩用各种方法挑大卫的刺,排挤大卫,要求大卫服从他们。大卫的母亲死后,谋得斯通先生

童心崇拜：狄更斯共同体之境

有点伤心，他心事重重，谋得斯通小姐对死讯却比普通人坚强得多，足见她铁女人的称号不是"浪得虚名"。大卫母亲的葬礼办完后，姐弟两人开始对大卫不加理睬，非常冷漠，他们给大卫安排了一个工作，想方设法要赶走他。谋得斯通姐弟在和贝特西姨妈对峙的时候，即使被姨妈撕下贪婪冷漠的外表，他们也非常傲慢，毫无羞愧之情。后来谋得斯通小姐成了朵拉的贴身女伴，她的脾气还是和以前一样阴郁。谋得斯通先生对于自己过去的所作所为也丝毫不感到愧疚。

成年后的大卫回忆前尘往事的时候，仍然对姐弟两人的"坚硬"（笔者加：原文为"firmness"）心有余悸，大卫母亲的软弱则变成了对畸形权威的"坚定"服从：

> 谋得斯通先生内心非常硬；在他的世界里，谁也没有他那样硬；在他的世界里，别人绝对不被允许硬，因为所有的人都需要屈从于他的硬。只有谋得斯通小姐是个例外。她可以硬，不过也只是由于血缘关系，而且她的硬是低级的、附庸式的。我母亲是另一个例外。她可以硬，而且必须硬；不过也只能忍受他们的硬，而且还得坚决地相信，世界上没有别的硬。（49；ch. 4）

谋得斯通姐弟的"坚硬"，是自我中心的表现。姐弟两人无法意识到，个人的圆融无法脱离和他人的相处。在民族国家的形塑中，谋得斯通姐弟代表了一种错误的导向，就是把建立在共同信仰的社会和建立在合作的社会对立起来，认为只有前一种社会构型才具有道德属性，后一种社会构型则只是一种经济性组合。其实与他人的合作本身就具有道德性，高效的合作建立在充分信任的基础之上，建立在共享的价值准则基础之上，而这两个基础都需要美德。但谋得斯通姐弟的自恋，最终指向的只是自身。正如福山所指出的：

> 极端个人主义文化的……问题在于，它最终会导致共同体形成基础的丧失。并不是说一群碰巧彼此关联的人就能结成共同体，

第八章 "坚硬"与"坚定":评《大卫·科波菲尔》

一个真正的共同体是借由共享社会纽带的价值观、规范和经历而团结起来的。他们所持的共同的价值观越是深厚和坚定,则该社群也越稳固。不过,这不意味着人们非要明确地在个人自由和团体二者之间做出权衡取舍。当人们从夫妻、家庭、邻里、工作单位、教会这类传统的社会纽带中解放出来后,他们发现还是可以拥有社会联结(social connectedness),并且是完全为自己而选择的社会关系。但随之他们也开始认识到,要想与他人建立更加深久的社会关系,这种可选择的亲和性(elective affinities)——对他们来说选择进入或者离开全凭一己之愿——靠不住,只会让他们感觉孤独和迷茫……若一个社会以增加个体选择自由度为名义不断颠覆社会规范和准则,则会使其自身变得愈加无序、原子化和自我孤立,并且无力达致共同的目标、完成共同的任务。(福山,《大断裂》19)

谋得斯通姐弟的"坚硬"对共同体最直观的影响是,他们身边的人全都苦不堪言。谋得斯通姐弟让本就怯懦的大卫母亲克莱拉退行成傀儡。事实上克莱拉也具有自恋型人格,她"坚硬地"守着自己的软弱,直到死也没有想过做自己的救世主。临产时大卫母亲和姨妈贝特西会面,姨妈认为克莱拉是"蜡娃娃",见到外表比实际年龄看起来更小的克莱拉,姨妈甚至认为她还是做个孩子气的母亲比较好,也就是说克莱拉还没到能承担母亲责任的心理年纪。克莱拉在谈话中透露,她过去在生活上对已故丈夫过分依赖,称自己对管理家务不在行,也没有在已故丈夫那里学到太多。狄更斯反复用到"温顺""不知所措"(13;ch. 1)"天真地"(14;ch. 1)这些词形容克莱拉。

在克莱拉与大卫未来的继父谋得斯通初识的一幕,佩格蒂出于好心,不赞同大卫母亲和谋得斯通交往。克莱拉却对佩格蒂的好心过分解读,哭着为此争辩,认为自己"犯糊涂""非要滥用自己的感情"(25;ch. 2),并怪自己为了孩子也没舍得花钱买新阳伞,当克莱拉从大卫那里得知谋得斯通的同事形容她是个"迷人的科波菲尔太太"

"标致的小寡妇"（27；ch.2），她不仅不生气，看起来还挺开心。同谋得斯通结婚以后，克莱拉更加软弱顺从，她想要迎接刚从学校回来的大卫，站在新丈夫的旁边却畏畏缩缩。克莱拉悄悄安慰大卫，却像犯了错的小孩一样不知所措。谋得斯通先生利用克莱拉的弱点把她塑造成自己想要的样子。谋得斯通小姐也不分青红皂白，认为大卫开始对自己心生抵触是佩格蒂教唆的结果。谋得斯通小姐要走了家中所有钥匙的管理权，克莱拉大权旁落，想要抗议却因性格软弱未能成功。当谋得斯通姐弟为这件事强词夺理，以退为进的时候，克莱拉的软弱导致她再次退步，反过来渴求和解。克莱拉对谋得斯通姐弟的教育方式略有微词，却不敢反驳地太用力，更没能阻止大卫的第一次挨打。后来克莱拉已经被谋得斯通姐弟彻底改造，认为大卫是个坏小子，希望他早日悔改。

在大卫上了寄宿学校，第一次回家的假期，克莱拉的性格已经完全被调教成功，对谋得斯通先生非常信任和感激，这种"信任"无疑是非常可怕的，她帮谋得斯通姐弟说好话，认为他们在家中的所作所为全部都是"出于好心和好意"（103；ch.8），她认为谋得斯通先生更有判断力，更坚强、深沉、老练。克莱拉的一点点异议都会被谋得斯通姐弟打压下去，她不敢反驳，不敢得罪他们，不敢对自己的亲生孩子好，也越来越阴郁了。

人成年后总是有种无意识的强迫性重复心理，希望找寻一个和自己异性父母相似的伴侣。如果一个孩子童年和异性父母的关系融洽，这种亲密关系模式的"复制"通常也导致幸福的婚姻，如果早年的经历不堪，又没有能力超脱过往的牵绊，那么这种"复制"很可能导致不幸的婚姻，大卫和朵拉的婚姻就是如此。谋得斯通姐弟给大卫刻上的沉重烙印，就是他第一次失败的婚姻，妻子朵拉像极了大卫的母亲克莱拉，她甚至被称作娃娃媳妇。

朵拉的性格无疑是天真单纯的，她早年丧母，其父斯潘洛先生对她保护有加，还专门请了女伴陪伴她。斯潘洛先生为朵拉考虑了很多，包括未来可能的婚姻和遗产。她被保护得很好，无忧无虑，同时也不

第八章 "坚硬"与"坚定"：评《大卫·科波菲尔》

知人间疾苦，导致她很多想法极度幼稚。起初，朵拉的天真吸引着大卫，渐渐地这份天真就成了她的软肋，为他们的婚姻生活带来很多负面影响。大卫对朵拉可谓一见钟情，热恋中的两个人草率订婚，不到一周又因为一次争吵，朵拉退了戒指，随后又和好如初。大卫因姨妈破产变得贫穷，朵拉根本不愿听大卫提到这件事，不愿接受现实，对生活的想法非常不切实际。谋得斯通小姐揭穿了大卫和朵拉已经私下订婚的事实，朵拉的父亲护女心切，根本不同意这样草率的订婚。朵拉吓坏了，发着幼稚的小脾气，而婚前朵拉的这些表现已经给他们婚后的生活埋下伏笔。结婚后，大家因为朵拉的天真可爱，对待她像玩具一样。朵拉不愿意接受大卫的成长建议，但还是决定让步，让大卫教她烹饪和记账，结果不甚让人满意。朵拉也不愿意承担一个主妇的责任，家里的女仆不得力，朵拉一点也不愿意接手，她自己也不会买菜。有一天朵拉终于想试着做个出色的管家婆了，她却总是半途而废，此事最后无疾而终。朵拉和大卫的母亲克莱拉一样，也是固守着自己的幼稚，不愿意成熟。工业文明让精神生活平庸化和狭隘化，与之相联的是变态的顾影自怜和可悲的自我关注。

小说中另一个自恋的人就是斯蒂福思。斯蒂福思性格外热内冷，表面上他非常有魅力，情商很高，很容易获得别人的好感，实际上他的内心冷酷自私、傲慢自大，喜欢利用人，是个完全以自我为中心的人。斯蒂福思形成这种性格的根源，是他母亲毫无节制的溺爱和纵容，斯蒂福思的房间全由他母亲亲手布置，墙上一幅她的画像也仿佛在俯视爱子，而这种爱本质上是母亲对儿子的一种操控。斯蒂福思的性格和他母亲也有相似的地方——骄傲和任性。斯蒂福思早年丧父，母亲更是把心思全放在这个让她自豪的儿子身上。聪明的斯蒂福思是意识得到这点的，他对自己这种性格的成因有所思考，表示有时候"会自我厌恶"（275；ch. 22）"要是有个严厉的父亲就好了"（274；ch. 22）。苦恋斯蒂福思的达特尔小姐嘴上的伤疤，是斯蒂福思小时候因为被达特尔惹火了，直接砸出来的，对此他好像没有什么悔恨之意，对达特尔自虐式的痴心也不以为意。他不回家，并和门不当户不对的姑娘艾米莉私奔，天真又爱慕虚荣的艾米莉成了他泄欲的玩偶。他在外漂泊了很久，最终因为自己的固执不服输而丢掉性命。

斯蒂福思善于伪装自己，利用别人达到目的。他利用大卫毫无心机这点，刚开学没多久就哄大卫花光了钱，买好吃的给大家享用，从中塑造自己孩子王的形象。大卫因为太单纯，对此不仅觉得很开心，还对斯蒂福思非常崇拜。斯蒂福思坚决要大卫每晚讲故事给他听，大卫还觉得他们的友谊加深了。斯蒂福思在学校待大卫很"周到体贴"，换来了大卫对他的信任，斯蒂福思填补了大卫丧父丧母的心理缺失，他的从容和高雅深深吸引着大卫。

但斯蒂福思非常傲慢势利，对梅尔老师的态度非常轻蔑，他顶撞梅尔老师的合理要求，当众说出梅尔老师的秘密。原来，梅尔先生的母亲在一个救济院里靠救济过活，伦萨学校的校长克里克尔先生对此并不知情。在梅尔先生和斯蒂福思的对峙中，斯蒂福思当着校长的面说出了这个秘密，并"用鄙视和愤怒的眼神看向他的对手"（90；ch. 7），校长知道后很生气，梅尔先生因此丢掉了工作。斯蒂福思这么做，表面上是为自己辩护，让自己在这次对峙中占于上风，实际上可以看出，他瞧不起出身不好的梅尔老师，在斯蒂福思的心中，根本没有消融迪斯雷利所言的"两个民族"的共同体情怀。

斯蒂福思表面开朗大方，心内阴暗冷酷，他和佩格蒂先生一家相聊甚欢，吸引了小艾米莉的注意，但是当大卫和他告辞后，他突然变得冷酷起来，称艾米莉青梅竹马的未婚夫汉姆是个"蠢货"，"配不上这姑娘"（272；ch. 21），而后就有了私奔。至于姨妈贝特西给大卫的工作建议，斯蒂福思对此的态度是冷淡和傲慢的，根本看不上眼。斯蒂福思带大卫体验了一次放荡生活，从中可以看出他本人平时就对风月场所非常熟悉，也很享受这样的生活。谈论到上学时的旧同学特雷德尔时，斯蒂福思看不起他，表现出相当的不屑。后来莫彻小姐一席话揭露了斯蒂福思利用大卫的单纯所做的背信弃义行径的实质：他用尽办法讨大卫的喜欢，只是为了能控制大卫的行为，从而秘密实施自己引诱艾米莉的计划。

第八章 "坚硬"与"坚定":评《大卫·科波菲尔》

《大卫·科波菲尔》中这些自恋的人物,陷入了虚幻的个人自主性幻想,以为只关注自我就是个人主义,其结果无外乎是自我沉湎与放任,最终背弃了本真性(authenticity)的理想。不论是谋得斯通姐弟,克莱拉和朵拉,还是斯蒂福思,他们都是唯我主义者、利己主义者,外部世界好像和他们的内心全无关联,或者觉得别人是实现个人自主性的障碍。这种独白式的自我认同是虚幻的,因为个体身份认同的确立,不来自个体自己的创作,而是通过个体与他人通过局部公开、局部内向性的对话,签订了同一性的契约。每个现代性中个体的同一性都依赖于和他人的对话。

也就是说,没有一个人可以孤立地构建自我,形成自己的独特性。如果我们的独特性之于他人和我们的文化背景毫无意义,那么这种独特性就没有任何意义。我们所说的话,所做的事是否具有意义,需要有一个背景,它塑造了我们的道德与精神直觉。这个背景不是作为个体的我们主动选择得了的,它是被共享的,是给定的,而这个背景就是我们共同的生活。是否让自己的心灵在"共同的生活"中得到滋养,之后又用自己的营养回馈"共同的生活",划分了《大卫·科波菲尔》中"坚硬"与"坚定"的区别。

三 "坚定"的意义

《大卫·科波菲尔》中描绘了一群家庭共同体中的幼稚大人,这些人物要么软弱至极丧失自我,比如大卫的母亲克莱拉、大卫的第一个妻子朵拉、大卫的好友艾米莉、苦恋斯蒂福思的达特尔小姐、大卫姨母贝特西的抄写员狄克;要么自负之极、薄情寡义,比如谋得斯通姐弟、斯蒂福思。无论哪一类人物,都沉溺在全能自恋的幻想世界,变成摧毁共同体的巨婴。这些人物无一例外都在畸形的原生家庭中长大,他们的人格也因此并不健全。但是狄更斯在共同体思索上想要揭示的是,这些巨婴一方面是原生家庭的受害者,同时也是继承者,他们之所以无法培育出健全人格,是因为他们缺乏改变命运,超脱环境的坚定信念。

童心崇拜：狄更斯共同体之境

《大卫·科波菲尔》中另一类成熟而"坚定"的大人，恰好具备了这种品质，他们的典范就是大卫·科波菲尔和他的第二个妻子爱格妮斯，他们身上的共同点是，坚定地爱，坚定地自我实现，坚定地摆脱负面环境的影响，他们身上的坚定是形塑共同体的力量。

和朵拉的软弱形成反差的，就是大卫的第二个妻子爱格妮斯。爱格妮斯成熟、美丽、积极又有主见，是道德和爱的化身。她用自己的智慧和美德获得周围人的喜爱、尊敬和信任，在幼稚的女性形象中更是脱颖而出。大卫发自内心表示期望自己能够一辈子受到爱格妮斯的引导，被她所热爱。

爱格妮斯也算是个早熟的孩子，但是她的早熟是健康的。她是律师威克菲尔的女儿，她的身世、容貌、品德，还有学识、思想、性格，无论哪个方面，都无可挑剔。她出于对父亲的爱，很小就成了父亲的"管家"和他的精神支柱。她很早就拥有了成熟的思想和性格，并且承担起照顾父亲的责任。她正是狄更斯着力刻画的中产阶级女性形象。爱格妮斯对大卫的爱是深沉而长久的，她很忠诚，一直默默地爱着大卫。这个真诚、善良的姑娘总在大卫遇到困难时鼓励他前进，而在故事最后，爱格妮斯和大卫也最终如人所愿，有情人终成眷属。

爱格妮斯早年丧母，父亲威克菲尔律师后来谈到爱格妮斯的妈妈，说她是因违背父亲的意愿嫁给自己，得不到父亲的原谅，最终留下刚出生的爱格妮斯后便一病不起。父亲对爱格尼斯疼爱有加，她是家里的管家，在家里上学。大卫和爱格妮斯无话不谈，推心置腹。大卫夸爱格妮斯心地善良、脾气好、见解一针见血。爱格妮斯具有敏锐的洞察力，通过几次对斯蒂福思的观察以及大卫醉酒事件后，判断出斯蒂福思比较危险。爱格妮斯很理智，和感性上崇拜斯蒂福思的大卫不同，她判断斯蒂福思根据的是一系列推理。见到喝醉了在胡言乱语的大卫，爱格妮斯虽然有点生气，但还是小声请求大卫早点回家。第二天爱格妮斯也并没有因此而一直生大卫的气，而是好言好语安慰了他，并警告他正在结交危险的朋友，给了大卫她作为朋友的忠告。大卫诚心认错后，她也就不再纠结，"双方又和过去一样坦诚相待"（313；ch. 25），

第八章 "坚硬"与"坚定"：评《大卫·科波菲尔》

此事就翻篇了。

爱格妮斯很坚强，能屈能伸，沉得住气，父亲被乌利亚·希普控制后，爱格妮斯不得不讨好乌利亚，但是她没有被这种逆境打倒，乌利亚的丑行被揭发后，爱格妮斯知道未来的生活可能大不如前，早已准备好了应对计划。她知道大卫喜欢朵拉后，虽压抑了自己的情感，但还是和大卫互相信任，并给予大卫支持和建议。大卫找爱格妮斯商量有关朵拉的事情，爱格妮斯给出了比较中肯的，具有可操作性的意见。大卫出国期间，爱格妮斯给了他很大的鼓励。大卫在出国后认真思考了和爱格妮斯的关系，逐渐明白爱格妮斯对他的深情，最终两个人走在了一起。

小说中具有坚定信念的典范，是主人公大卫。幼年时期的恶劣环境非但没有击倒他，还让他成为作家，完成了自我实现。大卫母亲的死亡也意味着在大卫心中一个软弱形象的死亡。这是深刻的悲痛，但也是他生命中的转折点。随着大卫母亲在他心中的印象逐渐减弱，他的思维也产生很大变化。在被继父赶出家门做童工的时期他更加坚强、更加成熟，抛却了唯唯诺诺的弱点。在还是个孩子的时候，大卫就已经融入了成年人的世界中，无论是长时间的打工还是与社会各个层面的人交往，大卫的的确确逐渐变得成熟起来，从童年时期被迫接受一切，到处乱不惊，他逐渐走向成熟：

> 现在我对人间时世已经了解地很多，所以几乎没有哪件事能够让我引以为怪。不过像我这样小小年纪就这样轻易遭遗弃，即使是现在，也不免使我感到有点吃惊。好端端的一个富有才华和观察力，又聪明热情、敏感机灵的孩子，突然受到身体和心灵的伤害，居然没有人站出来为他说一句话，我觉得这实在是咄咄怪事。没有一个人站出来为我说一句话。于是在我十岁那年，我就成了谋得斯通—格林比货行里的一名小童工了。(136；ch. 11)

大卫·科波菲尔的个人历史与记忆作着斗争，用对过去的回忆调和不可恢复的过去，也回避着由于回忆的痛苦和损失造成的压迫。小说中，年轻的大卫努力尝试从这种痛苦的回忆中走出来，开始新的生活。小说的重点在于强调过去记忆对现在的冲击，也就是原生家庭对成年后生活的冲击。最为明显的是，作为一部自传类小说，成年的大卫回顾过去的同时，更侧重于叙事的回忆和陈述的影响。

《大卫·科波菲尔》的结构不是线形的而且是循环的。小说情节就像回环的地形一样推进。随着故事情节的发展，过去和现在在大卫内心交织，眼前的现实也被回忆渲染得更令人伤心。同样的，大卫田园般的平静童年很快就被摧毁了。小说中大卫曾多次返回过去的记忆，这表明了一种意志，那就是沉浸在回忆中。当大卫在描述他的童年时，他打断了剥削和孤独记忆的压迫性叙述。"尽管无论在生活里还是在艺术里，大卫都努力尝试去掌控痛苦的回忆所带来的压迫，以使自己远离记忆，但小说中他频繁的叹息表明，他仍然无法摆脱这种困扰。"（Mundhenk 330）大卫的生命，就好似一段旅行。在大卫的孩童时期和成年时期存在着双重观点，小说中的情感按照内心情感顺序发展，但是它的主题模式却被大卫的经历所控制，时间成了对几近封闭世界的无穷无尽重复。这种封闭性展示出一种想象力，奠定了小说最后的基调。作为一个整体，小说形式是个扩张的版本，它描述着从现在到过去，再从过去回到重构的现在。大卫通过记忆重返过去，然后又沿着心理路程回到现在，"这是一种循环，无论是在形式上还是在音律上，这部小说都由它那与时间相关，并占主导的主题塑造着，小说中对于时间结构上的安排展现了不同情节的一系列类比，它们定义着大卫的情感。"（Lankford 459—460）

无论是大卫在自己的回忆和现在中旅进旅出，还是小说的结构在时间上的循环往复，都迎合了大卫超脱童年逆境，实现自我的过程。大卫成为作家的历程，恰好艺术性地呼应了他在回忆和现实中的往复。大卫成为作家之前有大量的阅读基础，想象力也十分丰富。让他阅读量丰富的契机却是对压抑童年生活的逃避，阅读更是一种心灵的安慰和栖息所。他的想象力通过早年口头编故事的形式也有了不小的锻炼。

第八章 "坚硬"与"坚定"：评《大卫·科波菲尔》

大卫的童年坎坷，不过好歹没有放弃读书的愿望，在姨妈的支持下继续深造。当然，在追逐理想前大卫仍先需有立足于这个社会的资本，为此他在工作上十分卖力，成绩显著。他还利用业余时间尝试写作，获得了一些小小的成绩。功夫不负有心人，他的写作事业蒸蒸日上，开始向全职作家转型。

因为谋得斯通姐弟不近人情的教育方式，大卫在父亲留下的藏书里寻找慰藉，一头扎进阅读的海洋。大卫知道很多故事，通过在学校为斯蒂福思等同学讲故事，引起了大家对他的注意，促使大卫更加上进。大卫在巴基斯家里贪婪阅读《殉教者书》，也喜欢在齐利普先生家里阅读。早在大卫和谋得斯通姐弟居住在一个屋檐下的日子里，那些旧书就成为他唯一的安慰，他反复阅读它们。在码头打工的时候大卫经常编故事给别人听，为日后的写作打下基础。再次获得学习机会的大卫非常努力，慢慢往上爬。后来，大卫向斯潘洛先生就当下的法院机构存在的问题发表了自己的见解。成年后的大卫经常和人讨论自己坚韧不拔、锲而不舍的精神对取得成就的影响和帮助，比如他速记学习地不错，为工作打开了新的局面；比如他知道在追逐理想前需要先在社会立足等等。

自从他业余时间写的一篇文章发表后，大卫开始陆陆续续发表文章，获得报酬。婚后一年左右大卫正在写他的第一部长篇小说。新书出版，大卫信心大增的同时，也始终提醒自己要保持谦逊。此时他已相当有把握，就结束了在国会会议上的速记工作，专心投入写作。后来，大卫的人生遭受了许多打击——妻子朵拉去世、好友斯蒂福思堕落而死、汉姆为救人丧命、米考伯一家和佩格蒂一家移居海外，他在悲痛中想通过出国旅行的形式转换心情。旅行期间大自然的风景和爱格妮斯的信让他渐渐走出阴影，一年后他在瑞士住下，重新开始写作，随后出版。大卫趁着出国的机会增加了不少见识，回国后大卫的第二本自传体小说也出版了，小说结束时，他正开始着手构思"我的第三部小说。"（687；ch. 58）

童心崇拜：狄更斯共同体之德

爱格尼丝和大卫的坚定是个人主义意义上的自我实现，这其中一直有个共同体理想发挥着酵母的作用，那就是寻找真我的信念。狄更斯在《大卫·科波菲尔》中区分了唯我/自恋主义和个人主义的区别，其最大不同在于是否将自我的身份建构融入与社会上他人的对话。在狄更斯的共同体形塑中，个人主义和信任一样，都应该被制度化，正如社会学家贝克所言：

> 康德视个人动机为恶的源泉：只有当我的道德原则可以被普遍化、指导我行动的准则与我的社会位置、利益或激情无关时，我的行动才可被认为在道德上是善的。相应地，只有当行动与行动者主体性分离时，行动才是"善"的。卢梭沿着相似的理论进行了讨论。在卢梭看来，只有洗涤了所有特殊利益的普遍意志才能作为社会契约的基础。然而，个体化不只意味着这种更高的道德，它一方面告别了具体的个体，另一方面仍与普遍的个体相连。不论是个人身上的个体主义，还是普遍化的道德个人主义，都已被制度化的个体化所取代。（贝克 86）

大卫·科波菲尔的真我来自他的写作，这点为下一部小说《荒凉山庄》的创作提供了铺垫，在《荒凉山庄》中，狄更斯把民族国家共同体中的结社活动和文学的尊严、文人的责任联系起来，此举着实是对 1851 年水晶宫开幕背后的复制隐喻的有力回应。

第九章　"文学之尊严"：重读《荒凉山庄》

19 世纪 50 年代，英国经历了一次大事件：以狄更斯、萨克雷（William Makepeace Thackeray，1811—1863）、约翰·福斯特、布尔瓦—立顿（Edward Bulwer-Lytton，1803—1873）为代表的英国文人，在公共领域发起"文学之尊严"（"The Dignity of Literature"）论辩，① 这场论辩以伦敦世博会在水晶宫的开幕为契机，主张深化著作权和作家的自主职业身份。狄更斯积极介入到这场论辩中，推动了著作权在立法层面的进一步细化，提升了英国社会对写作和作家价值的认可度，从而也在作家共同体和民族国家共同体之间，缔造了桥梁。

1852 年至 1853 年间发表的《荒凉山庄》（*Bleak House*）同水晶宫的开幕是平行事件。在这部小说中，狄更斯追问了"文学之尊严"论战引发的三大议题：一、写作原创性的价值，由此还引申出如何阐释作家与发明者的关系，作家天才式的原创如何同新市场和新技术取得共荣关系等问题；二、作家如何在私人领域和公共领域找到平衡，也就是说写作这一私人化行为应在何种程度，以何种方式"暴露"于公共领域，才能既保护自己作品作为私有"财产"的完整性，又兼顾它们之于社会共同体的功用性；三、作家如何确立自己的中产阶级属性，比如说如何阐释文人与文人之间的差别，来自不同社会背景的作家如

---

① 学界先前关于"文学之尊严"论辩的论述参见 Cronin，Lund，and Howes。

何整合成一个社群,如何阐释异化劳动/写作与非异化劳动/写作的差别等。

上述三个议题是作家在19世纪面临的新问题,之所以这样说,一是由于处于文明转型期的维多利亚人遇到了新生的政治经济生态:复制技术空前繁荣,中产阶级和工人阶级登上历史舞台,公共空间和私人空间以及公权与私权的边界更加吊诡,放任自流经济政策和消费文化盛行等等;二是由于上述新兴社会现象让18世纪的作家面临的问题在19世纪以新的方式进一步凸显。虽说在18世纪的英国,作家就得到了社会的认可,但是作家还没有获得职业自主性,也谈不上拥有充分的尊严。位高权重的贵族常常赞助自己看好的作家,作家因此也难免被贵族的审美趣味和政见左右。英国大文豪约翰逊(Samuel Johnson, 1709—84)在那封著名的《致切斯特菲尔德爵爷书》(*Letter to the right honourable the earl of Chesterfield*, Feb 7, 1755)中,对伯爵"雨后送伞"的行为表达出文人的铮铮铁骨,但这封信恰好也反映了,在18世纪即便是约翰逊博士这样的文豪,也面临着职业自主性的困境。

文人在19世纪早中期尚未获得尊严这点,在狄更斯的《尼古拉斯·尼克尔贝》中也有提及。本书第三章已经诠释了两点:尼古拉斯在克拉姆尔斯剧团的经历和该剧团团长最后举家到美国谋生,它们都说明文人和艺术家尚未完成职业化,这个群体的阶级属性不明朗,政治地位没有得到广泛认可。尼古拉斯给议员格雷戈斯伯里先生当秘书时,议员就说,他同意通过著作权议案,因为文字是脑子创造出来的东西,应该属于平民大众,而格雷戈斯伯里先生之所以对著作权如此"开明",是因为著作权对上流社会的利益不构成损害,"作家们大多数也不是选民"(Dickens, *Nicholas Nickleby* 190; ch. 16)。

《荒凉山庄》通过孤儿埃斯特的生命/写作历程,试图找到文人获得尊严的根基:对社会共同体的责任心及负责的写作。在这部小说中,埃斯特既是女主人公也是叙述人,她的写作历程也就是她重获身份和尊严的历程。埃斯特责任心的缘起,责任心的表现形式以及责任心带来的收获,恰好回应了"文学之尊严"的三大核心议题。

第九章 "文学之尊严":重读《荒凉山庄》

在共同体形塑的维度,"文学之尊严"标志着狄更斯首次将历史大事件和自己的职业发展结合起来。狄更斯以作家的自发结社活动为基础,讨论了写作对民族国家共同体的责任。社团活动是公民社会的一个重要的中间结构,结社的能力依赖于共同体内部价值观的共享程度有多大,以及如何让社群内部的个人将集体利益放在比个人利益更高的位置。要做到上述这些,社群成员之间,以及社群与外部社会之间的信任就变得非常重要,《荒凉山庄》的叙述人同时也是女主人公埃斯特,通过写作获得中产阶级尊严的历程,可以找到作家群体缔造民族国家共同体的路径:文人的责任感。《荒凉山庄》展开共同体想象的媒介仍旧是童心崇拜,主人公埃斯特作为私生女和孤儿,通过对叙述和写作的完全负责,完成了自我实现,这是她个人主义之路的写照。同时小说中轻慢写作,缺乏责任感的幼稚大人,更加凸显了埃斯特获取尊严方式的可贵。

那么埃斯特的写作是如何揭示"文学之尊严"的?这还要从水晶宫的开幕说起。

一 水晶宫与"文学的尊严"

狄更斯把《荒凉山庄》献给他于1849年创办的文学与艺术行会(Guild of Literature and Art)的同伴们。该行会的主要目标是维护作家群体的合法权益。行会里的中坚力量,也是狄更斯的好友兼传记作者约翰·福斯特于1850年在《审查者》(*The Examiner*)发表题为《文学之尊严》("The Dignity of Literature")一文,主张作家获得公民养老金的权利。随后,萨克雷又对《清晨记录》(*Morning Chronicle*)的稿费问题做出公开回应。这两个标志性事件成为作家以主张职业自主身份和著作权为由,展开的"文学之尊严"论战的前哨。《清晨记录》的原文不主张"对文学和科学创作发明的保护"(*Morning Chronicle* 4),福斯特在《审查者》撰文回应道,应"鼓励文学(在此条目下,也包含对所有在艺术和科学上做出的智力努力的鼓励)"(Forster, "Dignity" 35)。约翰·福斯特在文中将牛顿和诗人罗伯特·彭斯联系在一起，就等于把科学和艺术放在同一范畴进行讨论，"艺术、文学和科学对国家提供的服务……确凿无疑……文学和科学想要得到应有的认可，想要得到因其对国家提供了宝贵服务而获得的补偿。无论代表这个人还是阶级，它们都是先进的"（Forster, "Encouragement of Literature" 2）。

在主张作家权益时，福斯特把文学代表的"阶级"和发明家联系在一起，这里面有现实因素的考量。在 19 世纪中叶，写作这项特殊技能还没有获得足够的政治上的承认，作家也没有获得专业人士应有的阶级地位。而同样拥有天赋的发明家的社会价值，已经因为 1851 年水晶宫的开幕被公共领域充分接纳。福斯特在《文学之尊严》一文中含混的修辞策略——将科学和文学放在同一阶级和艺术范畴——指出了作家获取合法权益和职业自主身份时的两难处境：同为拥有天赋才能的专业人士，文人同发明者的区别在哪里？水晶宫的开幕引发了英国社会对艺术家和发明者权益的关注，"文学之尊严"论战同水晶宫的开幕是两个平行事件，1851 年 5 月到 10 月进行的大展会号称展出了所有国家的工业作品，水晶宫隐含的复制隐喻也将大展会变成充满张力的文化战场。

约翰·福斯特在《文学之尊严》中对文艺独创性和发明独创性的暧昧态度，也说明同时期作家群体在"新技术和大众传播新方式给艺术原创性带来何种挑战"这一问题上，思虑尚未清晰。毫无疑问，作为艺术展馆存在的水晶宫更像是一座工厂，水晶宫公开展出的方式势必会导致抄袭和侵权。正如维多利亚女王指出的，"公开展示，从而敞开大门让人复制和侵权"（"A Glance at the Exhibition" 337）。水晶宫展出了大量复制品，由此暴露出一个问题：在再生产和基于模仿的经济动力学日趋渗透到社会生活时，商业价值同美学价值的关系是什么？复制和原创的关系是什么？共同体的公共空间和私人空间的边界在哪里？

上述问题其实也是"文学之尊严"的缘起，但在 1851 年前后，大多数英国文人和艺术家并没有找到明确答案。正如勃朗特（Char-

第九章 "文学之尊严":重读《荒凉山庄》

lotte Brontë,1816—1855)参观完水晶宫时说的,展会"新到陌生的程度,无法描述"(Brontë 625)。同样表达困惑的还有狄更斯,"太多事物让我迷惑。我目及之处是自然而来的恐惧,很多景象聚集在一处也没能消除这恐怖。"(Dickens,*Letters* 428)让狄更斯担忧的还有"公众对水晶宫表现出的困惑",他预言大展会并不能像政府先前承诺的那样,给公众提供教育性的娱乐,相反游览者"最终会带着无聊和倦怠从水晶宫出来"(Dickens,*Letters* 429)。

大展会让艺术商品化,大众出版业也让起源和原创难以建立,"罗斯金(John Ruskin,1819—1900)是对复制文化持消极态度的代表,而相对乐观的公众人物也大有人在,比如下文会涉及的亨利·科尔(Henry Cole,1808—1882)";认为新科技会"让高雅艺术民主化的文人还有萨克雷和维尔基·科林斯(Wilkie Collins,1824—1889),对于商业性的再生产以及把自己的著作'复制'多少私人成分,丁尼生(Alfred Tennyson,1809—1892)的态度则趋向含混"(Hewison 51)。狄更斯应该是最能觉察到大众市场对文化生产施加了何种影响的作家,他的文学艺术行会成员布尔瓦—立顿创作的剧目《我们并不如想象中那么糟》(*Not So Bad As We Seem*)公开上演时,狄更斯扮演了乔装的出版商库尔,在拒绝诗人大卫·法伦的代表作时,他说,他"在今日无法期待诗歌能卖到这个价钱,法伦先生。只有尖锐刺激的东西才能抓住人心。"(Bulwer Lytton 84)

狄更斯对水晶宫的担忧和他对文学市场化的觉察,蕴含着矛盾。大展会引发了对知识控制的思索,万国博览会筹委会对大展会承诺的"让每个人有一天都能够民主地获取其他任何人的东西,这点非常难以落实"(Richards 19)。游览者对物的审美体验被水晶宫"规约",大展会给英国公众提供了获得物品所有权的幻象,但如果没有相关的专业知识,水晶宫里展出的机械装置是根本理解不了的。这种知识的鸿沟建构了一个对普通人来说难以辨认的社会,老百姓越来越少地"拥有"他们自己的文化。正如水晶宫要求公众具有对专业知识的领悟力一样,一个大众的、全球化的文化范式也有让历史和身份认同湮

童心崇拜：狄更斯共同体之忧

灭的风险，拥有专业知识和创作力的作家，在一个日趋"民主"的公共场域写作、出版、发行，他和他的作品/财产在多大程度上可以被公众接纳？他的私人空间/写作同公众空间的阅读的边界在哪里？他的作品和其他作品的区别在哪里？他的作品同历史文献记录的区别在哪里？他之于民族国家共同体形塑的意义又在哪里？

狄更斯、福斯特和勃朗特等作家之所以对作家的身份和价值形成不明朗的态度，既同水晶宫蕴含的文化张力有关，也和英国政府围绕水晶宫的开幕采取的政策密切相关。伦敦万国博览会筹委会委员威廉·韦维尔（William Whewell，1794—1866）将"发明者和艺术家两个身份糅合在一起，并对传统意义上的作者身份（author）做出修正，作者可以是发明者、设计者、分析员、雕刻家、雕工、执行者、生产者、制造者、进口者、业主、注册发明者、改良者、临时注册者"（Whewell 16）。这点也说明，虽然英国议会在 1709 年就通过了著作权法案，并且在其中加入了维护作者著作权权益的表述，但是这里"作者"一词的指涉，一直是宽泛而含混的。韦维尔的这一修正策略同 19 世纪上半叶亨利·科尔提出的"艺术制造业"（Cole 105）产生互文。亨利·科尔是大展会委员会委员，并于 1851 年担任英国皇家艺术协会主席，他是运作大展会的幕后主力。阿尔伯特亲王是大展会的主要赞助人，1846 年，阿尔伯特亲王出任艺术协会（The Society of Arts）主席，狄更斯任副主席，亨利·科尔任主持会议主席。阿尔伯特亲王在主席演讲中强调了"将高雅艺术同机械技艺结合的重要方法"，亨利·科尔杜撰的"艺术制造"（Art Manufactures）术语深化了亲王的方针，"在将艺术与科技两者融为一体的过程中，将技艺（skill）作为美学价值的主要来源，而非天赋（genius）"（Cole 103）。

19 世纪中叶出台的专利法很大程度上确立了发明者的权益，1851 年的大展会呈现出现代性对传统意义上机械发明理念的挑战——通过劳动分工提升制造业的效率。大展会把专利法带回议会的议事日程，但 1852 年出台的专利法仍然坚持发明者为自主创造者。理论上，"19 世纪英国的自由贸易政策同专利法并无明显冲突，但声势浩大的工人运动迫使英国政客思考更加切实的社会共同体问题："工匠一直视自由贸易为天敌，认为出口市场会压低商品价格，威胁其作为工人的自主性"（qtd. in Prothero 66）。

在此前提下，文人的权益和自主身份变得棘手。1851年英国在法律层面上对专利、国际版权和盗版的讨论并非凭空而来。在1851年，英国议会尚未就国际著作权法达成一致，文学写作也没有被认为是一项专业性技能；1850年前后，文学作者的自主性受到极大减弱，对阅读群体公共性的培育也迫在眉睫，新时代需要为私人的知识财产提供市场价值；英国18世纪中期虽然已经出现了对著作权的讨论，但那时候还没有属于人民的民族文学的概念，因此也就谈不上公共阅读群体的概念，18世纪中叶对著作权的讨论伴随着第一波阅读群体的扩大以及现代文学市场的发展，但是18世纪英国著作权法案的保护对象是出版商和书商，也就是说相关法案瞄准的是消费和阅读两个环节，18世纪晚期，诗人和作者才被认为在文本中建立了自己的"财产"。[①] 1851年大展会前后，对（文学）"生产"环节的关注把著作权法的讨论带入新方向，即作家的权益。这场争论也揭示出，1851年前后公众对卡莱尔式的具有英雄气概的作家的理解非常浅显，同时也揭示了一点：围绕著作权和专利权进行的文化投入根植于一个理念，即在社会共同体中，"我们是被当作个体看待的——以一个适中程度的单数形式，具有一定程度的个性"（Rose 142）。

这在水晶宫的一些有趣现象中略见一斑。虽然水晶宫充斥着复制文明的符码，它同样隐含了独创性喻说。围绕着文化财产原创性展开的冲突和对抗，一直出现在水晶宫的相关文献记录中。知识的公共所有权和私人所有权之间的冲突在阿尔伯特亲王1849年的演讲中得到体现："已经获得的知识立刻大规模地变成共同体的财产"，水晶宫透明的外观象征了自由贸易胜利的庙宇，一个崭新而开放的，"具有友爱精神"的竞争的体现。水晶宫释放出一个自由民主的信号，参观者被

[①] See Ross 15–16. See also Connell.

鼓励去体验拥有所有权的荣耀感，而展出的很多物品却是私有的，全然不是阿尔伯特亲王所说的"共同体的财产"（Pettitt, *Patent Inventions* 120—121）。而且大展会从一开始便和所有权打上了交道。对于谁第一个提出大展会的构思有一番小辩论，亨利·科尔声称自己是奠基人，但是另一位艺术协会成员弗兰西斯·弗勒在一份声泪俱下控诉侵权的遗嘱中，宣称他才是大展会理念的首创者，之后帕克斯顿（Joseph Paxton, 1803—1865）作为水晶宫设计者的身份又受到质疑——"在240个最初的设计竞标者中，有几个人已经提出过玻璃和钢铁结构的构想"（"Official Catalogue" 572）。

上述冲突和争论释放出一个信息："原创性的意义是非凡的，由此可以引申出，作家是独特的，作家和作家之间的区别也是独特的。"（Rose 142）对于积极投身于"文学之尊严"论战中的狄更斯、萨克雷、勃朗蒂、盖斯凯尔（Elizabeth Gaskell, 1810—1865）、罗斯金、维尔基·科林斯等文人而言，为了在1842年的著作权法中获得一席之地，他们同议员交锋时"体现出明显的工具性（instrumental），在现代艺术与科技的边界十分吊诡的年代，像狄更斯这样的作家如果要区别于专利法中自主发明者（autonomous inventor）的形塑，就必须要冒着公开攻击著作权法对作家保护力度不够的风险"（Patten, "The People Have Set Literature Free" 15）。狄更斯在为文学声讨尊严的过程中，运用自己的社会影响力，同王侯政要结成有效联盟，不但压倒了反对著作权法和专利法的声音，还为作家著作权在立法方面的落实奠定了广泛的社会基础。

事实上，早在19世纪初，英国议会就展开了对专利权和著作权的讨论，水晶宫的开幕又一次将上述讨论推向高潮。从1820年始到19世纪末国际版权法颁布，英国议会围绕着发明和著作权问题展开过持久辩论。1821年，英国颁布了鼓励哲学和机械实验的法案（"The Patent Laws" 166—167），1833年高德森提出的专利议案颁布，1837年塔尔福德（Thomas Talfourd, 1795—1854）提出的著作权法案试颁布，1842年进一步落实。而1851—1852年间，著作权是个充满弹性的术语，

第九章 "文学之尊严":重读《荒凉山庄》

"著作权"蕴含的不稳定性同正在经历文明构型转变的英国互为隐喻,塔尔福德1842年的版权法来之不易,"它既需要从支持著作权的其他方案中胜出,又需要对抗来自反对派的强音,一些自由贸易的支持者称专利和著作权为'垄断'(monopoly),极力倡导全面废除专利法和著作权法"(Rose 45)。托马斯·麦考莱(Thomas Macaulay,1800—1859)在其1841年的议会演讲中,明确反对塔尔福德的著作权法案,麦考莱将著作权和垄断视为同义词,称根据自由贸易原则,"垄断让物品稀缺,物以稀为贵,物因此而腐坏"(Macaulay 289)。"1839到1844年间,英国又出现了一些针对专利法的小范围修订,1842年著作权法案出台,随后一年又出现了该法案的修订法案,其中也对在1835年专利改革中关注不足的工人阶级发明者权益做出了妥协。"(Rose 45)在1836年到1842年的几年中,各种版本的专利和版权法案议案反复在英国议会讨论,水晶宫展出的物品暴露于盗版之下,也引发了英国政治决策者对"复制"的焦虑,1851年4月,也就是大展会开幕前一个月,"下议院又对专利问题展开火热讨论";1851年,在大展会开幕前的最后关头,"一个暂时性的保护发明法案出台,用来保护未授权专利的展品,但是该法案1852年就会废止",对永久专利法案的辩论迫在眉睫,大展会结束后,"专利法仍未做出改革,临时性的保护很快便会期满,直到1852年10月专利法才更新"(Hodgskin 22,95,101)。

阿尔伯特亲王自己的雕刻作品也备受盗版困扰,也许正因为此,亲王成为著作权和专利权的捍卫者。"阿尔伯特亲王和亨利·科尔都认为,发明是知识分子的胜利而非商业的胜利。"(MacKinnon 645)自由贸易在一定程度被认为阻碍了知识产权,自由贸易蕴含着传播和分散的思想,著作权及专利权则主张对身份认同的固化和对公开展出的适度控制,"自由贸易"和知识产权两者在理念上是有分歧的,"劳动""技艺""独创性""天才"这些概念在大展会的场域里混淆不清,而最终工匠(artisan)的概念取代艺术家(artist)的概念,占据了政治决策者修辞策略的上风,在议会关于专利权和著作权的论战中,像麦考莱一样支持自由贸易,反对著作权法的议会政客,最终败给了支持作者身份自主性和作品作为私有财产的声音，以狄更斯为代表的文人们恰恰在为后一种声音疾呼（Cornish 116）。

　　著作权法和专利法的辩论得以公开化的另一个，也许也是更加重要的一个原因是，19世纪50年代英国对专利权和著作权的辩论，其目标较之19世纪30年代已经发生变化。30年代的辩论关注的是阶级间的不平等，50年代的辩论焦点已转向市场和放任自流经济政策，发明在50年代不是被当作一个职业来讨论，而是被当作一种功用来讨论，尽管如此，大展会里把有作者创作的发明公开展出，以及鼓励天才的修辞，还是让议员们很难把专利权和发明局限在政治经济学的术语里讨论，亨利·科尔声称狄更斯所在的艺术协会是"新版专利法的作者"，该协会对大展会委员会和议会决策起到很大作用，也作用于国际版权法的推行，在艺术和文学领域都是如此。①

　　作为在立法层面承认发明者权利而筹办的委员会成员，狄更斯的名字出现在专利改革特别委员会的报告名单中，而为发明者的权利大声疾呼已经是艺术协会早已在做的工作。② 早在19世纪40年代后期，亨利·科尔就和狄更斯成为好友，这层交情让科尔可以赞助艺术协会，

---

① 该时期其他主张作家权益的结社还有由瓦尔特·贝森特（Walter Besant）发起的英国作者协会（Society of British Authors），该协会于1843年成立，同年解散；保护文学协会（the Association for the Protection of Literature），狄更斯在1843年到1849年间也参与了其中的活动；皇家文学基金（the Royal Literary Fund），狄更斯于1839年被选为该基金委员，并为1858年抨击文学艺术协会行政不力贡献了力量。尽管狄更斯自己的行会在斯蒂芬纳吉建造了三栋房子，用来给有需要的艺术家提供食宿，却没有租客问津。艺术协会的寿命比狄更斯自己的文学艺术行会要长，行会的颓势在19世纪60年代就已经非常明显，但直到1897年才最终解散。See Bonham-Carter 1：155 - 158 and Cross 53 - 56。

② 亨利·科尔将自己的《有关发明的法理》（1850年9月30日发表）邮寄给狄更斯，狄更斯以此为素材创造了《一个穷人的专利》。在给科尔的信中狄更斯写道："你的论证很是吸引我，我很高兴'加入联盟'，我现在正在为《家常话》写一篇论文，希望此举可以有利于我加入联盟。" Dickens, "Charles Dickens to the Hon"；科尔的《法理学》是一篇讨论当时专利法弊端的论文，于1850年12月以《发明者的权利》为题被艺术协会发表。狄更斯所言的"联盟"指的是专利法改革联盟（The Patent Law Reform League），联盟于1850年10月22日召开的第一次公开会议，狄更斯并没有出席。狄更斯于1849年加入艺术协会，又称鼓励艺术、制造和商业的皇家协会（The Royal Society for the Encouragement of Arts, Manufactures and Commerce）。See Phillips 213 - 214。

第九章 "文学之尊严"：重读《荒凉山庄》

协会同样还得到阿尔伯特亲王的大力资助。发表于 1850 年 10 月《家常话》的狄更斯的短篇小说《一个穷人专利权的故事》也在为科尔的阵营添砖加瓦。《家常话》在当时的发行量接近于《泰晤士报》的发行量，其社会影响力可见一斑。在 1850 年到 1851 年间，狄更斯是艺术协会的副主席，这段时间大展会正在进行当中，狄更斯参与了大展会劳工阶层中央委员会的活动。这一时期狄更斯的书信说明了一点，狄更斯对自己的文学艺术行会的关注，远大于对大展会是否成功的关注，行会致力于"鼓励作家和艺术家们生活的保障以及其他节俭的习惯，对他们给予支持以便让他们永远不在独立性上妥协；建立一个新的机构，在其中，艰巨的劳动之后伴随着高贵的休憩"（Forster, *Life* ii：282）。

狄更斯支持工人阶级发明者专利权的同时，也将其和作家的著作权进行了区分。狄更斯以及亨利·科尔把脑力劳动放在比体力劳动更高的位置，此举体现出阶级的分野。在为作家争取合法身份的时候，狄更斯面临的主要问题是如何协调文学的功用性问题。狄更斯试图证明作家的脑力劳动具有价值，他们不是萨克雷所言的"只是像其他日常工作者一样的普通人"（Thackeray, *History* 450）。如果不从立法层面设置门槛，就很难将写作变成一项专业技能。只有让写作具有排他性，作为一个"阶级"的作者才可以因他们共同的，可分享的知识和能力被社会承认。狄更斯和他的文学艺术行会在作家的职业化进程中做出了极大努力，行会在创作戏剧时常常借古喻今，将虚构的古代英雄式的文人和狡猾的出版商并置，说明市场对文学和文人的冲击。文学艺术行会一直试图宣称一种理念，文学是商品，文学同时也是无价的。约翰·福斯特在《清晨记录》中说道，"文学和文人可以给予这个国家很多，也确实给了这个国家很多，这些比这个国家回馈给他们的要多得多"（qtd. in Hack 701）。

狄更斯和亨利·科尔遥相呼应，都把 1851 年议会对专利的讨论作为主张著作权的契机。大展会也把对专利权和著作权的讨论引向了另一个维度：智力劳动与民族国家共同体繁荣的关系。在 19 世纪 50 年代的头几年，狄更斯和布尔瓦—立顿为行会的目标不懈奋斗着，他们

童心崇拜：狄更斯共同体之境

将自己的戏剧巡演，用以筹备基金。虽然这项计划最终以失败告终，但约翰·福斯特称，在狄更斯的一生中，"除了行会，再没有哪个项目让他投入如此高昂的斗志"（Forster, *Life* ii：423）。狄更斯的目的是"改变英国文人的地位"（Forster, *Life* ii：423—424），因为英国文人的现状远没有达到荣耀的程度。正是这个雄心壮志推动着狄更斯积极地投身于亨利·科尔的著作权法阵营中。

狄更斯在漫长的写作生涯中，从未停止过将文学赋予尊严的努力。狄更斯曾在英国议会做记者，他亲历了围绕著作权法案展开的争论。狄更斯的很多作品中都流淌着他对作家自主身份的思索，他把《匹克威克外传》献给了1837年著作权法案的提出者塔尔福德；《大卫·科波菲尔》将主人公大卫塑造成作家，值得关注的是，狄更斯始终将大卫的写作活动放置在他的家中/私人空间，在他的书出版前（暴露于公众前）他的心情十分焦灼；短篇小说《一个穷人的专利故事》更是引发了英国公众对著作权的关注；《小杜丽》中的发明者多伊斯进一步深化了狄更斯对著作权和发明问题的思索。然而，最能集中体现狄更斯在"文学之尊严"论战中对作家和民族国家共同体关系的作品，非《荒凉山庄》莫属。

"1852年3月到1853年9月，布拉伯德博里和伊凡斯（Bradbury & Evans）以连载形式公开发行《荒凉山庄》"（Steinlight 134），时值伦敦世博会开幕后的头两年。水晶宫释放出的文化议题也是"文学之尊严"必须面对的三大问题：独创性写作的价值在哪里？作家在私人财产/写作和公共空间/阅读之间应保持怎样的边界，才能既保护自己的财产/写作，又可以被大众/公共空间接受？作家如何获得自主性和中产阶级地位？正如福斯特在《文学之尊严》一文中提出的，"我们不能把文学从它的责任中移除，而是加强履行这些职责带来的力量，并让它们更广泛地造福于社会"（Forster, "Dignity" 35）。

狄更斯和他的同伴在争取作家合法权益和专业人士身份时，都提出了文学的工具性（instrumentality），强调文学对公共领域的介入，势必带来直接而实际的社会共同体收益。福斯特所言的"责任"正是

第九章 "文学之尊严":重读《荒凉山庄》

《荒凉山庄》对"文学之尊严"三大议题给出的答案,这部小说中的叙事人(也是主人公埃斯特)是狄更斯的代理人,责任心以及负责任的写作让孤儿埃斯特摆脱复制品的耻辱,让她敢于将自己(和自己的写作)暴露于众,她的写作历程也就是她重获中产阶级尊严的历程。

二 埃斯特的尊严

《荒凉山庄》在多个方面被认为在戏拟水晶宫,[①] 其中菲利普·兰顿(Philip Landon)提出,狄更斯在和帕克斯顿设计的水晶宫公开竞争知名度,"水晶宫和这部小说都表明一种怀旧的冲动,在一个四处弥散的世俗宇宙图景中摘取一个连贯的叙事"(Landon 30)。被水晶宫发酵的"文学之尊严"论战在《荒凉山庄》中有哪些具体体现?这是前人尚未深入论述的议题。写作和责任是这部小说的主旋律,《荒凉山庄》一共 67 章,以"埃斯特的自述"为标题的章节就占到 11 章,还不算那些也是由埃斯特来叙述,但未以"埃斯特的自述"作为标题的章节。在埃斯特的这些"自述"中,责任一直贯穿其中。

在小说第三章《人生的旅程》,埃斯特开始自述:"我开始写我这几页书时感到困难重重,因为我知道自己并不聪明。我一直都知道自己不聪明。"(Dickens, *Bleak House* 10; ch. 3)身为私生女,埃斯特感到很自卑,她从不敢向任何人敞开心扉,洋娃娃是她唯一的慰藉,埃斯特对洋娃娃说:"我一直留意周遭——不是敏锐地留意到,喔,从来不是——我只是静静地留意眼前发生的一切,也想着要把这些事情弄明白些。我的悟性一点儿不高。当我真的非常爱一个人时,我的悟性似乎会增长。但是,这也可能只是我的虚荣心罢了。"(11; ch. 3)埃斯特经常说自己无知,在年幼时她就立下决心,"要力求变得勤奋(笔者加:原文为'industrious',和工业文明互为隐喻)、知足、善良,为某个人做些好事,如果可以,为自己赢得一些爱"(13; ch. 3)。

埃斯特的自述非常谨慎、负责,比如在描写天气时,她写道:"尽

[①] See Butt and Tillotson 183 – 193; Altick, *The Presence of the Present* 421 – 422; and Landon.

■ 童心崇拜：狄更斯共同体之境

管早晨十分阴冷，尽管雾气好像仍浓——我说'好像'是因为窗户上结了层土垢。"（33；ch. 5）在小说第九章的开篇，埃斯特又开始了谦逊而节制的自述，并且在自述中始终隐没"我"这个概念：

> 我不知道是怎么回事，我似乎总是在写我自己的事情。我本意一直是想写别人的，也尽可能不去想到自己，而且，我确定，只要我发现自己又出现在故事中，我就会很恼火地对自己说，"哎呀呀，你这讨人厌的小东西，我不希望你出现！"但这些都没有用。我希望任何人看到我写的东西时都能理解，如果这一页页里有许多关于我的内容，我只能假定不得不如此，因为我和他们真的都有关联，不得不和他们一起露面。（79；ch. 9）

埃斯特和德罗克夫人这对母女最后一次见面时，德罗克夫人交给埃斯特一封自己的亲笔信，里面有埃斯特的身世之谜，但是埃斯特别叙述道："信里还提到了其他的事，就无需在这儿说了。故事进展到需要说的时候，我会说的。"（360；ch. 36）接下来埃斯特马上解释了自己这样做的原因：

> 如果我要保守的是我自己的秘密，那么和阿妲待一起不久后，我就一定会告诉她的。但那不是我的秘密，我觉得自己没有权力这么做，就算是说给我的监护人听，那也得在万万不得已的紧急情况下。这是我独自背负的一个重担。（364；ch. 37）

埃斯特在实践责任方面身体力行，小说中毫无责任感可言、总称自己还是孩子的老头思金波都说，埃斯特是责任的代表：

> 我从不曾有幸认识像你这么有责任感的人，你让我耳目一新。在我看来，你就是责任心这块试金石。我看见你，我亲爱的萨莫森小姐，把你的整个小而有序的圈子处理得井然有序。我想说，

第九章 "文学之尊严"：重读《荒凉山庄》

实际上，我的确对自己说，还经常这么说——这就是责任。（373；ch. 37）

在随后的第三十八章的开篇，埃斯特又对自己说："'我再说一遍，记住你的责任。责任，埃斯特。'我说，'你在做一切事、任何事的时候，如果不是感到无比高兴，大于愉快和满足的那种高兴，那么你就应该无比高兴，这就是我所有要对你说的话，亲爱的'。"（377；ch, 38）在小说后半程，埃斯特染病后留下一条性命，面容却毁了，大病初愈时她还不忘和自己说："多少次，我内心这么想，疾病留下的深深的痕迹和我的出身境遇，不过是新的理由来解释我为什么应当忙碌着、忙碌着、忙碌着——做一个有用的、和气的、有贡献的人，要无比诚恳和毫不虚伪。"（432；ch. 44）毁容后的埃斯特在商船上偶遇了曾经与之互相倾心的暗恋对象医生伍德戈特，埃斯特自卑于自己的面容，也怕他不再爱自己，就逃回房间。但马上她又告诫自己不可以这样做，于是她拉掉了已经拉上去一半的面纱，选择和医生相遇。可以说，是责任感让埃斯特做出这个决定。而医生更是多次表示，在他心中，埃斯特就是美德和崇高的化身。

"维多利亚时期的小说家培育了一种与读者亲密的能力，小说家们把自己定位为舞台上的表演者或者娱者，将自身的能力同传统宗教联系在一起，创造了一种近乎无法理解的亲密感。"（Carlisle 34；Stewart 52）著作权的立法依赖于作者身份在其作品中的体现，"文学财产就是作者个性的体现"（Rose 129）。正因于此，19世纪的读者谈到大卫·科波菲尔就想到狄更斯，19世纪的读者谈到埃斯特时也会想到狄更斯，因此埃斯特身上体现的责任，也就是"文学之尊严"强调的写作之责任。

《荒凉山庄》通过三个方面阐释了由写作体现出的埃斯特的责任感——她重视责任的原因，她负责任的表现形式，责任给她带来的收获。这三个方面也呼应了"文学之尊严"面临的三大议题：写作原创性的价值，私人财产/写作和公共消费/阅读如何平衡，作家如何通过写作确立阶级属性。

  首先,埃斯特视责任为生命的原因,在于她希望通过做个有责任心的人,洗刷掉身为私生女和复制品的耻辱,建立自己独一无二的身份认同。埃斯特笔下,复制的符码充满吊诡,反衬出负责任的写作之重要性。在埃斯特13岁的时候,她的姨妈(也是扶养人)说出她的身世之谜:她是个私生女。也就是说埃斯特是个没有被官方记录(undocumented)的孩子,因此她也没有一个合法的身份。在整部小说中,埃斯特都通过写作/叙事不懈地把自己建构成一个合法(legitimate)的主体,她反复说自己不聪明,她的自述中"知道"(know)这个词却出现了800多次(Hornback 6)。埃斯特的生父霍顿队长因为和雷斯特爵士的夫人德罗克夫人有私情而生下埃斯特,后来他化名为尼莫(Nemo)(笔者加:意思就是无名之卒)当法律文书誊写员。尼莫是复制的象征,埃斯特的身世可以说是"复制品"生产出的"复制品"。埃斯特在法学会文具店橱窗看到了尼莫的广告,父女以这样的方式"初遇",无疑让复制的符码更加吊诡。

  事实上,尼莫的广告也呼应了狄更斯对待文学原创性的态度。1851年到1852年,《荒凉山庄》用19个月的时间连载出版,每一期都以短小且未绑定卷的纸质版形式独立印刷,正文前都配有哈博洛特·奈特·布朗尼的插画,小说的每四个章节包含32页不间断的小说正文,正文前都有广告,占据了几乎整卷一半版面的空间,这些广告很大部分是出版商发布的近期将出版书籍的通知(包括被认为是"廉价版"的布面精装《狄更斯选集》以及狄更斯的《儿童英国史》),广告里提到的很多小说,在今天已经早被遗忘或者根本无从找寻;另一些小说是狄更斯和他同时代知名同行写的小说的出版通告——萨克雷、特罗洛普、盖斯凯尔和布尔瓦—立顿等;广告中还有几部主要的美国小说,包括霍桑的《福谷传奇》和《汤姆叔叔的小屋》的连载版,广告里还有很多非虚构性文学作品的出版通告,每一期的广告都附有醒目的大写声明:"内附名号和地址,独家正品,不接受仿造。"(Steinlight 134—136)

第九章 "文学之尊严":重读《荒凉山庄》

埃斯特/狄更斯之所以强调写作的原创性,是因为水晶宫引发了复制焦虑。在小说第六章,埃斯特初到荒凉山庄时,像一个观展的观众一样对其描绘,荒凉山庄就像是水晶宫的微缩版,埃斯特描绘它的方式也像是个参观水晶宫的游客,她对这座山庄的里里外外进行了细致入微的回忆,山庄里面不但有古典韵味十足的老式家具,还有印度椅子、扎布、"中国画家绘制的中国人沏茶全程图"(47;ch. 6)。在被水晶宫发酵的文化场域里,《荒凉山庄》刊载的广告独创性声明同写作的知识产权形成互文,不论是作品还是广告都无法独立存在,将二者联系在一起的是公共空间这一媒介。而19世纪英国的公共生活则更像是水晶宫象征的文化模式——充斥着工业复制的文化模式。贯穿于《荒凉山庄》叙事的是一连串对合法性、遗产、财产、家族血统的不确定感,这些暧昧不明的状态伴随着不同形式的复制和再生产,原初性的缺失给主人公的主体建构造成巨大的灾难。那些公共的东西也并不一定可以获取,可以获取的公共的东西经常要通过被惩罚的身体作为媒介。

法学会文具店老板克鲁克不会读写,他当着埃斯特的面用粉笔一个字母一个字母地写上"加迪斯"和"荒凉山庄"两个单词,又擦去它们。这一幕非常诡异,虽然他可以凭借记忆把字母原原本本复制出来,但是他写出的单词并不属于他,他也无法理解它们。爱慕埃斯特的嘎皮从德罗克夫人的肖像中窥探到埃斯特的身世之谜,他揭开谜底的过程间接导致了德罗克夫人的死亡。从德罗克夫人的画像(复制品)到埃斯特之间的过渡,暗示了主体间的流动让原初的主体性不断损耗的过程。如果没有一个原初的主体,主体就会以多维度的方式被呈现,而不是固定在一个特殊的位置。这就意味着在复制的场域,主体的自主身份无法确立。法学院文具店老板克鲁克不识字,但他用笔在黑板上写上"荒凉山庄"几个字又擦去,这个不守信用、老奸巨猾的小商人对待写作的态度很随便,但埃斯特在重新建构自我身份的过程中,努力地抹去耻辱和复制品的痕迹。她对待写作的态度是负责的。

其次,埃斯特责任心的具体表现是,她关注他人冷暖多于关注自身喜乐。这一点至关重要，因为它消解了"文学之尊严"在共同体形塑过程中必须面临的矛盾——作家如何在私人财产/写作和公共消费/阅读之间保持平衡。在"文学之尊严"论战中，作家的职业身份认同是个重要议题。狄更斯成名后很快认识到自己名字的价值，《家常话》的每一期每一页都印有"查尔斯·狄更斯执行"的字样。但是，狄更斯也对自己在公共领域的"展出"感到焦虑。写作艰辛，一个作家要花费无数心力，才能将自己的文学天赋注入私人空间/作品之中，而他的自我也终将成为公共财产的一部分，同时成为大众消费的一部分。写作既是荣耀，也是危险。正如狄更斯自己说的，他总是要"尝试一些从未触及的东西"（Forster, *Life* ii: 219）。狄更斯和他的同行迅速生产作品，又迅速被大众消费，他们又需要再一次迅速回到创作和发明的状态。在私人领域和公共领域之间何去何从？在异化劳动/写作和光荣的劳动/写作之间何去何从？

狄更斯通过埃斯特的责任心给出了答案。正是因为埃斯特的写作是对他人/社会共同体负得起责任的——如她总在自述中说的"做个有用的人"——她才敢于将自己/写作暴露于众目睽睽之下。与之对应的是埃斯特笔下轻慢写作或用文字伤害他人的一群人，如"望远镜外交""雄蜂哲学"和"贵族风度"指代的三个幼稚的大人——杰利比太太、思金波和老特韦德洛普，以及将自己命运托付给加迪斯继承案幻影的理查德，还有以囤积秘密为生谋财害命的大律师图经霍恩和法学会文具店老板文盲克鲁克等等。这些人物说明了异化写作的危险，也反衬出负责任写作的价值。

J. 希利斯·米勒有一句被狄更斯研究者经常引用的评注：《荒凉山庄》是"关于阐释记录的记录（a document about the interpretation of documents）"（Miller, Introduction 11）。文字/记录/写作在这部小说中总是危机四伏，险象环生。在小说开篇，全知叙述人就开门见山，称法官：

用一些棘手的判例给对方使绊，陷在诉讼程序性细节里面瞎

第九章 "文学之尊严":重读《荒凉山庄》

> 折腾,用拿羊毛或马鬃做的假发护住的脑袋,死抠文字砌起的书墙,像演员那样,一脸严肃,装出一副公平公正的样子……他们面前堆着起诉书、反起诉书、答辩书、二次答辩书、禁令、宣誓书、争执记录、给法官助理的参考材料、法官助理的报告以及一大堆一大堆昂贵而无意义的文字材料。(2;ch.1)

《荒凉山庄》的主线加迪斯控告加迪斯案,就是围绕着记录/文字展开的一幕荒诞剧:

> 很难说清楚到底多少人被加迪斯控告加迪斯这个案子毁掉了、腐化了。上到法官助理,下至六个书记官办公室的抄写员,都受到了影响:那些法官助理们的文件夹上堆着大量的加迪斯案子中的执行令,它们布满灰尘,现在已经给揉得不像样子了,那些抄写员以同样的标题,写完了好几万页大法官法庭专用的对开纸张;没有一个人的性格因这个案子而变好。(4;ch.1)

在小说第四章《望远镜慈善》,杰利比太太登场了。杰利比太太投身于非洲事业,除了至关重要的非洲事业,其他事情都无关紧要。她性格刚强,把自己的全部都奉献给了公众。

> 她在不同时期,投身于大量不同的公众问题,而目前(在其他事情吸引她注意力前)她正投身于非洲的问题,为了全面种植咖啡果——也是为了培养当地的土著——为了使我们国内过剩人口在非洲河流的两畔得以安居乐业。(24;ch.4)

据称杰利比太太一天之内就能收到150到200封有关非洲的信件,她曾经一次从邮局发出5000封宣传信件。但杰利比太太的内务一团糟:"房间里到处散落着纸张,空间几乎被一张大写字台占尽,桌上也铺满了类似的废纸"(26;ch.4),她让自己的女儿凯蒂牺牲自己的生活为她当抄写员，精疲力竭的凯蒂甚至和埃斯特说，她希望非洲毁灭，她之于母亲的意义"就是钢笔和墨水"（133；ch. 14）。杰利比太太活在全能自恋的幻想里，她对公共事业的关注是畸形的，她为了虚有其表的非洲慈善事业毁掉私人生活，让女儿凯蒂充当复制宣传单的机器，她的事业/写作没有平衡公众与私人的关系。

凯蒂的母亲是个幼稚的大人，她未婚夫特韦德洛普的父亲也好不到哪里去。以贵族风度为人生标尺的老特韦德洛普开了一家舞蹈学校，和杰利比太太一样，这位父亲也把儿子当成赚钱的机器。这位老校长以艺术气质和贵族风度自诩，然而在埃斯特笔下，他全身都是假的：

> 他上了年纪，有点儿胖，一副假模假样的样子，镶着假牙，戴着假胡子和假发。他有条人造毛领子，衣服前胸处垫得高高的……一副无与伦比的优雅姿态。他还有一根拐杖、一副眼镜、一个鼻烟盒、几枚戒指、几副腕箍，他什么东西都有，就是没有自然真实感：他既不像青年人，也不像上了年纪的人。他不像这世上的任何东西，而像是风度的模板。（135；ch. 14）

老特韦德洛普还说："这样一个什么都要平等的年代，是不利于形成与发展风度的，只能形成和发展粗俗……每天都在退步中。现在绅士所剩不多了。我们这样的人实在太少了。我看没有什么可以继承我们的风度，只剩一群纺织工了。"（137；ch. 14）如果把老特韦德洛普的反民主观点和"文学之尊严"论战联系在一起，可以揣测出狄更斯设计这个人物的用意。文人墨客的通常形象该是风度翩翩的，老特韦德洛普似乎符合这一形象，但是在埃斯特眼中他的"风度"空无一物，他和他的亲家母杰利比太太一样，都是幼稚的大人，为了一己私利牺牲儿女的幸福，毫无责任感可言。

荒凉山庄里还住着一个重要人物：老小孩思金波。不论是加迪斯先生还是思金波自己，都认为他只是个孩子，他是个本可以成为职业艺术家的业余音乐家，多才多艺，喜欢画画，风流倜傥。虽然在感情

第九章 "文学之尊严"：重读《荒凉山庄》

上不顺利，事业方面也不顺心，但他不在乎，因为他把自己当成个孩子。思金波自己有五六个孩子，

> 他的外貌与其说像是位上了年纪但保养得不错的人，倒不如说像是一个衰老的年轻人。他举止随便，穿着都很随意……一个浪漫的年轻人，经受了某种罕见的衰败过程，而……容貌举止上……一点不像从寻常道路走来，一路历经岁月洗礼、烦恼忧愁、俗世阅历之后，上了年纪的人。（49；ch. 6）

思金波毫不避讳地坦露自己没有时间观念，也没有金钱观念，他总是不能守约，不能做任何交易，也不知道任何东西的价值，他缺乏信用。思金波身上率真的快乐和事不关己的悠然自得让埃斯特迷惑："我努力将我对生活的责任和义务的想法（虽然我自己并不十分很清楚）和他所说的相调和，如果在刚开始我感到些许困惑的话，这困惑就是不完全明白他为何没有这些责任和义务。"（50；ch. 6）思金波在荒凉山庄里白吃白住，借它当题材作画赋曲，他不需要承担任何责任，因为他把加迪斯当作全权的管家。刚认识埃斯特、阿姐和理查德不久，思金波就让他们拿出积蓄替自己还债，而且还要把世人说成都爱算计，只有他单纯快乐。思金波张口不离浪漫二字，他根本不思念妻儿，称自己为"世界公民"。在安慰因他的赖账而恼怒的催债人时，他一边心平气和劝他，一边在一本书的扉页上给催债人画了个小头像，还继续劝道：

> "不要因为你的职业而生气，我们可以把你和你的工作区分对待的，我们能够把一个个体和他所追求的区别开的。我们还没有偏见到认为你在私下里就是个不值得尊敬的人，也不会认为你本性里没有你可能没能意识到的，颇多美好品质和优雅气质。"（53；ch. 6）

思金波的这段话隐含了狄更斯对待文人和文人尊严的态度。思金波全无责任意识，对待艺术的态度也非常散漫，将工作和自身，公共空间和私人生活区别对待，还称这样的态度是浪漫主义特质的体现，这在狄更斯看来一定毫无尊严可言。把诗意挂在嘴边的思金波，非但谈不上艺术家（他的艺术来得太容易，没有经历创作的磨炼和艰辛），更谈不上一个有责任感的人。随着小说的推进，埃斯特也揭示了思金波自诩的孩子气和浪漫气质的真实面目，他并无还债的打算，却不断借债进而毁了很多商人；在男孩乔感染斑疹伤寒（typhus）的时候，思金波落井下石，要把乔赶出荒凉山庄，还说如果他出去后"惹出什么乱子，被关到监牢里，我觉得倒是一个更明智的行动，而且从某种角度来说，也更值得尊重，那样就更富有冒险精神，因而也就更富有诗意"（305；ch. 31）。

除了上述三个幼稚的大人揭示的写作的危险之外，《荒凉山庄》里由于文字而引发的困惑和悲剧无处不在。帕尔迪格尔太太用宗教规约折磨造砖工人；伯夷桑和雷切斯特·德罗克男爵互通言辞激烈的信件，就地界线激烈讨论；埃斯特自己收到监护人、荒凉山庄的主人加迪斯的求婚信时热泪盈眶，而即便她多次尝试写封回信，却怎么也提不起笔。小说中的另一个全知叙事者同埃斯特遥相呼应，记录了文书/写作在塑造或者毁灭人物命运时，具有更加灾难性的力量。埃斯特记录了理查德·卡斯顿如何被律师霍尔斯榨干理智，对加迪斯案的遗产给予不现实的热望，最终自己走向堕落。全知叙事人记录了早熟的法学界神童斯莫尔维德成年后成为放高利贷的人，同心怀不轨的律师图经霍恩联手，突然提出一项长期且有利可图的债务，以此做诱饵强迫工业家乔治·伦斯维尔让出一封写有德罗克夫人旧情人、埃斯特生父尼莫/霍顿签名信件的归属权。而后埃斯特和全知叙述人共同记录了德罗克夫人的律师图经霍恩如何利用手写的法律文件，一堆信件加上乔治应允的一个霍顿债务的说明，最终将德罗克夫人投入万劫不复的陷阱。

《荒凉山庄》由记录/书写引发的一大悲剧是理查德·卡斯顿幻想

第九章 "文学之尊严":重读《荒凉山庄》

能从加迪斯案中继承巨额遗产。孤儿理查德（笔者加：埃斯特、阿姐和理查德同为加迪斯案的继承人，受加迪斯先生监护，三人同为孤儿）身上表现出的思金波式的随意态度让埃斯特迷惑，埃斯特欣赏理查德身上的轻松愉快和满怀希望的乐观，但他把自己的随便态度错当成了谨慎。在自己的职业规划上他总是临时起意，一会儿去当水手，一会儿要学医，一会儿又要进入法律界。他盲目地借钱给初识几天的思金波帮他还债，在金钱方面也没有理性规划，幻想于靠加迪斯案发大财，又被自己的律师霍尔斯骗了钱财，在走投无路中死去。理查德的自我堕落是阐释写作危险性的一个很好的例子，理查德对自己的教育从来都是三天打鱼两天晒网，凭借冲动和幻想随意更换职业目标。

理查德之所以会这样的一个主要原因是，他一直对加迪斯案寄予不切实际的幻想，以为巨额的遗产继承可以轻松而彻底地让自己步入上流社会。在整理案卷的过程中，理查德也发现加迪斯案的记录和文件没有人看得懂，加迪斯案并没有给理查德带来体面而合法的中产阶级式财富，也无法给理查德带来身份认同，从垃圾一般堆积如山的卷宗中找寻不到意义的连贯性，它们让人性堕落。理查德的死源于心智意义上的"文盲"——不识不察。除此之外，另外的悲剧是早熟的法学界神童斯莫尔维德，因实业家伦斯维尔不遵从律师图经霍恩的命令，斯莫尔维德不断碾压他的命运；图经霍恩利用德罗克夫人的旧情事给自己谋利，不惜毁灭夫人。这三大悲剧的结果是理查德和德罗克夫人死亡，乔治因为错误的谋杀而入狱。

这些写作的危险和暴力引发的悲剧，反衬出埃斯特负责任写作的收获。正是因为埃斯特的责任心，她才赢得尊重并获得真爱，成为医生的妻子。埃斯特因为责任心而带来的收获也反映出"文学之尊严"中的"尊严"：作家共同体如何通过负责任的写作为自己获取中产阶级身份。埃斯特的责任心给她带来的收获，就是她的尊严。埃斯特通过践行责任摆脱了身为复制品的耻辱，获得新生。她一度答应加迪斯先生的求婚，愿意成为荒凉山庄的女主人，而最后她与黑皮肤的医生伍德戈特有情人终成眷属，埃斯特也成了中产阶级妻子。埃斯特的被毁容进一步塑造了崭新的身份，因为她的容貌已经与生母德洛克夫人没有联系了。

狄更斯将女性埃斯特作为他在《荒凉山庄》的代理人，这点值得深究。小说中一直有一个男性化——至少是去性别的全知叙事人——同埃斯特展开竞争，而随着小说情节的推进，埃斯特冷峻的叙事风格以及对自我意识清晰直白的表露，让她更加具有男性化的思维特质。在小说后半程，埃斯特病后容貌尽失，狄更斯甚至让埃斯特在相貌上都不再具备女性特质。也就是说，《荒凉山庄》见证了埃斯特从女性化走向男性化的过程，而这个过程同埃斯特获得尊严（也是写作的尊严）的历程是重合的。

埃斯特的尊严预示了作家的阶级属性问题。除了文学原创性的价值，作家私人财产/写作和公共消费/阅读如何调和的问题之外，"文学之尊严"论战涉及的另一个重要问题是阶级身份确立问题：来自不同阶级背景的文人，如何整合成一个作家共同体。对于狄更斯而言，作家的自主性同阶级属性密切相关，正如狄更斯对他妻子说的，他"并非出身高贵，而是自学成才"（qtd. in Chitty 174）。相较之和他年龄相仿的萨克雷的高贵出身，狄更斯属于那一批"新人"。在19世纪，很多狄更斯和萨克雷的评论者也喜欢在两位作家的出身问题上大做文章。大卫·梅森（David Masson）声称"萨克雷的散文文体风格是他接受过经典教育的结果"，而狄更斯的风格则带有"敏锐感和女性化的敏感……我们找不到习惯性的感知，密致而坚实的观点，给人强烈印象的感知，而这些恰是在萨克雷的作品中可以找到的"（Masson 62—64）。其他评论者也提到，萨克雷"拥有诚实和阳刚的特质"，这一男子气概得益于他的血统，而狄更斯的"女性气质"则说明了他阶级属性的不明朗（Kaye 372）。狄更斯的非贵族出身，以及他所缺乏的经典教育，都让他的小说更容易遭到"阴柔气"的指控，埃斯特隐含的修辞让狄更斯找到在新兴工业世界表征男性气质的策略，狄更斯被正统的绅士教育拒之门外，但是他把自己形塑成"新人"：自强不息，身体力行的新兴中产阶级，个人主义的践行者。这也解释了

《荒凉山庄》以积极的笔触描绘钢铁大王伦斯维尔的原因，这还是把切斯特山庄主人雷斯特爵士总管的孙子命名为瓦特的原因"（Pettitt,"'A Dark Exhibition'"250）。

像埃斯特一样，狄更斯乐于以开放性的姿态面对公共生活，与之对应则是贵族阶级的封闭性，这点在小说中坚守秘密的一些人物中得到充分体现。小说中有一些对秘密和隐私趋之若鹜的"侦探"，其中三个是噶皮、图经霍恩和侦探巴克特。除了最后一位是真的在为图经霍恩遇刺案追查元凶之外，噶皮和图经霍恩的动机都是纯粹利己主义的，后者完全出于用客户的秘密谋利的私心，才不惜迫害雇主德罗克夫人，而前者出于对埃斯特的爱慕拼命挖掘她的身世之谜，从而间接毁灭了德罗克夫人。小说中还有各种为一己之利打探他人秘密的"小侦探"：斯莫尔维德家族、克鲁克、德罗克夫人的法籍女仆霍恩斯，以及尼莫的房东斯纳戈比夫人。小说中一些非人的物体也在窥探德罗克夫人的秘密：克鲁克的猫用绿色的眼睛盯着尼莫的文书，图经霍恩的箱子也蕴含着谋杀案的秘密，贯穿于小说叙事的无所不能的"消息灵通人士"把德罗克夫人的行踪从英格兰追到欧洲大陆。所有这些探秘活动让德罗克夫人的秘密公开化、非个人化，必然化。像克鲁克的自燃一样，德罗克夫人也是非死不可的。

法学会文具店老板克鲁克具有病态的囤积（hoarding）型人格，这点和《老古玩店》中的土伦特老头、《尼古拉斯·尼克尔贝》中的拉尔夫很像。埃斯特看到克鲁克店面橱窗告示牌赫然写着：

> 回收骨头，回收厨房器具，回收废铁，回收废纸，回收男女旧衣。那儿好像什么东西都可以回收，但什么都不出售……这墨水瓶倒是提醒了我，这家店铺在好些个细节上有和法律相亲邻的感觉，也好像是和法律脱离了关系，却又是法律肮脏的逢迎者。（35；ch. 5）

克鲁克不识字，却给自己的鸟起了很多名字，这些名字充满诡异

童心崇拜：狄更斯共同体之镜

色彩："希望、快乐、青春、和平、安宁、生命、尘土、灰尘、垃圾、贫穷、毁灭、绝望、疯狂、死亡、狡猾、愚蠢、废话、假发、羊皮纸、抢夺、先例、行话、熏腿、菠菜。"（142；ch. 14）这些名字从生机过渡到毁灭，"书写"贯穿其中。克鲁克想要学习写字，却怕别人教错自己，他执意自己学，又显然非常吃力，他对别人的不信任映射了他对"秘密"的坚守——一种故步自封的人生哲学。

私人律师图经霍恩的公寓"就像他的外表一样，生锈一般，老旧过时了……所有能上锁的东西都被锁上了，钥匙不知所踪"（92；ch. 10）。他满肚子都是秘密，而且靠这些秘密得到好处。他好像戴着面具。

> 一副惯常没有表情的面具——如果那是副面具的话——他身体的每一部分，他衣服的每个褶皱里都有些家族秘密。他是不是把整个灵魂都献给了名流权贵呢，或者是不是除了出售那份劳力外并没有付出其他什么呢，这些事都是他的私人秘密。（114；ch. 12）

同克鲁克最后的自燃一样，律师图经霍恩对秘密的囤积也必然导致他的死，因为他的囤积是反自由贸易的，也是反市场流通的，更是有悖于19世纪工业经济美学的。图经霍恩对秘密的偏执和克鲁克的不会读写，都让他们的知识只属于自我这个私密空间，在共同体意义上，他们在对自己掌握的社会资本实施霸权。克鲁克对待文件和书写的态度毫无美感可寻，囤积也是对艺术的威胁。

另一个例子是理查德。理查德指望靠加迪斯遗产继承案步入上流社会，因此他对圈子里的秘密趋之若鹜。理查德说医生伍德戈特没有秘密，他也不在拥有秘密的圈子里，他是圈外人。"秘密意味着可以接触到体制，也意味着有一个可以叙述的过去，这象征了阶级的分野，贵族依靠秘密活在封闭的空间，新兴阶级没有秘密也没有过去。"（Thomas 124）在《荒凉山庄》中身为孤儿的埃斯特和理查德映射了

第九章 "文学之尊严"：重读《荒凉山庄》

英国在文明转型期构建民族国家共同体时的微妙体验，不论是英国还是埃斯特或理查德，都浸泡在自己的历史之中无法前进，因为他们发现自己的过去太模糊，难以辨认。而"理查德同自己所继承的加迪斯案遗产之间的怪异关系，消费了理查德的全部心智，这层怪异关系又拒绝被主体阅读或者理解，孤儿的状态正好似处于'进步'的英格兰的状态"（Robbins 156）。

加迪斯案是没人知晓，但是可以解开的秘密，这是封闭的空间形式，对于公众言论的恐惧导致以德罗克夫人为代表的贵族对私人生活守口如瓶，小说中各种各样的"侦探"拼尽全力解开德罗克夫人的秘密，最终导致很多人物的毁灭。尼莫的房东斯纳戈比太太也是个"侦探"，但是她对尼莫之死的侦察活动不是光明正大、基于逻辑推理的，她"深更半夜起来搜查斯纳戈比先生的衣袋，偷偷细读斯纳戈比先生的信件，背着斯纳戈比先生检查每天的流水和总账、现金箱和保险柜，躲在窗口偷看，藏在门后偷听，把一切毫不相干的细节、言行都错误地关联起来"（252；ch. 25）。斯纳戈比太太作为侦探的失败，在于她太私人化。斯纳戈比太太对"秘密"的窥视让书写/记录/文字更加危险。男孩乔因为得到尼莫生前的资助，在尼莫死后，德罗克夫人、德罗克夫人的法国女仆、律师图经霍恩和侦探都接触过他，因为他知道太多"秘密"，他的性命也很危急。小说中的面纱、扇子都烘托了这些"秘密"。

可以说，埃斯特和德罗克夫人这对母女的身世之谜构成了小说的一个主线，贵族德罗克夫人的死亡也是由探秘引发的悲剧。埃斯特被毁容的这一安排，不仅让埃斯特同生母之间取消了联结，也宣告了狄更斯作为中产阶级同贵族阶级的隔离。埃斯特的毁容对她摆脱复制品的耻辱至关重要。南希·阿姆斯特朗（Nancy Armstrong）提出，"不论是小说人物还是照片，在 19 世纪后半叶的英格兰，都开始围绕着'区别'的概念构建自我感，这个修辞格早已在《荒凉山庄》中初见端倪"（N. Armstrong 46）。这种转变解释了为什么埃斯特必须不能在相貌上和德罗克夫人相似——德罗克夫人对埃斯特的自我叙事以及写作权威拥有控制权，因为她是埃斯特生命的起源。在小说中，"埃斯特和德罗克夫人这对母女围绕着文本的主权展开权力斗争，仅仅是在这对母女相逢的一幕，通过埃斯特的叙事就可以得知，她和德罗克夫人展开了几次隐性的交锋"（Heady 330）。

德罗克夫人的肉身死亡之前，就已经被叙述成已死，埃斯特也多次说她死了。这对母女的相认与其说是母亲提出自己抛弃了女儿，不如说是母亲让女儿默许不认亲，这一情节隐含着母女间的权力斗争以及代理人的弃绝。德罗克夫人是个危险人物，这样说是因为她有能力在修辞和身体层面控制埃斯特，她是字面意义上埃斯特的"生产代理"（Dever 47）。德罗克和尼莫身为父母，他们身份的含混性，也暗示了作家自主身份的不明朗。小说后半段埃斯特被毁容，她走到镜子前端详自己时第一个想法是，她和医生伍德戈特的感情就此告终——她不再美丽，所以她也不再具有性吸引力。但狄更斯明确打消了埃斯特的这层顾虑，埃斯特开始写自传时已和医生伍德戈特成婚，毁容允许她在道德层面上做个更好的埃斯特：一个孜孜不倦、没有性别的中产阶级妻子。

毁容后的埃斯特在乡间路上遇到一对新婚登记的夫妻，埃斯特知道新娘在学校受到过很好的教育，但是惊讶于她为了维护文盲丈夫的尊严，故意隐没了自己读写的能力。"新娘在公共空间回避了展出自己读写能力以及对语言的掌控权，这样做都是为了照顾丈夫的尊严。"（Budd 198）埃斯特在自述中对这位新娘表达了赞许，但是新娘在这场婚姻中确实高丈夫一等——她是向埃斯特讲述故事的人，她掌控着谈话的局势，而她不会读写的丈夫只有傻笑听着的份儿。这一幕事实上安抚了已经去性别化的埃斯特：拥有写作的能力是笔财富，它的意义超过拥有迷人的容颜。

在《荒凉山庄》中，凡是那些像埃斯特母亲那样囤积秘密，自我封闭的人物，他们的命运都非善始善终，其中原因不难理解，囤积和自我封闭并不符合工业文明的经济美学，而后者正是狄更斯所认同的市场机制。1838年4月《尼古拉斯·尼克尔贝》进入出版流程时，狄更斯已经是英国家喻户晓的作家。狄更斯深知，自己和自己作品的价值依赖于公共阅读群体，如何在私人领域和公众领域之间保持微妙的平衡，一直是"文学之尊严"和狄更斯必须面对的问题。《荒凉山庄》中很多流动性的意象同写作的流动性形成互文，也呼应了狄更斯的观点。埃斯特身份认同的流动性，和19世纪图书的发行和流通形成对照。曾经向埃斯特求婚的，她的监护人加迪斯先生，在小说结尾送给埃斯特夫妇一个荒凉山庄的复制品——一栋新别墅，这栋新别墅及其象征的私人空间的流动和复制，也同文学著作的出版和流通互为隐喻。"私人空间的流动和公共空间的流通隐喻式地互相激励着，暗示了狄更斯在处理写作的私人性和公共性时采取的调和策略"（Salotto 344），《荒凉山庄》试图说明，主体、家和小说都分享了一个动态机制，就像阅读这一行为一样。由此，文学的意义也在于它生产了文本的共同体。

没有任何一个地点是永远或自然而然地"共同的"，公共和私人的边界是流动的。19世纪50年代，狄更斯在表征和批判公共空间这个概念时付出很多努力，在这样做的同时，狄更斯又把社会共同体的市场建构成了私人空间。化身为狄更斯的埃斯特在文本间际与读者的亲密接触，削弱了私人和公共空间的差别。狄更斯在公共领域的写作事业中营造了私人空间，让他免于被一个更公共的工作场域中潜在的异化所影响。这种策略可以在《大卫·科波菲尔》中找到踪迹——大卫的写作总是和家庭生活安排在一起。而《荒凉山庄》中呈现的写作主权的暧昧性，同样说明狄更斯在对待作家私人空间和公共空间两者关系的问题时的思虑。毕竟，水晶宫还伴随着消费者和消费者趣味的问题。19世纪中叶酝酿出的两个理念——一个属于人民的文化和作为私有财产的知识——如何整合，是狄更斯面临的挑战。当"文学之尊严"联盟中的萨克雷戏称"狄更斯和他的文学艺术协会用夸张的言行博取公众同情"（Thackeray, Letters iii: 390）时，《荒凉山庄》似乎在用最质朴的方式回应了萨克雷：文学的尊严，文人的尊严，皆来自负责任的写作。

童心崇拜：狄更斯共同体之镜

"文学之尊严"这次自发结社活动，是狄更斯共同体之路的大事件，埃斯特通过写作获得尊严的历程，是个人主义梦想实现的历程，埃斯特重塑自我同一性的道路提示了作为个体的作家必须通过以责任心为形式的美德构建共同体。

第十章 《艰难时世》："非利士人"想象共同体的错误方式

在狄更斯创作中期完成的几部小说中，开始出现对实业家的积极描述，比如《荒凉山庄》里的钢铁大王伦斯维尔。另外在这部小说中，切斯特山庄的主人雷斯特爵士总管孙子的名字和发明蒸汽机的瓦特的发音是一样的。这些信号都说明，狄更斯对于工商业在社会生活的渗入以及经济活动之于民族国家共同体形塑的意义，都有着清醒的觉察。维多利亚时期的社会经济机制还伴随着中产阶级和工人阶级逐步登上历史舞台，迪斯雷利所言的"两个民族"的分裂越发明显，用什么样的方式想象民族国家共同体，成了一个问题。马修·阿诺德（Matthew Arnold，1822—1888）把19世纪的英国人划分成三个社会阶层：野蛮人、"非利士人"和"群氓"，这三个称谓分别代表了贵族、新兴布尔乔亚和劳工阶层。阿诺德认为，"维多利亚社会的不平等让这三个阶层滋生了各自的文化陋习，上等阶层物欲横流，中间阶层俗不可耐，下等阶层粗暴不堪"（Arnold，"Equality" 236）。阿诺德所批判的中产阶级的非利士主义具有四大特征："把财富和伟大画等号、宣扬个人自由的同时轻视国家的作用和利益、骄傲自大、审美趣味粗鄙平庸。"（Jones 2—3）

《艰难时世》以工业城市焦煤镇为背景，刻画了两个功利主义至上的资产阶级家族——格雷戈林和庞德贝——的悲剧，从而诠释了共同体形塑中审美属性的重要性。学术界已经对《艰难时世》中功利主义与审美情操的对立做过一定的研究，勒普顿（Christina Lupton）从康德哲学的角度分析了《艰难时世》的美学特质，认为如同康德哲学所推崇的判断一样，狄更斯的审美判断不是简单的事实和天真的想法，而是这两者有机的联系（Lupton 151—169）。普尔斯福特（Stephen Pulsford）也通过对《艰难时世》的分析解读了狄更斯的意识形态，并提出无论从形式还是主题的角度来看，《艰难时世》所表现的是一种美学的意识形态，这点在小说第一章的前两段就有所体现，格雷戈林的开场白和他所需要的"事实"，充分展现了他的功利性对美学的否定（Pulsford 145）。

普尔斯福特的评论展示了《艰难时世》中的一组对立：审美体验与功利主义的对立，小说中以格雷戈林和庞德贝为首的家长，由于对工具理性顶礼膜拜，成了过分强调"事实"的利己主义者，他们的价值观是审美现代性的对立面，其结果就是童真的撤销、想象力的缺失以及人物命运的悲剧。狄更斯以这些反面教材告诫维多利亚人，想象共同体的方式很重要，并且何种想象共同体的方式是错误的。那么，为什么承载着想象力之重的这部《艰难时世》，却被冠以"败笔"的恶名呢？

一 "败笔"还是神来之笔？

于1854年创作的《艰难时世》（*Hard Times*）经常被认为是狄更斯的败笔。赫希（David H. Hirsch）就提出，狄更斯没有在这部小说中成功传递他非常值得赞美的道德动机，许多"边缘人物"——例如对史里锐马戏团的西西·朱浦以及马戏团的象征性刻画都是失败的，"狄更斯的写作目的值得赞扬，但这部作品并不能算得上是最佳的作品"（Hirsch 3）。另外，学术界还认为，《艰难时世》对于"阶级情节"和"工业主题的处理"都是败笔，狄更斯刻画的人物形象只是"性格的外壳化"。斯佩克特（Stephen J. Spector）就指出，狄更斯在《艰难时世》中对工人阶级的描述，就如同现实主义推崇的那样，"仅停留在模糊的外部特质描写——例如行为、环境、穿着以及表情等，

第十章 《艰难时世》:"非利士人"想象共同体的错误方式

关于工人阶级对生活的观念以及心理活动的描述相对缺乏",狄更斯采用的"隐喻和转喻具有阶级意识,隐喻适用于中产阶级而转喻适用于工人阶级,并且两者的表征并不一致"(Spector 366)。

"对《艰难时世》提出较中肯评价的声音和认为小说是'败笔'的解读"(殷企平,《对所谓〈艰难时世〉中"败笔"的思考》21)一样,都侧重于对小说的政治化阐释。如克里斯丁安(Mildred G. Christian)指出,狄更斯和卡莱尔在一些社会问题上持有相似的观点,在《艰难时世》里集中表现在三个"系统"上的相似性:"教育、功利主义隐含的自由主义学说以及工厂中的那些象征工人的'人手'"(M. G. Christian 11)。科塔布吉安(Tamara Ketabgian)也认为,狄更斯所提及的机器以及大象,都具有隐含的内涵,小说中出现的不论是反复做活塞运动的机器还是机械化工作的工人阶级,都是为了刻画阶级压迫(Ketabgian 649—676)。

把焦煤镇隆隆作响的机器比作大象,用"人手"(hands)作提喻指代工人,怎么不能说是狄更斯想象力丰富的表现呢?学术界提出的《艰难时世》之"败笔",是对小说主人公僵化思维的一个呼应。可以说,狄更斯在通过自己建构的文本共同体替国家实施道德角色,而道德的层次里,美和善唇齿相依。《艰难时世》中展现的审美和想象力的弃绝,从一个反例说明了童真和想象力可以诱发对善的坚持,善构建信任,信任促生社会团结和经济繁荣。

19世纪英国社会的审美情操被工具理性削弱了,维多利亚人对文化共同体中善的表达能力降低了,无法保持对善的各种想象,而这些想象本是可以激发人们去维护共同体共享价值准则的。《艰难时世》想要表达的共同体呼唤是,在同善的关系里,需要恢复对善的想象力和表达权。因此,狄更斯在《艰难时世》中谈及想象力和想象力带来的社会资本时,使用的修辞宽泛而丰富。狄更斯希望扩大维多利亚人对想象力的思考,然后从这种想象中容纳善,用"善的问题是什么"取代"做什么是符合事实的"。下文试图挖掘狄更斯种植在《艰难时世》中的共同体情结:给想象力预留足够的空间,也就是给童真一席之地。

二 格雷戈林的学校和家

《艰难时世》中有个功利主义者阵营,他们是童年和想象力的毁灭者,也是悲剧的源头。格雷戈林是功利主义的代名词,他精于算计,缺乏仁爱精神。他开办了一所学校,对学校的孩子以及自己的孩子,都秉持以"事实"为原则的教育方针,扼杀孩子们的好奇心与想象力,力求将孩子们培养成冷静又理智的人。他要求孩子们把"幻想"抛掉,让他们"说出马的定义"(Dickens, Hard Times 6; bk. 1, ch. 2),教育孩子们"不该用马的图案糊房间"(8; bk. 1, ch. 2),不可以用铺有花卉图案的地毯。格雷戈林是个非常实际的父亲,遵循他讲求事实的教育方针,他的五个孩子都只掌握了看似有用的知识,但他们的好奇心和创造力都被扼杀了,格雷戈林因禁了孩子们的童年。格雷戈林的孩子们也不会有太大建树,因为成绩好的孩子之所以更加自律,一个重要原因就在于想象力的作用,想象力丰富的孩子延迟满足的能力更强,愿意放弃眼前一时的快乐,去追求更加高远的目标。

格雷戈林之所以与太太结婚,一是因为她令人满意的计算能力,二是因为她不会"胡思乱想"(22; bk. 1, ch. 4)。他认为孩子们对马戏团的兴趣代表了庸俗的好奇心,他们夫妻两口子将两个孩子去看马戏团表演的"过错"归咎于学校里一个流浪艺人的孩子西丝·朱帕,并决定把这个女孩子撵走。格雷戈林并不是个彻头彻尾的恶棍,他性子里仍存有点仁慈之心,虽然蔑视马戏团的艺人,当得知西丝被父亲抛弃后,他收回了开除西丝学籍的决定,并收养了她。随后格雷戈林要求西丝以后不许再看神怪类故事书,称"它们是害人的无聊玩意儿"(57; bk. 1, ch. 7)。

格雷戈林从小就教育女儿露易莎不要胡思乱想,父女聊到路易莎嫁给庞德贝的事情,露易莎没有任何反抗便同意了,据此格雷戈林为教育出如此冷静理智的女儿而感到高兴。对于露易莎提出的问题,他举出了一系列夫妻双方年龄不相称的事实,却丝毫不涉及露易莎的情

第十章 《艰难时世》:"非利士人"想象共同体的错误方式

感意愿。妻子亡故后,格雷戈林赶回家干净利索地处理了后事后,就马上离开,继续他在议会的工作。

随着一套功利主义价值观的推行,格雷戈林尝到了自己以"事实"为原则的教育方针的恶果:一方面来自自己的学生,一方面来自自己的孩子,真可谓自食其果。不过,他在经历了儿女露易莎和汤姆的悲剧后,终于意识到自己教育方针的失败,并悔改。格雷戈林对孩子们的爱,就是他悔改的重要原因,身为父亲的本能再次激活了他对善的想象力。露易莎在他的教育下经历了婚姻的悲剧,他反思自我,和庞德贝谈判,力争帮助女儿改善现状;汤姆在他的教育下变得自私自利,犯了偷盗银行的大罪,他作为父亲的恻隐之心使他协助儿子逃离英国。格雷戈林还发布告示,给了工人斯蒂芬清白,同时公布了自己儿子的罪状。

悔改之前,格雷戈林夫人和丈夫奉行一样的教育理念,她在露易莎和汤姆等孩子的教育中,并没有给予母爱式的关怀和影响,孩子们在教育中的情感缺失,她是负有相当大责任的。直到临终,她才隐约发现了这个问题,但为时已晚。格雷戈林太太拥有令人满意的计算能力,还不会"胡思乱想",所以当露易莎稍微向汤姆提及自己的"胡思乱想"(63;bk. 1,ch. 8),格雷戈林太太马上就打断了两个人的对话,不允许女儿这么做。临死前,她自我坦承,觉得在培养露易莎和汤姆的过程中,有什么东西被他们的父亲丢掉了。

路易莎和汤姆这对姐弟是格雷戈林夫妇教育的牺牲品。汤姆在父亲的教育理念下没有成长为优秀的绅士,反而自私自利,滋生了一系列坏习惯,最终把自己推向自我毁灭的深渊。他年纪轻轻就厌倦生活,整个人耽于享乐,放荡奢侈,以致债务连连。他觉得自己像驴一样固执、愚笨,得不到快乐。他最大的自私自利之处就在于不顾及手足情。他请求姐姐嫁给庞德贝——这样他可以靠姐姐的关系在庞德贝的银行里顺风顺水。

汤姆逐渐长大,在庞德贝的手下做事,变成一个不讨人喜欢的年轻人,但汤姆又丝毫不费心掩饰对庞德贝的鄙视,活脱脱的一个缺乏

童心崇拜：狄更斯共同体之德

自我约束的伪君子。他暗示姐姐，希望姐姐能够为了他的未来而接受父亲和庞德贝安排的婚姻，他还伸手向姐姐要钱还自己的债务，甚至嫌弃姐姐没有多费心讨好一下庞德贝。他置姐姐的幸福于不顾，对姐姐的牺牲奉献麻木不仁，在他的字典里，每个人都是唯利是图的。后来，汤姆因哈特豪斯的款待变得飘飘然，将自己请求姐姐嫁给庞德贝的原因和盘托出——他可以靠姐姐的关系在庞德贝的银行里得到职位，他自己的自由、幸福和前程都取决于这场婚姻，他不重视姐姐的幸福，认为女孩子不管到哪里都能混日子。只要爱上自己的女子有钱，即使她长得再丑，汤姆也会接受她。这个观点被哈特豪斯批驳太唯利是图，汤姆反驳说："谁不是唯利是图的呢？"（206；bk. 2，ch. 7）

汤姆做过的最恶劣的事情就是偷盗庞德贝的银行，还将罪名栽赃嫁祸给工人斯蒂芬。事发后，汤姆不愿透露分毫有关斯蒂芬的消息，但汤姆内心充满矛盾和惶恐，当大家找不到斯蒂芬时，他抓住机会给斯蒂芬冠上逃跑的罪名。汤姆藏身于斯赖瑞的马戏团，当父亲质问他为什么要干盗窃的事情时，他承认了盗窃事情的经过。令人感到吃惊的是，自小接受父亲功利主义教育理念的汤姆，认为雇员中总有许多人不诚实，这是一条规律，因此自己做了偷盗的事并没有违反规律，无须震惊。汤姆出逃前，不愿意和姐姐露易莎拥抱道别，仍自私地认为姐姐在自己最危险的时候没有尽到雪中送炭的义务，竟然抛弃庞德贝跑回娘家。这样的人，狄更斯安排的结局必定是惨淡的，出逃后的汤姆想回趟家都十分不易，最终病死在归家途中的医院里。

除了汤姆之外，格雷戈林以"事实"为原则的教育恶果里，学生比泽是个典型的例子。比泽"眼神冷漠"（6；bk. 1，ch. 2），能够完整地描述出马的科学定义，而这是幼年时的汤姆、路易莎和西丝无法做到的。他瞧不起马戏班里的人，认为这群人从不讲真话，也没什么知识。比泽也是个彻头彻尾的功利主义者，他冷静清醒、深谋远虑，他的想法以及做的每件事情都基于利己主义。他认为自己不需要娱乐，宁愿多赚钱改善一下生活；他认为自己不需要老婆和家庭，这样只要养活自己就够了；在焦煤镇，他说，"这里的任何一个资本家都可以

第十章 《艰难时世》："非利士人"想象共同体的错误方式

靠六便士本钱赚到六万镑，所以资本家就会想，这里的六万个人手（笔者加：原文为'hands'，指工人）为什么不能靠六便士赚到六万镑"（140；bk.2，ch.1）。比泽贫乏的想象力肯定不会想到，在焦煤镇发家的资本家是如何用大象一样的机器榨取"人手们"的劳动力，聚集社会资本的。

《艰难时世》的整体背景是科克敦这座又称焦煤镇的工业城市，科克敦也是19世纪英国工业社会的缩影。这一历史时期的工业城市特有的"性格"在科克敦有充分呈现。科克敦因燃烧煤炭而灰尘满天，空气污染严重到阳光都难以透进，整座城市远远望去都是浓浓黑烟，河流又黑又臭，远郊都有灰尘和开采煤炭造成的污染。工人们住在拥挤的建筑里，工厂为了开工，很早就灯火通明，工人们的上班时间长，生活单调乏味。镇上到处都是机器和烟囱，建筑物的红砖被浓烟染黑，河流也被染黑，散发着臭味。在科克敦，尊重绝对的"事实"被推行得淋漓尽致，不同的机构构成了这个城市运转的齿轮，工人无精打采，是群乌合之众，他们缺乏放松的机会，不少人开始堕落。这一切都奠定了科克敦这座工业城市磨灭童真和想象力的基调。

比泽做的事情处处远离童真和想象力，透露出功利主义的味道，他甚至拒斥家庭共同体，因此他肯定也是反社会的。成年后的比泽成为庞德贝管家斯巴塞特太太的探子和告密者，这样每周就能多领到一笔赏金。他不顾亲情把母亲送去养老院，只愿意每年给母亲半磅茶叶，在"一切赠予都不可避免会助长懒惰"的想法下，他认为"每年给母亲半磅茶叶都是自己意志薄弱的表现"（137；bk.2，ch.1）。汤姆偷窃银行出逃前，比泽突然出现，阻止了他。原来，在这之前，他就一直怀疑汤姆，并监视汤姆，还掌握了大量对汤姆不利的证据。比泽不念过去在格雷戈林的学校里念书的旧情，反倒想通过此事立功，以此谋求在银行的晋升机会。他在格雷戈林的教育下，也认为任何东西都应该用钱去买，当然也包括情感，所以他的所作所为也不足为怪了。然而和庞德贝比起来，比泽也是小巫见大巫。

三　丈夫庞德贝，儿子庞德贝

小说中秉持"事实"原则、缺乏善的想象力之"典范"，就是约瑟亚·庞德贝。庞德贝作为功利主义的奉行者，与格雷戈林相比，更加极端。他生性粗鲁、铁石心肠，同情心这样的东西在他身上是找不到的，他认为马戏团的人都"好吃懒做"（32；bk.1，ch.5），受伤是活该。马戏团出身的西丝因被父亲抛弃而痛哭时，他不仅不安慰，还重复了一遍西丝被父亲抛弃的"事实"，真可谓往伤口上撒盐。庞德贝因出身卑微，骨子里自卑，所以总是通过吹嘘自己白手起家的经历，来满足自己的虚荣心，他称自己和格雷戈林都属于懂得时间价值的人，暗指自己赚的钱比普通人多。对于工人，他只视为赚钱机器，无视人性的事实，更谈不上富有想象力。他拼命吹嘘焦煤镇害人的浓烟是有益身体健康的，吹嘘在自己的纺织厂工作是愉快、轻松且报酬高的，视雇工都是"只想用金调羹喝甲鱼汤"（150；bk.2，ch.2），贪图享乐的懒汉。小说中出现了多处景观描写，应和了故事中反面人物的性格。格雷戈林的家"石头院"的装修设计方方正正，整体景色令人乏味，没有一点修葺装扮的痕迹，和格雷戈林夫妇讲求"事实"的理念一致。庞德贝的别墅附近是一片田园风光，内部装饰却并没有因为女主人路易莎的到来而变得柔和，暗示了露易莎性格中活力的缺失，以及她并不爱庞德贝的事实。这场婚姻本来就是两个老男人的一场缺乏想象力的交易。

露易莎是她父亲格雷戈林教育理念下的悲剧。她的想象力和好奇心早就被扼杀在摇篮里，小时候她和弟弟汤姆偷偷到马戏团看表演这事违背了父亲的教育理念，还被父亲抓了个正着，遭到好一顿数落。在这样的教育下，她早对一切事物感到厌倦，成长为一个不会胡思乱想、不会反抗、冷漠又理智的女性，情感的压抑使她遭遇婚姻不幸。在结婚前，露易莎问了父亲一些问题，最终对父亲顽固不化的功利主义感到心灰意冷，便答应了和庞德贝的婚事。她向父亲提出了三个疑问："您觉得我爱庞德贝先生吗？""您是不是要求我去爱庞德贝先生

第十章 《艰难时世》："非利士人"想象共同体的错误方式

呢?""庞德贝先生要求我爱他吗?"（114；bk.1，ch.15）。对于结婚她没什么要求，并表示"这又有什么关系呢"（118；bk.1，ch.15）。在父亲的教育下，孩子拥有的天真和幻想从未在她身上出现过，她接受了父亲的安排，嫁给她并不爱的老头子庞德贝。

这场婚姻从头到尾以利益为大，毫无爱情可言。不仅路易莎的父亲格雷戈林没有问过她内心的真实想法，她的丈夫庞德贝婚前婚后也都没有给予她真正的爱。除此之外，她的婚姻还有帮助弟弟汤姆前程的义务，因为弟弟发现这场婚姻对自己有利可图，求姐姐嫁给庞德贝。准备和庞德贝去蜜月旅行的早晨，路易莎遇到了弟弟汤姆，汤姆悄悄称赞她是一流（笔者加：原文为"first rate"）的姐姐，"本来应该心情舒畅的她微微地颤抖了起来"（128；bk.1，ch.16）。婚后的露易莎沉默寡言、冷漠高傲，内心敏感又寂寞，拒绝别人窥视她的内心世界，他们的住所也没有因为女性的存在而装饰地柔和一些，露易莎对于丈夫吹牛式的谦虚深感惭愧，她经常旁敲侧击地鄙夷丈夫。

因为斯巴塞特太太的介入，庞德贝和露易莎之间的隔阂越来越大。露易莎认为庞德贝缺乏自信又脆弱。婚后，露易莎很少回娘家，因为没有什么东西能吸引她回去。母亲格雷戈林太太病危，她这才启程回家。回家的途中，她回忆起童年，只记得自己年幼的心灵早就干涸了。许久未回家，她和妹妹的关系也很疏远。事实上，露易莎虽表面冷漠，内心仍然保留着善良的一面。她关心马戏团演员西丝，为她悲惨的身世感到心痛；她帮助被诬陷而遭解雇的工人斯蒂芬；她珍惜手足之情，为了汤姆嫁给庞德贝，还偷偷帮他还债。她婚姻的痛苦终于在哈特豪斯这里被引爆，她内心隐匿的情感被引燃，开始奋力反抗这段痛苦的婚姻，但对于她父亲来说，这无疑是当头一棒。

对于年轻到可以做自己女儿的妻子路易莎，庞德贝不会给予关爱，只将其视为自己的附属品。他只会通过为露易莎定制手镯、结婚礼服、蛋糕和财产授予的方式"生产""爱"，却无视和妻子之间的情感隔阂，甚至威胁她再不回家就断绝夫妻关系。他吹捧哈特豪斯先生高贵的门第，同时放低姿态，故意贬低自己的出身，露易莎的年轻漂亮以及她的家世对庞德贝来说是对自己的一种衬托。

对于亲生母亲，庞德贝完全展示了自私自利的一面。为了编造身世，他不惜抹黑自己的母亲和外婆，说自己是生在阴沟里的。在发迹后，又一脚将母亲踹开，他不仅害怕别人知道自己母亲是谁，也没尽到孝顺母亲的义务。其实庞德贝有个好妈妈，佩格勒太太对儿子的爱是无私的。这位母亲尽自己所能将庞德贝抚养长大，待儿子逐渐兴旺发达后，只能获得儿子每年三十英镑的赡养费，并必须待在家里不能找他的麻烦。老太太只能在儿子不知情的情况下，每年赶几十英里路来一次科克敦，只为远远瞧一眼庞德贝，便心满意足了。这一年，老太太又赶来科克敦远观儿子了，只是因病将日程推迟，并分成了两天，她从报纸上得知儿子结婚了，妻子十分漂亮，她由衷地感到高兴。庞德贝对待母亲的做法和比泽对待自己母亲的态度惊人地类似。

对于曾经的管家斯巴塞特太太，庞德贝也完全不念及旧情。他吹嘘斯巴塞特太太高贵的出身，拿她的现在攀附自己来炫耀身份。连西丝没有和斯巴塞特夫人打招呼，都被庞德贝说教了一通。斯巴赛特太太多管闲事，把和盗窃案有关的老太太抓了过来，没想到这位佩格勒太太竟然是庞德贝的亲生母亲，庞德贝在编造的身世谎言被拆穿后恼羞成怒。他虽喜欢被斯巴塞特太太吹捧，但当她稍微胆大妄为了些，做了些他不喜欢的事情，他便一怒之下将其解雇。这样铁石心肠、自私自利的人，狄更斯没有给他安排好的结局。庞德贝让比泽代替过去汤姆的位置，他为图虚名立下一份遗嘱，死后这份遗嘱招来厄运。既然小说中两个非利士人——格雷戈林和庞德贝在审美情操上面缺乏想象力，那么谁代表了想象善的能力呢？

四　谁拥有善的想象力

狄更斯通过扬善惩恶的情节，打破了以《济贫法修正案》为表现形式的对穷人的他者化，狄更斯小说中真正的绅士，很多都来自下层社会，他们用美德重塑了绅士观，正是通过这种方式，狄更斯构建了消除阶级排他性的共同体话语。在《艰难时世》中，工人斯蒂芬拥有

第十章 《艰难时世》:"非利士人"想象共同体的错误方式

对善的想象力。斯蒂芬是个和格雷戈林完全相反的人。他善良、无私、勤恳、容忍、克制，但是命运女神并没有对他微笑。他没钱和酗酒的妻子离婚，因此也就无法和深爱的瑞切尔结婚。瑞切尔也是个充满人情味的老姑娘。她和斯蒂芬两情相悦，但碍于斯蒂芬无法离婚，只能默默陪伴左右，一路从花季少女走到了三十五岁。她深深地同情斯蒂芬，甚至不辞辛苦，帮忙照料突然上门并且酩酊大醉的斯蒂芬妻子。瑞切尔并不在意和被诬陷后遭解雇的斯蒂芬走在一起，她真诚地祈求老天保佑斯蒂芬，她急于帮斯蒂芬洗刷偷窃银行的罪名，她找到了露易莎和汤姆，因为她坚信斯蒂芬的清白。斯蒂芬仍不现身，瑞切尔坚持寻找他，终于在废弃的矿井里找到了他。斯蒂芬死后，她总是穿一身黑衣，并且怜悯斯蒂芬那酗酒的妻子，时时向她伸出援手。

在经济地位上，社会不公的现实让斯蒂芬无法获得新生。斯蒂芬向庞德贝咨询和酗酒的妻子离婚的方法。有钱的大人物可以有很多办法摆脱自己的婚姻，像斯蒂芬这样贫穷的雇工却行不通，因为他没钱。贝尔德（John D. Baird）通过斯蒂芬的无法离婚分析了英国婚姻法的发展过程。在 19 世纪中期，如果要解除婚姻关系，必须经历一个非常烦琐的程序，同样需要花费大量的金钱，这笔费用是斯蒂芬这样的劳工无法承担的。所以，应该被批判的不仅是烦琐的法律程序和高昂的诉讼经费，更应该是那些非人道的社会制度，这些制度一心想着如何镇压离婚的现象，认为只有在出现非常极端的情况时才能解除婚姻关系。正是因为身处这样一个时代，加上庞德贝这样冷血无情的雇主，斯蒂芬的一生才束缚在不幸之中（Baird 401—402）。

斯蒂芬对善的想象和表述并没有因为自己的境遇而减弱。他因不愿意加入工人联合会的暴动而遭排挤，因不愿被资本家庞德贝拉拢而被解雇，不得不离开科克敦另找工作。《艰难时世》中出现的对群众的描写都和焦煤镇工厂的工人有关，他们普遍目不识丁、愚昧又缺乏理智，和马修·阿诺德笔下的"群氓"别无二致。少数人的疑问和反对声音都会被盲目的跟风掩盖过去。他们被工会头子斯莱克布雷的演讲鼓动起来，凑热闹围观悬赏捉拿斯蒂芬的告示，盲目赞同斯莱克布

童心崇拜：狄更斯共同体之境

雷对斯蒂芬的谴责。

雪上加霜的是，临走前斯蒂芬被汤姆陷害，被冠上了偷盗银行的罪名，在急于回科克敦的路上不幸遇难。然而，读者看到的是斯蒂芬善良无私、容忍克制的性格。他照顾酗酒的妻子，被解雇后也不忘将自己的工作善后，帮汤姆做事的时候还尽职地刻意多站一会儿，全然不去猜测汤姆的坏心思。他容忍克制，不随意加入工人联合会的乌合之众，也拒绝加入资本家庞德贝的阵营。就是这样一个善良质朴的人，临终前都决定不告发汤姆。斯蒂芬身上体现了道德共同体的精神内核：

> 人类必须平衡自我和群体的利益。人们发展出来的团结、忠诚和憎恶都会影响经济行为的本质。换句话说，社会行为，也就是道德行为，在多个层面上和自利、功利最大化行为共享。最高效的经济发展不一定是通过理性自利的个体来实现，而是由个人组成的群体来实现的，因为他们本就是一个道德共同体，从而相互合作起来更有效率。（福山，《信任》24—25）

《艰难时世》中推崇"事实"的资本家，象征了工业文明一扫四方的气势，小说中小人物身上的想象力与童真仿佛发着微弱的光。细读狄更斯笔下的群众会发现，当劳工阶层作为一个群体出现时，他们几乎等同于暴民，而当狄更斯以细腻的笔触刻画小人物个体时，他们又是善和美的化身。为什么会这样呢？应该还是要归于焦煤镇所象征的文明的霸权。在这种前提下，想象力以及由此生发的生命活力，在形塑共同体的过程中，变得十分可贵，也十分必要。

维多利亚时期的英国社会，中产阶级绅士价值观日趋成为核心价值准则，走在共同体想象之路上的狄更斯，在《艰难时世》中给"非利士人"提出了审美情操的要求。"文化是艺术家、作家或富有想象力的人根据其内心呼唤（inner voice）而进行的选择性创造的结果。对那些缺乏想象力的人来说，文化是他们选择去消费的艺术、美食和娱乐"（福山，《大断裂》20），甚至还有亲情、婚姻、子女，这是何等

第十章 《艰难时世》:"非利士人"想象共同体的错误方式

的危险!又是何等的遗憾!

在艺术上日趋成熟的狄更斯,越发能用敏锐的眼睛看到工业"进步"对善的想象能力的挤压,以及民族国家由此生发出的各种不良心理疾病。

第十一章 有根的世界主义：《小杜丽》给"偏狭习气"开出的解药

作为狄更斯创作中期阶段的最后一部作品，《小杜丽》(*Little Dorrit*, 1855—57) 的共同体视野比之前的作品更加宽广，更有深度。《小杜丽》是除了《双城记》之外，唯一一部把场景更多分配给欧陆的小说，狄更斯着力描绘了法国、意大利的风貌，主人公的旅行范围也触及加拿大和东亚。小说开篇描绘的法国马赛，聚集着来自印度、沙俄、中国、西班牙、葡萄牙、英国、法国、热那亚、那不勒斯、威尼斯、希腊、土耳其的各路商人。在这部带有世界主义（cosmopolitanism）色彩的小说中，狄更斯通过两种世界主义——无根的世界主义和有根的世界主义——给英国的偏狭心理（insularity）开出解药。在《小杜丽》中，狄更斯探讨了狭隘的民族主义、无根的世界主义和资本主义全球化之间的关系，以及这三种意识形态对维多利亚人心灵的负面影响，同时提倡用有根的世界主义克服民族国家共同体形塑期间形成的偏狭的民族情绪。

一 作为批评方法的世界主义，以及维多利亚时期的世界主义

世界主义是自20世纪90年代以来解读维多利亚时期文本的新方法，为阐释提供了新的视角。维多利亚时期的世界主义是真实存在的，它不仅体现了当时全球化进程的现状，而且也成为当时的一种生活方式和思考方式。世界主义影响了维多利亚时期的一批作家，比如狄更

第十一章 有根的世界主义:《小杜丽》给"偏狭习气"开出的解药

斯、乔治·艾略特、马修·阿诺德。在这之前,对于维多利亚时期文本的解读多从民族主义和帝国主义的视角展开,世界主义视角则鲜有人问津。随着文学研究中的"全球转向"(the Global Turn),世界主义、欧洲主义、国际主义、全球主义、地缘政治大西洋主义、跨国主义等新的研究方法被不断应用于分析那些被称作"英国文学"的维多利亚时期的文本。

与其他研究视角相比,世界主义的定义具有模糊性。在维多利亚时期的文本里,世界主义不仅在内涵上兼有贬义和"进步"话语的内容,而且"在外延上可指代一种现象,亦可指代一种乌托邦式的理想",世界主义的思路为维多利亚时期对早期全球化的不同反应提供了视角,同时,"界说该术语时的模糊性让世界主义具有了灵活的特征,不仅可以指代个体和社会之间的关系,而且可以指代城市与社会之间的关系"(Agathocleous and Rudy 389—391)。因此,世界主义作为一种新的批评方法,因其定义上的模糊性,为解读维多利亚时期的文学作品提供了张力。

阿曼达·安德森(Amanda Anderson)在世界主义方面的论著对维多利亚研究十分重要。她的论著《距离的力量:世界主义和对超脱的培养》(*The Powers of Distance*: *Cosmopolitanism and the Cultivation of Detachment*, 2001)分析了这一时期的作家和批评家对于世界主义的"有益超脱"(cultivated detachment)的理解。阿曼达·安德森关注维多利亚时期的世界主义在伦理道德方面的表达,将维多利亚时期对世界主义的"有益超脱"定义为:"对本民族文化的依恋;对其他民族文化的理解和欣赏;以及信仰普世人性。"(A. Anderson 63)

对世界主义"有益超脱"的探索在不同时期有不同的侧重点。世界主义可以追溯至公元前4世纪,犬儒学派哲学家第欧根尼(Diogenēs)拒绝视某个特定城邦为自己的归属,并声称自己是个"世界公民"(Kosmopolitês),他是西方最早的一位表达世界主义信念的哲学家;到了启蒙运动时期,在1795年,作为世界主义的重要奠基者,康德(Immanuel Kant, 1724—1804)在《永久的和平:一个哲学计划》(*Zum ewigen Frieden*：*Ein philosophischer Entwurf*）中，提出了用一种世界主义的法律或权利，来保护人们不受战争的伤害。启蒙运动时期的"有益超脱"着重"反对宗教、阶级和专制国家对人的压迫和束缚，这一时期的世界主义还强调人要提高自身的知识和道德修养"（Schlereth 151）。"早期的世界主义理论抗争了城邦概念中受限的视角，启蒙时期的世界主义则抗争了对宗教、阶级和国家的有限的忠诚。"（Boehm 457—461）

到了维多利亚时期，世界主义再次成为人们关注的话题，虽然在此之前世界主义思想并未成为现实，但在19世纪，世界主义被一些政治家付诸实践，因而它的意义有了其他维度的扩充。"虽然世界主义经常和道德联系一起，但在19世纪，世界主义已经开始和民族主义建立关系。"（Cheah 24）在19世纪，"关注世界主义的作家几乎都对世界主义的无根性，资本主义全球化竞争和被限制的归属感引发的问题感到担忧"（A. Anderson 64）。穆勒曾力图平衡世界主义和民族主义，"让一个爱国主义者和一个呼求民族凝聚力的世界主义者能在稳定的民族性格基础上缔结起来"（Mill 195）。乔治·艾略特悲叹无根的犹太人所推动的"世界大同"，而这种"大同"折磨着"移居在外的英国人"——他们会因"大同"丧失英国人的身份，成为和犹太人一样的"无根民族"，在艾略特看来，"欧洲的犹太人克服了无根性的威胁并成为践行世界主义的典范"（Eliot 146）。马修·阿诺德则呼吁国家应该给国民提供"文化凝聚力"，他意图用文化的纽带维持人与民族的关系，他将文化定义为"普通人的内在修养，即从地方观念和宗派超脱出来的形式"（Arnold，*Culture and Anarchy* 57）。

马克思认为，随着资本主义大生产而出现的无产阶级如果没有共产主义思想支撑，资本主义全球化将以世界主义的形式表现出来，"全球化趋势将世界各地的无产阶级利益联系在一起"（A. Anderson 64）。蒂姆·布莱南则认为，马克思对世界主义的预言在当今的美国有具体表现："美国社会兼容了新殖民主义和民族主义，美国在意识形态领域正竭力将自己的文化发展成全世界的文化，将自己的文化和

第十一章　有根的世界主义:《小杜丽》给"偏狭习气"开出的解药

价值观通过资本全球化的方式渗入到世界的各个角落,这是一种神秘化的世界主义。"(Brennan, *At Home in the World* 171)

美国学者布泽德举例特罗洛普(Frances Trollope,1779—1863)的游记小说,"指出英国可以通过接触欧洲的艺术珍品,从文化偏狭性(insularity)中解放出来,同时英国人又可以通过观察异国的社会和政治体系,确认自己的国家是更发达的"(Buzard, *The Beaten Track* 100)。狄更斯在《家常话》中就提到了英国作为岛国的"偏狭"(insularity):

> 在很大程度上,由于我们岛国封闭的地理位置,在较小程度上则由于我们英国人有种天生的本事,那就是信任贵族绅士的天赋,任贵族老爷假装是在为了我们而深谋远虑,任由他们把我们的弱点说成是优点,这种天生崇拜权威的本领让我们面临染上某种习气的危险,也就是我们称之为岛民心理的那种毛病。(Dickens, "Insularities" 471)

阿曼达·安德森认为,维多利亚时期的世界主义虽然有时也"被用来支持民族主义和帝国主义,需承认其具有精英主义和狭隘的欧洲形式的缺点,但是在维多利亚时期语境下,世界主义亦体现了对于文化标准的反思"(A. Anderson 21)。维多利亚时期的世界公民对世界主义的"有益超脱"可以解释为:一个世界公民可以带着祖国的"根"踏出国门,通过与他国的对比,修正自身民族主义中具有偏狭性的部分,承认本族群在社会和政治系统上的优越性,从而找到真正的民族归属感。反之,伪世界公民、缺乏民族归属感的无根的世界公民,则是对世界主义的"无益超脱"。

在《小杜丽》中,狄更斯批判了偏狭的英国民族主义和全球资本主义的罪恶结合,"传达了对世界主义中的得与失的复杂理解"(A. Anderson 66)。威廉·伯根(William Burgan)也指出,比起"狄更斯在19世纪40年代期间经历的旅行,他在50年代后的旅行为他提供了一个更加具有世界主义的视角"(Burgan 393)。布泽德对狄更斯于50年代的思想演变也进行了解读,强调作为一种概念的民族主义对于世界主义工程的重要性,并指出《小杜丽》中的"地方身份、民族身份和世界身份的生态是对《荒凉山庄》中有限的文化想象的回应"(Buzard, "Country" 413—414)。

在狄更斯笔下,走在工业资本主义和全球化路上的英国由于偏狭心理作祟,形成了狭隘的民族主义。在《小杜丽》中狄更斯描绘了两类世界公民,一类是无根的世界公民,他们以戈文、韦德、里高为代表,这些人物的特征是心灵空洞,唯我独尊,精神上无家可归,是不成熟的利己主义者;另一类是有根的世界公民,他们以克莱南、多伊斯、小杜丽、卡瓦莱托和潘克斯为代表,这些人物即便漂泊世界也心系故土,有实干精神和远大抱负,因恪守道德准则而信用良好,正是这些具有个人主义精神的人物,成就了英国民族国家共同体。

二 作祟的偏狭

维多利亚时期是英国工业革命的繁盛时期,也是英国经济的空前"进步"时期。汽船的出现使运输和贸易获得前所未有的繁荣,四通八达的铁路贯穿东西南北,交通的发达加强了英国同外界的贸易联系。但这些成就并没有让狄更斯觉得高枕无忧,"他就写信向约翰·福斯特表达过资本主义全球化趋势对民族艺术和文化以及公共事务的负面影响"(qtd. in Larson 141)。《小杜丽》着重刻画了几个狭隘的民族主义者,伤心园里的劳工阶层,以及拖拖拉拉部这个狭隘的政府核心职能部门。小说开篇设置在法国马赛,在第二章中,狄更斯描写了检疫站一行人,包括克莱南、弥格尔斯一家和韦德小姐。在检疫站的时候,弥格尔斯先生说:

"我指的是法国人。他们老是没有消停的时候。至于马赛嘛,我们谁都知道马赛是个什么地方。马赛把史无前例的,最具造反精神的曲子传到了世界各地。它要是不朝着这个或那个目标前进、

第十一章 有根的世界主义:《小杜丽》给"偏狭习气"开出的解药

开进,就活不下去——不胜利,毋宁死,宁可进地狱,等等。"

说话的人身上一直有一种异样的快活情绪,他站在护墙前面往远处看,对马赛那是非常蔑视。他摆出坚定的姿势,两只手往口袋里一插,不屑一顾地把口袋里的钱币抓得哗啦啦地响,还露出急促的笑。(Dickens, *Little Dorrit* 18;bk. 1, ch. 2)

弥格尔斯先生对法国人表现出蔑视态度,他看不起法国人。这段描写实际上批评了以弥格尔斯先生为代表的英国的偏狭习气。除此之外,狄更斯在小说第二十五章中,描写了伤心园中的下层群众对外国人表现出的排斥和偏见。在卡瓦莱托这个意大利人住进伤心园时,叙述人这样说道:

一个外国人,不管脚上是否好使,如果想和伤心园的人接近,那就像爬山一样费力。这是因为,第一,他们一个个隐隐约约都认为,每个外国人身上都带着把刀子;第二,他们认为外国人应该回到自己的老家去,这是天经地义的,国法似的公理。他们从来也未曾深思熟虑过,如果人们普遍承认这条公理,那他们会有多少同胞要从世界各个角落回到他们的身边,他们认为这条公理是与众不同的英国式公理;第三,他们脑子里总觉得,这个外国人不是英国人,由于他祖国的做法与英国的做法背道而驰,英国不做的事他祖国做,英国做的事他祖国又不做,结果他祖国发生了种种灾难,这种局面是对外国人的一种天谴。可以断言,他们的这种观念是巴纳克尔家族与斯蒂尔特斯托金家族长期精心培育而成的,这两个家族总是向他们宣告——有时是官方的,有时是非官方的——倘若不听这两个大家族的话,哪个国家都不可能有希望得到上帝的庇护;一旦他们相信了这一点,这两个家族又在私下诋毁他们,说他们是天底下最抱有偏见的臣民。(286 - 287;bk. 1, ch. 25)

从这段描写可以看出伤心园所代表的英国工人阶级排外的心理状态,狄更斯也由此批判了盲目的爱国主义。狄更斯在《小杜丽》中描述的政府职能部门拖拖拉拉部(Circumlocution Office)正是由上段引文中的巴纳克尔家族与斯蒂尔特斯托金家族操控,这个部门对工程师多伊斯的发明事业无动于衷,狄更斯借此要批判英国盲目的民族自满情绪。多伊斯一生坎坷,刻苦钻研出的发明创造一直得不到政府的承认,但是斯巴克勒这种白痴一样的人却轻而易举地进入了政府上层:"产生了莎士比亚、弥尔顿、培根、牛顿、瓦特的土地,产生了一大批古今抽象哲学家与自然哲学家的土地,产生了群星璀璨的自然与艺术的征服者的土地,召唤斯巴克勒先生回来管理它,免得它毁于一旦。"(571;bk. 2,ch. 15)

　　拖拖拉拉部是英国的一个政府部门,是偏狭心理的机构性表征。这里办事拖泥带水,充满繁文缛节,注重办事过程,不注重结果,常不了了之,档案材料编得用心良苦,样子花哨,但让人看不懂,所以不实用。里面的工作人员冗余,思想腐朽,所有抨击拖拖拉拉部的言论都会被打压,申报上去的创新发明都要被扼杀。大部分巴纳克尔家族的人任职于拖拖拉拉部,他们大部分人工作清闲但俸禄丰厚,有的是机会从中捞尽油水。拖拖拉拉部每天都在做机械运动——如何不了了之又能保持运转。

　　一心想和发明家多伊斯办实业的克莱南请求了五次,都没能见到巴纳克尔的尊容。终于如愿后,小巴纳克尔和老巴纳克尔则全面展示如何含糊其辞、踢皮球的本事,多伊斯去拖拖拉拉部申请专利屡屡碰壁,也体现出这个部门的狭隘。小巴纳克尔在拖拖拉拉部里的工作目的就是捞油水,这个部门简直就是个政治、外交的哄人机器。即便变革已经迫在眉睫,小巴纳克尔坚持的立场还是死守国家这条船,不裁撤冗员。这就让政府的大门对发明家紧闭,很多创造发明都被带到国外去了。新发明已经被普遍推广了,政府却仍然坚持使用已经淘汰的东西。小说中的伪画家戈文是巴纳克尔家族的远亲,在戈文太太的住处和戈文的婚礼上,拖拖拉拉部政要的谈话更是体现出这个部门的偏

第十一章 有根的世界主义：《小杜丽》给"偏狭习气"开出的解药

狭习气。

狄更斯笔下拖拖拉拉部另一个特点便是，如果有议员指责整个机构，巴纳克尔阁下就会拿出拖拖拉拉部完成的大量公务予以有效回击，但实际情况是个怪圈，拖拖拉拉部干的事越多，办成的事越少。老杜丽出狱后，泰特·巴纳克尔便认为杜丽先生借偿还债务之机，让拖拖拉拉部多干了太多清算的工作，打搅了拖拖拉拉部的清净。在这样一个"偏狭"的国家机器里浸泡的英国人，如果不具备超脱的能力，一定会放之四海也找不到家。

戈文就是个伪世界公民的例子。他是个不被上流社会认可的人，一个在上流社会边缘徘徊的人，而他内心深刻的愿望就是能够进入上流社会。他对上流社会欲求之而不得，在能力小于欲望的时候，他的想法与做法之间有许多自我矛盾的方面。他向往上流社会，认为自己本应该和其他巴纳克尔家族的人一样，可以靠家族的裙带关系过上更加体面的生活，但并未如愿。反过来，他又鄙视把他抛弃的上流社会，公开贬低巴纳克尔家族的人。他一边接受岳父的资助，一边又暗示这场婚姻是岳父家攀高，以此衬托自己来自更高的社会阶级。戈文的收入本来很难支撑他组建家庭的开支，这就使他愿意通过婚姻接受资助。但他还是对外表现出是岳父弥格尔斯家攀高，衬托自己属于高贵的巴纳克尔家族的家庭背景。

这种内在的分裂让戈文成为一个无根的流浪儿，他说起自己来信口开河，性格漫不经心，缺乏艺术天赋和事业心，认为画画的目的就是骗钱。和佩特结婚后，戈文决定去意大利学习绘画，狄更斯对他威尼斯住处的描写如下：

> 尽管住处的墙壁上有很多污点，好像传教士的地图从墙上冒出来，要传播地理知识一样；尽管屋子里的古怪家具已经褪色、发霉，样子十分可怜，船底的污水和杂草丛生的河岸在退潮之后到处弥漫着的威尼斯的臭气，所有这些还是比住处里面的情况好一些。(463; bk. 2, ch. 6)

这景象与上流社会的体面生活大相径庭。在威尼斯期间，戈文的旅行表面风光，实际上可以看成被上流社会排斥后的归属感缺失和自我放逐。除此之外，戈文以旁观者的角色观察别人，看似实现了阿曼达·安德森提出的"有益超脱"（cultivated detachment），但这实际是种扭曲的想法，由于自身人格的不健全，他的观察势必是偏狭的。

《小杜丽》中另一个无根的世界公民是韦德小姐。韦德小姐的身世背景比较特殊，她是个孤儿，没有名字，这个出身注定了她一出生就处于社会边缘的位置。这个女人对周围世界的态度是抽离而冷淡的。小说开场便是韦德小姐和弥格尔斯、克莱南一行人刚从隔离检疫站里出来，弥格尔斯与她道别，她说的一通话就体现了她的想法："'在人生轨道，我们将会见到前来见我们的人，他们来自许多陌生的地方，经过许多陌生的道路，'这时她镇定自若地回答；'无论是该由我们对他们做的事，还是该由他们对我们做的事，都要去做'。"（27；bk. 1, ch. 2）这句话字里行间透露着消极、悲凉的味道，之所以这样与她过去的经历有关。

韦德小姐被收养后，总是认为别人对她的同情都是带着优越感的，这种想法贯穿整部小说，可见她的固执，也足见她的自我中心以及因此缺失的共情能力。韦德小姐世界范围内的旅行是一场孤独之旅。她说自己有时候会去旅行，在英国伦敦也暂住过一阵。狄更斯这样描写她在英国伦敦的暂住处：

> 他们要见的这位小姐，即便她现在是住在这所房子里，似乎也只是在这儿投宿的，仿佛她投宿在东方的一家有院子的旅店里。房间中央有一小块地毯，有几件一眼就能认出来不是这里的家具，还有杂乱堆放着的皮箱与旅行物品，这些构成了她这间房间的全部摆设。（309；bk. 1, ch. 27）

旅行和伦敦暂住处，构成了她颠沛流离生活的一个支离破碎的片段。这样的生活，首先是她主动选择的，当她发现自己在当家庭教师

第十一章　有根的世界主义：《小杜丽》给"偏狭习气"开出的解药

的时候被第一家人视为别人的替身，还被狡猾的保姆捉弄，就马上选择离开那里；在第二家又受到那家姑妈的欺辱，就愤然和他们全家断绝了关系。韦德的想法中有着独立的成分，她的固执和低自尊使她无法屈从于任何人的"压迫"，这些特质为她选择这种生活方式做了铺垫。这也是她无奈的被动之举。正因为她是孤儿，出身低微，别人才敢强迫她、捉弄她、利用她、欺辱她，起初理解她的戈文也对她始乱终弃，向佩特求婚。她的孤独和旅行，也是对英国社会不公的执意反抗。

这个孤独的韦德小姐脾气不太好，还有被迫害妄想症，和关心她的大部分人都处不来，只能从同类身上感受到共鸣，而戈文和泰蒂柯伦就是她的同类。事与愿违的是，她与同类的交往模式也是互相伤害和互相折磨。戈文对她情感的伤害不做赘述，她后来和泰蒂柯伦在法国加莱的同居生活也是一地鸡毛。同居并不代表朋友间的互相理解，她对泰蒂柯伦的挑唆和压制是显而易见的，通过泰蒂柯伦最后的反省也可以证实，韦德的思想能把好的东西都变成恶的东西，而泰蒂柯伦的离开使她自己感受到信任的崩塌。韦德小姐无法和正常人建立健康的关系，长期处于旅居状态，在和同类的交往中又只会受到伤害。孤傲、偏执的性格和外界的压迫又变相加剧了她对于外界病态的、偏执的看法，这是一种病态的世界主义。

小说中无根世界公民的典型就是里高。里高是个混血儿，没有特定的国籍，自称是世界公民。他说："我是属于世界的绅士。我不属于任何国家。我父亲是瑞士人——来自沃德州。我母亲是法国血统，她是英国人。我自己是在比利时出生的。我是个世界公民。"（13—14；bk.1，ch.1）里高因涉嫌谋杀妻子入狱，后因证据不足被释放，出狱后更是居无定所，四海为家，对所到之处鲜有依恋之情。他还是一个无恶不作的恶棍，为了钱可以没有底线。他到处漂泊的经历也是他一路为恶的过程。小说中，他对自己家暴并谋杀妻子的片段轻描淡写，里高被释放后，旅馆里的人都说魔鬼被释放了。他深夜赶路至这家旅馆，碰巧遇到施洗约翰（笔者注：就是卡瓦莱托），就强迫他和自己一起走。

里高神气的样子其实就是摆摆架子，虚张声势，他没有教养，性格傲慢，爱支配人。后来里高乔装成布兰德瓦去找弗林特温奇先生，拜访克莱南太太，好像有什么事要帮忙。布兰德瓦和里高一样，行为自私。布兰德瓦精通英语、法语，也称自己是属于五六个国家的人。布兰德瓦十分"放荡、粗俗、鲁莽"（342；bk. 1，ch. 30），对屋子里可能出现的秘密感到十分兴奋。布兰德瓦陪戈文夫妇一起，当戈文的模特，戈文的狗不知为何就是对他凶，后来布兰德瓦对斯巴克勒说，戈文的狗死了，但死因不得而知。其死因也显而易见。里高在资本主义全球化进程中丢失道德底线，这是对世界主义的一种坏的"超越"。最终他死在坍塌的老屋里，恶有恶报。

上述几个无根的世界公民有一些共性，就是在恶劣的成长环境没有形成稳定而健全的人格，想法偏执，行事自我，缺乏归属感和自我认同感，他们这样幼稚的大人无法承载凝聚民族国家共同体的使命。相反，小说中一群更加成熟的，有根的世界公民正是狄更斯给偏狭习气开出的解药。

三 有益的超脱

《小杜丽》中有根的世界公民包括克莱南、多伊斯、小杜丽、卡瓦莱托和潘克斯。克莱南因复杂的家庭关系，还未成年就被送到世界的另一端，在中国待了二十几年，后因父亲在异乡去世而决定回国，他是个世界公民。他因父亲去世的契机，猜测自己的家族生意可能伤害了某些人。他不愿意再接手家里在国外不太光彩的业务。他想要做出补偿，于是决定自掏腰包重新创业。发明家多伊斯谦虚、踏实的性格和对工作的热情让克莱南决定和多伊斯合作。不久，克莱南已经能将业务处理地井井有条，多伊斯也任劳任怨地干活，他们的公司很快就兴旺了，二人之间建立了深厚的信任，合作非常愉快。

对他们发展造成阻碍的是拖拖拉拉部对专利的压制，以及莫多尔这个大资本家的骗局。弥格尔斯就指出了这点："在这里，这些都行不通。在这方面，英国是个在其位不谋其政地方——她自己不会让儿

第十一章 有根的世界主义:《小杜丽》给"偏狭习气"开出的解药

子出名,你在别的国家出了名,也不会让你出去风光。"(775;bk. 2, ch. 34)所以尽管他们努力良久,此事到小说的最后都没有太大进展,这也是多伊斯和克莱南这种实业家在英国创业遇到的一大阻碍。同时莫多尔发行股票蒙骗人们往他的业务里投资,也包括被潘克斯说动的克莱南。公司因投资不善负债累累,克莱南也因此入狱。因多伊斯在海外创业成功,克莱南和多伊斯的公司才实现了危机的逆转。多伊斯在海外的成功和他们脚踏实地创业的方式,讽刺了英国偏狭的民族主义。后来,克莱南还吸收了意大利人卡瓦莱托和吉普赛人潘克斯一道,共同致力于公司的发展。克莱南的创业过程就是他实现有益超脱的过程。

另一个有根的世界公民多伊斯是个铁匠和工程师,早年在国外工作过很长一段时间,狄更斯这样介绍他:

> 他是英格兰北方一个铁匠的儿子,父亲去世后,母亲送他跟一个锁匠当学徒……当时有人建议他到里昂去,他去了,在里昂,他又受聘到德国去,到了德国之后他又接受建议去了圣彼得堡,他在那里干得很不错——从来没有干得这么好过。然而,他自然觉得还是自己的祖国好,希望在国内建功立业,干什么都可以,说什么也要在祖国干。就这样,他回国了。回到英国他便一本正经地干起来,创造发明,并付诸实施。(181;bk. 1, ch. 16)

多伊斯在国外工作多年后毅然决然要回国,说明他热爱祖国,想要为国家效力。他本人做事很钻研,经验丰富的他对管理事务也有特别之处,是个做实事的人。但他申请专利却没法在祖国通过,克莱南也没能帮助他成功。拖拖拉拉部是阻碍多伊斯专利申请的拦路虎,整个部门迂腐守旧、办事拖沓,在拖民族国家发展的后腿。将事情上升一级看待,就是当时的英国在全球化和技术革新的趋势中刚愎自用,不重视发明创造的风气。狄更斯写道:"这个大国有典型的愚昧无知,凡事都以最坚定、最有力的'如何去办'的观点为准则;从来不重视,

童心崇拜：狄更斯共同体之镜

从来不宽容这个伟大的政治科学，而是想法子如何不了了之。其实，这个国家……实际上采取着扼杀的野蛮手段。"（635；bk. 2，ch. 22）

多伊斯的实业精神与拖拖拉拉部的做事风格相反。多伊斯谦逊，对工作认真负责，精益求精。在国内申请专利接连失利的情况下，年事已高的多伊斯还是决定跳过国内发展的阻碍，去国外发展一段时间，没想到工作在海外取得巨大成功。此时，克莱南在国内的投资因莫多尔自杀而负债累累，直接进了马夏尔西狱，与多伊斯的成功形成了强烈的对比。多伊斯在海外的成功直接讽刺了英国官僚主义的不作为，这是偏狭习气的直接体现。工业化民族国家共同体的构建，任重而道远。

小杜丽是个出生在负债人监狱里的早熟孩子，其父亲长期关押在马夏尔西狱，被称为"马夏尔西狱之父"。后因继承巨额遗产，杜丽先生带着一家人去欧洲大旅游（grand tour），一方面想要摆脱过去不体面的生活，一方面想要追求上流社会的优越生活和人脉关系。小杜丽通过旅行成为世界公民，在旅行中的见闻让她获得了许多超脱。杜丽先生成为暴发户后，虚荣心使他通过旅行逃避过去的不堪岁月，通过花钱等方式展示自己的财富和身份，巴结上流社会。在杜丽先生的要求下，小杜丽得时刻注意派头，过惯了苦日子的她还得接受女仆服侍。她和杰纳勒尔太太学习贵族礼仪、法语和意大利语，以及如何变得没有见解，这些让从未接触过这种生活的小杜丽感到强烈的不适。国外旅行的这些日子使她迷惘，她一边走马观花得体验国外风光，一边时刻回忆着过去的监狱生活。于是她形成了这样的一个观点，社会是另一个监狱：

> 对于小杜丽本人来说，他们所生活的这个共同的社会，总的来看，像极了一个高等的马夏尔西监狱。许多人到国外来，似乎像极了人们到监狱里来；有欠了债的，有闲得吃饱了撑的，有受累于亲戚关系的，有出于好奇的，有在国内处处碰壁的。他们到了这些外国城市里，每件事都由随从照料，正如债务人被投进了

第十一章　有根的世界主义:《小杜丽》给"偏狭习气"开出的解药

监狱一般。他们在教堂里、画廊前举棋不定,那样子也像极了过去在监狱院子里走动时的阴郁模样。他们通常都是明天或下个星期又要离开,心里头几乎没有个主心骨,难得做一件他们说过要做的事,也难得到他们说过要去的地方去,所有这些,又像极了监狱里的债务人。他们付了好多钱住很差的房间,竭力诋毁到过的地方,可是又装作很喜欢这些地方的样子,这正好又是马夏尔西狱的风气。(483—484; bk. 2, ch. 7)

这是一个只有小杜丽这样的女子才能形成的观点,她在监狱和社会之间找到了共同点。在社会这所大监狱中旅行的,也包括杜丽一家。杜丽先生出狱前后的改变,小杜丽看在眼里,对于父亲的看法也在改变。杜丽先生出狱前,小杜丽碍于眼界的限制,想法天真。她对父亲投注了所有的爱,粉饰了父亲的偏狭,这是狭隘的监狱环境在她身上留下的污迹。踏上旅行之路后,面对父亲,她的内心开始出现担忧。然而杜丽先生在马夏尔西狱追求的地位,和社会这所大监狱中追求的地位,真的有意义吗?到底什么才是世界主义的有益超越?反正肯定不是小杜丽父亲通过旅游彰显财富和地位的做法。出于对这些观点的思考,小杜丽最终做出了如下决定:一是想要捐出自己的遗产帮助克莱南出狱,二是在婚后选择过简朴的生活。她不因富有变得膨胀,也不因贫穷失掉生活的信念。至此,小杜丽的旅行是一场有益的超越,也是克莱南帮助她完成了这个超越。

另一个有根的世界公民卡瓦莱托(施洗约翰)是个意大利人,他性格随和,是个乐天派。他因卷入走私生意被送进监狱,在那里认识了杀人犯里高。他出狱后坚决要离开里高,从马赛旅游辗转至伦敦,孑然一身,无依无靠,语言也有些不通,在克莱南的帮助下定居伤心园,因此他也是一个世界公民。卡瓦莱托在一个语言不通、邻友排斥的环境下想要融入伤心园,是一件很难的事情。然而他却做到了。他逐渐和伤心园的人们熟悉起来。他还学习了英语,到后期已经十分熟练。他的旅行有着正面的意义,也拒绝和杀人犯里高同流合污。卡瓦莱托积极融入陌生的环境，随遇而安的做法，就是一种有益的超越，当然还不止这些，他在克莱南的安排下开始工作，展现了勤劳、知恩、信得过的品质。

除此之外，潘克斯是卡斯贝手下的收租人，他是个吉普赛人，在英国工作，也是一个世界公民。他赚钱的工作就是为卡斯贝收租，起初他在思想上对英国的贫苦人民有些不近人情，潘克斯早期的思想带着资本主义剥削与被剥削的烙印，是资本主义的帮凶。他作为一个吉普赛人，不关心英国民众的疾苦，到伦敦谋生就是为了赚钱，想法冷酷。殊不知，他自己就是被资本主义剥削的对象。他生活简朴，辛勤劳动，卡斯贝这个资本家却贪得无厌，不断压榨他的劳动力，后来他认识到他本人也是被资本家剥削的对象。同时，莫多尔的投资骗局套走了许多平民的钱，包括他自己的。也就是说，可怜的潘克斯被两个资本家骗了。最终他壮起胆子和卡斯贝决裂。在看清像卡斯贝、莫多尔这类资本家的嘴脸后，他选择了另一条路——去克莱南的公司发展，实现了世界主义"有益的超脱"。

狄更斯的世界主义除了体现在地理意义上，还体现在文化意义上，《小杜丽》关注了"世界主义和民族主义之间的配置张力"（Hollinger 65）。现代性语境中的世界主义和民族主义已经成为一对缠绕在一起的意识形态，如何在偏狭的民族主义和无根的世界主义之间找到真正的民族认同感，是《小杜丽》着力探讨的问题。在这部小说中，狄更斯分别对偏狭的民族主义、无根的世界主义进行了批判，最后又展现了有根的世界主义，后者才是狭隘民族主义的解药。这个解药，就是阿曼达·安德森所言的有根的世界主义指引下的有益超脱。小说中狭隘的民族主义者和机构以及无根的世界公民，都没能完成这种超越，相反像克莱南、多伊斯、小杜丽、卡瓦莱托和潘克斯这些更加成熟的个人主义者，他们对自己本民族文化有着深深的依恋，对其他民族文化投注理解和欣赏，而且信仰普世人性，将宽容放置在道德谱系的高位。

狄更斯笔下的有益超越将空间预留给地方性的身份认同，这样说

第十一章 有根的世界主义：《小杜丽》给"偏狭习气"开出的解药

是因为世界主义拒斥普适性。如果共同体把自身视为对社会联结局限性的认可，同时把自身视为有边界的，又经常隶属于散布的状态，那么共同体将不适于具象化的国家边界中。与其说把共同体视为一系列位于（普适的）人类主体的同心环状结构，有益的超越应被想象成自我和共同体模型，它叠置于关系网络，其中有些关系网络清晰地被地方性联结编织。在这种意义上，共同体才可能：是有根基的（rooted）——实现霍米·巴巴（Homi Bhabha）所言的文化定位（locations of culture），允许阿帕杜莱（Arjun Appadurai）的"作为情感结构，社会生活属性和情景化的共同体意识形态"的地方性的同时，又仍旧保持边界的弹性。如果像罗宾斯（Bruce Robins）声称的，"实际存在的世界主义并非一种理想的分离（detachment），它代表着（再次）依附（attachment）的现实——多种多样的依附，或者保持距离的依附"（qtd. in Wilson 144），那么要求这种依附的共同体也具有世界主义属性。

当霍米·巴巴书写世界主义状况时，他暗指一个运动进程（a process of motion），也就是克利福德（James Clifford）所言的旅行文化（traveling culture）。巴巴的"运动进程"以"人们进出家园的方式"规定了一系列"互相联系的世界主义"（qtd. in Wilson 38）。巴巴的世界公民是流动且反复着的"我"，"我"们并非只是在文化间的移动中迁移性地自我重塑，也并非在"行进中的，无尽的，碎片化的主体"中消解本质化的自我，巴巴的世界公民是诞生于上述两种定位之间的自我，也就是诞生于支配上述定位缝隙的转化/翻译（translation）中，在文化翻译的过程中"打开了一个'中间性的空间'，一个缝隙中的暂时性……试图在空间中保持这种混合状态——用翻译性的世界主义的客体而非同心性的世界主义的客体"（Lazare 64）。在此意义上，《小杜丽》挑战了现代性场域里民族国家的边界。

至此，笔者完成了对狄更斯创作中期阶段所有作品的阐释，在狄更斯文学生命的晚期阶段，共同体想象又去向何方？

第十二章　"自由、平等、博爱"回归共同体：《双城记》中父权的"牺牲"与牺牲

狄更斯创作的最后三部长篇小说是《双城记》《远大前程》和《我们共同的朋友》，在这三部小说中，共同体思辨推向了更深刻的，认识论的维度。《双城记》深化了《小杜丽》对世界主义和民族主义的思辨，通过英国人——医生马奈特和曾经的浪荡子卡顿——的自我牺牲，洗刷掉法国贵族对平民施加的扭曲的父权和"牺牲"，在童心崇拜的维度重塑父权的同时，深化了"自由、平等、博爱"之于共同体的意义。

一　错位的父权，不甘的"牺牲"

狄更斯写《双城记》（A Tale of Two Cities，1859）的目的，"并不是再现法国大革命的真实历史，而是以史为戒，将问题意识指向19世纪的英国"（Goldberg 102）。小说中的"问题意识"集中体现在父权的表现形式和牺牲话语两点上。小说中群众的暴力复仇景象是狄更斯童心崇拜情结中奇幻景观的变体，它们营造出错位的父权。正如坦布灵（Jeremy Tambling）所说的，暴力场面围绕原始凶杀这一幕，循环出现在《双城记》之中，"弗洛伊德的理论解释了暴力的次文本（subtext），小说中的暴力来自凌辱、罪恶以及最后对象征性父亲的弑父（parricide），最原始的场景起源于强暴和凶杀案，侯爵兄弟对领地

第十二章 "自由、平等、博爱"回归共同体:《双城记》中父权的"牺牲"与牺牲

内农妇女子的施暴是乱伦,这场暴行代表着父亲的罪恶,并且几近引发了达尔奈这个儿子的被处决"(Tambling 131)。"大革命前后法国社会的牺牲和吞噬所有牺牲品的场面,都是象征意义上的食人举动,狄更斯通过小说中这些食人场面表述历史暗流,恐怖的罪恶与报应。"(Stone 162)罗森(David Rosen)则分析了西德尼·卡顿和女仆普罗斯小姐的牺牲如何同基督教以及神学中与生育力相关的仪式相关,"两个人物的基督徒式的牺牲解救了达尔奈和露西,还让他们可以生育更多孩子,这是法国大革命的血腥无法完成的使命"(Rosen 178)。

《双城记》中错位的父权主要体现在法国侯爵兄弟埃弗瑞蒙德和平民的关系,侯爵兄弟与侄子达尔奈的关系,医生马奈特与革命群众德法尔热夫妇的原主仆关系,马奈特与女婿达尔奈的关系上。埃弗瑞蒙德爵爷"拥有绝对权力,这点和父亲对孩子拥有的绝对权力是相似的"(Hutter 448),但侯爵和平民之间的关系却毫无"自由、平等、博爱"可言,两方都充斥着情非所愿的"牺牲",深刻的矛盾最终引发持续性暴力。

小说中第一个不情愿的"牺牲"是惨死于埃弗瑞蒙德侯爵马车下的,一个下层群众的婴孩——一个童心崇拜的引子。爵爷的马车在大街上横冲直撞,惹得寻常百姓纷纷逃避,对于有些百姓险些被马车撞到这件事,爵爷心中反而感到得意。终于,当马车猛冲到一个喷泉的拐角时,"一只车轮不祥地颤了一下子,许多人发出惊叫,马匹受惊跳了起来,高高地抬起了前腿"(Dickens, *A Tale of Two Cities* 107; bk. 2, ch. 7)。如果不是因为马受到惊吓,爵爷的马车常常会在撞伤人之后,扬长而去。

这次死在马车下面的是个婴孩。侯爵听到一个衣衫褴褛的男人对他说,死的是个孩子,他只嫌弃孩子刚才嚎叫地太难听。侯爵并不关心这个婴儿的死,他关心的是他的马有没有受伤。为此侯爵做出不情不愿的"牺牲":这个死去的孩子耽误了他的时间,让他的马受到了惊吓,他还要屈尊做笔交易——他满不在乎地往地上扔了枚金币,算是对婴孩父亲加斯帕德的补偿。对于这个父亲撕心裂肺的号哭,侯爵

无动于衷。

侯爵不愿再和贫苦百姓浪费时间,他又往地上扔了一个金币算是赏赐,"那气场就像是个失手打破寻常物件的绅士,他已赔了钱,而且他有能力赔钱"(109;bk.2,ch.7)。但是金币又被孩子的父亲扔了回来,这个举动让侯爵原形毕露——穷苦群众在他眼里连狗都不如,他平静地说:"你们这些狗东西……我真愿意把你们一个个都轧死,把你们从世界上消灭干净。要是我知道是哪个混蛋往我车里扔东西,他要是离我车子不远,我定将他用我的车轮碾得粉碎。"(109;bk.2,ch.7)当看到编织衣物的女人——也就是德法热尔太太——一直坚定地抬着头盯着自己时,侯爵又一次做出不情愿的"牺牲","为这种事注意她,有失他的尊严,侯爵只是轻蔑地扫了她和那帮'老鼠'一眼"(109—110;bk.2,ch.7),便离开了。

侯爵和他的马车不但夺去一个无辜的生命,还带来一个家庭共同体的毁灭,狄更斯通过把之后飞驰而过的各式马车比喻成五彩缤纷的化装舞会,来凸显侯爵的荒唐和冷酷,马车压死孩子的一幕铺垫了《双城记》的主要矛盾冲突——侯爵兄弟奸污农妇,杀害农妇弟弟,医生马奈特受到牵连。

在《双城记》第三部的第十章,交代了马奈特医生在巴士底狱写的一封信,信中揭露了埃弗瑞蒙德爵爷的弟弟为得到农妇身体,不惜破坏她的家庭,刺伤她的弟弟,然后绑架马奈特医生医治农妇和她弟弟等系列恶行。为了逼农妇就范,兄弟二人利用各种手段威逼她的丈夫,毫不屈服的丈夫最终因过度劳累被折磨致死。马奈特医生被绑架来医治伤者时,从农妇弟弟口中得知他是如何惨死的:"他随着报时的钟声,钟敲一下,他就抽噎一下,抽噎了十二下后,他就死在她的怀里了。"(327;bk.3,ch.10)丈夫死后,侯爵的弟弟把农妇抢走,供他一时享乐解闷,农妇为此做出不情愿的牺牲。她的弟弟一路尾随想救出姐姐,结果被侯爵的弟弟刺伤,不治身亡。被强暴的农妇发着高烧,因精神错乱发神经,被侯爵兄弟绑在床上。她在临死前的一段时间疯疯癫癫,不停重复地尖叫着:"我丈夫、我父亲、我兄弟啊!一、

第十二章 "自由、平等、博爱"回归共同体:《双城记》中父权的"牺牲"与牺牲

二、三、四、五、六、七、八、九、十、十一、十二。嘘!"(329;bk. 3, ch. 10)。这正呼应了她丈夫临死前抽噎的那十二下!

农妇的疯癫是侯爵兄弟施暴的后果,是他们滥用"父权"的表现。马奈特医生发现农妇已有早孕征兆,爵爷兄弟的暴行还害死了她腹中的胎儿,这是对农妇家庭的又一次摧毁,也是这个胎儿情非所愿的"牺牲"。农妇撑了一个星期后最终去世,结束了她冤屈和苦难的一生。而这一切对侯爵兄弟来说不过是个麻烦——又一个不情不愿的"牺牲"。

《双城记》主人公达尔奈的叔叔和父亲合谋凌辱他们管辖地的农妇,又杀害了为姐姐报仇的农妇弟弟,贵族老爷对农家妇女的贞操享有无耻的特权,他们毫无心肝地向穷苦人民收租抽税,强迫人民给他们白白做苦力,硬要平民在他们的磨坊里磨粮食,逼迫平民用少得可怜的粮食喂养大群的家禽,却不允许穷苦人私自养任何家禽。老百姓连偶尔吃一点儿肉都提心吊胆,他们被搜刮地精光,大人甚至祈祷不要生儿育女,因为让孩子来到世界上是件很可怕的事情。

农妇姐弟为贵族老爷做出了不情愿的牺牲,侯爵兄弟也认为他们对这姐弟俩做出了"牺牲",侯爵哥哥低头俯视濒临死亡的英俊少年的眼神,就像在看一只受伤的鸟或者野兔,而不是他的同类。侯爵认为他做出的最大"牺牲"是,他的弟弟居然和下等人决斗,这非常丢面子:"一只年轻的普通的小疯狗!一个农奴!逼得我弟弟拔剑刺他,结果倒在我弟弟的剑下——死法居然像个绅士似的。"(325;bk. 3,ch. 10)这一幕中,狄更斯运用了重复这一艺术手段,来增加不情愿的"牺牲"带来的家庭共同体的毁灭,其中一个重复是对侯爵兄弟相貌一致性的反复描述,他们不但长得极像,他们的心灵也一样丑恶,侯爵兄弟相貌上的相似性与卡顿和达尔奈两个正面人物相貌上的相似形成鲜明对比,两者的对比也是两种牺牲的对比——利己主义者的伪"牺牲"和个人主义者的真牺牲;另一个重复是对农妇的呓语"我丈夫、我父亲、我兄弟啊!一、二、三、四、五、六、七、八、九、十、十一、十二。嘘!"的重复,农妇丈夫做出的不情愿的牺牲通过妻子临终前

童心崇拜：狄更斯共同体之境

的吃语不断传递，而妻子死亡的时间也和丈夫惊人的一致，农妇临终前不断重复"丈夫、父亲、兄弟"，是对异化父权的戏剧性呈现，对父权形式的追问无疑是狄更斯童心崇拜的重要方面。

侯爵放任的"父权"，导致下层群众的狂暴反抗，以及叔侄关系的决裂。革命爆发后，以德法尔热太太为首的平民对代表权贵阶级的老富隆进行了血腥讨伐。闹过革命后，群众的庆祝荒诞且混乱不堪，他们和《匹克威克外传》以及《巴纳比·鲁吉》中的群众出奇地相似。一大群人到监狱大墙旁的拐角一边唱歌，一边跳舞，场面十分混乱，这被狄更斯形容成"一种堕落的消遣——本是天真烂漫的，最后变得这么邪恶、残暴——本是一种健康的娱乐，现在却成了使血液沸腾的狂怒，迷惑了的感觉，被偷走的了心"（279；bk. 3, ch. 5）。讨伐了老富隆后，人们晚上又回归了家庭，他们要买面包，喂孩子，家家户户都亮起了灯。虽然粗茶淡饭不管饱，也着实拥有乐趣："父母们已在白天干够了坏事，现在他们正和蔼可亲地和他们那些瘦骨伶仃的孩子玩儿。恋人们虽然处于这样的环境中无法摆脱，却依然爱着，憧憬着。"（225；bk. 2, ch. 22）

侯爵滥用父权，制造暴力，给他自己带来了暴力式的毁灭，他做出巨大的不情愿的"牺牲"：他被群众杀死了。就在他死前不久，他的侄子达尔奈刚刚和他谈过话，达尔奈这样认为侯爵的府邸：

> 表面看起来一派繁盛，可要是把它放到天光之下，从里到外仔细看一遍，就会发现，它不过是一座摇摇欲坠的破塔而已，它由奢靡浪费、管理不善、巧取豪夺、累累债务、典当抵押、迫害压榨、衣不遮体、受苦受难等要素堆砌而成。（122—123；bk. 2, ch. 9）

对于侄子的劝告，叔叔表达出自己的一套理论，他认为，对权贵的憎恨就是下等人对上等人不由自主的敬畏，压迫是唯一不朽的哲学。这一幕体现出侄子达尔奈和父辈之间的代际矛盾，侯爵维护的是法国旧社会的秩序，也就是权贵阶级的利益，他故步自封，利用特权为非作

第十二章 "自由、平等、博爱"回归共同体:《双城记》中父权的"牺牲"与牺牲

歹,毫无人性。侄子达尔奈看出父辈所维护的旧秩序和利益的不可持续性,他反对当时法国权贵阶级的作风和他们所代表的权力,却对此无能为力。达尔奈选择去英国谋生,并舍弃了声名狼藉的家族姓氏,改名为查尔斯·达尔奈。而他的叔叔对于贵族权力的衰落颇有微词,甚至设计想把反对家族特权的侄子送进监狱。叔侄之间矛盾重重,关系并不和谐。

这对叔侄的观点也反映出两种"牺牲"话语:达尔奈为了给父亲和叔叔强奸杀人的罪行赎罪,自愿放弃他的姓氏和他的爵位;侯爵则不愿对自己的罪行做出任何弥补和牺牲,最终带来自己的毁灭。村子里的泉水,侯爵府邸的喷泉,小孩被压死地点附近的喷泉三者形成了互文,共同勾勒出水在基督教文化中象征的生命意象在这部小说中的异化。与泉水产生重复效果的是小说中屡次出现的编织意象,以被侯爵兄弟奸杀的农妇一家的小妹妹德法热尔太太的编织为中心,小说中一共出现了二十五次编织的场景,编织象征着下层群众把血腥彻底翻转,法国大革命爆发后,当了权的人民对爵爷们进行疯狂报复,贵族不情愿的"牺牲"和穷苦人民之前不情愿的牺牲发生了倒置。

当年,侯爵压死小孩后,把与他怒目相视的德法热尔太太称作老鼠,在德法热尔太太夺取革命先机后,德法热尔太太们又像猫玩弄老鼠一样把富隆爵爷折磨到死。在小说开篇,达尔奈被诬陷为叛国罪,法庭上,群众就已经暴露出嗜血的癖好,他们对达尔奈可能遭受的极刑颇感兴趣。从根本上讲,这和看妖怪吃人的兴趣别无二致。哥德伯格(Michael Goldberg)分析了狄更斯如何把暴力诠释为小说中几个人物病态生存状况的缘由,并提出狄更斯对暴力这一题材的运用来自卡莱尔,"狄更斯对犯罪抱有长久而病态的迷恋,在他后期的多部小说中,暴力特质像一条条耀眼的疤痕一样贯穿文本其中,表明人性中不可控因素里的形态相似的分裂"(Goldberg 102)。科林斯也解释了狄更斯的出版物中为什么总有对社会犯罪行为和死刑的描述,而且这种描述多为无效的,并说明"社会犯罪和死刑的失效在一定程度上让狄更斯在1868年以前,一直对公开处决表示抗议"(Goldberg 28)。"狄

更斯小说中可以稳固社会正义的最有效的表达方式是天启（Providence），授予并施行这种正义的是上帝。"（Reed 245）《双城记》中基督的化身是英国人卡顿，这是后话。

大革命爆发后，狂暴的群众已经失去自己的名字，他们变成代号："复仇女""雅克三号"等等。人作为主体在革命中已经沦为物化的杀人机器。具有反讽意味的是，断头台被赋予一个女人般的名字：吉萝亭。革命爆发后，吉萝亭发出的口号"自由、平等、博爱，要不毋宁死"先后七次出现在小说中，革命群众对这一口号深信不疑。德法尔热太太既是吉萝亭的化身，也是颠倒的父权的表现。德法尔热太太的形象脱离了维多利亚时期正统的淑女形象，她比《大卫·科波菲尔》中谋得斯通小姐更加坚不可摧，是个悍妇中的悍妇，和《双城记》中拥有纯洁善良品质的医生马奈特的女儿露西，形成鲜明对比。

刚出场，德法尔热太太的形象就很男性化：她身材粗壮，有一双似乎什么都不看却什么都不放过的眼睛，一只大手上戴着沉甸甸的戒指，脸色镇静，相貌坚毅，举止从容不迫。在经历过一系列革命后，她的形象越来越丰满，她个性刚强、无所畏惧、机警敏锐、坚定果决，还很漂亮。美丽的外表下是一颗铁石心肠，这一切源自于她的出身：她是被埃弗瑞蒙德侯爵兄弟害得家破人亡的农民家庭的孩子，强烈的报复心转化为一股可怕的力量，在大革命中她是当头兵，讨伐爵爷老富隆时毫不心慈手软，革命后又俨然一副圣安东尼区女领袖的形象。为了达到复仇的目的，她甚至故意向丈夫隐瞒后续的复仇计划，目的是要把埃弗瑞蒙德家族赶尽杀绝。她不念过去的主仆旧情，由此又导致与医生马奈特的主仆关系（也是父权的一个体现）的失序。

与德法尔热太太相反的女性形象是露西。她具有诸多维多利亚时代提倡的英国中产阶级女性的品质：得体、温柔、忠诚、富有同情心，是贤良淑德的化身。与之相反，德法尔热太太所代表的法国女性被赋予了美貌和骇人的力量，比起她姐姐在遭受强奸和家破人亡时的被动和无力，她通过复仇和革命展示了主观能动性，使悍妇的形象染上了暴力与血腥的色彩。

第十二章 "自由、平等、博爱"回归共同体:《双城记》中父权的"牺牲"与牺牲

革命的荒谬不但体现在群众对作恶多端的贵族残忍的报复上,更体现在他们颠倒是非,出尔反尔上面。他们对待审判的随意和对待生命的嗜血导致小说中两个最发人深省的不情不愿的牺牲:达尔奈的牺牲和医生马奈特的牺牲。达尔奈在革命爆发后,为了解救衷心的管家做出心甘情愿的牺牲,他只身回到法国,却被冠上了"囚犯"和"逃亡贵族"的名号,他在监狱里充分感受到"自由、平等、博爱,要不毋宁死"带来的死亡氛围。革命爆发后,达尔奈的双重身份——"查尔斯·埃弗瑞蒙德,又姓达尔奈"——一共七次出现在叙述人的口中,就像被自己叔叔和父亲玷污的农妇弥留时口中的十二下一样,达尔奈在法庭上、监狱里和革命群众口中的双重姓氏,凸显了他为"自由、平等、博爱"所做出的牺牲:死亡。

《双城记》中描绘的法国大革命试图将法国旧社会的所有结构一概取消,共同体让位于强大的、嗜血的共和国同胞情,共和国要求人做出任何牺牲。正如革命群众对马奈特医生说的:"如果共和国要你牺牲,毫无疑问,作为一个优秀的爱国者,你会乐于做出这种牺牲。共和国高于一切。人民至高无上"(293; bk. 3, ch. 7)。

由一个被贵族老爷的马车肆意碾压的婴儿的无端"牺牲",引申出《双城记》一系列由暴力场景烘托的"牺牲",这些"牺牲"并没有带来共同体繁荣,因为它们无一例外是在社会失序的混乱状态下被迫衍生出的。本文下一部分讨论的医生马奈特和浪子卡顿经过心灵培育后做出的自愿的牺牲,才是让"自由、平等、博爱"回归共同体的钥匙。

二 重生的父权,自愿的牺牲

"医生马奈特做出的情非所愿的牺牲,把贵族和群众的牺牲汇聚在他一个人的身上。"(Reed 264)马奈特的牺牲集中体现了大革命对共同体的摧毁力。出于医生的职业道德,马奈特不得不出诊,到侯爵兄弟的府邸治疗农妇和她的弟弟,他自己也成了这场罪行的证人。虽然他心里希望没人知道这件事,具有强烈正义感的医生还是决计告发

■ 童心崇拜：狄更斯共同体之境

侯爵兄弟。他拒绝了侯爵兄弟的封口费，就像被侯爵马车压死的孩子的父亲拒绝了侯爵扔在地上的金币一样。他为此付出了代价，被监禁十八年。

作为这桩罪行的见证人，医生是侯爵兄弟希望铲除的记忆，他所知道的秘密也是侯爵兄弟希望掩埋的，因此"医生在巴士底狱的十八年是他的身份、他的共同体意识被抹除的十八年，他医生的身份变成了鞋匠和'北塔楼 105 号犯人'，马奈特入狱后，他的自主性和存在感完全消失了"（Rosen 180）。福柯认为，对于被惩戒的身体而言，"身体本身生理性的痛苦已经不是惩戒的最重要部分，通过施加给受罚人一种无法忍受的艺术，惩戒变成一项具有缓刑权利的经济学"（Foucault, *Discipline and Punish* 11）。监狱对于医生个体性和共同体的摧毁是深刻的，当他得知自己未来女婿的真实身份后，当他的女婿第二次入狱并且生死未卜时，他的第一个反应就是去机械地修鞋，但是为了女儿，他还是心甘情愿做出牺牲，保守女婿的身世秘密。

医生马奈特不情愿的牺牲并没有因为在巴士底狱的十八年而完结。他状告侯爵兄弟罪行的信件被德法热尔夫妇利用，成了将达尔奈置于死地，让他家破人亡的尚方宝剑。而断头台吉萝亭怎么没有提醒德法热尔，马奈特医生曾是他们的恩人！马奈特自己亲手将女婿送上吉萝亭，控告达尔奈的是他这样一位声名卓著的医生公民，他

> 效仿古代一个颇成问题的公德，要求把自己和自己的亲人作为祭献奉献到人民的祭坛上……这位共和国的优秀医生，由于铲除了一个万恶的贵族家族，更应受到共和国的尊敬，而且，由于让女儿成了寡妇，让外孙女成了孤儿，他无疑会感到一种神圣的光荣和喜悦。(334; bk. 3, ch. 10)

马奈特医生因和埃弗瑞蒙德兄弟的强奸事件扯上关系，遭受了家庭破碎和多年牢狱之灾，医生本应和达尔奈家族水火不容。虽然达尔奈放弃了家族的一切，并且尽己所能行善，马奈特医生和达尔奈之间注定

第十二章 "自由、平等、博爱"回归共同体:《双城记》中父权的"牺牲"与牺牲

存在着家族身份的冲突:一个是被侯爵兄弟迫害的人,一个是侯爵兄弟的后代。这是一道难以愈合的创伤。后来马奈特医生同意了达尔奈对女儿的求婚,甚至为救出达尔奈导致第二次精神病复发。这之中经历了巨大的转变。然而,这两个家庭的结合带来了新的创伤,达尔奈为救家仆的法国之行成为全家人的噩梦。面对德法尔热夫妇的复仇行动,医生和他的女儿花了许多时间和精力解救达尔奈,马奈特医生从信心满满到焦头烂额,仍没有彻底将达尔奈从牢房中解救。达尔奈的贵族背景是个注定的事实,即使他放弃家族的一切,血缘关系也无法撇清。

如果说达尔奈和马奈特医生之间有关家族身份的冲突,可以通过个人的心态转变加以缓和,那么在法国大革命背景下,达尔奈的贵族身份和平民的仇恨则成为一个难以解决的冲突。马奈特医生在巴士底狱遭受的十八年牢狱之灾最终也没有成为达尔奈的免死令牌。马奈特医生选择接受达尔奈,经历过非常激烈的思想斗争,激烈到让他两度精神病复发。当达尔奈知道自己必死无疑后,他说:"为了我们俩的事,你经历了多么激烈的思想斗争。现在我们知道了,当你怀疑我的身世,直到弄清底细前,你忍受了多么大的痛苦。现在我们知道了,为了你亲爱的女儿,你极力克服了内心肯定存在的憎恶"(336;bk. 3,ch. 11)。由此可见,马奈特医生对女婿达尔奈的态度经历了巨大转变,即便困难重重,只因他是女儿所爱之人,他还是接受了达尔奈,为他奔走,直至第二次精神病复发。

医生马奈特出于一个父亲的爱和责任感才转变心灵,自愿做出牺牲,成全女儿的婚姻,这种转变几乎可以理解成人之为父的本能。而另一个浪子回头式的人物西德尼·卡顿,同样出于对露西的爱,却献出自己的生命。卡顿通过世间最沉重的牺牲,让自己具有了耶稣一样的父权光辉。卡顿在小说中以一个堕落的浪子形象出现,却在故事的结局完成自我牺牲和自我实现。起初,他是斯特里弗的法律助手,举止吊儿郎当,前途无望,对任何事情都满不在乎,没有人关心他,他也不关心任何人。他的转变,得益于故事中对他产生影响的三个人:

达尔奈、露西、和洛里先生。

达尔奈是一个外表和卡顿长得很像的人,但两人的相似只是形似而非神似,卡顿生性放荡,前途无望,达尔奈则已在英国立业。两人的不同,让卡顿喜欢起达尔奈,这是因为从达尔奈身上,卡顿看到自己堕落前的模样,他本可以成为达尔奈一样的正人君子。

卡顿受伤的内心只被富于同情心的露西看穿,使他为她敞开心扉,并爱上了这个真心诚意鼓励他,为他哭泣的女性。露西的纯洁唤起了卡顿心中的情感,引发他内心的转变:"为了你,为了你所爱的人,我什么都愿意去做。如果我的职业让我有机会、有能力做出牺牲,我愿意为你和你爱的人做出任何牺牲。"(151;bk. 2,ch. 13)

对于一个浪子来说,达尔奈是卡顿的倒影,露西是他爱的化身,而洛里先生则是他重温亲情的桥梁。面对洛里先生的泪水,卡顿的内心被触动了,他对洛里充满敬意。而卡顿内心的另一个转变,是洛里先生对他母亲的回忆。洛里先生的话,充满了哲学的意味,是一个年老之人对生死轮回的理解,卡顿对此产生了共鸣,他的内心重新建立了家庭共同体的观念。

卡顿对死亡的认识超脱出普通的含义,蒙上宗教的色彩:"耶稣说:'复活在我,生命也在我;信我的人,虽然死了,也必复活;凡活着信我的人必永远不死'。"(316;bk. 3,ch. 9)小说尾声把卡顿的牺牲描述成"一生中得到过的最安宁、最为安宁的休憩"(379;bk. 3,ch. 15)。卡顿的自我牺牲用死亡的方式完成了自我实现,让他从一个自我中心的浪荡子,转变为个人主义者,他的牺牲重新诠释了"自由、平等、博爱"之于共同体的意义。

卡顿实现的自由不是以赛亚·柏林(Isaiah Berlin,1909—97)所言的消极自由,这样的自由告诉人们可以做什么,但是对人们是否做了并不关心。卡顿的自由是积极自由,他的超脱来自心灵培育后的转变,来自和达尔奈、露西和洛里完成主体间性的对话后,对自我同一性新的认识。卡顿的积极自由具有很强的行动力,它意味着只有当卡顿可以驾驭自己的生命时,自由才成为可能。卡顿的自由是一种向死

第十二章 "自由、平等、博爱"回归共同体：《双城记》中父权的"牺牲"与牺牲

而生，他摆脱了时代的无序。

综观整部小说，无序贯穿于对法国和英国的描写之中。狄更斯对法国人有这么一段描写："这里的陆军军官对军事知识一窍不通，海军军官对舰艇一无所知，这里有对政事毫不知情的文职官员，有俗不可耐、好色、满口胡话、生活放荡的不要脸的牧师。"（103；bk.2, ch.7）对拜访过侯爵府邸的人物，狄更斯也都进行了脸谱化描写，把这些人物根据阶级分为贵族和平民，按照社会分工分为政治家、哲学家、教士等等。这种方式描写出的人物更像一种固定印象，没有特指，更没有生命。而这种方法被狄更斯同样用在对英国民众的描写上：

> 在大半夜拦路抢劫的强盗，白天是城市里的商贩。如果半夜里在当"老大"时被同行的生意人认出而被骂，他就会豪放地朝对方的脑袋开一枪，然后溜之大吉；七个强盗拦劫邮车，其中三个被押车的安保打死，接着，"由于弹尽粮绝"，安保又被余下那四个强盗打死。（3；bk.1, ch.1）

狄更斯利用卡顿和达尔奈在相貌上的相似性，提供了一种象征性的共识，卡顿通过自己的死替达尔奈洗刷掉家族的罪恶，由此磨平贵族和平民之间的差异，实现了平等。卡顿对达尔奈的拯救突破了民族身份的限制，也实现了世界主义里"有益的超脱"，是博爱的体现。狄更斯安排卡顿以其崇高的英国性，跨越国籍拯救法国人达尔奈的生命，使达尔奈能够活着回归英国。死亡的形式让达尔奈和卡顿实现了身份的转换，同时也让他们的形象最终融为一体。卡顿的牺牲，让法国贵族"达尔奈"这个身份从名义上死了，但现实中的达尔奈接替卡顿的身份得以活下去。因此，获救的达尔奈带着卡顿赋予他的新身份回到英国，二人通过融合的形象共同实现了自我的圆融。

值得注意的是，帮助卡顿产生心灵转变的洛里，是个成功的英国商人，他供职一生的台尔森银行，英文恰好是"tell son"的谐音。洛里是卡顿的替身父亲，这个老人象征了新兴工商业社会的父权。洛里

不是一台机器,他通过一个商人的美德成就自己的事业,也感化了一个浪子。洛里的美德和信用引发了卡顿对共同体维度中道德本体论的重新审视,让他用最深层次的道德,回应他用道德重新感知的外部环境。卡顿被激活的道德本能是对自尊根深蒂固的知觉,它在小说最后催生了卡顿的向死而生。

洛里身上被赋予的善的政治,其起点和终点并不是"我是谁",或者"我们是谁",而是迫使卡顿/维多利亚人去阐释善的视野、激发善的想象,觉察到做什么和成为什么样的人是善的。这里面就赋予了查尔斯·泰勒所言的本真性(authenticity)的道德理想,在此意义上,洛里和卡顿都是个人主义者。

> 为什么本真性是一种道德理想?简单地说,在道德思考的历史中,西方社会发展出一种"内在化要求":做(道德上)正确的事,重要的标准之一就是要与我们内在的道德感保持接触(attachment),而不是游离。道德不只是迫于外界压力去做正确的事,而是与内心的良知相契合,这种思想有迹可循,从奥古斯丁到卢梭。在历史的现代进程中,这种内在的接触感具有了独立的和决定性的道德意义,整个伦理世界的重心就发生了转变——本真性成为我们真正的、完整的、不可缺少的维度。我们的道德拯救来自回复我们对自己内心真挚的道德接触,只有这样,才有理由要求人们为自己的行为担当道德责任。也只有这样,我们才能获得卢梭所谓的"存在之感受":做一个人就是要忠于我自己……忠实于自我意味着忠实于自己的独特性,而这种独特性只有我自己才能发现和阐释,这是一种积极的、强有力的道德理想,伴随着自由、责任感和生活的多样性。这是现代文化的重要成就。(刘擎 12—13)

《双城记》这部小说由一个婴儿的无端"牺牲",展开历史大幕。狄更斯借法国大革命喻文明转型期的英国社会,无序让人们歪曲了对

第十二章 "自由、平等、博爱"回归共同体:《双城记》中父权的"牺牲"与牺牲

"自由、平等、博爱"的理解,贵族异化了的父权导致下层子民更为血腥的暴力反扑。狄更斯笔下通过心智培育后实现的自我牺牲,召唤维多利亚人回归"自由、平等、博爱"的真谛,由此形塑共同体。《双城记》借法国批判了英国民族主义的偏狭,在法国的传统里,普世文明的概念在大革命以前已经深入人心。启蒙运动前,欧洲上流社会就在语言和生活方式上以模仿法国王室贵族为荣。这些历史前戏让法兰西民族的自信不断膨胀,而19世纪崛起的大英帝国也以世界工厂和"最伟大民族"自居,其中隐含的霸权和父权不言自明。但在狄更斯看来,这样的民族国家共同体形塑,缺乏道德情操的滋养,缺乏个人主义的灵魂,无法实现"自由、平等、博爱"。

第十三章　四重戏仿：从《物种起源》到《远大前程》

在狄更斯的共同体想象中，对"进步"话语的推敲与对进化论（evolutionary theory）的创造性误读欣合无间。"进步"是"进化"的转义，后者是前者重要的意义来源。小说主人公皮普在利己主义盛行的维多利亚社会一路攀爬，希望成为中产阶级一员的历程，就呼应了进化论的这层转义。身处文明转型时代，狄更斯注意到，当"达尔文"被机械引入社会领域后，维多利亚人面临一个重大危机，即亲缘关系这个共同体的"根"在《物种起源》（*The Origin of Species*, 1859）这里发生了变异。《远大前程》（*Great Expectations*, 1860—1861）诠释了狄更斯的寻"根"之路。小说模拟了一个"进化"场域，以孤儿皮普同姐夫乔、罪犯马格威奇、老淑女哈维沙姆和监护律师贾格斯这四个"替身父母"的交错关系贯穿始终，狄更斯对进化书写中的"随机性变异""起源""线性叙事"和"灭亡"展开戏仿。为寻"根"而生的四重戏仿有"破"有"立"，前两重戏仿侧重于展现"进步"话语对家庭的破坏，后两重戏仿则侧重于家庭的重建。在这四重戏仿的背后，是狄更斯在新旧共同体——重宗族关系的农业共同体和重契约关系的工业共同体——的进退之间，寻求平衡的努力。

狄更斯批评传统普遍关注到，狄更斯对"进步"话语的推敲与进化论书写存在关联，比如，傅威勒（Howard W. Fulweiler）借助"阴沉的沼泽地"（dismal swamp）这一隐喻，讨论了《我们共同的朋友》

中的达尔文情结（Fulweiler 50—74）；摩根泰勒（Goldie Morgentaler）解读了"遗传"这一概念如何影响《远大前程》的创作（Morgentaler 5）；莫里斯（Pam Morris）以"趣味"（taste）为出发点，分析了《我们共同的朋友》中的人物转变与进化论之间的关联（Morris 179—194）；巴克兰（Adelene Buckland）"聚焦狄更斯的散文《科学之诗》（'The Poetry of Science'），分析了伦敦的科学展出对狄更斯创作的影响"（Buckland 679—694）；欧高曼（Francis O'Gorman）则以"狄更斯书架上的科学书籍只有最流行的自然科学"为由，提出狄更斯的科学阅读是没有意义的（O'Gorman 252）。

上述研究忽视了狄更斯共同体想象的重要一环：对"进步"话语的推敲同对进化论的创造性误读欣合无间。自问世以来，进化论在文学想象中散发的影响焦虑从未停歇，剑桥学者吉莲·比尔（Gillian Beer，1935— ）的《达尔文情节：达尔文和乔治·艾略特的进化论叙事以及19世纪小说》（*Darwin's Plots：Evolutionary Narrative in Darwin, George Elliot, and Nineteenth-Century Fiction*，1983）是此方面批评的扛鼎之作。比尔不但将进化论作为叙事文本剖析，还指出进化论对小说创作的深远影响——作为修辞格（trope）的"科学"表征与维多利亚时期文学的互相激励（Beer，*Darwin's Plots* 81）。虽然比尔揭示了"达尔文"给英国小说带来的影响焦虑，但遗憾的是，在《达尔文情节》中只详细分析了乔治·艾略特和哈代的作品，对狄更斯却只字未提。勒凡（George Levine）主编的《达尔文和小说家们：维多利亚时期小说中的科学图景》（*Darwin and the Novelists：Patterns of Science in Victorian Fiction*，1988）也直观呈现了进化论与文学实践的关系，但是这部著作也没有对狄更斯的文本进行充分分析。

自由主义和功利主义是维多利亚社会的主流价值取向，崇尚"进步"（"progress"）是这个时代的普遍现象，"进化"则是"进步"的重要意义来源。身处文明转型期的狄更斯注意到，当"达尔文"被机械引入社会领域后，维多利亚人一面接受着"进步"浪潮的冲击，一面却面临一个深远的共同体危机，也就是亲缘关系这个"根"在《物

童心崇拜：狄更斯共同体之谜

种起源》面前发生了变异，随之而来的是文化共同体的悄然转变。雷蒙德·威廉斯在《英国小说》(The English Novel, From Dickens to Lawrence, 1973) 中提出："在从狄更斯到劳伦斯的近百年间，英国小说界有一个中心意义，即寻找文化共同体，研究其含义和特质。"（R. Williams, The English Novel 11）狄更斯所体验的"共同体"，不是一个通过智性和心灵可以理解的共同体，而是一个"只能用统计或分析方法加以理解，一个根据表明的经验不可认知的共同体"（威廉斯，《政治与文学》242）。

宗族关系是农业共同体的根基，在精于计算和算计的工业文明中，这一根基正在发生变异（variation），狄更斯对此深有体会，他的共同体意识同他对家庭的阐释密不可分。本章拟围绕"寻根"这条主线来呈现《远大前程》对《物种起源》的四重戏仿。布鲁姆（Harold Bloom, 1930—）在《如何读，为什么读》(How to Read and Why, 2000) 一书中这样提到，《远大前程》是对莎剧《哈姆雷特》(Hamlet, Prince of Denmark, 1601) 的"创造性误读"，狄更斯在《远大前程》中"操纵《哈姆雷特》：戏仿它，然后把复仇翻转过来，变成了皮普的全面宽恕。马格维奇——皮普的替身父亲，实际上也是埃斯特拉的前身——以哈姆雷特父亲'鬼魂'的方式回来，然而并没有把皮普变成哈姆雷特"（布鲁姆 178）。其实皮普的"替身父母"不只是罪犯马格威奇，还有姐夫乔、哈维沙姆小姐和代理监护律师贾格斯，通过展现皮普同这四位"替身父母"的交错关系，狄更斯完成了对进化论叙事中"随机性变异""起源""线性叙事"和"灭亡"这四个概念的戏仿。四重戏仿有"破"有"立"，前两重戏仿侧重于展现"进步"话语对家庭的破坏，其中对"随机性变异"的戏仿旨在揭示，偶然的飞来横财如何反讽式地支配皮普的命运，皮普如何在追逐"成功"的"变异"过程中失去家庭纽带；在分析对"起源"的戏仿时笔者发现，狄更斯笔下的皮普始终是个孤独的、迷失的孩子，这暗示着达尔文的"起源"和"进步"话语带来的认识论困惑。

在后两重戏仿中，对"线性叙事"的戏仿暗示着狄更斯重现共同体的第一环。进化论叙事是一条线性叙事,即"……物种→新物种→更新的物种→再新的物种→还要更新的物种→……",它同"进步"话语无限推进的叙事模式互为隐喻。在《远大前程》中,狄更斯打破了线性叙事锁链,围绕着皮普的几个"替身父母",设计出一个"浪子回家"(the return of the Prodigal son)的环形叙事进程,即"乔→马格威奇→哈维沙姆→贾格斯→哈维沙姆→马格威奇→乔";对"灭亡"的戏仿预示着重现共同体的第二环,这主要体现为"浪子回家"这一环形叙事在形式与内容上的一致性:皮普的涅槃不但伴随着哈维沙姆和马格威奇的"灭亡",还伴随着乔和贾格斯一直以来的"存活",这两位替身父亲在叙事链条中的位置值得推敲。对律师贾格斯的塑造体现出狄更斯的共同体意识:狄更斯并非想要脱离工业共同体,或是倒退回农业共同体,而是试图在新旧世界之间找到平衡。

一 戏仿"随机性变异"和"起源"

自问世以来,作为一种叙事文本,对《物种起源》的阐释便伴随着改写、挪用(appropriation)和误读。阿伯特(Potter H. Abbott)指出,表述进化学说的难点不在于"进化"(evolution)一词本身,而在于"进化""自然选择"(natural selection)和"变异"(variation)三个概念的关联。"进化"是由自然选择完成的,自然选择的完成有赖于变异,而"随机性"(randomness)正是变异的核心意涵(Abbott 147)。然而,在文学创作的角度,如果一个作家频繁使用"意外","偶然","机遇"这类元素,那么作品将很可能成为败笔。《物种起源》的叙事主旋律受控于无所不在的随机性变异(random variation),达尔文(Charles Darwin,1809—82)对狄更斯的"影响焦虑"体现在狄更斯对"机缘巧合"有意为之的多次重复上。熟悉狄更斯作品的读者不难发现,狄更斯的很多作品都存在一个共性:不期而遇的财富对故事情节的主导作用。《小杜丽》中的杜丽一家因为家族的姓氏而离开监狱,意外步入上流社会;《艰难时世》中的财主庞德贝信奉自由竞争,他为人冷酷贪婪,却总喜欢夸耀自己的"奋斗史",对奋斗故事的不断重复产生反讽作用，更容易让人怀疑庞德贝的发迹是否也来自偶然的不义之财；在《老古玩店》中，老祖父吐伦特为了给孙女耐尔留下足够遗产而去参与赌局，企求从中一夜暴富，对意外财产的渴望导致祖孙二人命运的改变；《我们共同的朋友》中的清洁工鲍芬因意外获得遗产而一跃成为黄金清道夫（golden dustman）。

对"机缘巧合"的重复还体现在《远大前程》中。主人公皮普阴差阳错解救了逃犯马格威奇，之后获得后者长期的秘密资助，这笔巨款彻底改变了皮普的命运。狄更斯在创作中为何对重复"不期而至的财产"情有独钟？这种重复与"随机性变异"的互文性又是以何种方式建立的？克里斯蒂娃（Julia Kristeva，1941— ）指出，"互文性意味着任何单独文本都是许多其他文本的重新组合；在一个特定的文本空间里，来自其他文本的许多声音互相交叉，互相中和"（Kristeva 145）。罗兰·巴特（Roland Barthes，1915—1980）进一步说明，"互文性"是任何文本都无法摆脱的一种状况，"不能把互文性简单地还原成起源和影响的问题；互文是一片综合性领域，它涵盖了各种无名程式，它们彼此之间几乎无法追溯起源，也涵盖了各种未加引号的，在无意识状态或自发状态下被引用的话语"（Barthes 41）。

《物种起源》中的"随机性变异"在《远大前程》被"中和"和"引用"，狄更斯将"随机性变异"的重复转换为对意外财富的重复，由此暗示了共同体焦虑：维多利亚时代的共同体是由自由主义和功利主义操纵的共同体，人的命运以及他与社会的关联受控于金钱，缺乏制约的物化社会机制必然导致共同体的失序，飞来横财成为常态也就是意料之中的事情了。

伴随着皮普意外发迹而来的另一个问题是他的起源，也就是，他从何而来？皮普起源问题的含混性和进化论中"起源"（origin）的表征困境形成了互文。"起源"不但是进化理论的核心概念，也是西方现代文明的精神内核。站在叙事学的角度思考，"起源"却是《物种起源》中最难以表征的概念。阿伯特指出，达尔文笔下用来阐释"起源"奥秘的"进化""自然选择""物种"和"变异"等核心概念并

第十三章　四重戏仿：从《物种起源》到《远大前程》

不是具有动因（agency）作用的实体，它们是对时间意义上的"变化"的理解，"变化"容易演变成"行动"，但在语言的范畴中，进化理论中的"行动"同叙事学领域中的"行动"并不是简单的对等关系，在既定的认知中，除了"行动"这一术语外，没什么别的词汇可以精确阐释出"行动"所要表达的时间意义上的"变化"（Abbott 144）。在叙事学的范畴，基督教的创世理论（creationism）很好地为一个完整的故事填上了"角色"这一叙事实体，因为"上帝"作为完整故事中的"人物"，回答了"谁造出了第一个物种"这一棘手问题。达尔文在论述"起源"时，借用了创世理论的叙事策略，"19世纪中叶，科学家使用的语言仍然是和普通大众一致的、非数学式的语言，在《物种起源》中，为了论证'物种'的'起源'，达尔文频繁使用的重要隐喻便是'家庭'和'父母'"（Beer, "Darwin and the Uses of Extinction" 329）。

对于狄更斯而言，《物种起源》中的"起源"表征困境施加给《远大前程》的影响焦虑也体现在皮普的"起源"焦虑上。《远大前程》对《物种起源》中"起源"概念的戏仿在于，狄更斯设计了皮普这个始终迷失的孩子形象：他的亲生父母遥不可及，无从追寻其意义。皮普成年后经历了没有结果的爱情——他的恋爱无疾而终，也就更谈不上生儿育女，故事限制在皮普这一代之中，代际的连续性，生活的连续性以及家庭和孩子的连续性，都孤立于皮普的生命之外。对于皮普的无根状态，狄更斯在小说中通过锉刀把皮普的起源焦虑和"进步"话语巧妙联系在了一起。皮普是个孤儿，但是姐夫乔这个替身父亲给予了他亲情，可以说乔代表的是亲情维系的家庭共同体，但在偶遇马格威奇后，金钱准则取代了亲情。皮普之所以能偶遇马格威奇，也来自他的起源焦虑：他去墓地凭吊自己的生身父母。但是马格威奇的意外出现彻底改变了皮普的心灵和命运。如果没有偶遇马格威奇，皮普甚至会得到姐夫更多的父爱，因为一直以来，乔都希望将皮普收为铁匠铺的学徒，在前工业时代遗留的胜似父子的师徒关系中，皮普与乔的感情无疑会更近一步。但是，皮普从铁匠铺偷来了乔的锉刀。

童心崇拜：狄更斯共同体之境

狄更斯把乔设计成铁匠，钢铁充当着工业文明的象征物。在马格威奇用锉刀斩断脚镣的同时，皮普唯一的亲情纽带也被斩断了，他利用马格威奇的秘密资助步入上流社会，从此一度看不起乔，在感情上疏远乔。对于皮普而言，解救罪犯一直是他的"原罪"，这其中交织着他天性中的善良，但不幸的是，他的善良却因为飞来横财给断送了。

皮普与马格威奇的纠葛间接引发了"随机性变异"的另一个戏剧性体现：皮普对替身母亲哈维沙姆小姐的误会。皮普自幼成为孤儿，他在姐姐那里没有得到母爱，虽然姐夫乔充当着父亲的角色，一直给予他温暖，但是亲生父母的缺位仍然给他的心灵带来缺憾，老家并不是他的精神家园。所以，当他获得哈维沙姆小姐的邀请去她府上做玩伴的时候，皮普欣然接受了。皮普一直误以为他的恩人就是哈维沙姆，并且一直觉得哈维沙姆会把养女埃斯特拉许配给他，直到多年后马格威奇突然出现在自己伦敦的奢华住所并揭开谜底时，皮普才意识到意外财产给他带来的绅士"变异"是个泡影，绅士梦是"起源"和他开的一个玩笑。哈维沙姆对他的"厚爱"不过是他自己的假想，和埃斯特拉结婚也是他的一厢情愿，他在哈维沙姆的萨蒂斯大院只不过是个玩偶和工具，老处女用他来刺激贪婪的亲戚，在没有其他人可以耍弄折磨的时候，"就欺骗、利用他这个机械一般的木头人儿去演练一下自己的手段"（Dickens, *Great Expectations* 318；bk. 2, ch. 20）。"机械一般的木头人儿"和皮普解救马格威奇时用的锉刀，都将皮普的起源焦虑和"进步"话语联系在了一起。

皮普的"随机性变异"和起源焦虑是费里德里希·施莱格尔（Friedrich Schlegel，1772—1829）浪漫主义反讽（romantic irony）的戏剧性呈现。施莱格尔把浪漫主义反讽当作哲学实践和艺术方法，认为它可以代表 19 世纪的时代精神（Zeigeist）。"浪漫主义反讽意味着互相波动的两方面行动：首先行为主体在虚构中创造了他所理解的世界，紧接着在具有反讽式的某一怀疑时刻，他明白了他所虚构的创造物只是自身欲望的投射，其本身并不完全真实，因此毁灭随之而来。"（Guiwitch 5）"自我创造（Selbstschöpfung）和自我毁灭（Selbstvernichtung）在皮普的心理时间中发生，并且不断进进出出，往复不止，皮普的心理内部空间和他所经历的外部空间形成对应"（Buzard, *Disorienting Fiction* 18），突兀的情节以自我打断（self-interruption）的方式迎合了皮普的"随机性变异"以及起源焦虑。"自我创造"和"自我毁灭"两种状态交织在皮普的生命中，制造了存在论、认识论、伦理学和美学意义上动态的、悖论式的混杂状态。

皮普的起源焦虑始于小说开篇，在埋葬父母和五个早夭哥哥的墓地，皮普展开了对于"我从哪里来"的思索："我父亲姓皮里普，我的教名是菲利普。小时候我口齿不清，把自己的姓和名念来念去全都念成了皮普，随便怎样也没法念得更完整，更清楚点儿。所以我就管我自己叫皮普，后来大家也都跟着管我叫皮普了。"（3; bk. 1, ch. 1）正在这时，马格威奇的突然出现打断了皮普寻根的思绪："'别哭！'一个人从教堂门廊一边的墓地忽地跳出来，吓人地大吼一声。'你这个小鬼头！不许哭，要不我就把你的脖子割断！'"（4; bk. 1, ch. 1）皮普的思想意识在逐渐扩大后突然缩小：从他家人的墓碑，到沼泽地，到河流，到海洋，最后回到他自己，这一循环被马格威奇的一声大吼给突然打断。皮普和马格威奇的初次相遇诠释了浪漫主义反讽：当一个陌生人的突然出现打断了皮普对家庭共同体的遐思时，皮普在外力的强迫下必须做出对事物的重新认知，这一幕也预示了多年后马格威奇从澳大利亚突如其来的回归，从而揭开了皮普起源谜底的一幕。

皮普是人文社会科学意义上的"人"的缩影。"人"诞生于现代价值体系中，不论是《物种起源》中的"起源"还是皮普寻根的旅程，都体现出人之起源本身的虚无：

> 在现代思想中，人并没有一个确切的起源，不如说存在着一个散布的来源，一个没有固定明确的诞生地的来源、没有同一性的来源、没有瞬间性时刻的来源。人就是和这样的起源相分离，他的起源隐退了，这是一个没有起源的存在，是一个起源退却的存在。但是，思想不甘心于这种起源的退却，它要和这样的起源

思想相抗争，它想通过时间的重构找到起源的基础，它想让起源返回。现代思想要思考人的起源，但从没有接近这个起源。（汪民安 23）

在如何"通过时间的重构找到起源的基础"，从而"还原""起源"的问题上，狄更斯和达尔文走向两个不同的方向。《物种起源》中的线性叙事和"进步"话语不断推进的浪潮互为隐喻，预示着人在认识论意义的动物化，而狄更斯在《远大前程》中则通过把达尔文的线性叙事转变为环形叙事，让皮普从物化了的人回到有血有肉的人，在共同体的重建中找回自己的根。皮普与四位替身父母的交集呈现出的环形叙事格局，也体现出狄更斯对《物种起源》中"灭亡"概念的戏仿，在新旧共同体的进退之间，在形塑父权制工业化民族国家的进程之中，在中产阶级绅士价值观日趋成为文化主流之际，维多利亚人应何去何从？

二 戏仿线性叙事和"灭亡"

达尔文进化论的叙事主线是一条无限重复的线性链条：

→物种→新物种→更新的物种→还要新的物种→比之前更新的物种→

在经验世界里，物种是个抽象的概念，它并不真实存在，被"自然选择"了的不是"物种"，而是个体生命，因此理解"进化"需要依靠另一条和生老病死相关的叙事进程：

兔子→新兔子→更新的兔子→还要新的兔子→比之前更新的兔子（Abbott 146）。

上述两条叙事链条既互相依赖，又充满悖论，暗示了深刻的认识

第十三章 四重戏仿：从《物种起源》到《远大前程》

论危机。进化论的线性叙事代表着一种技术语言的表征体系，如前文雷蒙德·威廉斯所言，狄更斯的时代是个依赖于"统计或分析方法"的"进步"的时代，出于对"进步"的过度追捧，工具理性思维在社会文化领域蔓延，"进化"成了"进步"的转义。《物种起源》中表征进化轨迹的线性叙事的无限延展和德里达（Jacque Derrida，1930—2004）所言的"延异"（différance）互为隐喻，两者都是现代性的表现形式。当代哲学家莫顿（Timothy Morton，1968—）就直言，德里达的"延异"揭示出技术语言的命题式逻辑（propositional logic），这种逻辑导致语言在本质上是无本质的，意义无限延伸，却始终无法触及"本质"和"起源"（Morton 30）。技术语言总是在命题（proposition）中寻找一种预先被假设成立的因果关联（causal relation），也就是线性进程（lineal process）。

　　福柯批判了这种"理性思维"的机械性："当我们运用'理性'这一表达时，我们假定在理性和知识两者之间存在紧密联系。我们的知识具有一个命题结构，观念可以通过陈述的形式被表达。"（Foucault, *The Order of Things* 96）也就是说，"语言作为一种知识和表征，它来源于线性的逻辑而不是审美意义上的秩序……当科学进入语言交流的体系，语言就变为知识"（李靖，《诗性反思》57，98）。阿多诺（T. W. Adorno，1903—69）进而说明，"被发展成'话语逻辑'的普遍性观点变成'概念化空间领域'的同位语，而且这些观点被认为是'发源于事实领域的基础之上'"（Adorno 14）。海德格尔（Martin Heidegger，1889—1976）也说："语言作为一种控制存在（笔者加：Being）的工具向我们仅有的意愿和交易投降，存在在因果关系的互相影响中以事实的构型出现。我们正在以一种类似于商业计算的方式遭遇世界的种种此在（笔者加：beings），但也是用科学的和哲学的方式，来解释和证明这些此在。"（qtd. in Cahoone 302）

　　《物种起源》中揭示"进化"的线性叙事是技术性语言的一种表现形式，但如果把达尔文的"进化"叙事当作"真理"和"知识"带入社会文化生活，它就成了"站在'表征'基础之上的'表征'"，始

童心崇拜：狄更斯共同体之境

终无法进入生命真谛的本身。当维多利亚人把"进化"作为"进步"转义时，他们就陷入了机械主义思潮的陷阱。正如卡莱尔所言：

> 这是个机器的时代，无论是从字面还是内涵上来说都是如此。如今没有一件东西是直接做成或手工做成，一切都是通过一定规则和计算好的机械装置来完成的……人们不仅双手变得机械，连头脑和心灵亦是如此。他们对个体的努力和自然力量都已丧失了信心。他们期盼和追求的不是内在的完美，而是外在的组织和安排，是机构和政体——是这样或那样的"机制"（mechanism）……智性，这一人类赖以认知和信仰的力量，如今近乎与"逻辑"等同，被看作是编排和沟通的能力。发挥智性的方式不再是"沉思"，而是"论证"……对于任何对象，我们的首要问题不再是"什么"？而是"如何"……我们以"故而"代替了"为何"。无论是涉及人或是神的事，我们都自有一套理论来应付……这种对于身强力壮者的崇拜已经蔓延至文学领域……我们称赞一部作品时不再说它"真"，而是说它"强"；我们对文学作品的最高评价是它"打动了"我们（引自威廉斯，《文化与社会 1780—1950》81—83）。

卡莱尔眼中的"机械时代"不但是机械思维统领心灵的时代，还是弱肉强食的时代，皮普的绅士路就是写照。狄更斯在《远大前程》中将《物种起源》中表征"进化"的线性叙事变换成环形叙事，是对"进化"及其修辞格的反操纵。在狄更斯创造的环形叙事中，皮普"替身父母"出场的顺序是：

乔→马格威奇→哈维沙姆小姐→监护律师贾格斯→哈维沙姆小姐→马格威奇→乔

在小说中最先出场的是皮普的姐夫乔；然后皮普遭遇了"替身父

第十三章 四重戏仿：从《物种起源》到《远大前程》

亲"马格维奇；随后狄更斯安排皮普进入了哈维沙姆小姐的宅院，在那里他遇到了埃斯特拉；随着小说进程的推进，律师贾格斯作为马格威奇的委托人进入皮普的生活；在小说接近尾声的时候，围绕着埃斯特拉的身世之谜，哈维沙姆再次回到视野；随后，马格威奇突然出现并带来了他和皮普的毁灭；一切化为泡影后皮普重返故里，获得灵魂的重生，乔又以"父亲"的身份出现，完成了狄更斯为皮普设计的"进化"叙事。

环形叙事进程旨在暗示，如果没有亲情和道德的力量，皮普势必一直变异下去，在"进步"浪潮中越发迷失自己的"起源"。达尔文的进化思想是维多利亚社会追求"进步""速度"和"成功"的重要意义来源，皮普的绅士梦象征了人被"迅速致富"这一理念的异化，对"不能有所成就"的恐惧程度不亚于下地狱（Houghton 191）。皮普穿梭于商业社会之中的焦灼与匆忙，映衬了"现代生活病态的匆忙"（Altick, *Victorian People and Ideas* 97）。

皮普回归到象征着亲缘共同体的乔这里，是在被自由主义和功利主义"优胜劣汰"法则淘汰后对自我的回归。在皮普的四个替身父母身上也体现出狄更斯对自由主义和功利主义的反操纵，小说最后皮普被乔的质朴善良感化；他还在道德和情感上接纳了马格威奇这个"父亲"，布鲁姆就坦言：

> 当我回忆皮普在小说中的感情，我无法立即想起他对埃斯特拉曾经有过的受挫的激情，以及他对乔·加格瑞的深情。在我记忆中燃烧着的，是皮普对马格维奇最后的深厚的爱（他对待皮普比对待埃斯特拉更显得像父亲）；还有马格维奇长期以来对皮普展示的持续的爱。（布鲁姆 179）

同时，狄更斯式的扬善惩恶让哈维沙姆小姐临死前对自己的行为追悔不已，而律师贾格斯虽然很多时候以冷漠示人，但是他的温情和睿智也在悄然影响着皮普的价值观。

童心崇拜：狄更斯共同体之境

狄更斯设计的环性叙事进程也在戏仿《物种起源》中的"灭亡"（extinction）。比尔提出，在 1858 年到 1859 年这段达尔文写作《物种起源》的时间里，"灭亡"在自然史学中还是较新的术语，库维尔（George Cuvier, 1769—1832）在 18 世纪晚期首次使用了这一术语，目的是暗示上帝创造的物种并不都会幸存下来，在此之前，"灭亡"这一概念主要和陆地上的家族史研究相关（Beer, "Darwin and the Uses of Extinction" 322）。达尔文延续了"家族"（family）这一词汇，并将其作为一种隐喻，来概括所有物种。达尔文还使用了"父母"作为隐喻，说明灭绝也预示着物种的延续性："一个伟大的事实说明，所有灭绝了的有机生命体属于和现存生命体一样的系统里，它们或进入和后者一样的群体，或进入中间性的群体，无论留下来的还是灭亡的，都是同一父母的后裔。"（Darwin 476）灭亡在进化进程里不可逆转，"一旦族群普遍的纽带断裂，不论是单独的物种还是种群都会消失"（Darwin 475）。达尔文"将灭绝这一概念同他的自然选择原则紧密联系在一起，并乐观地提出了这一进程"（Beer, "Darwin and the Uses of Extinction" 322）。达尔文认为："灭绝了的物种和种群在有机生命世界的历史中扮演着重要角色，它们几乎无可避免地遵循着自然选择原则，因为旧的生命形式会被新的、改良了的生命形式取代。"（Beer, "Darwin and the Uses of Extinction" 475）

在《远大前程》四个替身父母的环形叙事中，哈维沙姆和马格威奇的灭亡对应的是乔和贾格斯的存活，这有生有灭的安排体现了狄更斯的共同体思索。在《远大前程》所模拟的"进化"场景中，乔和贾格斯是被"自然选择"后存活的个体生命，相较之乔，贾格斯在环形叙事中处在更为险要的中心位置。这用意何在？狄更斯这样的安排旨在说明，乔、哈维沙姆和马格威奇都无法在新兴共同体中安身立命，而贾格斯才是皮普合格的替身父亲。

在道德意义上，乔的完美绅士形象无可挑剔，但是在工业化国家形塑的意义上，把乔称为完美绅士却成了一个问题。"狄更斯和他的中产阶级读者乐见于皮普出人头地的欲望"（Gilmour, *Idea* 105），但

第十三章 四重戏仿:从《物种起源》到《远大前程》

乔在英国中产阶级绅士主流价值观中,无法充当中流砥柱的作用。乔象征着过去的时代,他是18世纪末到19世纪初盛行的"古老英格兰"浪漫主义神话的化身,"到了19世纪,平民大众迎头赶上,他们需要对不当的行为有所控制,成为'更好的'世界公民,并且把他们和失落世界的英国文化连接起来"(Mandler 81)。"平民大众"的"迎头赶上",意味着无产阶级登上了历史舞台;"失落世界"(lost world)指的是从都铎王朝的崛起到内战初期的历史时间。这一段古老光阴有四个表现形式,每一种形式都展示了一个不同的英格兰:首先是"快乐的英格兰"(Merry England),在这里"源自中世纪的娱乐活动和礼仪仍在民间流传";第二是社会化的英格兰(Social England),在这里"平等的思想深入民心";第三是"家庭的英格兰"(Domestic England),在这里"平民有机会培育家庭道德";第四个是"文学的英格兰"(Literary England),在这里"通俗文学首次成为国家文学"(Mandler 82—86)。在乔的身上,上述四个古老英格兰的特质融为一体:他和皮普一起嬉戏玩闹,和还是小男孩的皮普平起平坐,在他身上展现着家庭伦理道德,而且在小说尾声,在比迪的指导下他学会写字。乔对英国文化的评论也充满了斯图亚特王朝的气息:"英国人的住宅就是他的城堡,除非战争时期,平时城堡怎能任人闯入。"(460;bk. 3,ch. 18)

哈维沙姆的宅邸萨蒂斯也呼应了乔口中的"城堡",和乔一样,哈维沙姆也象征着过去的时代。哈维沙姆年轻时在生日那天被负心人骗婚,此后深受精神重创,一直无法走出阴影。她一辈子拒绝长大,把自己囚禁在阴森的房间,过着女巫一样的生活。她终年穿着当年的婚礼礼服,让钟表停留在几十年前婚礼的那天,任由早已腐烂不堪的婚礼蛋糕侵蚀她的心灵。按照 F. S. 施瓦茨巴赫(F. S. Schwarzbach)的观点,"哈维沙姆象征过去的时代,而非进步的时代,她是18世纪贵族的代表,而现代性的真正缩影是《艰难时世》中焦煤镇的老板,他们在社会新近获得的地位反映在狄更斯小说中无处不在的铁路意象中"(Schwarzbach 106)。"在1840年到1850年间的英国社会,人们的日常生活很依赖手表,英格兰也在调试自身以便适应铁路和铁路时间表。"（Auerbach 100）哈维沙姆家里的时钟，却和新时代的前进进程背道而驰，她的时钟永远定格在多年前的婚礼那天。

乔和哈维沙姆对待新时代的态度是自我封闭的，这也是狄更斯对英国岛民偏狭心理（insularity）的一种呈现。狄更斯把这种偏狭引申到了英国人对"进步"的盲从上。多年以后，皮普回忆道：

> 我们英国人当时有种很深的成见，认为谁要是怀疑我们的哪件东西不是世界第一，我们英国人不是举世无双，那谁就是大逆不道。否则，当时我虽被伦敦的恢廓巨大情景给吓呆了，但是要不是由于这个成见，或许我当时会有点疑惑，疑惑伦敦是不是道路相当弯曲、狭窄，市容相当丑陋，相当肮脏。（161；bk.2，ch.1）

如果说乔和哈维沙姆无法在新兴共同体中胜任皮普替身父母的角色，那么马格威奇的"灭亡"则体现了英国人对他者的排斥。马格威奇罪犯的身份和他在澳大利亚的经历，已经把他排斥在中产阶级绅士价值观之外。马格威奇是英国中产阶级的噩梦，当他不远万里突然出现在皮普的伦敦寓所，并告诉皮普自己就是他多年经济上的"替身父亲"时，皮普表现出极度的恐惧和厌恶。当马格威奇向皮普倾诉，他在澳大利亚看见殖民者血迹斑斑的马匹的时候，皮普马上联想到马格威奇的手也必定沾满过血腥气。对于皮普而言，马格威奇更多属于澳大利亚，而不是英国本土，皮普对马格威奇归来的态度，是当时英国对殖民地澳大利亚态度的缩影。对于英国本土而言，澳大利亚：

> 因其神秘莫测的他者性，把一切幻想都包含其中。在地理意义上那是片无意识的土地。所以当英国最终把太平洋纳入欧洲意识后，对于澳大利亚的探索和绘图呈现出讽刺性，这片土地被英国人不加迟疑地妖魔化，罪犯被送到这片无辜而干燥的海岸线上。这里成了罪恶之陆。（Hughes 44）

第十三章 四重戏仿：从《物种起源》到《远大前程》

因此，虽然马格威奇在澳大利亚获得成功，但是他无法真正回归英国本土，狄更斯安排马格威奇死亡，以此解决了把罪犯安放在母国社会的意识形态难题。

毫无疑问，乔的善良和质朴是对抗机械文明的强大力量，但贾格斯这一人物形象则更为立体。可以这样认为，比起乔而言，贾格斯在新兴共同体更加具备存活的能力。贾格斯事业有成，精明老练，在伦敦这个需要通过达尔文式竞争才能生存的商业社会中游刃有余。贾格斯的生存法则和道德意识表现得更加微妙和复杂，正如卢契克（Alan Lelchuk）所言：

> 如果（对皮普而言）乔·加杰里和马格威奇构成了纯粹父亲般的感情与慈爱，那么贾格斯则代表了自然法则，在最深层的意义上，这种自然法则作用于，也来自于人类情感的逻辑和出于责任意识的正义感。因此，有两个贾格斯：一个是成功的刑事律师，他遵循有利于查清案件的游戏规则（比如，在腐败的体制内扮演其中一个合理的环节）；另一个是更为抽象的主体，可以说，除了那些特殊的少数人群（对他们而言，道德仍是一个有争议的问题），他的贡献和价值大部分是无形的，不会被承认。因此，贾格斯是一个次要的却不可缺少的人物。也许可以说他是一个具有怜悯心的人。确实，当他表现出有能力驯服纯粹的动物本性时（对莫利的控制），他也会用他自己的方式表示出担心的态度，即让莫利做他的女管家。他对皮普的态度也许显得残忍和呆板，但这就是皮普应得的方式；更加恰当的判断是，贾格斯对这个男孩的态度是准确无误的，甚至更公平。他没有放任皮普自己彻底堕落——尽管皮普被给予了极大的自由可以变得腐坏——但事实在于，贾格斯小心谨慎的言语劝告将皮普引上了一条自我启示的道路。（卢契克 571）

在小说最后，皮普也越来越像贾格斯，他游走于商业世界之中，

童心崇拜：狄更斯共同体之境

遵守契约精神，甚至成了一个四海皆为家的世界公民。他变卖所有财产，尽力还清债务后去埃及和赫伯特会和，在赫伯特回英国和克拉拉成婚期间，皮普成了克拉克里分公司独当一面的人物。"我们的公司并不是什么大公司，我们也没有赚到很多钱。实际上我们的买卖做得并不大，但是我们声誉好，将本求利，干得很不错。"（474；bk. 3, ch. 19）小说最后皮普之所以对马格威奇的态度有了重大的改观，在于他自身的转变，成熟后的他，心灵里的个人主义精神被赋予了世界主义的超越性——他从避讳马格威奇的犯人身份和不净的财富，到抛开成见，真正地把弥留之际的马格威奇视为恩人。"皮普世界主义精神的形成和马格威奇联系在一起，皮普在弥留之际的马格威奇身上，发现了超越其罪犯身份的绅士之光，马格威奇更加接近一名普世人类，从而让缺乏海外经验的皮普的精神里有了世界主义。"（McBratney 540）

通过对《物种起源》中"随机性变异""起源"、线性叙事和"灭亡"的戏仿，狄更斯将共同体想象深化到了认识论的维度。达尔文的进化论进入维多利亚社会后，成为"进步"的转义，以宗族关系为纽带的农业共同体受到了新兴的工商业共同体的冲击，引发人的异化。《远大前程》中，皮普接受了马格威奇的意外财产资助，这个"随机性变异"让他远离象征着传统共同体的替身父亲乔，对上流社会的渴求让他踏入哈维沙姆的宅邸，后来又在代理监护律师贾格斯的安排下到了伦敦，成为一个行为放任的伪绅士。皮普的绅士梦是他走上物化"变异"过程的写照，对"进步"的盲目追逐始终伴随着他的"起源"焦虑。

狄更斯把达尔文进化的线性叙事扭转成对四位替身父母的环形叙事，以此让皮普悬崖勒马。除此之外，环形叙事引发的对《物种起源》中"灭亡"的戏仿，还喻示着狄更斯在新旧共同体之间找寻平衡的努力：在新兴的工商业共同体中，谁才是皮普合格的替身父母？狄更斯的答案不是乔、哈维沙姆或马格威奇，而是贾格斯。贾格斯非但没有"灭亡",还处在环形叙事的中心位置,这样的安排暗示了狄更斯的时代思索:在新旧共同体的进退之间,在英国形塑父权制工业化民族国家的进程之中,在中产阶级绅士价值观日趋成为文化主流之际,维多利亚人应该将道德融入商业。

第十四章 《我们共同的朋友》题解

《我们共同的朋友》（*Our Mutual Friend*，1864—1865）是狄更斯最后一部完成了的长篇小说，在其中，共同体思索跃然纸上，直接出现在小说标题的"共同"二字中，足见共同体是贯穿狄更斯写作历程的一个关键词。《我们共同的朋友》中"共同"二字有何寓意？它同童心崇拜有何关联？格林斯坦恩（Michael Greenstein）曾说，"相互性（mutuality）是狄更斯最后一部长篇小说的中心议题"（Greenstein 127）。但希利斯·米勒认为，《我们共同的朋友》的结构是两个不和谐或相互冲突因素的并置（Miller, *Charles Dickens* 284）。另一方面，德马库斯（Cynthia Demarcus）曾评价道，"狄更斯的作品充满了不同的童话故事线"（Demarcus 11）。对此，罗伯特·西格比（Robert Higbie）更是直接提出，《我们共同的朋友》是"一部超级童话，里面充满了各种经典的童话角色"（Higbie 5）。上述代表性的评述没有形成对这部小说共同体命题连贯的脉络，甚至如果按照米勒的阐释继续走下去，《我们共同的朋友》中的共同性几乎是个讽喻。

如果沿着童心崇拜的轨迹挖掘，就可以发现狄更斯在这部小说中编织出的清晰的共同体图景。像狄更斯的其他小说一样，这部小说也存在年龄倒置的现象——早熟孩子和幼稚大人，前者生活在社会下层，后者则生活在上流社会或者妄想进入上流社会，"两个民族"的对立在小说中依然存在。狄更斯整合"两个民族"的过程，也就是实现"共同性"的过程，在《我们共同的朋友》中，共同体之路是通过婚姻这个场域完成的，小说中有两类婚恋，一类是真情实意、患难与共的，超越阶级壁垒的婚姻，一类是虚情假意、貌合神离的买卖婚姻。前一种婚恋践行了婚姻这个共同体的基本单位中友谊的成分，后一种婚恋的本质则是物化交易。小说中前一类婚姻的代表是丽齐和尤金。

一　丽齐和尤金

《我们共同的朋友》中的丽齐是个早熟的孩子，形象如同圣母。由于家中没有母亲，丽齐担任了母亲这一角色，她管照父亲，为弟弟查理的未来操心，是个小杜丽式的小妈妈。她温柔善良，虽没有受过教育，却非常聪颖。丽齐最突出的品质是忠诚和善良，因此也可以轻松拥有他人的信任。丽齐的父亲并不是传统意义上的好人，她仍然不加条件地爱着他，为了可以让弟弟接受教育，丽齐冒着被父亲折磨的风险，毅然决然将弟弟送走，临走前还叮嘱弟弟"一定要永远说爸爸的好话，要完全公平地对待爸爸"（Dickens, *Our Mutual Friend* 69; bk. 1, ch. 6）。

丽齐和尤金之间最大的差异在于阶级的鸿沟，一个是富家子弟，一个是平民女儿。他们之间最大的困难在于尤金对爱情的软弱态度，这是因为父亲的控制导致了他的不成熟。无论是律师的工作，还是未来要娶什么样的妻子，尤金的人生一直都处在父亲的控制之下。"蜜蜂"就是尤金对自己生活现状的隐喻：

> "对了，"尤金不屑一顾地回答，"它们是在工作；但是您不认为它们做得过火了吗？它们的工作量大大超过了实际需要——它们制造出远超过它们吃得掉的东西——它们是那么专心地嗡嗡着、不可终日，直到死神来临——您不觉得它们做得过火了吗？是否就因为蜜蜂的关系，人类的劳动者才不应该有休息的日子？是否就是因为蜜蜂不要求变换个环境，我也就永远不能变换我的环境？"（88–89; bk. 1, ch. 8）

童心崇拜：狄更斯共同体之境

这段话像极了《荒凉山庄》中的伪世界公民思金波，后者也喜欢拿"雄蜂哲学"为自己的玩世不恭开脱。尤金的话也反应出工业文明对人性的压抑，人们必须跟上生产的步伐和市场的变化，赶上时代的快节奏，精神的滋养与富足则被忽视。而尤金反抗它们的办法十分被动，即不认真对待工作和生活。像重生前的《双城记》中的西德尼·卡顿一样，尤金是个典型的浪子，无所事事而且漫不经心。

可以说，父亲多年的控制导致尤金人格的不独立，所以他对待爱情的态度也十分被动。尤金对穷苦人民仍抱有同情心，对上流社会的交际有时也嗤之以鼻。在爱情中，他爱慕丽齐、帮助丽齐，被丽齐的忠贞和无私感动，他的不成熟却总是让他望而却步，不追求丽齐。事情的转机是在尤金被教师海德斯东迫害之后，丽齐勇敢地救下了尤金，给了尤金莫大的勇气，决定通过婚姻偿还她的爱。尤金大病初愈后，发生了很大转变，决定不再当一个懦夫，勇敢面对上流社会对他门不当户不对的婚姻的质疑，最后还获得了父亲的祝福，皆大欢喜。

在丽齐和尤金的婚恋线索中，还涉及早熟的孩子布娃娃裁缝珍妮。父亲死后，丽齐同珍妮同住，狄更斯称布娃娃裁缝珍妮是个"小孩儿"，她年龄尚小，身患残疾，却是"一家之主"（208；bk.2，ch.1）。珍妮的父亲是个酒鬼，每天无所事事，靠珍妮养活。珍妮每天朝九晚五缝个不停，很小就担任起养家糊口的重任，她称自己的父亲为"我家孩子""讨人嫌的坏孩子"（226；bk.2，ch.2）。珍妮恨父亲不成器，恨意让她成为"一个讲求实际的，古怪的小泼妇"（229；bk.2，ch.2）。是生活逼迫小珍妮变得彪悍，因为只有这样才能生存。但是，在父亲死后她又感到后悔，觉得她没有教导好她父亲。

珍妮和父亲这对年龄倒置的角色是时代的产物，父亲死后她虽然悲伤却没有停止工作，也无法停止工作，因为只有这样"裁缝的口袋里才能够有钱给布娃娃先生办丧事"（693；bk.4，ch.9）。珍妮的早熟让她形成了一种不太健康的人格结构，由于自己弱小又必须生存，她的独立显得有些矫枉过正，当尤金提出要从她这里买个布娃娃，她回答说"您一定会把娃娃搞坏的。你们这些小孩都这样"（224；

bk. 2，ch. 2）。其实这样的回答是珍妮自身的一种投射，珍妮自己就像布娃娃一样，拼命反抗这个时代，反抗他人的摆布。她把父亲当成小孩，对她想象中的未来的恋人，她也有强烈的控制欲和支配欲，她曾说"我肯定会让他听我的话"（220；bk. 2，ch. 2）。

在丽齐的婚恋线索中，幼稚的大人还有丽齐的弟弟查理和查理的教师海德斯东。海德斯东和查理都是典型的利己主义者。查理对姐姐的信任是他天性中好的一面，自私却是他品行中坏的一面。查理在姐姐的帮助下通过念书当上学校教员，在事业上有所起步。但是他很快就开始嫌弃地位卑微的姐姐，除了自私，他还幼稚、软弱、自大。在事业上刚刚获得一些成就，他就迫不及待地要和姐姐划清界限："我现在正靠自己的努力和海德斯东先生的帮助，在社会的阶梯上提高位置，决不能因为姐姐让我的前途蒙上任何阴影，或者让我的颜面遭到污染。"（273 - 274；bk. 2，ch. 6）

随着小说情节的推进，查理自私的天性逐渐占据主导地位。他可以为了自己的前程，竭力摆脱让他觉得不体面的父亲，劝诱姐姐嫁给教师海德斯东，以此为自己爬进上流社会助一臂之力，视姐姐的婚姻为自己事业的垫脚石。他像极了《艰难时世》里的汤姆。当查理意识到海德斯东有可能阻碍他的阳关道，马上就决定和姐姐丽齐以及一路栽培他的海德斯东断绝关系，因为"在他那颗空洞、虚无的心中，什么东西也没有。对于一个自私自利的人来说，他在这颗心中所能找到的，除了他自己之外，还能有什么呢"（674；bk. 4，ch. 7）？

而海德斯东也把婚姻当作一场交易，亦可谓自私至极。他对丽齐的求婚，是他权力欲的一种投射，并非出自于爱情。海德斯东出身低贱，好不容易靠自己闯出一条路，当上了教师。他平时性格压抑，却很容易情绪失控，是个偏执狂。他不是真的爱丽齐，在没有确认丽齐心意的情况下就求婚，求而不得就转而报复尤金。这说明他的人格是不完整的，是个幼稚的大人。他认为自己如果和丽齐结婚，需要克服两人条件上的不相称和其他顾虑，那么做出牺牲的人就是他自己，所以他在被丽齐拒绝后暴怒，说明他爱上的是那个为爱"牺牲"的自己，而不是丽齐本人。

狄更斯设计的丽齐——海德斯东这条故事线索，和童话《小红帽》形成了互文。在《小红帽》中，大灰狼假装成小红帽的外婆，等到小红帽进入小木屋时，想要将她吃掉。恰好窗外有猎人经过，救出小红帽和外婆。《我们共同的朋友》中，海德斯东初次与丽齐相见的时候，他的装扮"看起来是个非常体面的二十六岁青年……而他那副尊容，让人觉得他身上的衣服并不合身，似乎衣服和他之间缺乏一种适应性"（204；bk. 2，ch. 1）。在《小红帽》中，大灰狼装扮的狼外婆看起来也有一种奇怪的感觉，和小红帽一样，丽齐也嗅到了危险的气息，海德斯东某次找丽齐谈话，丽齐的反应是"有点恼怒，更多的是厌恶，甚至于还有些惧怕"（326；bk. 2，ch. 11）。海德斯东像《小红帽》中的狼一样，一直在伪装，他的"狼性"在向丽齐求婚遭到拒绝后原形毕露，他阴沉的脸上显出仇恨和报复心，他脸部的抽搐吓得丽齐转过身去。丽齐的弟弟查理因海德斯东求婚未遂转而伤害尤金这件事，断送了自己的前程不说，还被赖德胡德威胁，丢掉了性命，可谓是善有善报，恶有恶报。和丽齐相关的，还有小说中另一对超越阶级的恋人贝拉和哈蒙。

二 贝拉和哈蒙

《我们共同的朋友》中另一条超越阶级的婚恋线索是贝拉和约翰·哈蒙。贝拉是个被父亲宠大的姑娘，获得了父亲满满的爱。而她的母亲却比较势利，所以贝拉和母亲的关系不是很好，和父亲的关系则非常亲昵，她称爸爸是小天使。一开始贝拉是个不成熟的姑娘，心性尚浅，家境贫困，一心想通过婚姻致富，甚至同意和素未谋面的贵族遗少小哈蒙成婚。贝拉被哈蒙家族的管家和财产继承人鲍芬夫妇接进豪宅生活后，又被富裕冲昏头脑，变得倨傲、爱财。

事情的转机出现在一个童话性的巧合"小哈蒙落水案"后。小哈蒙遵循遗嘱，乘船回家继承遗产，在船上遇到两伙想要抢劫他钱财的人：一伙是与他长相极其相似的三副——乔治·拉德福特和他的同谋

第十四章 《我们共同的朋友》题解

赖皮·赖德胡德，另一伙是不明身份的强盗。拉德福特骗哈蒙与他交换身份，想要取代他继承遗产，却被船上另一批人盯上，最终成了替死鬼。这个机缘巧合给了哈蒙机会，他伪装成洛克史密斯躲在自己府邸，暗中观察他的未婚妻贝拉。哈蒙观察者的身份不仅仅针对贝拉，他同时也在暗地观察继承了遗产的鲍芬夫妇。伪装之下的哈蒙看到了鲍芬夫妇的善良正直，也喜欢上了贝拉的美丽直率，其实天真的贝拉毕竟本性不坏，一心想嫁给钱的念头使她感到不快乐，内心矛盾重重。

在金钱和感情的碰撞中，贝拉心中有两个矛盾的点互相拉扯，首先，她的婚姻观既朝钱看齐，又害怕金钱带来伤害。她拒绝了小哈蒙的求爱，不允许莱特伍德先生向她求婚。她一边高兴于鲍芬夫妇为她准备的丰厚嫁妆，一边开始觉得钱会让自己出卖本性。第二，她本亲近宽宏大量的爸爸、善良的鲍芬夫妇，讨厌势利的妈妈，但是仍然违背内心的心声，和虚伪的上流社会太太拉姆尔交友。在鲍芬先生有意为之的激将法和丽齐的影响下，贝拉的选择终于变得明朗：她毅然决然地选择了一无所有的爱情，放弃了唾手可得的财富。贝拉选择爱情、放弃财富，意味着她实现了和哈蒙在情感和婚姻观上的双重契合。在故事的最终，她从一个被宠坏的姑娘摇身变成贤惠的家庭天使，也收获了精神和物质上的双重财富。这无疑是个童话式的结尾。小说中还有一对来自社会下层的夫妇，象征着道德力，他们是谁呢？

三　鲍芬夫妇

《我们共同的朋友》中的鲍芬夫妇本是哈蒙家族的管家，因获得主人的信任而成为遗产继承人，一跃成为"金灿灿的清洁工"（golden dustman）。突如其来的暴富并没有改变鲍芬夫妇的品性，他们用钱做了很多好事，他们的美德感化了一些坏人，也找出了另一些人的丑恶。鲍芬夫妇虽幸运获得财产，他们正直善良的性格却没有因此被财富侵蚀，在面对金钱和情谊的选择中毅然选择了后者，他们是哈蒙夫妇等人的真朋友。对于突如其来的财富，鲍芬夫妇念及老东家的旧情和对哈蒙姐弟的同情，选择把钱花在有意义的地方，比如悬赏一万英镑捉拿真凶，领养孤儿约翰尼以纪念"去世"的小哈蒙，接哈蒙的未婚妻贝拉一起生活。

哈蒙夫妇这块"肥肉"自然被各方人士盯上：拉姆尔夫妇以骗取对方钱财为目的走到了一起，结果发现对方都是穷光蛋，于是二人又携手想要骗取鲍芬夫妇的钱财；塞拉斯·魏格也算计着鲍芬夫妇的财产。鲍芬夫妇逐渐变得吝啬，原来这只是鲍芬先生的伪装，目的是试探贝拉的真心。这对夫妇还是那么无私、正直，当鲍芬太太察觉秘书洛克史密斯的真实身份就是小哈蒙时，鲍芬夫妇高兴得哭了起来。此番伪装，属鲍芬夫妇和小哈蒙三人的共同策划，不仅使贝拉对财富做出了正确的判断，还帮助鲍芬夫妇揭穿了魏格的阴谋，让小哈蒙夫妇接受原本属于他们的财产。鲍芬夫妇善良而忠诚的形象经历了一系列反转后，最终得以巩固。

鲍芬夫妇除了影响了贝拉之外，还感化了维纳斯先生。维纳斯一开始伙同落魄文人塞拉斯·魏格一同算计鲍芬夫妇的财产，但后来维纳斯良心发现，告诉了鲍芬先生真相，最后和从前不肯和他结婚的乐姐儿·赖德胡德小姐成婚。还有特威姆娄，他本身是个善良到懦弱的人，根本无法拒绝别人的请求，但在小说结尾时，他竟然对自大狂贵族波茨纳普出言不逊。

鲍芬夫妇暴富后的一大善举便是收养孤儿约翰尼，在这个孤儿身上反映出功利主义对共同体的摧残。小约翰尼闹剧式的死亡反映出当时英国社会底层的悲剧。约翰尼的奶奶贝蒂是个想靠自己的双手活下去的人，她深知社会怎样把穷人逼到走投无路。狄更斯通过底层妇人，道出社会底层被主流社会放弃，孤立无援的生活现状。鲍芬夫妇第一次看见小约翰尼，他糟糕的生活环境便映入眼帘，约翰尼像是动物，而不是个人。同时，贝蒂帮小约翰尼治病的荒唐做法，究其原因，不仅是因为贝蒂得不到社会的帮助，更是因为她不信任英国大大小小的当权者。

诚然，贝蒂的所作所为有其愚昧的一面，但如果能理解底层人民在社会中孤立无援的状况，以及日积月累的对当权者的信任缺失，也

第十四章 《我们共同的朋友》题解

就不难理解她为何要将生病的小约翰尼藏起来了。小约翰尼错过最佳治疗时期，不治身亡，酿成悲剧。可以说，小约翰尼的悲剧在所难免，在功利主义的社会氛围下，因其低贱的出身，他注定是个被社会主动放弃的孩子。

小约翰尼的死亡，也是对上流社会的无声控诉。约翰尼不但是物化儿童的象征，也是早熟儿童的象征。在鲍芬夫妇打算收养孤儿的时候，狄更斯有这样一段描写："市场上孤儿买卖价格上涨的暴烈程度，怕是股票交易所中最疯狂的记录也比不过。"（184；bk.1，ch.16）小说中还写道："孩子的亲生父母会英勇地自称自己已经亡故，把他们的孤儿带给你。"（184；bk.1，ch.16）约翰尼因病去世前，他的遗嘱是将自己的玩具送给旁边的小孩，还让处于伪装中的小哈蒙去吻贝拉。小说中说约翰尼"安排好了他在这个世界上的事项……便离开了这个世界"（313；bk.2，ch.9）。"安排"二字尽显了工业时代催生出的早熟，而这样的字眼是不是似曾相识？《董贝父子》中的小珀尔，以及《尼古拉斯·尼克尔贝》中的思麦克，是不是也做过相似的"安排"？

鲍芬夫妇这对"金灿灿的清洁工"身后的垃圾山，是《我们共同的朋友》中非常典型的奇幻景观，垃圾山清晰无疑地呈现了腐蚀共同体的污秽：工业化进程引发的人性之贪婪。狄更斯早年生活在朴茨茅斯乡间，那里风景优美，空气新鲜。12岁时他来到伦敦，目睹了城市的肮脏，对他来说，大都市就是藏污纳垢的地方。如果说乡村代表着英格兰的童年时期，那么城市就是这个民族的成年。童年是单纯美好的，成年则肮脏不堪。《我们共同的朋友》开篇，丽齐的弟弟查理带着尤金和莫蒂默去他家辨认尸体，就出现了一段对垃圾山的描写："再往前走，经过那人类渣滓堆积而成的地方，它们和许许多多道德垃圾一样，像是从更高的地方被冲击下来，便滞留在这里，一直滞留到自身重量迫使其越过河岸，沉入河底，才作罢。"（19；bk.1，ch.3）鲍芬夫妇获得的遗产，也包含垃圾山——老哈蒙本人也是从垃圾中获得巨大财富的。小说中虚情假意的买卖婚姻中，更是散发出垃圾山的腐臭。

四　买卖婚姻

《我们共同的朋友》中把感情当交易的主人公，是一群上流社会的利己主义分子，自大和贪婪是他们的共同特征。拉姆尔夫妇本质上是一路人，都希望通过婚姻获取财富，结果都被对方欺骗。他们的婚姻自此走上歧路：两人决定实施一切可以弄到钱的计划——为了他们"共同的利益"。比如：假装生活极其奢华，故意撮合天真的波茨纳普小姐和品格恶劣的小弗莱吉贝，以及拉拢暴富的鲍芬夫妇。小弗莱吉贝身上毫无青年人的品质，一谈钱和利害关系马上就变得特别机灵，他和拉姆尔夫妻合伙，假装在拉姆尔夫妇的引荐下和波茨纳普小姐认识，以便哄骗波茨纳普小姐与他结婚，好从中获利。拉姆尔太太内心仍有一丝良知，还是泄露了两人哄骗波茨纳普小姐的计划。最终他们富有的伪装被拆穿，家具和财物被拍卖，最后双双出国。如果说拉姆尔太太内心还有一点良知的话，拉姆尔先生就是一个彻头彻尾的贪婪的骗子。他们的婚姻始于互相欺骗，是"一对幸福的骗子，让他们彼此联系的舒适的纽带，是他们曾经互相行骗过"（526；bk. 3，ch. 12），于是他们也必须忍受对方，靠合伙欺骗获得"共同的"利益，直到死亡。

而看看波茨纳普小姐的父亲，就会明白她为什么如此幼稚愚蠢了。波茨纳普一家和身边的"朋友"的交情都基于利益往来，没有利益的情况下"朋友们"都会散去，所以交的都是一群假朋友。波茨纳普一家顽固高傲，视前来参加宴会的"朋友"为家具，对英国也仅有狭隘的认识。在波茨纳普的认知里，英国是世界的中心："他认为唯一值得保留的观点是，别国还可以跟着做做生意，除此之外的联系都是谬误，关于这些国家的风俗习惯等等，他照例干脆利落地评论说：'那都不是英国的'。"（121；bk. 1，ch. 11）在女儿的生日宴会上，他与外国绅士的对话更加突出了他自大，虽然他在接待这位外国人时候"贴心地让步"（124；bk. 1，ch. 11），但是这并不妨碍他不断炫耀英国的体制和法律，同时不断纠正法国人的英语口音。维尼林想要买官

第十四章 《我们共同的朋友》题解

的时候去找波茨纳普，波茨纳普表示"您会从我自己不是议员这点推想出，我不把议会当回事的吧"（233；bk. 2，ch. 3）。足见狄更斯笔下的波茨纳普们已经丧失了赤子之心，只留下婴孩一般的全能自恋。

小说中维尼林夫妇的宴会是他们华丽又不堪一击的"朋友"圈的写照。表面上，维尼林家的每件东西都是簇新透亮的，他们举办的宴席也是上等的宴席。在拉姆尔夫妇婚礼之后的早餐宴上，各路嘉宾对维尼林夫妇提供的丰盛酒宴，态度却是如下：

> 然而似乎大家都只把维尼林夫妇看作一对还算过得去的男房东和女房东，他们这样做，只是在做按人头收费的买卖罢了，似乎谁都不会把他们看得比这要更高些……另有一种不讨喜的情况是，客人中那些平庸的无名之辈，竟彼此合谋，存心显得对宴会的排场不为所动。他们坚持不为那群金骆驼和银骆驼惊到，并且结成一伙，公然藐视那些精巧的镂花冰酒缸。他们甚至好像是通了气，来含沙射影地说，男房东和女房东将从中捞到一大笔钱，他们说话间几乎是摆出一副顾客的派头。几位女伴娘也没表现出什么可以补救局面的影响力，因为她们既对新娘没兴趣，相互之间也提不起兴趣，所以这群女士便各自见仁见智地开始评论在场淑女们的衣装首饰。（114 – 115；bk. 1，ch. 10）

总而言之，这个"朋友"圈像垃圾山一样，是私欲的堆砌物，聚集着没钱就会散伙的假朋友。起初，人人看似都是维尼林夫妇最亲密的朋友，在他们破产之际，人们仍去参加他们的晚宴，但仅仅是去看热闹，而且社交界"从来都是瞧不起维尼林，不信任维尼林的"（772；bk. 4，ch. 17）。

《我们共同的朋友》中的上流社会，虽然已经拥有很多财富，还想方设法谋取更多财富，毫无信任可言。狄更斯借此在小说中提到英国议会买卖官职的乱象："于是，布列坦尼亚便向一位她所熟悉的法律界人士提出，假如维尼林愿意'破费'五千英镑的话，他可以在他

253

的姓名之后再加上两个字母。"（230；bk. 2，ch. 3）两个字母指的是 M. P（Member of Parliament），也就是议员。维尼林先生在听到这个提议之后异常兴奋，他四处奔走，要求他的"朋友们"全力支持他。得到议员这个官衔后，维尼林的身份更加"尊贵"，他每天都忙着结交新的权贵，提高自己的身价。而维尼林夫妇这样的利己主义者，在《我们共同的朋友》的题解中，无疑是共同体的反面教材。

正如滕尼斯所言，"亲密共同体"（community of proximity）生发在共享的领地，共同的血缘和永久的互动基础上，而非互相分享的价值和利益基础上。在滕尼斯的共同体构想中，友谊依赖于宗族和邻里的关系而存在，友谊的发生必须面对面。滕尼斯对精神意义上的友谊做出如下界说："精神上的友谊形成看不见的场景或会面，它需要依靠艺术性的直觉和创造性的意志存活。"（Tonnies 43—44）"艺术性的直觉"和"创造性的意志"是审美现代性的另一种表达，与其对照的是崇尚物质和效率的机械现代性，前者缔造信任，后者摧毁信任。

《我们共同的朋友》中"共同"和"朋友"二词的交互体现在，患难与共的婚姻发生在立事早的下层社会青年身上，买卖婚姻则多发生在自我中心的上流社会人士身上。小说中的三对情侣——丽齐和尤金，贝拉和洛克史密斯/小哈蒙，鲍芬夫妇——构成了形塑共同体的主要线索，丽齐像《小杜丽》中的艾米·杜丽一样，贫苦孩子早当家，是个小妈妈，她高尚的品行为自己获得超越门第的婚姻，同时也升华了尤金和贝拉的心智，让他们从幼稚走向成熟，最终摆脱利己主义的魔咒，获得幸福。鲍芬夫妇一以贯之的忠诚和善良则是童心和信任的试金石。与这三对情侣代表的真情实意的亲密关系相对应的，是一些虚情假意的亲密关系，这些关系里的主人公无一例外都受功利主义的侵蚀，自大而贪婪，是幼稚大人的典型。

《我们共同的朋友》是狄更斯最后一部完成了的长篇小说，在小说标题中，对共同体的思索跃然纸上，可以说，这部小说代表了狄更斯一生共同体思索的高点。毫无意外的，狄更斯还是沿着童心崇拜的轨迹，在婚姻的维度展开批判，小说中的"朋友"指代的是婚姻共同体中互相扶持的友谊成分，通过对超越阶级壁垒的婚姻的描写，狄更斯形塑了去除"两个民族"排他性的共同体话语，这和《匹克威克外传》中的婚恋场域形成了富有张力的对比，《我们共同的朋友》诠释了 19 世纪英国这个"我们"，需要怎样的"朋友"。

结　　论

　　维多利亚时期的英国，就像是个狄更斯式的孤儿：一个头脑健全，身体健康的男孩，品格优良，被投放到新世界；无所依靠，不知自己从何而来，更不知和家族的纽带在哪里。这样说是因为，这一时期的英国正经历着文明转型期的价值阵痛，在伦理习惯的层面，旧有的已摇摇欲坠，新的尚无力生成。随着工业化进程的推进以及自由主义政策的推行，英国也走上了形塑民族国家共同体的道路。这条路危机重重：新兴的工商业社会已不再是滕尼斯意义上的熟人社会，而是因社会分工的扩大而形成的陌生人社会，在农业文明中起整合作用的道德伦理习俗日益消解，信任和信用成了问题；另一方面，由于维多利亚社会崇尚"进步"，导致功利主义和唯我主义盛行，个人主义向利己主义发生漂移，贫富"两个民族"的鸿沟也越发明显。

　　狄更斯在 14 部完成了的长篇小说中想象的民族国家共同体，回应了上述时代挑战。狄更斯形塑的共同体网络以"个人—家庭—国家"为横轴，以童心崇拜——年龄倒置、奇幻景观和扬善惩恶——为纵轴，意图通过心智培育启发维多利亚人对善的想象力，以道德个人主义为基础，重建社会纽带，通过诚信及其连带的美德建立机构性的信任，由此推动经济社会的良性发展。狄更斯对共同体提出的道德要求，和中国儒家传统中"修身、齐家、治国、平天下"的理念是互文的，童心崇拜激发的善的政治，旨在通过道德力实现文化领导权，在新兴工业文明完成社会治理。狄更斯之所以这样做，是因为优秀的小说作品可以培育维多利亚人的心智,由此带来的秩序感可促成社会团结,民族国家共同体也就成为可能。狄更斯这样的文化精英——就像《大卫·科波菲尔》中的大卫和《荒凉山庄》中的埃斯特一样——通过以身作则对社会起到教化作用,在此意义上,作家代替政府行使了国家的治理功能。

狄更斯共同体想象中对心智培育的重视,在人伦格局上规约了维多利亚人的行为规范。把童心崇拜蕴含的伦理道德发展成家国情结,就等于把民族国家的繁荣和家族的健康联系在一起,"家"的质量成为国之为国的基石。狄更斯童心崇拜中对"扬善惩恶"的结构性重复,是普通大众可以理解得了的"因果报应"式的教化方式,这一点实在是狄更斯共同体想象的高妙之处:因为家国情怀和民族意识这些宏大叙事,在维多利亚时期公众层面,还尚未形成自在、在为的文化生态,社会精英对"修身、齐家、治国、平天下"的理解,很可能和普通民众并不相同。

正因如此,狄更斯才能利用"文学的尊严",在共同体形塑中给文字赋予庙堂性的高远意义。狄更斯的小说是英国民族主义崛起的重要助推力,文字/文学是想象共同体的前提,小说激发的共情可以促成国家认同感,狄更斯的读者之所以为耐尔之死和小珀尔的早夭感到惋惜,恰因为他们读懂了狄更斯的文字。同时,狄更斯的共同体想象又是乡土性/地方性的,童心崇拜中对家庭伦理的重视,本身就代表了普遍性的准则——在所有社会,亲情都是走向社会化的起点。正如娜斯鲍姆(Martha Nussbaum,1947—)的理论建构呈现的,人类的身份认同被放置在一系列同心的环状结构中——从自我开始,然后是家庭和邻里,然后是本地群体,乃至国民。在这个环状结构中,存在着"伦理的、语言的、历史的、职业的、性别的类别,最后达成了人类的整体,在这样的建构中,主体既是地方性的又是普适性的"(Nussbaum 9)。

如果把"个人—家庭—国家"这个共同体的轴再向起点推导,回到"个人"这个起点,可发现狄更斯对"个人"的"修身"之理解是对功利主义的有力回应。狄更斯童心崇拜中年龄倒置这一环,也呼应

童心崇拜：狄更斯共同体之德

了什么样的个体对共同体是有益的这个命题。狄更斯笔下的幼稚大人和早熟孩子，都是被功利主义异化过后的产物，其中以幼稚的大人为甚，他们无不唯我独尊，他们那种婴儿般的全能自恋，是唯我主义的代名词，也是高唱"进步"凯歌的英国的缩影。这些心中只有"我"而没有他人的利己主义分子，自然谈不上社会责任感，他们都是共同体的摧毁因子。在狄更斯的童心崇拜视野中，童话中阴森的古堡、有毒的苹果、乔装的狼外婆、丢失的公主鞋，变成了《匹克威克外传》中地震般的、聚集着乌合之众的选举场面、《巴纳比·鲁吉》中暴乱群众把酒当歌、至死方休的狂欢、《艰难时世》中焦煤镇焦躁的大象一样的机器、《大卫·科波菲尔》中谋得斯通小姐野兽一样咔嚓关上的钱包、《我们共同的朋友》中的垃圾山，等等等等，狄更斯小说中奇幻的景观象征了被功利主义侵蚀过后的英国。

狄更斯在共同体形塑中区分了利己主义和个人主义的根本区别。导致二者泾渭分明的认识论差异，在于前者拒斥在社会上的对话，后者鼓励这种对话。共同体的基石是个体间的对话性，自我的同一性和共同体的有机性都源自主体间性的互动，而这点是狄更斯笔下的利己主义者所缺失的，个人主义者所拥有的。美国实用主义思想家米德（George Herbert Mead，1863—1931）和杜威（John Dewey，1859—1952）都不约而同探讨过共同体与归属的公共结构（public structure of belonging）之间的关系。米德和杜威建构的共同体由经验组成，经验不能降格为前工业时代，也不能从任何社会自我（social self）中消逝，更不能被民族国家挪用。米德和杜威展现出在流变的政治组织中，以及不完全的关系中，存在的自我。1913年，米德提出，"自我（the self）无法作为主体存在于意识中，自我只能作为记忆和观察的客体存在"，这一提法"成就了自我的叙事性建构，个体只有在社会语境中才能感知自身的存在"，"我"在"被他人和社会演绎并记忆着"（Berman 9—10）。"通过听到自己的谈话，并且回答谈话，和其他自我有意识地独立存在的我们自身的自我，变成一个客体，一个对于自身而言的他者。"（Mead146）

结　　论

在米德的理论构架中，不论是形而上的意义还是政治意义，主体都通过社会经验得以建构，在这种意义上，米德将自我和共同体联系在了一起。杜威则直接将公共领域（public realm）称之为"大共同体"（Great Community），其中重叠着各种小型共同体和组织（Dewey 12）。对杜威来说，"任何关于个体和其与社会关系的讨论都无意义，因为这两个语汇无法独立于对方而单独存在"（Dewey 80—81）。"私人空间中的各种组织不具有政治性，杜威所言的'大共同体'更像本尼迪克特·安德森的作为想象共同体的民族国家。"（Berman 10）

杜威的理论影响了瓦尔泽（Michael Walzer，1935—）和泰勒的共同体思辨，他们都建立了自由公民存在于社会生活的假说，也都关注了国家这个公共空间。瓦尔泽在《正义的空间》（*Sphere of Justice*，1983）中通过不断指出民族国家是"共同体"，提出群体成员（group membership）身份认同这一问题。在瓦尔泽的共同体思辨里，"除了民族国家以外，没有成就公民身份和正义的支点"（Walzer 31—63）。泰勒提出的"承认的政治"（politics of recognition）更是建立在对话性（dialogic）的身份认同基础上，"自我认知在和他人的交集中得以形塑，在这种意义上，私人领域的共同体便具有世界性"（Taylor 34）。虽然强调自我的对话性身份认同会持续一生，泰勒的共同体模型只限定在外化而稳定的整体范围内："想想看，当我们说身份认同时，它意味着什么。它意味着我们是谁，我们从何而来。就其本质，身份认同是个背景，它让我们的趣味、欲望、观点和抱负有意义。"（Taylor 33）

而对于罗蒂（Richard Rorty，1931—）而言，观念的一致性在民主对话中才可能延伸，罗蒂对国家建构的信仰依赖于一种假说——公共领域的对话可以足够完善到把社会正义普及四方，无须追问形而上意义的自我，无须面对差异，无须关注交流的可能性，无须察觉公共和私人空间的互动，在这种意义上，"罗蒂和哈贝马斯（Jürgen Habermas，1929—）的乌托邦是互通的，后者认为公共领域的对话能量巨大，公共领域是个自主的完美领域，罗蒂和哈贝马斯对于公共空间的理想化构想，都需要预设共享的'我们'的概念"（Mouffe 6）。

童心崇拜：狄更斯共同体之德

在狄更斯的共同体想象中，那些能够共享"我们"概念的人物，都是心智更加健全的成年人，他们是个人主义者：拥有赤子之心、用财富实现兼爱理论的匹克威克先生、圣童奥利佛·退斯特、路见不平怒发冲冠的尼古拉斯·尼克尔贝、在戈登暴乱中岿然不倒的锁匠瓦登、帮助小马丁·朱述尔维特浪子回头的马克、坚定地写着爱着的大卫·科波菲尔、将自己的尊严和文学的尊严融为一体的埃斯特·萨默森、在庞德贝的焦煤镇工厂里用生命坚守善的工人斯蒂芬、用世界主义精神和实业家的品格报效祖国的克莱南和多伊斯、在法国大革命中掀起"自由、平等、博爱"海浪的西德尼·卡顿、载沉载浮后找到"根"的皮普以及出身低下却胜在道德的丽齐和鲍芬夫妇等，不一而足。这些人物的结局也都是善有善报。

相反，狄更斯笔下的利己主义者都恶有恶报：把匹克威克派骗得团团转的金格尔、少年犯头子费金、多伯伊斯堂的校长斯奎尔斯和尼古拉斯·尼克尔贝的叔叔拉尔夫、逼死小耐尔的高利贷商贩奎尔普、戈登暴乱中上到戈登爵士下到平民的一群暴民、马丁·朱述尔维特家族的恶人俾克史涅夫和乔纳斯、变相杀死幼子珀尔的老董贝和他的助手卡克、像钢铁般坚硬无比的谋得斯通姐弟、斯蒂福思和乌利亚·希普、荒凉山庄里白吃白住的伪世界公民思金波、焦煤镇里的"非利士人"格雷戈林和庞德贝、《小杜丽》中的杀人犯里高、法国大革命中的侯爵兄弟埃弗瑞蒙德以及以暴制暴的德法尔热太太、《我们共同的朋友》中把婚姻当买卖的查理、海德斯通、拉姆尔夫妇、波茨纳普等，不一而足。

对扬善惩恶情节加以结构性重复，这一手法之于共同体的意义在于以情节剧美学的方式激发善的想象，宣扬道德个人主义。但扬善惩恶不仅仅停留在道德说教的范畴，而是狄更斯极具洞见地意识到，工业文明是大势所趋，只有通过美德构建社会性的信任，才能维持经济活动的持久生命，民族国家共同体的理想才有望实现。狄更斯小说中心智成熟的个人主义者和自恋自大的利己主义者的区别，除了在于是否在社会中和他人产生对话，还在于是否具有信用，那些不具有诚信美德的人物，下场都非善始善终。

在民族国家的范畴，个体之间建立的信任和群体之间建立的信任是不相同的，群体之间的信任也不能保证群体中的每个人都讲求诚信，只有对文化中的"他者"和"我者"的差异去除敏感，"两个民族"在相遇时才能以本真性面对对方，社会信任才具有可能性。经济活动是社会生活中根本性的环节，经济行为由各种习俗、规则、道德义务以及习惯勾连在一起，共同推动社会的运转。一个基于信任和信用的文化共同体，其内部成员的关系不是基于互相利用、剥削，也不是基于硬性的条款，而是基于每个人内心中的道德习惯和道义回报，这样的共同体可以大大降低社会的交易成本——因为人们是出于信任自发团结在一起的。狄更斯小说中不讲信义的利己主义者恶有恶报的结局，都指向一个事实：信任的匮乏让个人失信，同时引发其他严重的社会问题，人们为了共同的目标而合作的能力会降低，社会资本也会因此流失。

狄更斯的扬善惩恶挑战了传统共同体思辨形塑的一致性（consensus）。19 世纪的英国在欧洲民族主义运动的浪潮中，试图把自身形塑为"日不落帝国""世界工厂"和"最伟大的民族"，这种共享性的宏大叙事制造的他者，便是下层平民，《济贫法修正案》中对穷人隐形的道德偏见，就是一个例证。由此，英国民族国家共同体形塑就遇到一个困境：共同体需要社会各阶层的团结，这种"一致性"的前提又是要从"他者"中看见"我者"之不朽。狄更斯在想象共同体时无法规避这个"一致性"的吊诡，它生产性别政治，"进步"的一方象征着阳刚的父权，边缘化的一方则代表阴柔气。《尼古拉斯·尼克尔贝》中死于肺结核的思麦克就被进行了去男性化的处理，从而被拒斥在共同体大厦之外。正如笔者在本书第九章对《荒凉山庄》中作家自主身份进行阐释时提到的，狄更斯自己也经常被评论界拿来和萨克雷比较，因为后者的"阳刚之气"来自他的高贵出身，而狄更斯的文风则常常被冠以女性化的特质。在童心崇拜中，狄更斯对共同体要求的"一致性"进行重新洗牌，从小说中的幼稚大人和成熟大人的对垒，读者可以发现，任何阶层的人都可能有利己主义分子，同时也有道德个人主义的榜样。狄更斯通过以美德论英雄的做法，重塑了中产阶级绅士价值观，摒弃了功利主义的拜物教条，由德行构建的共同体的"一致性"，消融了"两个民族"的鸿沟。

正如扬（Iris Marion Young）和本哈比卜（Seyla Benhabib）尝试从性别政治的角度重现共同体"一致性"矛盾时提到的，普适主义共同体理论提倡的"理想共同体"（ideal of community）"表达了主体间融合的愿望，但实际操作中却将不被群体认同的主体排斥在外，同时拒绝并压制了一个事实：政体无法被看成一个整体，允许在它内部所有参与者分享着共同的经验和价值判断"（Benhabib 6）。扬则把城市作为社会构型（social paradigm）的模板，在城市中主体间的融合被拒斥地最明显。本哈比卜还认为，公共空间是这样一个场域，在那里主体表达汉娜·阿伦特所言的"扩大的思想"（enlarged thinking）——转换视角和从他人角度推理的能力，这产生了进程中的道德（processual morality）（Berman 13），"相较之通过一系列彻底开放，对所有人都公平的集体性决策，'我们'发现了'那个'（the）普遍利益并不是那么重要"，正是在"日常我们已经渗入其中的伦理关系中"（Benhabib 7），本哈比卜找到了公共伦理的源泉。

狄更斯通过童心崇拜构建的共同体，正是通过"日常我们已经渗入其中的伦理关系"找到了"公共伦理的源泉"。工业化民族国家这个大写的家庭，通过小家庭中的自我们所实现的弗洛伊德式的自我圆融，整合失序，构建信任，从而完成社会团结和共荣。

在此视野下，狄更斯的小说没有把自我同一性局限在一致性或公共政治的承认中，转而成为具有指导意义的叙事模型，从中可以重新形塑共同体。文学构建的共同体为读者提供想象的语境，而非只是在真实世界创造共同的联结，狄更斯的共同体形塑预演了共同体的后现代状况，即对话的、流动的共同体构型。狄更斯的小说通过童心崇拜激发共情，在作家、读者和本文之间形成"言说共同体"（community of speech）。文明转型让传统意义上有意识的、持续的日常经验发生变化，经验世界中共享的视角支离破碎，"言说共同体"为共同体的出路提供了新的方向。

正如本雅明（Walter Benjamin，1892—1940）在《讲述者》（"The Storyteller"）中所说的，现代性"让交换经验这一本来与生命不可分割的能力，从我们身上给拿走了"（Benjamin 83）。狄更斯笔下用孩子般的眼睛体察到的奇幻世界（甚至是灾难世界），勾勒出文明转型期碎片性的体验——声音和身份认同都以碎片化的姿态被叙述，从中呈现主体的存在论危机，同时预示共同体状况新的诉求。

这种以话语为基础的共同体使狄更斯的共同体穿越民族国家这个公共空间的边界，在私人领域激发善的想象，让人们相信"信任"二字的重量。这里就不得不提到南希（Jean-Luc Nancy，1940—）的共同体理论。南希吸取了海德格尔的"在世"（being-in-the-world）观点，把共同体描绘成存在的基本状态。在"共现"（compearance）的过程中，各自分离的主体参与到共同体中。南希提出的"不运作的共同体"（inoperative community）规避了一致性这一根本问题，南希声称："把共同体当作本质思考，事实上就等于终结政治，政治把共同体确定为普遍的存在，但共同体并非如此，也就是说，由于共同体是普遍的，所以它是一种存在，而共同体又没有让自身被普遍存在吞并。"（Nancy xxxviii）南希把共同体放在这样一个场域：自我和他者的分类被取代，自我也永远不会分解成身份认同或是述行任务（perform task），在南希的思辨里，国家无法肩负共同体称谓的全部意涵。正是由于上述原因，弗雷泽（Nancy Frazer）等人声称"南希从政治的实际操作中撤退"（Fraser 86）。南希超越了一致性的公共空间，大大扩展了共同体的视野，政治意义上的共同体对各种形式的海德格尔式的"在世"开放，"政治意义上的共同体也对虚构性叙事（fictional narratives）开放，政治意义上的共同体还适用于叙事性的表现（narrative performance），而后者永远不会进入政治生活的主流，或者参与到立法行动之中"（Berman 14）。

狄更斯通过童心崇拜激发共情，从中形塑的"言说共同体"具有

童心崇拜：狄更斯共同体之镜

话语的（discursive）特质。想象一个颠覆性的、解构的共同体和一个流动的世界之间的关系，意味着想象一个植入性的自我，后者把自身同时书写进三个故事里：有关国家、共同体和世界的叙事交织在一起。这些叙事是特殊的话语，它们在特定的地点和时刻被言说，但这些叙事又超越了以民族国家为代表的公共空间边界——因为如果不先讲一种特殊的语言，就不存在"翻译"/意义旅行的问题，如果不从故事的开头讲起，就不存在当下和过去叙事之间的互动问题，在小说文本与读者的互动中，那些游牧性、移动性的流动自我，暗示了去理想化的起源，或者暗示了缺乏一个统一的社会归属场所，但是每当"我"开始讲述，这个在迁移性叙事中创造的反复的"我"，仍旧在特定的地点和时间出现——这是因为"我"们"源自的自我概念，总是已经镶嵌在社会和话语变迁中，对共同体、民族国家和世界的叙事，才因此变得同地点和历史密不可分"（Berman 16—17）。在此意义上，狄更斯的共同体又是归属于公共空间/民族国家的。

有关地点和历史的问题再一次把狄更斯小说形塑的共同体带回到本雅明的"讲述者"（storyteller）范畴。本雅明提醒人们关注共同体和时间的关系，讲述者"根本不是一个现在的力量"（Benjamin 83），现代性异化了的风景和无法识别的故土让讲述者沉默无言，他必须有能力把过去的口头传说和过去的知识联系起来，最好的状态便是让地方性的知识自己呈现。正如霍米·巴巴提出的，"如果过去的知识无法和当下产生联系，过去就无法成为可能，其后果是讲述者没有可以交流的经历"（Bhabha vi）。现代性根本性地改变了叙述共同体的场域，进而也改变了面对面的叙述形式，共同体不再只是表述，还有翻译/意义旅行。共同体通过叙事将遥远的经验"翻译"成当下和此处可以被讲述的故事。在"翻译"的过程中，个体不仅试图用自己的语言表征他人的观点，还试图扩展自己的语言以便可以讲述他人的思想。

狄更斯小说通过童心崇拜呈现的共同体意识，既是地方性的又是全球性的，既是私人的又是公共的，既是历史性的又是前瞻性的。狄更斯共同体之路的完成并非一蹴而就，不是从内向的、地方性的格局突然飞跃到全球化的、宏阔的视野。狄更斯早期的小说多以巧合，逃亡，富人资助为依托，以主人公逃避或者无法适应新兴工商业社会为基调，后来慢慢发展成通过心智培育实现道德个人主义的蓝本。随着狄更斯思想的成熟，小说中能量巨大的人物也从高利贷商贩和个别慈善家，慢慢转向了克己复礼、德才兼备的实业家和有根的世界公民。狄更斯早期的共同体想象多以家庭和小型社群为话题，慢慢发展成和历史大事件（比如水晶宫开幕，进化论、法国大革命等）的联系越来越大，能以更加高远的视角思考民族国家共同体形塑，强调用世界主义的包容力克服民族主义偏狭习气。

在共同体求索的道路上，狄更斯笔下的人物和狄更斯一起一路行走着、成长着。创作晚期的狄更斯更是超越了对犹太民族的偏见（这点在他的历史语境中非常难能可贵），在这种意义上，狄更斯也是个世界主义的践行者。狄更斯的小说中出现过两个犹太人，一个是《雾都孤儿》中的少年犯团伙头子费金，另一个则是《我们共同的朋友》中的赖厄先生。赖厄先生顺从、优雅的绅士形象与费金的恶人形象截然不同，这是因为狄更斯因出售房屋结识了一对犹太银行家夫妇，从而改变了对犹太人的刻板印象，让他发出了"我和我发自内心尊敬的民族之间，只有友好关系"的感慨（Dickens, "Letter" 306）。

乔治·奥威尔（George Orwell, 1903—1950）就评价道："考虑到狄更斯所处的年代，他最令人惊奇的一面，就是他身上没有庸俗的民族主义。"（Orwell 69）狄更斯笔下的赖厄先生极富同情心，他怜悯弱小，并不局限于民族身份的窠臼里。当赖厄先生意识到不该再为狡猾的基督徒弗莱奇比背着债主名声时，他毅然辞掉了差事，不想再给自己的民族丢脸。他说："作为犹太人，我这么做就不可能不损害到任何国籍、任何身份的犹太人。"（Dickens, *Our Mutual Friend* 688; bk. 4, ch. 9）狄更斯笔下的赖厄先生是个有根的世界主义者，他就是狄更斯的倒影。

在狄更斯的共同体想象中，道德是人们和其他客体产生联系的方式，这种方式不以利益作为指导行动合理性的标准，不以利益来鉴别所建立关系的确当性和必要性。狄更斯的共同体依靠的是互信基础上生发出的归属感和责任意识。狄更斯想象的共同体，承载着以道德为高位的"心灵习惯"，在本体论的层面，狄更斯实现了文化范式的转变——从把人看成单向度的人，到看到一个关于人性更为丰富的图景，在前一个视域里，人被想象成理性的、算计的、不遗余力用最小成本获取最大收益的"经济人"，后一种视域则包含情感的、传统的、伦理的以及文化的元素：价值取向、社会联系、依恋、忠诚、团结、认同，等等。

　　文化来自世世代代传承下来的伦理习惯，这些习惯中最为重要的元素和吃穿偏好关联不那么大——和甲喜欢用调羹乙喜欢用刀叉无关，和丙喜欢穿汉服丁喜欢穿阿迪达斯也无关，而是和用以规范社会成员行为的伦理准则密切相关。狄更斯想象的共同体希望通过建立不成文的道德准则，限制功利主义激发的人性中赤裸的自私性。功利主义的氤氲，像2020年至今横扫四方的新冠病毒一样，将时空、阶级和国家的边界一概取消，狄更斯的共同体之境，留给后人无尽想象。

主要参考文献

一 中文专著

陈志瑞、石斌：《埃德蒙·伯克读本》，中央编译出版社 2006 年版。

丁建定：《英国济贫法制度史》，人民出版社 2014 年版。

范可：《理解族别——比较的视野》，知识产权出版社 2019 年版。

费孝通：《经济全球化和中国"三级两跳"中对文化的思考》，载中国民主同盟中央委员会、中华炎黄文化研究会编《费孝通论文化与文化自觉》，群言出版社 2005 年版。

李靖：《诗性反思：查尔斯·金斯利小说研究》，上海三联书店 2015 年版。

李靖：《又见"爱丽丝"：19 世纪英国小说中的另类儿童》，上海三联书店 2018 年版。

陆建德：《思想背后的利益》，中信出版社 2015a 年版。

陆建德：《自我的风景》，花城出版社 2015b 年版。

邵珊、季海宏：《埃德蒙·威尔逊》，译林出版社 2013 年版。

武志红：《拥有一个你说了算的人生：活出自我篇》，民主与建设出版社 2019 年版。

阎照祥：《英国史》，人民出版社 2014 年版。

朱虹：《英国小说的黄金时代：英国小说研究（1813—1873）》，中国社会科学出版社 1997 年版。

二 中文译著

［英］艾伦·卢契克：《〈远大前程〉中的自我、家庭与社会》，载［英］查尔斯·狄更斯《远大前程》，主万、叶尊译，人民文学出版社 2012 年版。

［英］安东尼·吉登斯：《政治学、社会学与社会理论：经典理论与当代思潮的碰撞》，何雪松、赵方杜译，上海人民出版社 2015 年版。

［英］安东尼·吉登斯：《资本主义与现代社会理论》，郭忠华、潘华凌译，上海译文出版社 2013 年版。

［波］彼得·什托姆普卡：《信任：一种社会学理论》，程胜利译，中华书局 2005 年版。

［德］恩格斯：《英国工人阶级状况》，中共中央马克思恩格斯列宁斯大林著作编译局编译，人民出版社 1972 年版。

［德］斐迪南·滕尼斯：《共同体与社会：纯粹社会学的基本概念》，林荣远译，北京大学出版社 1996 年版。

［美］弗朗西斯·福山：《大断裂：人类本性与社会秩序的重建》，唐磊译，广西师范大学出版社 2015 年版。

［美］弗朗西斯·福山：《信任：社会美德与创造经济繁荣》，郭华译，广西师范大学出版社 2016 年版。

郭忠华：《译者序》，［英］安东尼·吉登斯《资本主义与现代社会理论》，郭忠华、潘华凌译，上海译文出版社 2013 年版。

［美］哈罗德·布鲁姆：《如何读，为什么读》，黄灿然译，译林出版社 2011 年版。

［英］雷蒙德·威廉斯：《文化与社会 1780—1950》，高晓玲译，吉林出版集团 2011 年版。

［英］雷蒙德·威廉斯：《政治与文学》，樊柯、王卫芬译，河南大学出版社 2010 年版。

刘擎：《没有幻觉的个人自主性》，［加］查尔斯·泰勒《本真性的伦理》，程炼译，上海三联书店出版社 2012 年版。

［美］苏珊·桑塔格：《疾病的隐喻》，程巍译，上海译文出版社 2015 年版。

［英］王辛笛：《译本序》，［英］查尔斯·狄更斯《尼古拉斯·尼克尔贝》，杜南星、徐文绮译，上海译文出版社 1998 年版。

［德］乌尔利希·贝克：《自己的上帝：宗教的和平能力与潜在暴力》，李荣荣译，上海译文出版社 2016 年版。

姚锦镕：《译者序》，［英］查尔斯·狄更斯《巴纳比·鲁吉》，浙江工商大学出版社 2012 年版。

三 英文专著

Abbott, H. Porter, "Unnarrantable Knowledge: The Difficulty of Understanding Evolution by Natural Selection", *Narrative Theory and the Cognitive Science*, Ed. David Herman. Stanford: CSLI Publications, 2003.

Adams, Carol, J., *The Sexual Politics of Meat: A Feminist-Vegetarian Critical Theory*, New York: The Continuum Publishing Company, 2000.

Adorno, T. W., *Negative Dialectics*, Trans. E. B. Ashton, London: Routledge & Kegan Paul, 1973.

Alabone, Edwin, W., *The Cure of Consumption*, London: John Kemp & Co., 1880.

Allinson, T. R., *Consumption: Its Causes, Symptoms, Treatment and Cure*, London: F. Pitman, 1853.

Altick, Richard, D., *The Presence of the Present: Topics of the Day in the Victorian Novel*, Columbus: Ohio State University Press, 1991.

Altick, Richard, D., *Victorian People and Ideas*, New York and London: W. W. Norton and Company, 1973.

Anderson, Amanda, *The Powers of Distance: Cosmopolitan Imagination and the Cultivation of Detachment*, Princeton, NJ: Princeton University Press, 2001.

Anderson, Benedict, *Imagined Communities: Reflections on the Origin and Spread of Nationalism*, London: Verso, 1983.

Andrews, Malcolm, *Dickens and the Grown-Up Child*, Iowa City: University of Iowa Press, 1994.

Arendt, Hannah, *The Human Condition*, Chicago: University of Chicago Press, 1998.

Armstrong, Isobel, *Victorian Glassworlds: Glass Culture and the Imagination 1830 – 1880*, Oxford: Oxford University Press, 2008.

Armstrong, Nancy, *Fiction in the Age of Photography: the Legacy of British Realism*, Cambridge: Harvard University Press, 1999.

Arnold, Matthew, *Culture and Anarchy, with Friendship's Garland and Some Literary Essays*, Ed. R. H. Super, Ann Arbor: University of Michigan Press, 1955.

Arnold, Matthew, "Equality", *Culture and Anarchy and Other Writings*, Ed. Stefan Collini, Cambridge: Cambridge University Press, 1993.

Auden, W. H., "Dingley Dell and the Fleet", *The Dyer's Hand and Other Essays*, New York: Random House, 1962.

Auerbach, Nina, "Dickens and Dombey: A Daughter After All", *Dombey and Son and Little Dorrit: A Casebook*, Ed. Alan Shelston. Basingstoke and London: Macmillan Press, 1985.

Bakhtin, Mikhail, *Rabelais and His World*, Trans. Helene Iswolsky, Bloomington: Indiana UP, 1984.

Balbirnie, John, *The Water Cure in Consumption and Scrofula*, London: Longman & Co., 1856.

Barnes, David, *The Making of a Social Disease: Tuberculosis in Nineteen-Century France*, Berkeley: University of California Press, 1995.

Barthes, Roland, *Untying the Text*, London: Methuen, 1981.

Bartlett, Thomas, *Consumption, Its Causes, Prevention and Cure*, London: Hippolyte Baillierè, 1855.

主要参考文献

Beck, Ulrich, "Living Your Own Life in a Runaway World: Individualization, Globalization and Politics", *On The Edge: living with Global Capitalism*, Eds. Will Hutton and Anthony Giddens, New York: New Press, 2001.

Beer, Gillian, *Darwin's Plots: Evolutionary Narrative in Darwin, George Eliot, and Nineteenth-Century Fiction*, 2nd ed. Cambridge: Cambridge UP, 2000.

Beeton, Isabella, *Mrs Beeton's Book of Household Management*, Ed. Nicola Humble, New York: Oxford University Press, 2008.

Benhabib, Seyla, *Situating the Self: Gender, Community, and Postmodernism in Contemporary Ethics*, New York: Routledge, 1992.

Benjamin, Walter, *Illuminations*, Trans. Harry Zohn, New York: Schocken Books, 1969.

Bennet, J. Henry, *Winter in the South of Europe*, London: Churchill and Sons, 1865.

Bentham, Jeremy, "Panopticon Papers", *A Bentham Reader*, Ed. Mary Peter Mack, New York: Pegasus, 1969.

Berman, Jessica, *Modernist Fiction, Cosmopolitanism, and the Politics of Community*, Cambridge: Cambridge UP, 2001.

Bhabha, Homi, *The Location of Culture*, New York: Routledge, 1994.

Bloom, Harold, *How to Read and Why*, Trans. Huang Canran, Nanjing: Yilin Press, 2011.

Bonham-Carter, Victor, *Authors by Profession*, 2 vols. London: Society of Authors, 1978.

Bourdieu, Pierre, *The Logic of Practice*, Stanford: Stanford University Press, 1990.

Bowditch, Henry, *Is Consumption Ever Contagious?* Boston: David Clapp, 1864.

Bowen, John, "History's Grip", *Other Dickens: Pickwick to Chuzzlewit*, Oxford: Oxford UP, 2000.

Brannan, Robert Louis, *Under The Management of Mr. Charles Dickens: His Production of "The Frozen Deep"*, Ithaca: Cornell UP, 1966.

Brantlinger, Patrick, *Fictions of State: Culture and Credit in Britain, 1694 – 1994*, Ithaca: Cornell UP, 1996.

Brennan, Timothy, *At Home in the World: Cosmopolitanism Now*, Cambridge, MA: Harvard University Press, 1997.

Brennan, Timothy, "The National Longing for Form", *Nation and Narration*, Ed. Homi K. Bhabha, London & New York: Routledge, 1990.

Brontë, Charlotte, *The Letters of Charlotte Bront?, with a Selection of Letters by Family and Friends, Volume II: 1848 – 1851*, Ed. Margaret Smith. Oxford: Clarendon Press, 2000.

Brooks, Peter, *The Melodramatic Imagination: Balzac, Henry James, Melodrama, and the Mode of Excess*, New Haven: Yale UP, 1995.

Bulwer Lytton, Edward, *Not So Bad As We Seem; or, Many Sides to a Character, A Comedy in Five Acts As First Performed at Devonshire House, in the Presence of Her Majesty and His Royal Highness The Prince Albert*, London: Chapman & Hall, 1851.

Butt, John, and Kathleen Tillotson, *Dickens at Work*, London: Methuen, 1957.

Buzard, James, *Disorienting Fiction: the Autoethnographic Work of Nineteenth-Century British Novels*, Princeton, NJ: Princeton University Press, 2005.

Buzard, James, *The Beaten Track: European Tourism, Literature, and the Ways to Culture, 1800 – 1918*, Oxford: Clarendon Press, 1993.

Byrne, Katherine, *Tuberculosis and the Victorian Literary Imagination*, Cambridge: Cambridge, 2011.

Cahoone, Lawrence, E., *From Modernism to Postmodernism: An Anthology*, Cambridge, Massachusetts: Blackwell Publishers Ltd., 1996.

Carlisle, Janice, *The Sense of an Audience: Dickens, Thackeray, and George Eliot at Mid-Century*, Brighton: The Harvester Press, 1982.

Carlyle, Thomas, "Chartism", *Selected Writings*, Ed. Alan Shelston, Harmondsworth: Penguin, 1971.

Chase, Karen, *The Victorians and Old Age*, Oxford: Oxford University Press, 2009.

Cheah, Pheng, "Introduction, Part II: The Cosmopolitical-Today", *Cosmopolitics: Thinking and Feeling Beyond the Nation*, Eds. Pheng Cheah and Bruce Robbins, Minneapolis: University of Minnesota Press, 1988.

Chitty, Susan, *The Beast and the Monk: A Life of Charles Kingsley*, London: Hodder & Stoughton, 1974.

Cline, Sally, *Just Desserts: Women and Food*, London: Andre Deutsch, 1990.

Cole, Henry, *Fifty Years of Public Work of Sir Henry Cole K. C. B.*, London: George Bell & Sons, 1884.

Collard, Andree, and Joyce Contrucci, *Rape of the Wild: Man's Violence against Animals and the Earth*, Bloomington and Indianapolis: Indiana UP, 1989.

Collins, Philip, *Dickens and Education*, London: Macmillan, 1964.

Cornish, W. R., "The British Patent System: Historical Development", *Intellectual Property: Patents, Copyright, Trade Marks and Allied Rights*, London: Sweet & Maxwell, 1999.

Coveney, Peter, *The Image of Childhood. The Individual and Society: a Study of the Theme in English Literature*, Harmondsworth: Penguin Books, 1967.

Crosby, Christina, *The Ends of History: Victorians and "The Woman Question"*, New York and London: Routledge, 1991.

Cross, Nigel, *The Common Writer: Life in Nineteenth-Century Grub Street*,

Cambridge: Cambridge University Press, 1985.

Dale, William, *A Popular, Non-Technical, Treatise on Consumption*, Harrogate: R. Ackrill, 1884.

Darwin, Charles, *The Origin of Species*, Madison: Mark Press, 2010.

Davis, Philip, *The Victorians*, Beijing: Foreign language Teaching and Research Press, 2007.

Dewey, John, "Individualism Old and New", *The Later Works*, 1925 – 1953, Ed. Jo Ann Boydston, Carbondale: Southern Illinois University Press, 1984.

Dickens, Charles, *Barnaby Rudge: A Tale of the Riots of 'Eighty*, London: Chapman and Hall, 1868.

Dickens, Charles, *The Letters of Charles Dickens* 1850 – 1852, Eds. Graham Storey et al. Oxford: Clarendon Press, 1988.

Dickens, Charles, *The Life and Adventures of Martin Chuzzlewit*, Ed. Patricia Ingham, London: Penguin Classics, 2002.

Dickens, Charles, "Insularities", *Charles Dickens: Selected Journalism*, 1850 – 1870, Ed. David Pascoe, London: Penguin, 1997.

Dickens, Charles, "Letter to Mrs. Eliza Davies", *Anglo-Jewish letters* (1158 – 1917), Ed. Cecil Roth, London: Soncino, 1938.

Dickens, Charles, *A Tale of Two Cities*, London: Chapman and Hall, 1859.

Dickens, Charles, *Bleak House*, London: Bradbury and Evans, 1853.

Dickens, Charles, *David Copperfield*, New York: W. W. Norton & Company, Inc., 1990.

Dickens, Charles, *Dombey and Son*, London: Bradbury and Evans, 1848.

Dickens, Charles, *Great Expectations*, London: Penguin Books, 2002.

Dickens, Charles, *Hard Times*, London: Bradbury and Evans, 1854.

Dickens, Charles, *Little Dorrit*, Hertfordshire: Wordsworth Editions, 2002.

Dickens, Charles, *Our Mutual Friend*, Toronto and London: J. M. Dent and

Sons, ltd., 1907.

Dickens, Charles, *Posthumous Papers of the Pickwick Club*, Moscow: Foreign Languages Publishing House, 1949.

Dickens, Charles, *The Adventures of Oliver Twist, Or, the Parish Boy's Progress*, Ed. George Cruikshank, London: Bradbury & Evans, 1846.

Dickens, Charles, *The Life and Adventures of Nicholas Nickleby*, Eds. Hablot Knight Browne and Tim Cook, Hertfordshire: Wordsworth Classics, 2000.

Dickens, Charles, *The Old Curiosity Shop*, Hertfordshire: Wordsworth Classics, 1995.

Dickens, Charles, "Charles Dickens to the Hon. Mrs Richard Watson, 11 July 1851", *The Letters of Charles Dickens: Volume 6: 1850—1852*, Eds. Graham Storey et al. Oxford: Clarendon Press, 1988.

Dickens, Charles, " 'Gin Shops' (*Evening Chronicle*, February 1835)", *Sketches by Boz*, Ed. Denis Walder, London: Penguin Books, 1995.

Dijkstra, Bram, *Idols of Perversity: Fantasies of Feminine Evil in Fin-de-Siècle Culture*, New York: Oxford University Press, 1986.

Disraeli, Benjamin, *Tancred; or, The New Crusade*, London: Peter Davies, 1927.

Dolin, Tim, *George Eliot (Authors in Context)*, Oxford: Oxford University Press, 2005.

Durkheim, émile, *The Division of Labor in Society*, Trans. W. D. Halls, New York: The Free Press, 1984.

East, Rowland, *The Two Most Dangerous Disease of England*, London: John Lee, 1842.

Eliot, George, *The Essays of Theophrastus Such*, London: Everyman, 1995.

Englander, David, *Poverty and Poor Law Reform in Britain: From Chadwick to Booth*, 1834–1914, Harlow: Longman, 1998.

Eric, Wolf, *Europe and the People without History*, Berkeley: University of

California Press, 1982.

Ermarth, Elizabeth Deeds, *Realism and Consensus in the English Novel*, Princeton: Princeton University Press, 1983.

Finn, Margot, *The Character of Credit: Personal Debt in English Culture, 1740 – 1914*, Cambridge: Cambridge UP, 2003.

Forster, John, *The Life of Charles Dickens*, 3 vols. Chapman & Hall, 1911.

Forster, John, "Rev. of *Barnaby Rudge* and *The Old Curiosity Shop* [*Master Humphrey's Clock*]", *The Examiner* 4 Dec. 1841.

Foucault, Michel, *Discipline and Punish: The Birth of the Prison*, Trans. Alan Sheridan, New York: Vintage Books, 1979.

Foucault, Michel, *The Order of Things: An Archaeology of the Human Sciences*, London: Routledge, 1970.

Fraser, Nancy, *Unruly Practices: Power, Discourse, and Gender in Contemporary Social Theory*, Minneapolis MN: University of Minnesota Press, 1989.

Freedman, Robert, *Marx on Economics*, Harmondsworth: Penguin Books Ltd., 1962.

Fukuyama, Francis, *Trust: The Social Virtues and the Creation of Prosperity*, New York and London: The Free Press, 1995.

Furneaux, Holly, *Queer Dickens: Erotics, Families, Masculinities*, Oxford: Oxford UP, 2009.

Gellner, Ernest, *Nation and Nationalism*, Oxford: Blackwell Publishing, 2006.

Giddens, Anthony, *The Consequences of Modernity*, Stanford: Stanford University Press, 1990.

Gilmour, Robin, *The Idea of the Gentleman in the Victorian Novel*, London: Allen & Unwin, 1981.

Gilmour, Robin, *The Victorian Period: The Intellectual and Cultural Context of English Literature, 1830 – 1890*, London: Longman, 1993.

Girard, René, *Violence and the Sacred*, Trans. Patrick Gregory, Baltimore: The Johns Hopkins UP, 1972.

Goldberg, Michael, *Carlyle and Dickens*, Athens, GA: Univeristy of Georgia Press, 1972.

Grossman, Jonathan, H. , *Charles Dickens's Networks: Public Transport and the Novel*, Oxford: Oxford University Press, 2012.

Gurewitch, Morton, *The Comedy of Romantic Irony*, Lanham: UP of America, 2002.

Hadley, Elaine, *Melodramatic Tactics: Theatricalized Dissent In The English Marketplace* 1800 – 1885, Palo Alto: Stanford University Press, 1995.

Haight, Gordon, S. , *George Eliot: A Biography*, New York: Oxford UP, 1968.

Hardy, Barbara, *The Moral Art of Dickens*, New York: Oxford University Press, 1970.

Harvie, Christopher, "Revolution and the Rule of Law", *The Oxford History of Britain*, Ed. Kenneth O. Morgan, Oxford: Oxford UP, 1984.

Hechter, Michael, Tuna Kuyucu, and Audrey Sacks, "Nationalism and Direct Rule", *The SageHandbook of Nations and Nationalism*, Eds. Gerard Delanty and Krishan Kumar, London: Sage Publications: 2006.

Hewison, Robert, *Ruskin and Oxford: The Art of Education*, Oxford: Clarendon Press, 1996.

Higbie, Robert, *Dickens and Imagination*, Gainesville: University Press of Florida, 1998.

Hillier, Alfred, *Tuberculosis: Its Nature, Prevention and Treatment*, London: Cassell and Co. , 1900.

Hodgskin, Thomas, *The Natural and Artificial Right of Property Contrasted: A Series of Letters*, London: B. Steil, 1832.

Hollinger, David, A. , *Postethnic America: Beyond Multiculturalism*, New York: Basic Books, 1995.

Houghton, Walter, E., *The Victorian Frame of Mind*: 1830 – 1870, New Haven and London: Yale University Press, 1957.

Houston, Gail Turley, *Consuming Fictions*: *Gender, Class, and Hunger in Dickens's Novels*, Carbondale and Edwardsville: Southern Illinois University Press, 1994.

Hughes, Robert, *The Fatal Shore*, New York: Random House, 1988.

John, Juliet, and Alice Jenkins, eds., "Introduction", *Rethinking Victorian Culture*, Basingstoke: Macmillan Press Ltd., 2000.

John, Juliet, *Dickens's Villains*: *Melodrama, Character, Popular Culture*, New York: Oxford University Press, 2001.

Johnson, Edgar, *Charles Dickens*: *His Tragedy and Triumph*, New York: Simon and Schuster, 1952.

Kristeva, Julia, *Desire in Language*, Oxford: Basil Blackwell, 1980.

Lawlor, Clark, *Consumption and Literature*: *The Making of the Romantic Disease*, New York: Palgrave Macmillan, 2007.

Lazare, Bernard, *Antisemitism*: *Its History and Its Causes*, Lincoln: University of Nebraska Press, 1995.

Lévi-Strauss, Claude, *The Elementary Structures of Kinship*, Trans. James Harle Bell, John Richard von Sturmer, and Rodney Needham. Ed., Rodney Needham, Boston: Beacon Press, 1969.

Macaulay, Thomas Babington, *Speeches, Parliamentary and Miscellaneous*, London: Henry Vizetelly, 1853.

Mandler, Peter, " 'In the Olden Time': Romantic History and English National Identity, 1820 – 50", *A Union of Multiple Identities*: *The British Isles, C. 1750 – C. 1850*, Eds. Laurence Brockliss and David Eastwood, Manchester: Manchester UP, 1997.

Marcus, Sharon, *Between Women*: *Friendship, Desire, and Marriage in Victorian England*, Princeton: Princeton UP, 2007.

Marx, Karl, *Pre-Capitalist Economic Formations*, Trans. Jack Cohen, London: Lawrence and Wishart, 1964.

Marx, Karl, *The German Ideology*, Ed. C. J. Arthur, New York: International Publishers, 1972.

Marx, Karl, *The Grundrisse*, Ed. and Trans. David McLellan, New York: Harper and Row, 1971.

Mead, George Herbert, "The Social Self", *Selected Writings*, Ed. Andrew J. Reck, Chicago: University of Chicago Press, 1964.

Mill, John Stuart, "Coleridge", *John Stuart Mill and Jeremy Bentham, Utilitarianism and Other Essays*, Ed. Alan Ryan, London: Penguin Classics, 1987.

Miller, J. Hillis, *Charles Dickens: The World of His Novels*, Bloomington: Indiana UP, 1969.

Miller, J. Hillis, *Community in Fiction*, New York: Fordham University Press, 2015.

Miller, J. Hillis, Introduction, *Bleak House*, By Charles Dickens, Ed. Norman Page, Harmondsworth: Penguin, 1971.

Moore, Norman, *A Lecture on the History of Medicine as Illustrated in English Literature*, London: Adlard and Son, 1903.

Moore, Thomas, *Life and Journals of Lord Byron*, 2 vols. Hamburg: Lebel, Trittel & Wrutz, 1830.

Morgentaler, Goldie, *Dickens and Heredity, When Like Begets Like*, London: MacMillan Press, 2000.

Morris, Pam, "A Taste for Change in Our Mutual Friend: Cultivation or Education?" *Rethinking Victorian Culture*, Eds. Juliet John, and Alice Jenkins, Basingstoke: Macmillan, 2000.

Morton, Timothy, *Ecology Without Nature, Rethinking Environmental Aesthetics*, Cambridge: Havard University Press, 2009.

Mouffe, Chantal, ed., "Deconstruction, Pragmatism and the Politics of Democracy", *Deconstruction and Pragmatism*, London and New York:

Routledge, 1996.

Nancy, Jean-Luc, *The Inoperative Community*, Trans. Peter Connor et al. Minneapolis: University of Minnesota Press, 1991.

Newsom, Robert, "Fiction of Childhood", *The Cambridge Companion to Charles Dickens*, Ed. John O. Jordan, Cambridge: Cambridge University Press, 2001.

Nussbaum, Martha, C., "Patriotism and Cosmopolitanism", *For Love of Country: Debating the Limits of Patriotism*, Ed. Joshua Cohen, Boston: Beacon Press, 1996.

Ochojski, Paul, M., *Charles Dickens's Hard Times*, Beijing: Foreign Language Teaching and Research Press, 1997.

Orwell, George, "Charles Dickens", *A Collection of Essays*, New York: Harcourt, 1953.

O'Gorman, Francis, *The Victorian Novel*, Oxford: Blackwell, 2002.

Pettitt, Clare, "'A Dark Exhibition': The Crystal Palace, *Bleak House* and Intellectual Property", *Victorian Prism: Refractions of the Crystal Palace*, Eds. James Buzard et al. Charlottesville: University of Virginia Press, 2007.

Pettitt, Clare, *Patent Inventions: Intellectual Property and the Victorian Novel*, New York: Oxford Press, 2004.

Phillips, Jeremy, *Charles Dickens and the Poor Man's Tale of a Patent*, Oxford: ESC Publishing, 1984.

Praz, Mario, *The Romantic Agony*, Trans. Angus Davidson, London: Oxford University Press, 1978.

Prothero, Iorwerth, *Artisans and Politics in Early Nineteenth-Century*, London: Dawson & Son, 1979.

Reed, John, R., *Dickens and Thackeray: Punishment and Forgiveness*, Athens, OH: Ohio UP, 1995.

Richards, Thomas, *The Commodity Culture of Victorian England: Advertis-*

ing and Spectacle, 1851 – 1914, London: Verso, 1990.

Robbins, Bruce, "Telescopic Philanthropy: Professionalism and Responsibility in Bleak House", Bleak House: Charles Dickens, Ed. Jeremy Tambling, New York: St. Martin's Press, 1998.

Rolleston, Humphry, Associations Between Medicine and Literature, London: Harrison & Son, 1933.

Rose, Mark, Authors and Owners: The Invention of Copyright, Cambridge, Mass.: Harvard University Press, 1993.

Rosenthal, Jesse, Good Form: The Ethical Experience of the Victorian Novel, Princeton and Oxford: Princeton University Press, 2017.

Sceats, Sarah, Food, Consumption and the Body in Contemporary Women's Fiction, Cambridge, UK: Cambridge UP, 2000.

Schlereth, Thomas, J., The Cosmopolitan Ideal in Enlightenment Thought: Its Form and Function in the Ideals of Franklin, Hume, and Voltaire, 1694 – 1790, Notre Dame: University of Notre Dame Press, 1977.

Schwarzbach, F. S., Dickens and the City, London: The Athlone Press, 1979.

Sealy, J. Hungerford, Medical Essays No. I.: Phthisis Pulmonalis, Its History and Varieties, London: Sherwood, Gilbert and Piper, 1837.

Searle, G. R., The Quest for National Efficiency, 1899 – 1914, Oxford: Basil Blackwell, 1971.

Small, Helen, The Long Life, Oxford: Oxford University Press, 2007.

Spence, Gordon, "Appendix B: Historical Sources", Barnaby Rudge, By Charles Dickens, Harmondsworth: Penguin, 1973.

Stewart, Garrett, Dear Reader: The Conscripted Audience in Nineteenth-Century British Fiction, Baltimore: Johns Hopkins University Press, 1996.

Stone, Harry, The Night Side of Dickens: Cannibalism, Passion, Necessity, Columbus: The Ohio State UP, 1994.

Stonehouse, J. H., Catalogue of the library of Charles Dickens from Gad-

shill, London: Piccadilly Fountain Press, 1935.

Tambling, Jeremy, *Dickens, Violence and the Modern State: Dreams of the Scaffold*, New York: St. Martin's P, 1995.

Taylor, Charles, et al. , *Multiculturalism: Examining the Politics of Recognition*, Ed. Amy Gutmann, Princeton: Princeton University Press, 1994.

Thackeray, W. M. , *The History of Pendennis, His Fortunes and Misfortunes, His Friends and His Greatest Enemy*, Oxford: Oxford University Press, 1994.

Thackeray, W. M. , *The Letters and Private Papers of William Makepeace Thackeray*, Ed. Gordon N. Ray. 4 vols, London: Oxford University Press, 1945 – 1946.

Thomas, Ronald, R. , *Detective Fiction and the Rise of Forensic Science*, Cambridge: Cambridge UP, 1999.

Thompson, E. P. , *The Making of the English Working Class*, Harmondsworth: Penguin, 1963.

Tomalin, Claire, *Charles Dickens: A Life*, London: Viking, 2011.

Tonnies, Ferdinand, *Gemeinschaft und Gesellschaft*, Trans. Charles P. Loomis, New Brunswick, N. J. : Transaction, Inc. , 1988.

Ulrich, Alfred, *Studien zu Dickens' RomanBarnaby Rudge*, Jena Ger. : Zella-Mehlis, 1931.

Vanden Bossche, Chris, R. , *Reform Acts: Chartism, Social Agency, and the Victorian Novel*, 1832 – 1867, Baltimore: Johns Hopkins UP, 2014.

Vlock, Deborah, *Dickens, Novel Reading, and the Victorian Popular Theatre*, Cambridge: Cambridge University Press, 1998.

Walzer, Michael, *Spheres of Justice: A Defense of Pluralism and Equality*, New York: Basic Books, 1983.

Waters, Catherine, "Gender Identities", *Charles Dickens in Context*, Eds. Sally Ledger, and Holly Furneaux, Cambridge: Cambridge UP, 2011.

Whewell, William, "The General Bearing of the Great Exhibition on the

Progress of Art and Science", *Lectures on the Results of the Great Exhibition of* 1851, *Delivered Before the Society of Arts, Manufactures, and Commerce*, London: David Bogue, 1852.

Williams, Raymond, *The Country and the City*, New York: Oxford University Press, 1973.

Williams, Raymond, *The English Novel: From Dickens to Lawrence*, London: Chatto & Windus, 1973.

Wilson, Nelly, *Bernard Lazare: Antisemitism and the Problem of Jewish Identity in Late Nineteenth-Century France*, New York: Cambridge University Press, 1978.

Wood, Claire, *Dickens and the Business of Death*, Cambridge: Cambridge University Press, 2015.

Wood, Henry, *East Lynne*, London: Macmillan, 1900.

Zboray, Ronald, J., *A Fictive People: Antebellum Economic Development and the American Reading Public*, New York: Oxford University, 1993.

四 中文论文

陈晓兰：《腐朽之力，狄更斯小说中的废墟意象》，《外国文学评论》2004年第4期。

高晓玲：《乔治·爱略特的转型焦虑》，《外国文学评论》2016年第1期。

刘彬：《食人、食物：析〈天堂〉中的权力策略与反抗》，《外国文学研究》2014年第1期。

纳海：《狄更斯研究的历史转向——以〈老古玩店〉的几种解读为例》，《社会科学研究》2019年第5期。

汪民安：《论福柯的"人之死"》，《天津社会科学》2003年第5期。

殷企平：《"多重英格兰"和共同体：〈荒凉山庄〉的启示》，《外国文学评论》2014年第4期。

殷企平：《对所谓〈艰难时世〉中"败笔"的思考》，《外国文学研究》2003 年第 1 期。

郑佰青、张中载：《安吉拉·卡特小说中的吃与权力》，《当代外国文学》2015 年第 2 期。

五 英文论文

Agathocleous, Tanya, and J. R. Rudy, "VICTORIAN COSMOPOLITANISMS: INTRODUCTION", *Victorian Literature and Culture*, 38.02, 2010.

Altick, Richard, D., "Varieties of Readers' Response: The Case of *Dombey and Son*", *The Yearbook of English Studies*, 10, 1980.

Anderson, Roland, F., "Structure, Myth, and Rite in *Oliver Twist*", *Studies in the Novel*, 18.3, 1986.

Baier, Annette, "Trust and Antitrust", *Ethics*, 96.2, 1986.

Baird, John, D., "'Divorce and Matrimonial Causes': An Aspect of 'Hard Times'", *Victorian Studies*, 20.4, 1977.

Baldridge, Cates, "The Instabilities of Inheritance in *Oliver Twist*", *Studies in the Novel*, 25.2, 1993.

Ballinger, Gill, "Countering the 'contract-bargain': Credit, Debt, and the Moral Economy in David Copperfield", *Dickens Studies Annual*, 46.1, 2015.

Beer, Gillian, "Darwin and the Uses of Extinction", *Victorian Studies*, 51.2, 2009.

Blodgett, Harriet, "Mimesis and Metaphor: Food Imagery in International Twentieth-century Women's Writing", *Papers on Language & Literature*, 40.3, 2004.

Boehm, Max, H., "Cosmopolitanism", *Encyclopedia of the Social Sciences*, Vol. 4. New York: Macmillan, 1931.

Bowen, John, "Performing Business, Training Ghosts: Transcoding Nickleby", *ELH*, 63.1, 1996.

Brattin, Joel, J., " 'Notes... of Inestimable Value': Dickens's Use (and Abuse) of an Historical Source for *Barnaby Rudge*", *Dickens Quarterly*, 31.1, 2014.

Buckland, Adelene, " 'The Peotry of Science': Charles Dickens, Geology, and Visual and Material Culture in Victorian London", *Victorian Literature and Culture*, 35.2, 2007.

Budd, Dona, "Language Couples in *Bleak House*", *Nineteenth-Century Literature*, 49.2, 1994.

Burgan, William, "Little Dorrit in Italy", *Nineteenth-Century Fiction*, 29.4, 1975.

Buzard, James, " 'The Country of the Plague': Anticulture and Autoethnography in Dickens's 1850s", *Victorian Literature and Culture*, 38.2, 2010.

Buzard, James, "*David Copperfield* and the Thresholds of Modernity", *ELH*, 86.1, 2019.

Buzard, James, "Item of Mortality: Lives Led and Unled in *Oliver Twist*", *ELH*, 81.4, 2014.

Christensen, Allan, C., "A Dickensian Hero Retailored: The Carlylean Apprenticeship of *Martin Chuzzlewit*", *Studies in the Novel*, 3.1, 1971.

Christian, George Scott, "They lost the whole: Telling Historical (Un) Truth in *Barnaby Rudge*", *Dickens Studies Annual*, 32, 2002.

Christian, Mildred, G., "Carlyle's Influence Upon the Social Theory of Dickens. Part Two: Their Literary Relationship", *Trollopian*, 2.1, 1947.

Connell, Philip, "Bibliomania: BookCollecting, Cultural Politics, and the Rise of Literary Heritage in Romantic Britain", *Representations*, 71, 2000.

Counihan, Carole, M., "Food Rules in the United States: Individualism, Control, and Hierarchy", *Anthropological Quarterly*, 65.2, 1992.

Crawford, Iain, " 'Nature... Drenched in Blood': *Barnaby Rudge* and

Wordsworth's 'The Idiot Boy'", *Dickens Quarterly*, 8. 1, 1991.

Cronin, Mark, "Henry Gowan, William Makepeace Thackeray, and 'The Dignity of Literature' Controversy", *Dickens Quarterly*, 16. 2, 1999.

Demarcus, Cynthia, "Wolves Within and Without: Dickens's Transformation of 'Little Red Riding Hood' in *Our Mutual Friend*", *Dickens Quarterly*, 12. 1, 1995.

Dever, Carolyn, M., "Broken Mirror, Broken Words: Autobiography, Prosopopeia, and the Dead Mother in *Bleak House*", *Studies in the Novel*, 27. 1, 1995.

Dorré, Gina Marlene, "Handling the 'Iron Horse': Dickens, Travel, and Derailed Masculinity in *The Pickwick Papers*", *Nineteenth Century Studies*, 16, 2002.

Fein, Mara, H., "The Politics of Family in *The Pickwick Papers*", *ELH*, 61. 2, 1994.

Forster, John, "The Dignity of Literature", *The Examiner* 19 Jan. 1850.

Forster, John, "Encouragement of Literature [sic] by the State", *The Examiner*, 5 Jan. 1850.

Freud, Sigmund, et al., "Fiction and Its Phantoms: A Reading of Freud's Das Unheimliche (The 'Uncanny')", *New Literary History*, 7. 3, 1976.

Fulweiler, Howard, W., "'A Dismal Swamp': Darwin, Design, and Evolution in *Our Mutual Friend*", *Nineteenth-Century Literature*, 49. 1, 1994.

Furneaux, Holly, "Charles Dickens's Families of Choice: Elective Affinities, Sibling Substitution, and Homoerotic Desire", *Nineteenth-Century Literature*, 62. 2, 2007.

Gilmore, Timothy, "Not Too Cheery: Dickens's Critique of Capital in *Nicholas Nickleby*", *Dickens Studies Annual*, 44. 1, 2013.

Ginsburg, Michal, P., "Truth and Persuasion: The Language of Realism and of Ideology in *Oliver Twist*", *Novel: A Forum on Fiction*, 20.3, 1987.

Glavin, John, "Pickwick on the Wrong Side of the Door", *Dickens Studies Annual: Essays on Victorian Fiction*, 22, 1993.

Goetsch, Paul, "Old Fashioned Children: From Dickens to Hardy and James", *Anglia*, 123.1, 2005.

Greenstein, Michael, "Mutuality in *Our Mutual Friend*", *Dickens Quarterly*, 8.3, 1991.

Hack, Daniel, "Literary Paupers and Professional Authors: The Guild of Literature and Art", *Studies in English Literature* 1500 – 1900, 39.4, 1999.

Hannaford, Richard, "Fairy-tale Fantasy in *Nicholas Nickleby*", *Criticism*, 16.3, 1974.

Heady, Emily, "The Polis's Different Voices: Narrating England's Progress in Dickens's *Bleak House*", *Texas Studies in Literature and Language*, 48.4, 2006.

Hirsch, David, H., " '*Hard Times*' and F. R. Leavis", *Criticism*, 6.1, 1964.

Hollington, Michael, "Monstrous Faces: Physiognomy in *Barnaby Rudge*", *Dickens Quarterly*, 8.1, 1991.

Hornback, Bert, G., "The Narrator of *Bleak House*", *Dickens Quarterly*, 16.1, 1999.

Howes, Craig, "*Pendennis* and the Controversy on 'The Dignity of Literature'", *Nineteenth-Century Literature*, 41.3, 1986.

Hutter, Albert, D., "Nation and Generation in *A Tale of Two Cities*", *PMLA*, 93.3, 1978.

Jones, Tod, E., "Matthew Arnold's Philistinism' and Charles Kingsley", *The Victorian Newsletter*, 94, 1998.

Kaye, J. W., "*Pendennis*-The Literary Profession", *North British Review*,

13, 1850.

Ketabgian, Tamara, S., "'Melancholy Mad Elephants': Affect and the Animal Machine in *Hard Times*", *Victorian Studies*, 45.4, 2003.

Kincaid, James, R., "The Education of Mr. Pickwick", *NCF*, 24.2, 1969.

Kucich, John, "Death Worship among the Victorians: *The Old Curiosity Shop*", *PMLA*, 95.1, 1980.

Landon, Philip, "Great Exhibitions: Representations of the Crystal Palace in Mayhew, Dickens, and Dostoevsky", *Nineteenth-Century Contexts*, 20.1, 1997.

Lankford, William, T., "'The Deep of Time': Narrative Order in *David Copperfield*", *ELH*, 46.3, 1979.

Larson, Janet, "The Arts in These Latter Days: Carlylean Prophecy in *Little Dorrit*", *Dickens Studies Annual*, 8, 1980.

Leavis, F. R., "*Dombey and Son*", *The Sewanee Review*, 70.2, 1962.

Leonard, Kristin, "Windowed Spaces in Charles Dickens's THE OLD CURIOSITY SHOP", *The Explicator*, 75.3, 2017.

Lund, Michael, "Novels, Writers and Readers in 1850", *Victorian Periodicals Review*, 17.1-2, 1984.

Lupton, Christina, "Walking on Flowers: The Kantian Aesthetics of *Hard Times*", *ELH*, 70.1, 2003.

MacKinnon, Catharine, A., "Feminism, Marxism, Method and the State: Toward Feminist Jurisprudence", *Signs*, 8.4, 1983.

Mangham, Andrew, "Dickens, Hogarth, and Artistic Perception: The Case of *Nicholas Nickleby*", *Dickens Studies Annual: Essays on Victorian Fiction*, 48, 2017.

Masson, David, "Thackeray and Dickens", *North British Review*, 15, 1851.

McBratney, John, "Reluctant Cosmopolitanism in Dickens's *Great Expecta-*

tions", *Victorian Literature and Culture*, 38. 2, 2010.

McCaffrey, Phillip, "Erasing the Body: Freud's Uncanny Father Child", *American Imago*, 49. 4, 1992.

Morning Chronicle, 3 Jan. 1850.

Mundhenk, Rosemary, "*David Copperfield* and 'The Oppression of Remembrance'", *Texas Studies in Literature and Language*, 29. 3, 1987.

Patten, Robert, L., "The Art of Pickwick's Interpolated Tales", *ELH*, 34. 3, 1967.

Patten, Robert, L., "Capitalism and Compassion in *Oliver Twist*", *Studies in the Novel*, 1. 2, 1969.

Patten, Robert, L., "'The People Have Set Literature Free': The Professionalization of Letters in Nineteenth-Century England", *Review*, 9. 2, 1987.

Pulsford, Stephen, "The Aesthetic and the Closed Shop: The Ideology of the Aesthetic in Dickens's *Hard Times*", *Victorian Review*, 21. 2, 1995.

Rogers, Philip, "Mr. Pickwick's Innocence", *Nineteenth-Century Fiction*, 27. 1, 1972.

Rosen, David, "*A Tale of Two Cities*: Theology of Revolution", *Dickens Studies Annual*, 27, 1998.

Ross, Trevor, "Copyright and the Invention of Tradition", *Eighteenth-Century Studies*, 26. 1, 1992.

Salotto, Eleanor, "Detecting Esther Summerson's Secrets, Dickens's *Bleak House* of Representation", *Victorian Literature and Culture*, 25. 2, 1997.

Saville, Julia, F., "Eccentricity as Englishness in *David Copperfield*", *Studies in English Literature*, 42. 4, 2002.

Spector, Stephen, J., "Monsters of Metonymy: *Hard Times* and Knowing the Working Class", *ELH*, 51. 2, 1984.

Steinlight, Emily, "'Anti-Bleak House': Advertising and the Victorian Novel", *Narrative*, 14. 2, 2006.

Stern, Kimberly, J., "'A Want of Taste': Carnivorous Desire and Sexual Politics in *The Pickwick Papers*", *Victorian Review*, 38. 1, 2012.

Sulfridge, Cynthia, "'*Martin Chuzzlewit*': Dickens's Prodigal and the Myth of the Wandering Son", *Studies in the Novel*, 11. 3, 1979.

West, Nancy, M., "Order in Disorder: Surrealism and *Oliver Twist*", *South Atlantic Review*, 54. 2, 1989.

Williams, Carolyn, "Stupidity and Stupefaction: *Barnaby Rudge* and the Mute Figure of Melodrama", *Dickens Studies Annual*, 46, 2015.

Willis, Mark, "Charles Dickens and Fictions of the Crowd", *Dickens Quarterly*, 23. 2, 2006.

Winter, Sarah, "Curiosity as Didacticism in *The Old Curiosity Shop*", *Novel: A Forum on Fiction*, 34. 1, 2000.

Zemka, Sue, "From the Punchmen to Pugin's Gothics: The Broad Road to a Sentimental Death in *The Old Curiosity Shop*", *Nineteenth-Century Literature*, 48. 3, 1993.

"A Glance at the Exhibition", *Chamber's Edinburgh Journal* 15 – 16, 31 May 1851.

"Charles Dickens and *David Copperfield*", *Fraser's Magazine*, 42. 252 Dec. 1850.

"Official Catalogue of the Great Exhibition of the Works of Industry of All Nations, 1851: 4th corrected edition, 15th September 1851", *Edinburgh Review*, 94, 1851.

"The Patent Laws: A few Questions for the Consideration of those who think that Patents should be expensive", *Mechanics' Magazine*, 25, 1829.

后　记

　　《童心崇拜：狄更斯共同体之境》是我的第三部学术专著，它的写作历时近七年，其间我个人经历了产子养子的大事件，而这个世界经历了（并仍在经历着）"新冠病毒"这个重大的疾病隐喻。这部专著是我前一部学术专著《又见"爱丽丝"：19 世纪英国小说中的另类儿童》的延续，在撰写该专著时，我发现了狄更斯小说对童心崇拜的结构性重复，又由于有幸成为恩师殷企平教授团队的一员，参与到国家社科基金重大招标项目《文化观念流变中的英国文学典籍研究》的撰写，我得以将狄更斯的童心崇拜情结和共同体命题结合在一起考量。童心崇拜是狄更斯小说文本中显性的、共性的现象，但是该现象在以何种方式想象共同体？想象的又是共同体的哪些维度？上述问题对研究者而言是个不小的挑战。过去几年时间里，我逐渐梳理出"个人——家庭——民族国家"这个递进的线索，在其中狄更斯共同体形塑蕴含的阶级变迁、个人主义和经济信用等重大时代议题也得以浮现。

　　很久之前，我曾问过恩师殷企平教授一个问题："为什么您的研究兴趣一直在 19 世纪英国文学？"师者答曰："文明转型期的英国社会对当下的中国社会具有借鉴意义。"当研究者把求知的历程交付给狭小的私人场域，做出的研究终将背对整个世界，研究文本之于生活也势必被悬置。我一直所希望，并为之努力的，是做出的每一项研究之于心灵、之于学术、之于社会都能有所补益，这样研究本身也就有望还原成它本真的状态，或者按照海德格尔式的话语表述就是——研究本身有望成为缘在（Being）的牧羊人。

一项研究要对心灵、学术和社会有所滋养，前提是研究底色的跨学科性。在撰写《童心崇拜：狄更斯共同体之境》的几年时间里，仰仗着各方良师益友的指路，我得以在文学、政治学、经济学、人类学、心理学乃至绘画和音乐编织成的画布上，尝试深描狄更斯和共同体这两个宏大的叙事。由于有了各方良师益友无私又睿智的帮助，我手中的画笔才可以有的放矢。

首先要感谢的是我的导师殷企平教授，在恩师门下学习的6年时间，是我求学路上最焦灼的6年，也是最快意的6年。在我毕业之后，恩师也从未忽视过我生活和学业上的困惑，正是由于恩师的学识和人格力量，才让师门子弟自发组成了"春田花花土豆班"这个共同体，它不仅仅是外国文学研究共同体，更是童心依旧的爱之共同体。在这个小小的社群中，我得到了师兄师姐们慷慨的帮助，尤其要感谢的是高奋教授、管南异教授、杨世真教授、胡强教授、隋红升教授、应璎教授、卢巧丹教授、田颖教授、何畅教授、陈礼珍教授、吴崇彪博士。

我还要感谢的是中国人类学学会副会长、南京大学的范可教授，自从2005年在奥斯陆大学暑期学校有幸结识以来，范老师的每一部专著都是我的案头读物，每当遇到学术上的问题，老师寥寥几句点拨都足以让我豁然开朗。《童心崇拜：狄更斯共同体之境》中共同体形塑中的社会信任和信用议题，受益于范老师的启蒙；本专著涉及法律和政治学方面的议题，部分得益于和我的同事殷骏教授的讨论；论及社会心理学的部分，要特别感谢心理咨询师高蕾女士、王旗先生、陈晖先生。我还要感谢教授我钢琴的辛梦实老师，他是一位非常出色的教师，让学琴的我和学术的我可以忻合无间。我还要感谢我的中学同学于卓先生，在我自学水彩画十余年的时间里，经常可以得到他专业的指导和鼓励。

特别感谢国家社科基金五位匿名评审的评语，这些话语让我跳出自己的舒适区，敢于在后续的研究中挑战自己。还要感谢我的领导和同事对我的支持和鼓励，他们是：朱莉雅博士、尚新教授、张滟教授、

后　记

李华东教授、郭海霞教授、宋志平教授、何绍斌教授、张雷博士、蒋哲杰教授、曹艳春教授、芣光锤博士、曹莉老师。特别感谢美国俄克拉荷马大学的 Ronald Schleifer 教授、英国伦敦大学的 Martin Dodsworth 教授、上海理工大学的张雯教授、复旦大学古诗菁教授。还要感谢本书的责任编辑张浠博士。

再次感谢我的学生杨玉玲、杨萌、钟洁，她们全程参与了本专著的资料收集整理、统稿和格式修订。

此外，要感谢我的家人和朋友。感谢我的舅舅宫建伟大使，您的诸多品质足以让我追忆余生。感谢我的幼子刘漱琦让我成为母亲，你眼中童趣满溢的世界给我的生活增添了很多彩绘。感谢我家的钟点工阿姨单苏芹女士，她给我的日常生活提供了妥善的保障，在和她常年的合作中，我切实体会到陌生人社会里共同体的可能性。感谢给与我关照的朋友们：毕磊、王惠、曹晓玲、李通航、熊丽、王祎男、薛云、周小舟、王玉芳、冯靖文。共同体理论的奠基人滕尼斯对友谊做出过这样的界说：精神上的友谊形成看不见的场景或会面，它需要依靠艺术性的直觉和创造性的意志存活，我为自己身处这样的共同体而倍感幸运。

李　靖

2021 年 12 月于上海印象春城